가랑비 속의 외침

在細雨中呼喊

가랑비 속의 외침

위화 장편소설

최용만 옮김

푸른숲

십 년 만의 만남

　만약 작가가 자신의 작품에 어떤 권위를 갖는다면, 아마도 그 권위는 작품이 완성되기 전까지만 유효할 것이다. 작품이 완성되면 작가의 권위는 점차 사라진다. 이제 더 이상 그는 작가가 아니라 한 사람의 독자이기 때문이다. 이것이 바로 지난 몇 년간 나의 옛 작품들을 읽으며 내가 느낀 감회다. 시간이 흐를수록, 이미 완성한 내 작품을 읽을 때 내 안에서는 종종 낯설다는 느낌이 솟아오른다.

　모든 독자는 자신의 일상적인 경험과 상상력에 기초해 문학작품을 읽는다. 만약 이 작품이 누군가의 마음을 움직였다면, 분명 그의 마음속 깊은 곳에 숨어 있던 어떤 생각과 감정을 일깨웠기 때문일 것이다. 또한 이 작품에 대한 그의 이해와 감상은 다른 독자는 물론, 작가의 그것과도 전혀 다를 것이다.

　나는, 작가로서, 동일한 내 작품이라도 읽을 때마다 다른 느낌을 받는다. 생활이 변했고, 감정도 변했기 때문이다. 그래서 나는 작가가 자기 작품의 서문에 쓰는 내용은 사실 한 사람의 독자로서 느낀 바라고 말하고 싶다.

모든 독자는 문학작품에서 자기가 일상에서 느껴온 것들을 찾고 싶어 한다. 작가나 다른 누군가가 아니라 바로 자기가 느껴온 것 말이다. 문학의 신비로운 힘은 바로 여기서 나온다. 모든 작품은 누군가가 읽기 전까지는 단지 하나의 작품일 뿐이지만, 천 명이 읽으면 천 개의 작품이 된다. 만 명이 읽으면 만 개의 작품이 되고, 백만 명 혹은 그 이상이 읽는다면 백만 개 혹은 그 이상의 작품이 된다.

내 작품들이 한국에 소개된 지 십 주년이 되는 올해, 푸른숲에서 장편소설 《인생》, 《허삼관 매혈기》, 《가랑비 속의 외침》과 중편소설집 《세상사는 연기와 같다》, 단편소설집 《내게는 이름이 없다》의 개정판을 출간하기로 했다고 한다. 이를 위해 올 사월 푸른숲의 김혜경 사장님이 특별히 항저우를 방문해 나와 개정판에 대한 이야기를 나누었다.

김혜경 사장님은 내가 개정판을 위한 서문을 써줬으면 하셨다. 이 다섯 권이 한국에 처음 소개될 때, 나는 이미 다섯 권 각각에 서문을 썼다. 한국 독자에게 하고 싶은 말은 그때 이미 다 했다고 생각한다. 지금은 감사의 말을 전해야 할 때다.

지난 십 년간 나를 존중하고 지지해준 김혜경 사장님과 푸른숲에 감사의 말씀을 전한다. 그분들의 노력과 열정 덕분에 내 옛 작품들이 한국에서 매년 쇄를 거듭할 수 있었다. 또한 이미 푸른숲을 떠났지만, 내 작품들이 출간될 때 정성과 심혈을 기울여준 김학원 선생과 지평님 선생께도 감사드린다. 그리고 네 분의 번역자 선생님들, 즉 백원담 교수, 최용만 선생, 박자영 선생, 이보경 선생께도 감사의 말씀 올린다. 그분들의 훌륭한 번역 덕분에 내 작품이 한국에 뿌리내리고 꽃을 피울 수 있었다. 내 작품이 출간되기 전에 남모를 도움을 주었던, 나와 같은 일을 하는 한국 친구 공지영 선생께도 감사드린다. 또 내가 존경하는 한국의 선배 작가 이문구 선생이 대단히 적극적으로 내 작품을 추천해준 일도 빼놓을 수 없다. 그 밖에 김정환, 김민기, 전인권, 최원식, 안동규 선생 등등 내가 아는, 혹은 아직 알지 못하는 모든 한국 친구들에게 이 말을 꼭 전하고 싶다. 내 감사의 마음은 유유히 흐르는 한강처럼 그렇게 언제까지나 변함없을 거라고.

2007년 5월 5일
위화

기억에 관한 소설

사는 동안 은혜와 원한, 슬픔과 기쁨을 끝도 없이 겪은 시인 육유(陸遊)는 말년에 시에서 이런 말을 한 적이 있다. "나이 들어 세상사는 이미 다 잊었고 꿈에서만 모란꽃이 언뜻 보이는 듯하다." 그런가 하면 고대 그리스의 시인 호라티우스는 이렇게 말했다. "흐르는 세월은 우리의 재산을 하나하나 빼앗아간다."

사람들은 대개 오래 살수록 재산이 늘어난다고 생각하지만, 육유와 호라티우스는 오히려 우리가 원래 왔던 곳으로 되돌아가는 존재라는 것을 암시했다. 즉 세월은 우리의 재산을 하나하나 빼앗아가고, 마지막에는 텅 빈 두 손만이 남는다. 세상사는 이미 다 잊었고, 모란꽃만이 '이미 본' 것도 아니라 '보이는 듯'할 뿐이다. 그것도 허무한 꿈속에서 말이다.

고대 그리스인들은 모든 사람의 육체에는 '조화'라고 하는 성질이 있어 생기를 유지해준다고 여겼다. 육유가 슬픔과 무기력함에 빠졌던 인생 말년에 본 듯도 하고, 보지 못한 듯도 한 모란꽃은 우리에게 송곳같이 날카로운 희열을 안긴다. 이런 것이 아마도 생기를 유지해준다는 '조화'가 아닐까?

내 생각에 그 '조화'라는 것은 분명히 기억을 의미할 것이다. 기나긴 인생이 먼 길을 돌아 말년에 이르면 재산이나 영예는 다 부질없는 것이 된다. 그때는 기억이야말로 가장 소중한 것으로 남는다. 우연한 기회에 환기된 기억은 작은 모란꽃이 하듯, 끝없이 넓고 높아만 보이는 세상사를 온통 뒤덮을 수 있다.

그래서 세상에는 기억에 관한 책이나 기억을 통해 표현해내는 책들이 많다. 나 역시 부족한 능력이나마 처음부터 끝까지 기억으로 꿰어진 소설 한 편을 썼다. 《가랑비 속의 외침》이 바로 그것이다. 이 작품은 내 자전적인 이야기는 아니지만, 그 속에는 내 유년과 소년 시절의 감정과 이해가 녹아 있다. 물론 이 감정과 이해는 기억이라는 방식을 통해 온기를 얻었다.

작가 마르셀 프루스트가 사람의 인생만큼이나 긴 소설 《잃어버린 시간을 찾아서》에서 했던 기막히게 아름다운 묘사가 하나 있다. 어느 깊은 밤 그는 침대에 누워 베개에 얼굴을 묻었다. 베갯잇은 아마 실크로드를 타고 중국에서 프랑스로 건너온 비단이었을 것이다. 부드럽고 윤기 나는 비단은 프루스트에게 산뜻하고 보들보들한 느낌을 주었다. 덕분에 그는 어린 시절의 자기 얼굴에 대한 기억을 떠올렸다. 베개에 머리를 대고 자면서 마치 어린 날의 자기 얼굴을 베고 자는 기분이었다고 한다. 이러한 기억이 바로 고대 그리스인들이 말했던 '조화'다. 프루스트가 폐병 때문에 숨 쉬기조차 힘이 들던 시절, 과거에 대한 기억이 몸속의 생기를 유지해준 덕분에 그의 삶은 글 속에서 한층 자연스럽고 흥미로운 모습으로 거듭 날 수 있었던 것이다.

나는 지금 십이 년 전《가랑비 속의 외침》을 쓸 때를 애써 돌이켜본다. 그때 나는 유년과 소년 시절의 얼굴을 베고 잠들지는 않았던가? 안타깝게도 난 기억할 수가 없다. 그저 기억 속 깊은 곳에서 수없이 많은 행복의 느낌과 쓰라림의 느낌이 떠오를 뿐이다.

2003년 5월 26일
위화

만남

작가 자신이 쓰는 서문은 일종의 만남이라고 할 수 있다. 까마득한 기억 속에서 순식간에 사라져버린 어느 한 지점을 확인하고 언젠가 구사했던 서사와 만나는 일일 수도 있고, 자신의 과거와 만나는 일일 수도 있다. 이 작품의 서문도 예외일 수 없다. 이 글은 우선 시간과의 만남, 즉 1998년과 1991년의 만남일 수 있으며, 동시에 이 작품의 작가인 나와 작중 인물의 만남일 수도 있다. 우리가 잘 알고 있듯이 언어 속에서 현실과 허구를 구분하기란 어려운 일이다. 그리고 두 시점 사이의 거리는 한 번의 눈빛처럼 짧은 것이기에, 칠 년이란 시간은 책상을 사이에 두고 마주 앉아 있는 것이나 마찬가지다.

이렇게 해서 나는 한 집안과 다시 만났다. 그들이 보고 들은 것과 다시 만나고 그들의 기쁨, 슬픔과 다시 만났다. 또 점점 그들의 생활 속으로 들어가, 때로는 운 좋게 그들 내면의 소리를 듣기도 하고 탄식과 외침, 울음과 웃음소리를 듣기도 하는 나 자신을 발견했다. 이어서 나는 내 당연한 권리를 얻게 될 것이다. 그들의 운명을 다시 새롭게 이해할 권리. 연약한 어머니가 사는 동안 딱 한 번 임종 직전에야 분노를 터뜨리고, 인내로 점철된 한평생을 어떻게 완성했는지를 이해할 권리. 쑨광차이라고 불리는 아버지가 얼마나 거드름을 피우며 자신을 철두철미한 후레자식으로 만들어갔는지를 이해할 권리 등등을 말이다. 쑨광차이는 자기 아버지와 아들을 인생을 가로막는 장애물처럼 대했다. 그는 호시탐탐 아버지와 아들을 쫓아낼 기회를 엿보았고, 아내가 살아 있을 때도 이미 다른 여자와 동거를 했다. 그러나 아내가 죽고, 자신에게도 죽음이 닥쳐왔을 때는 어둠이 이끄는 대로 수도 없이 아내의 무덤을 찾아가 울고 또 울었다.

쑨광차이의 아버지 쑨유위안은 스스로도 감당할 수 없을 정도로 일생이 너무나 길었다. 그러나 그의 유머는 늘 슬픔을 넘어섰다. 그리고 쑨광핑, 쑨광린, 쑨광밍 삼형제의 인생길은 아주 잠시 동안 겹쳐졌다가 곧 각자의 방향으로 갈라졌다. 쑨광핑은 가장 평범한 방식으로 성인이 되어 아버지의 간담을 서늘하게 했고, 이야기의 출발점이자 종착점인 쑨광린은 훨씬 많은 일을 경험했기에 그의 눈이 더 많은 운명을 기록할 수 있었다. 쑨광밍은 죽음에 이른 인물이다. 이 집안에서 가장 나이 어린 사람이 인간 세상의 사명을 가장 먼저 완수한 것이다. 강물 속에서 수면 위로 올라오려 최후의 몸부림을 칠 때, 그는 눈을 크게 뜨고 타오르는 태양을 똑바로 쳐다보았다.

칠 년 전에 이 장면을 쓸 때 나는 그것이 쑨광밍 최후의 눈빛이기에 태양을 똑바로 쳐다볼 수 있다고 굳게 믿었다. 지금도 그 믿음에는 변함이 없다. 그가 죽음이라는 대가를 치렀기 때문이다.

칠 년 전에 나는 그들에 관한 이야기를 썼고, 지난 칠 년 동안 그들은 끊임없이 내 눈앞에 나타났다. 그들을 떠올릴 때면 꼭 내 친구들을 떠올리는 것 같은 기분이다. 세월이 흘러도 그들의 얼굴은 흐릿해지기는커녕 오히려 점점 더 또렷해져간다. 그들이 실제로 존재한다고 믿게 될 정도로 말이다. 이제 나는 그들을 기억 속에서 만날 뿐 아니라, 이따금 현실 속에서 그들의 발걸음 소리를 듣기도 한다. 그들은 나를 향해 걸어온다. 계단을 올라와 우리 집 문을 두드린다. 그러면서 나는 불안해지기 시작했다. 내가 만든 허구의 인물이 점차 실재의 인물이 되어가면서 나는 혹시 내 진짜 현실이 허구로 변하고 있는 건 아닌지 의심을 품게 되었다.

1998년 10월 11일
베이징에서
위화

梦境般浮起，便依稀刻画想中的童年的光阴到今日

忠诚未断的歌声音在当初

水莲坊的街道上一个女人宽宽的

年在枝的遮有人睡皇如

睡了，我是那火的小诗，那是玩具

차례

서문 5

제1장
남문 19
결혼식 43
죽음 58
출생 104

제2장
우정 115
전율 133
쑤위의 죽음 171
꼬마 친구 175

제3장
멀고 먼 이야기 203
생의 마지막 날들 236
소멸 264
할아버지가 아버지를 이기다 281

제4장
위협 287
버려짐 313
모함 351
남문으로 돌아오다 377

옮긴이의 말 413

제 1 장

我回想起了那个说不出颤抖的夜晚，当等我已经睡了，我是那么的小巧，就像玩具。

일러두기

1. 이 책의 외래어 표기는 국립국어원의 외래어 표기법 및 표기 용례를 따랐다. 단, 신해혁명 이전 인물의 경우 우리식 한자 발음으로 굳어진 경우가 많아 이런 원칙에서 예외로 허용했다.

2. 괄호 안의 보충설명은 모두 옮긴이가 덧붙인 것이다.

남문

  1965년, 칠흑 같은 어둠에 대한 한 아이의 형언할 수 없는 공포가 시작된다. 나는 가랑비가 흩뿌리던 그날 밤을 떠올린다. 그때 난 이미 잠이 든 채로, 작고 깜찍한 인형처럼 침대에 눕혀 있었다. 처마 끝 빗물 떨어지는 소리가 정적을 더했지만, 잠결로 이내 사라져갔다. 바로 그때, 평온한 잠 속으로 빠져들 무렵 한 줄기 고요한 길이 펼쳐지자 나무와 풀숲이 차례로 길을 비켜주었다. 그리고 한 여인의 흐느끼는 듯한 외침이 아주 먼 곳에서 들려왔다. 고요하기 그지없던 그날 밤 갑자기 들려온 쉰 목소리는 지금 어린 시절을 회상하는 나를 몸서리치게 한다.

  무서움에 치켜뜬 커다란 눈과 어둠에 가려 흐릿한 얼굴의 내가 보인다. 여인의 외침은 오랫동안 지속되었고, 나는 다급하고 두려운 마음에 또 다른 소리가 들려오기를 기대했다. 그 외침에 답하듯 여인의 흐느낌을 잠재울 소리를 말이다. 하지만 아무 소리도 들리지 않았다. 지금 생각해보면 내가 그때 그렇게 무서움에 떨었던 이유는 외침에 답하는 소리를 들을 수 없었기 때문인 것 같다. 더할 수 없이 고독하고 기댈 곳 하나 없는 그 외침은 사람을 더 전율케 했다. 비 내리는, 그 막막한 어둠 속에서.

그 뒤를 잇는 또 다른 기억은 새끼 양 몇 마리가 강변의 풀밭에서 걸어오는 장면이다. 환한 대낮으로 기억되는 이 장면은 확실히 앞의 기억이 불러일으키는 불안감을 어루만져준다. 문제는 이것들이 어느 때의 기억인지 확신할 수 없다는 점이다.

아마도 며칠 후엔가 난 그 여인의 외침에 답하는 소리를 들었던 것 같다. 바깥이 어둑해질 무렵 한바탕 소나기가 지나간 후, 하늘에 먹구름이 도도히 물결치고 있을 때였다. 나는 집 뒤편의 연못가에 앉아 있었는데 눅눅한 풍경 속에서 낯선 남자가 내 쪽으로 걸어왔다. 위아래 한 벌로 입은 까만 옷이 음침한 하늘 아래서 깃발처럼 펄럭였다. 이 장면으로 다가서자 문득 그 여인의 또렷한 외침이 다시 떠오른다. 낯선 남자의 예리한 눈빛은 멀리서부터 줄곧 나를 주시하고 있었다. 내가 두려움에 소스라칠 무렵 그는 논두렁 쪽으로 몸을 돌려 이내 멀어져갔다. 도포 자락 같은 까만 옷이 바람에 펄럭이며 휘휘 소리를 냈다. 어른이 된 후 옛일을 생각할 때면 바로 이 지점에서 기억이 오랫동안 머무르게 된다. 그때 내가 대체 무슨 이유로 휘휘 옷이 펄럭이는 소리를 여인의 외침에 대한 대답으로 여겼는지 지금 생각해도 놀랍고 의아하다.

어느 쾌청한 날 아침, 마을의 몇몇 아이들을 쫓아 내달렸던 기억이 난다. 발에는 부드러운 진흙과 바람에 날려 춤추는 풀의 느낌이 가득 전해졌다. 그리고 마치 온화한 얼굴빛처럼 햇빛이 온몸을 비추었다. 눈이 부실 정도의 빛은 아니었다. 강가의 새끼 양처럼 한참을 내달리다가 거대한 거미줄이 군데군데 진을 치고 있는, 거의 쓰러져가는 사당에 다다랐다.

우리가 사당에 도착하기 조금 전 같은 마을에 사는 한 아이가 우리 쪽으로 걸어왔다. 난 아직도 그 아이의 창백한 얼굴을 기억한다. 아이는 바람에 덜덜 떠는 입술로 우리에게 말했다.

"저기 사람이 죽어 있어."

죽은 사람은 거미줄 아래에 누워 있었다. 나는 그 사람을 바라보았다. 그 사람은 바로 어제 저녁 무렵 나를 향해 걸어왔던 까만 옷을 입은 사내였다. 지금 그때의 기분을 되살려보려 해도 잘 되지 않는다. 기억 속의 일이란 그 당시의 분위기는 쏙 빼고 껍데기만 남기기 때문이다. 이 순간 이 이야기가 품고 있는 분위기는 바로 지금 내가 느끼는 바일 뿐이다. 낯선 남자의 갑작스런 죽음은 여섯 살짜리 아이에겐 그저 약간의 놀라움이었을 뿐, 오래도록 감탄할 일은 아니었다. 낯선 남자는 두 눈을 꼭 감은 채 편안한 모습으로 진흙탕 속에 누워 있었다. 까만 옷에는 논두렁에 피어 있는 어두운 빛깔의 이름 모를 꽃들처럼 얼룩덜룩 진흙이 잔뜩 묻어 있었다. 내가 처음으로 본 죽은 사람은 마치 잠을 자고 있는 듯한 모습이었다. 여섯 살 때 죽음에 대해 내가 느꼈던 진솔한 감정은 바로 잠과 똑같다는 것이었다.

그 후부터 나는 밤을 무서워하기 시작했다. 밤이 되면 눈앞에 내가 마을 어귀에 서 있는 정경이 펼쳐지고, 곧이어 홍수처럼 어둠이 내려앉아 내 시야를 삼키고 다른 모든 것을 삼켜버렸다. 아주 오랫동안 나는 어두운 침대에 누워 잠을 이루지 못했다. 주위의 정적이 나를 끝없는 공포로 밀어 넣었기 때문이다. 매일 밤 잠과 치열한 싸움을 벌여야 했다. 잠이 무지막지한 위력으로 나를 끌고 들어가면, 나는 끈질기게 저항했다. 잠이 들면 그 낯선 남자처럼 영원히 깨어나지 못할 것 같은 두려움 때문이었다. 하지만 결국에는 피곤함을 이기지 못하고 어쩔 수 없이 잠의 평온함 속으로 빠져들었다. 다음날 새벽 잠에서 깨면 아직 살아 있다는 것을 확인하고, 문틈으로 비치는 햇살을 보며 더할 수 없는 희열에 구원을 얻곤 했다.

여섯 살 때의 마지막 기억으로 남아 있는 것은 내가 달리고 있는 모습이다. 그 기억은 조선소의 찬란했던 과거를 떠올리게 한다. 그들이 만든 첫 시멘트 선이 남문의 강가에 닿았을 무렵, 나와 형은 강변으로 내달렸다. 지난날의 눈부신 햇살이 나의 젊은 어머니를 내리비췄다. 남색 체크무늬 머릿수건이 과거의 가을바람 속에서 나풀거렸고, 동생은 무슨 생각을 하는지 알 수 없는 두 눈을 크게 뜬 채로 어머니의 품에 안겨 있었다. 웃음소리가 시원스럽던 아버지는 맨발로 논에 나갔다. 그런데 군복을 입은 덩치 큰 사내가 왜 갑자기 나타난 것일까? 마치 나뭇잎 하나가 숲으로 날아 들어가듯 그는 우리 가족들 사이로 걸어 들어왔다.

강변은 이미 사람들로 가득 차 있었다. 형은 나를 데리고 어른들의 바짓가랑이 사이를 헤치고 다녔다. 왁자지껄한 아우성이 내리누르는 가운데, 우리는 강둑으로 기어 올라가 어른 두 사람의 바짓

가랑이 사이로 머리를 내밀고 자라 대가리처럼 주위를 두리번거
렸다.

요란스런 북소리가 울리면서 사람들은 흥분의 도가니 속으로 빠
져들었다. 양쪽 강변에서 들려오는 환호성 속에서 나는 시멘트 선
을 보았다. 배 위에는 긴 밧줄이 몇 개나 매달려 있었는데, 줄마다
오색찬란한 색종이가 줄줄이 엮여 있었다. 그렇게나 많은 꽃이 공
중에 피어나다니. 그리고 십여 명의 젊은 남자가 배 위에서 힘차게
북을 두드리고 있었다.

나는 형에게 목청껏 물었다.

"형, 이 배는 뭐로 만든 거야?"

형은 고개를 돌려 똑같이 큰 소리로 대답했다.

"돌로 만든 거야."

"그런데 왜 안 가라앉지?"

"바보 같은 놈. 너 위에 줄 매달린 거 안 보여?"

군복 차림의 왕리창이 나타난 것은 바로 이즈음으로, 남문에 대
한 나의 기억은 이때부터 오 년 동안 비어 있다. 기골이 장대한 이
사람은 내 손을 잡아끌고 남문을 벗어나더니, 통통거리는 증기선
을 타고 긴 강의 어디쯤에 있는 쑨당이라는 마을로 데려갔다. 나는
부모가 나를 다른 사람에게 줘버렸다는 사실도 모르고, 가서 좀 놀
다 오는 거라고 생각했다. 좁다란 길에서 병색이 완연한 할아버지
와 마주쳤을 때, 그의 걱정스런 눈길에 난 우쭐대며 말했다.

"지금은 할아버지랑 얘기할 시간 없어요."

오 년 후 나 홀로 남문으로 돌아왔을 때, 그 길에서 할아버지와 또다시 마주쳤다.

내가 집에 돌아오고 얼마 후 쑤씨 성을 가진 일가족이 남문으로 이사를 왔다. 어느 여름날 아침, 쑤씨네 두 아이가 집에서 조그만 원탁을 들고 나와 나무 그늘 아래 펼쳐놓더니 거기서 아침을 먹기 시작했다.

이것은 내가 열두 살 때 보았던 정경이다. 도회지 출신의 두 아이는 상점에서 산 바지를 입고 그곳에 앉아 있었고, 난 집에서 재봉한 무명 반바지를 입고 연못가에 앉아 있었다. 열네 살 먹은 우리 형이 아홉 살짜리 동생을 데리고 쑤씨네 아이들을 향해 가는 모습이 보였다. 그들은 나와 마찬가지로 몸뚱어리를 훤히 드러내고 있었는데, 햇볕에 그을린 모습이 마치 미꾸라지 두 마리가 꿈틀대는 듯했다.

그 전에 형이 공터 저편에서 말하는 소리를 들었다.

"도회지 사람들은 뭘 먹는지 보러 가자."

공터 저편의 수많은 아이들 가운데, 낯선 두 아이를 보러 형을 따라나선 아이는 아홉 살짜리 동생뿐이었다. 형이 머리를 쳐들고 성큼성큼 걷는 모습은 누구 못지않게 씩씩했다. 동생은 종종걸음으로 그 뒤를 바짝 쫓아갔다. 꼴을 베어 담은 바구니가 두 아이의 손에서 대롱대롱 흔들거렸다.

도회지에서 온 두 아이는 손에 들고 있던 그릇과 젓가락을 내려놓고 경계하는 눈빛으로 형과 동생을 바라봤다. 형과 동생은 걸음을 멈추지 않고 성큼성큼 원탁 앞으로 다가가더니, 또 그들이 사는 집의 뒤쪽을 한 바퀴 돌아보고 왔다. 형에 비하면 동생의 과장된 몸짓에는 분명히 허풍스런 구석이 있었다.

그들은 공터 쪽으로 돌아가 다른 아이들에게 말했다.

"도회지 사람도 짠지를 먹던데. 우리랑 똑같더라."

"고기는 없었구?"

"방귀 방울만큼도 없더라."

이때 동생이 나서며 말을 약간 고쳤다.

"그 사람들 먹는 짠지에는 기름이 있었어, 우리 먹는 거에는 없잖아."

이때 형이 동생을 밀어젖혔던 것 같다.

"저리 가. 기름이 뭐 대단하다구. 우리 집에도 있잖아."

"그건 참기름이란 말이야. 우리 집에는 없다구."

"쥐뿔도 모르면서."

"냄새가 났단 말이야."

열두 살 때 왕리창이 죽은 다음 홀로 남문으로 돌아오면서 또 다른 입양 생활이 시작되는 기분이었다. 그때는 이상하게도 왕리창과 리슈잉이 내 친부모처럼 느껴졌고, 남문의 이 집은 누군가 은혜를 베풀어 얻은 것 같았다. 이런 소원함과 거리감은 큰불이 나면서 시작됐다. 나와 할아버지가 우연히 만나 함께 남문으로 돌아왔을 때, 마침 우리 집 지붕이 큰불에 휩싸여 있었다.

이런 우연의 일치 때문에 그 후로 아버지는 나와 할아버지를 집

안에 액운을 불러들인 장본인이라도 되는 듯 의혹에 찬 눈길로 바라봤다. 언젠가 나도 모르게 할아버지와 나란히 서 있는데, 아버지가 바짝 긴장을 하더니 마치 방금 엮어 올린 초가지붕이 금방이라도 불에 탈 듯이 악을 써댔다.

할아버지는 내가 남문으로 돌아온 그 이듬해에 돌아가셨다. 할아버지가 돌아가시자 아버지는 내게서 의심의 눈초리를 거두었지만, 그렇다고 집에서 내 처지가 나아진 것은 아니었다. 형이 나를 못살게 군 데는 아버지의 영향이 컸다. 내가 나타나기만 하면 형은 꺼지라며 소리를 질렀다. 나는 갈수록 나의 형제들과 멀어졌고, 동네 아이들도 형하고만 가까이 지냈던 탓에 그들과도 점점 멀어지게 되었다.

자연히 왕리창의 집에서 살던 시절과 쑨당에 있는 친구들을 그리워하게 되었다. 하지만 기분 좋은 기억을 떠올리면서도 상처를 완전히 벗어버릴 수는 없었다. 나 홀로 연못가에 앉아 지난 시간 속을 떠돌아다니는 일이 점점 많아졌다. 그러다 나도 모르게 미소를 짓거나 눈물을 흘리면 동네 사람들은 눈이 휘둥그레졌다. 그들이 보기에 내가 점점 이상한 아이로 변해갔던 것이다. 훗날 사람들은 아버지와 말다툼을 벌일 때면, 나를 만만한 무기로 써먹곤 했다. 종자가 나빠 저런 아이가 나왔다면서 말이다.

남문에 살던 시절에 형이 내게 용서를 구한 일이 딱 한 번 있는데, 낫으로 내 머리를 찍어서 얼굴이 온통 피로 범벅이 되었을 때였다.

사건은 우리 집 양 축사에서 벌어졌다. 머리를 크게 한 대 얻어 맞은 나는 무슨 일이 일어났는지도 모른 채 그저 형의 태도가 돌변하는 것만 보았을 뿐이다. 그런데 잠시 후 얼굴에서 피가 줄줄 흘러내리기 시작했다. 형은 문을 막아서더니 놀라 허둥대며 나에게 제발 피를 닦고 오라고 했다. 나는 그런 형을 완강하게 밀쳐내고는 마을 어귀의 밭에 있던 아버지에게로 달려갔다.

그때 마을 사람들은 모두 채소밭에 똥거름을 주고 있었다. 살랑살랑 부는 바람에 똥 냄새가 은은하게 풍겨왔다. 내가 채소밭에 거의 다다랐을 무렵, 여자들이 놀라 나자빠지는 소리가 들렸고, 어머니가 나를 향해 달려오는 모습이 희미하게 보였다. 어머니는 내 앞으로 달려와 뭐라고 한마디 물었지만, 나는 대답도 하지 않고 곧장 아버지 쪽으로 걸어갔다. 아버지가 기다란 장대 끝에 매달린 바가지로 똥통에서 똥을 한 바가지 퍼내 공중에서 휘두르는 모습을 보며 계속 다가갔다. 그리고 내 말소리가 들렸다.

"형이 그랬어요."

아버지는 바가지를 냅다 내던지고는 밭에서 뛰어나와 급히 집으로 향했다.

그러나 나는 내가 밭으로 온 사이 형이 낫으로 동생의 얼굴을 그어버렸다는 사실은 모르고 있었다. 동생이 울음을 터뜨리려고 하자, 형은 뭔가를 설명하고는 빌기 시작했다. 형의 애걸은 나에겐 소용이 없었지만, 동생에게는 그렇지 않았다.

내가 집에 도착해서 본 것은 벌을 받고 있는 형의 모습이 아니라, 새끼줄을 들고 나무 아래서 나를 기다리고 있는 아버지의 모습이었다. 동생의 거짓말로, 상황은 어느새 내가 먼저 낫으로 동생의 얼굴을 그어서 형이 나를 그렇게 만든 것으로 변해 있었다. 아버지가 나를 나무에 묶고 사정없이 두들겨 팼던 일은 아마 평생 잊지 못할 것이다. 내가 두들겨 맞을 때 동네 아이들은 흥미진진한 표정으로 둘러서 나를 지켜봤고, 내 두 형제는 우쭐거리며 그 사이에서 질서를 잡았다.

이 일이 일어난 후, 나는 국어 공책 맨 뒷장에 큰 대(大)와 작을 소(小) 두 글자를 쓴 다음 아버지나 형이 나를 때릴 때마다 거기에 빠짐없이 기록했다. 시간이 한참 흐른 뒤에도, 나는 그 공책을 잘 보관하고 있었다. 하지만 낡은 공책에서 풍겨 나오는 곰팡내는 반드시 갚아주겠노라 맹세했던 그때의 다짐을 점차 흐릿하게 만들었고, 그 자리를 사소한 놀라움이 대신하게 되었다. 이 놀라움은 남문의 버드나무를 떠올리게 한다. 어느 초봄 아침, 바싹 마른 가지 위로 연녹색 새싹이 빽빽이 돋아난 것을 발견하고는 깜짝 놀란 적이 있다. 이것은 의심할 바 없이 아름다운 기억으로 남아 있는데, 수년 후 그 장면이 기억 속에서 되살아났을 때는 뜻밖에도 과거의 치욕을 암시하는 국어 공책과 긴밀하게 연결되고 말았다. 아마도 이런 게 기억이 아닐까 싶다. 기억이란 속세의 은혜와 원한을 뛰어 넘어 그렇게 저 홀로 오는 것이다.

집에서 내 처지가 갈수록 옹색해져갈 무렵, 또 하나의 사건이 터졌다. 이 일로 나와 가족들 사이에는 영원히 사라지지 않을 거리가 생겼고, 나에 대한 평판은 집에서뿐만 아니라 마을에서도 땅에 떨어졌다.

왕씨네 자유 경작지와 우리 경작지는 맞닿아 있었다. 왕씨네 두 형제는 마을에서 가장 건장한 이들로 소문이 자자했는데, 그중에서 형은 이미 결혼을 해서 큰 아이가 내 동생과 동갑내기였다. 자유 경작지를 둘러싼 싸움은 남문 일대에 늘 있던 일이다. 이제는 싸움의 정확한 이유조차 잘 기억나지 않지만, 날이 어둑해졌을 무렵 나는 연못가에 앉아 내 부모와 형제, 그리고 왕씨네 여섯 식구가 서로 고집을 부리며 싸우는 광경을 지켜보았다. 우리 식구가 기세나 힘에서 확실히 밀렸는데, 무엇보다 저쪽 집에 비해 목소리가 달렸다. 특히 내 동생은 욕을 할 때, 왕씨네 동갑내기 아이보다 발음이 분명하지 못했다. 마을 사람 거의 전부가 나와서 지켜보는 가운데, 몇몇이 괜히 나서서 중재하려 들다가 사람들에게 쫓겨 돌아갔다.

나중에는 아버지가 갑자기 주먹을 휘두르며 달려들다가 왕씨네 작은 아들 왕웨진의 손에 붙들려 도리어 한 대 얻어맞고 논바닥에 내팽개쳐졌다. 아버지는 온갖 욕설을 퍼부으며 온몸이 흠뻑 젖은 채 논두렁으로 기어오르려 했지만, 왕웨진의 발에 차여 또다시 논바닥에 처박혔다. 몇 차례나 기어오르려 했지만 그때마다 발에 차여 나가떨어졌다. 곧이어 어머니가 울부짖으며 왕웨진에게 달려들었다. 그러나 어머니 역시 왕웨진의 손짓 한 번에 논바닥에 처박히는 신세가 되었다. 내 부모는 물속에 버려진 두 마리 닭처럼 궁지에서 벗어나려 발악을 했다. 난 두 사람이 마구 뒤엉켜 있는 치욕적인 광경에 가슴이 쓰려 고개를 푹 수그렸다.

얼마 후 형이 식칼을 휘두르며 달려들었고, 동생은 낫을 들고 그 뒤를 따랐다. 형이 휘두른 식칼은 왕웨진의 엉덩이로 날아들었다. 그러자 극적인 반전이 일어났다. 방금 전까지 의기양양했던 왕씨 형제는 형이 휘두르는 식칼에 놀라 기겁을 하며 집으로 도망쳤다. 형이 집 앞까지 쫓아가자 그들은 작살을 하나씩 들고 나와 형에게 겨눴다. 형은 질세라 작살 위로 식칼을 휘둘렀다. 목숨을 걸고 달려드는 형 앞에서, 왕씨네 두 형제는 결국 작살을 내팽개치고 도망칠 수밖에 없었다. 형의 용맹무쌍함에 고무되어 낫을 들고 악을 쓰며 날뛰던 동생 역시 용감하기 이를 데 없었으나, 뛰다가 중심을 잃어 제 발에 제가 걸려 자빠지기 일쑤였다.

이 싸움을 연못가에 앉아 지켜보기만 했던 나를 두고, 마을에서 아버지를 지지했던 사람들이나 왕씨네를 지지했던 사람들이나, 심지어 왕씨네 식구들까지도 세상에서 나처럼 못된 놈은 없을 거라고 했다. 그러니 우리 집에서의 처지야 말하지 않아도 알 수 있을 것이다. 반면에 형은 그야말로 온 마을이 칭송하는 영웅이 되었다.

한동안 나는 연못가에 앉아 있을 때나 풀을 벨 때 쑤씨네 집을 몰래 훔쳐보았다. 도회지에서 온 두 아이는 별로 나다니지 않았고, 가장 멀리 나가봐야 마을 어귀의 똥구덩이까지였는데 그나마도 곧바로 돌아오곤 했다. 그러던 어느 날 오전, 그들이 집 앞에 있는 나무 두 그루 사이에서 손가락으로 뭔가를 가리키며 이야기를 나누고 있었다. 잠시 후 한쪽 나무 아래로 가서 형이 쪼그리고 앉자 동생이 형의 등에 업혔다. 그런 다음 형이 동생을 업고 다른 나무 아래로 가서 내려놓더니, 이번에는 동생이 형을 업고 방금 전의 그 나무로 돌아왔다. 두 아이는 번갈아가며 이런 동작을 몇 차례나 반복했는데, 서로의 등에 업힐 때마다 즐거운 웃음소리가 들려왔다. 형제는 웃음소리까지 비슷했다.

얼마 후 시내에서 기와장이 세 사람이 붉은 벽돌을 두 수레나 싣고 와 쑤씨네 집 앞에 벽을 둘러치더니 그 두 그루 나무까지 에둘러버렸다. 그 뒤로 나는 쑤씨 형제의 그 감동적인 놀이를 두 번 다시 볼 수 없게 되었지만, 담 너머로 들리는 웃음소리로 보아 그들이 여전히 그 놀이를 즐기고 있다는 걸 알 수 있었다.

쑤씨 형제의 아버지는 시내 병원의 의사였다. 나는 하얀 피부에 온화한 목소리를 가진 그 의사 선생님이 일을 마치고 좁다란 길을 따라 전혀 서두르는 기색 없이 걸어오는 모습을 종종 보았다. 딱 한 번, 그 사람이 걸어서가 아니라 병원 자전거를 타고 그 길에 나타난 적이 있다. 그때 나는 바구니 가득 풀을 베어 집으로 가는 길이었는데, 뒤에서 울리는 벨소리에 깜짝 놀라 뒤를 돌아보았다. 의사 선생님이 자전거 위에서 두 아들을 큰 소리로 부르고 있었다.

쑤씨 형제는 집에서 나와 눈앞에 다가온 자전거를 보고는 펄쩍펄쩍 뛰며 즐거워했다. 두 아이는 곧장 자전거를 향해 정신없이 달려갔고, 그들의 어머니는 담벼락 앞에 서서 미소 띤 얼굴로 가족들을 바라보았다. 의사 선생님은 두 아들을 태우고 논두렁 사이로 난 좁은 길을 달렸다. 자전거에 탄 두 아이는 잔뜩 흥분해 소리를 질렀는데, 특히 앞에 탄 동생은 줄기차게 벨을 울려댔다. 온 마을의 아이들이 그 모습을 부러운 눈으로 지켜보았다.

고등학교 일 학년에 올라간 열여섯 살 때 나는 처음으로 가정이라는 단어를 이해해보려고 애썼다. 내가 남문의 집과 쑨당에 있는 왕리창의 집 사이에서 한동안 망설이던 끝에 내린 결론은, 바로 쑨 씨네 형제가 자전거를 타던 모습에 대한 기억이었다.

나는 자유 경작지 사건이 일어나기 전에 의사 선생님과 처음으로 만났다. 내가 남문으로 돌아온 지 몇 달밖에 되지 않았을 때였다. 그러니까 아직 돌아가시기 전이었던 할아버지가 우리 집에서 한 달을 꼬박 머문 뒤에 삼촌 집으로 갔을 무렵이었다. 그때 나는 이틀 내내 계속된 고열로 입이 부르트고 혀가 바짝 마른 채 침대에 누워 있느라 머릿속이 몽롱한 상태였다. 마침 우리 집 양이 새끼를 낳아서 식구들은 전부 양 축사에 가 있었다. 혼자 집 안에 누워 식구들이 왁자지껄 떠드는 소리를 어렴풋이 들었다. 형과 동생의 찢어지는 듯한 목소리가 특히나 도드라졌다.

나중에 어머니가 침대 옆으로 와서는 뭐라고 한마디 하더니 다시 밖으로 나갔다. 어머니가 다시 들어왔을 때는 곁에 한 사람이 더 있었다. 바로 그 의사 선생님이었다. 의사 선생님은 손바닥으로 내 이마를 한번 짚어보더니 말했다.

"삼십 구도군요."

그들이 나간 뒤, 양 축사에서 들리는 소리가 더욱 시끄러워졌다.

의사 선생님의 손바닥이 이마에 가볍게 닿았을 때, 나는 친밀하게 어루만지는 듯한 느낌을 받았다. 잠시 후 쑨씨 형제가 밖에서 말하는 소리가 들렸는데, 나중에 알고 보니 나한테 약을 가져다준 것이었다.

병이 나은 뒤에 내 가슴속에는 어른에 대한 아이다운 동경이 꿈틀대기 시작했다. 여섯 살에 남문을 떠나기 전까지 나와 우리 부모님은 퍽이나 다정한 사이였다. 쑨당에서 지낸 오 년 동안에도 왕리창과 리슈잉은 내게 어른이 아이에게 보여줄 수 있는 사랑을 다 보여주었다. 하지만 남문으로 돌아온 이후로는 모든 것이 변해 기댈 곳이 없었다.

처음에는 의사 선생님이 퇴근하는 길목에서 기다리며 그가 멀리서 다가와 나에게 다정하게 말을 건네는 모습을 상상했다. 또 그 커다란 손바닥으로 또 한 번 내 이마를 어루만져주길 바랐다. 그러나 의사 선생님은 내게 전혀 주의를 기울이지 않았다. 지금 생각해보면 그는 내가 누구인지, 왜 그곳에 서 있는지 따위에는 전혀 관심이 없었던 것 같다. 늘 황급히 내 곁을 지나다가 가끔 흘끗 쳐다볼 뿐이었다. 그것도 낯선 사람이 또 다른 낯선 사람을 쳐다볼 때의 눈빛으로 말이다.

의사 선생님의 두 아들 쑨위와 쑨항은 얼마 지나지 않아 마을 아이들 사이로 섞여들었다. 언젠가 우리 형과 동생이 논에서 풀을 벨 때, 쑨위와 쑨항이 쭈뼛대며 다가가는 모습이 보였다. 그들은 걸어가는 내내 무엇인가를 의논하는 듯했다. 그 무렵 모든 걸 자기 마음대로 할 수 있다고 여기던 형이 그들을 향해 낫을 휘두르며 소리를 질렀다.

"애들아, 너희들 풀 베고 싶냐?"

쑤위는 남문에서 살던 짧은 기간 동안 딱 한 번 나에게 다가와 말을 걸었다. 부끄러워하던 그의 표정이 아직도 기억이 난다. 그의 미소 띤 얼굴은 수줍음으로 가득했다.

"네가 쑨광핑의 동생이니?"

쑤씨네 가족은 남문에서 이 년 동안 살다가 이사를 갔다. 그들이 이사 가던 날 오후, 하늘이 어두웠던 걸로 기억한다. 의사 선생님이 가구를 실은 마지막 수레를 끌고 나서자 아이들이 양쪽에서 수레를 밀었다. 그리고 그들의 어머니는 자질구레한 물건을 담은 바구니를 양손에 들고 맨 뒤에서 따라갔다.

쑤위는 열아홉 살 때 뇌혈관이 터져서 죽었다. 나는 그가 죽었다는 소식을 다음날 오후가 되어서야 들었다. 그날 학교가 파하고 집으로 돌아오는 길에 쑤위가 살던 옛집을 지나며, 가슴속에서 슬픈 감정이 솟구쳐 올라 하염없이 눈물이 흘러내렸다.

형은 고등학교에 들어가자 몸에 눈에 띄는 변화가 일어났다. 지금 생각해보면, 나는 오히려 열네 살 때의 형이 그립다. 그때 형은 성질이 포악하긴 했지만, 한 번 본 사람은 누구라도 잊지 못할 만큼 자신감이 흘러넘쳤다. 그런 형이 논두렁에 앉아 쑤위, 쑤항 형제가 풀 베는 걸 지휘하던 모습은 나에게 아주 오래도록 형을 대표하는 이미지로 남았다.

형은 고등학교에 들어가 도회지 친구들을 사귀기 시작하면서 마을 아이들에게 냉담해지기 시작했다. 도회지 친구들이 집으로 자주 놀러 오면서 부모님의 얼굴에는 화색이 돌았고, 심지어 몇몇 노인네들은 마을의 아이들 중에서 형이 가장 난놈이라고 칭찬하기까지 했다.

그 무렵 도회지에 사는 청년 둘이 새벽이면 마을 근처에 와서 고래고래 소리를 질러대는 일이 잦았다. 그들이 악악대는 소리는 높낮이가 일정치 않았는데, 특히 목소리가 터지는 순간에는 머리칼이 쭈뼛 설 정도라 마을 사람들은 처음에 귀신이 나타난 줄 알았다.

이 일은 형에게 깊은 인상을 남긴 듯했다. 한번은 형이 시름에 잠긴 표정으로 입을 열었다.

"우리가 도회지 사람이 되려고 하면, 도회지 사람들은 성악가가 되려고 한다니까."

형은 분명히 마을 아이들 중에서 가장 먼저 현실을 받아들인 사람이었다. 자기가 죽을 때까지 결코 도회지 친구들을 따라가지 못하리라는 걸 일찍부터 깨달았다. 이것은 자기비하의 시작이었다. 까놓고 말하자면, 형이 도회지 아이들과 어울린 것은 자부심의 연장이었다. 그들이 집으로 자주 찾아오면서 마을에서 형의 위상이 올라간 건 의심할 바 없는 사실이었으니 말이다.

형은 고등학교 이 학년 때 처음 연애를 했는데, 아주 튼튼하게 생긴 여학생을 좋아했다. 그 여학생의 아버지는 시내에서 목수 일을 했다. 나는 형이 학교 구석진 곳에서 호박씨 한 봉지를 가방에서 꺼내 그 여학생에게 몰래 건네는 모습을 몇 번이나 보았다.

그 여학생은 우리 집 호박씨를 까먹으며 운동장에 모습을 드러내곤 했는데, 껍질을 내뱉는 모습이 어찌나 제멋대로인지 이미 자식을 여럿 둔 아줌마 같았다. 한번은 껍질을 내뱉은 다음 입가에 한 줄기 침이 오랫동안 매달려 있는 모습을 보기도 했다.

그때는 형이 친구들과 여자 얘기로 열을 올릴 무렵이었다. 난 집 뒤쪽의 연못가에 앉아 이제껏 듣도 보도 못한 이야기들을 엿들었다. 유방이니 넓적다리니 하는 적나라한 말들이 창밖으로 새어 나올 때면 가슴이 벌렁거렸다. 나중에 그들은 자기 얘기를 하기 시작했다. 형은 처음에는 입을 다물고 있다가 도회지 친구들이 졸라대자 결국 그 여학생과의 관계를 털어놓았다. 비밀을 지키겠다는 친구들의 맹세를 철석같이 믿은 것 같기도 했고, 다른 한편으로는 형 스스로 마음이 동한 것 같기도 했다. 어쨌거나 형은 그 여학생과의 관계를 잔뜩 부풀려서 떠벌렸다.

얼마 후 그 여학생이 운동장 한가운데에 선머슴 같은 여학생들과 함께 서서 형을 불러냈다. 형은 앞으로 무슨 일이 벌어질지 예감한 듯 불안한 표정으로 다가갔다. 형이 그렇게 두려워하는 모습은 처음이었다.

"내가 널 좋아한다고 그랬다며?"

형의 얼굴이 새빨갛게 물들었다. 그때 난 이미 그 자리를 떠나온 터라 늘 자신만만하던 형이 어쩔 줄 몰라 하며 그대로 무너지는 모습은 보지 못했다. 그 여학생은 주위 친구들의 기세등등한 웃음소리에 힘입어 씹고 있던 호박씨를 형의 얼굴에 뱉어버렸다.

이날 형은 아주 늦게야 집에 돌아와 밥도 먹지 않고 침대에 누웠다. 비몽사몽간에도 형이 밤새 이리저리 뒤척이는 소리를 들었다. 이튿날 형은 치욕을 무릅쓰고 학교에 갔다.

형은 도회지에 사는 친구들이 자신을 팔아먹었다는 사실을 알고 있었지만, 그에 대해 분노를 표출하지도 아쉬움을 드러내지도 않았다. 형은 그들과 줄곧 친밀한 관계를 유지했다. 형이 그렇게 했던 건 도회지 아이들이 갑자기 찾아오지 않는 걸 마을 사람들이 알게 되는 게 싫었기 때문이다. 하지만 이런 노력은 끝내 실패로 돌아가고 말았다. 그들은 고등학교를 졸업하고 하나둘씩 직장에 나가면서 예전처럼 빈둥거릴 여유가 없어졌다. 형이 그들에게 버림받을 때가 온 것이다.

형의 도회지 친구들은 두 번 다시 우리 집을 찾지 않았다. 그러던 어느 날 저녁 무렵 뜻밖에도 쑤위가 찾아왔다. 이사 간 뒤로 처음 남문을 찾은 것이다. 그때 형은 채소밭에 있었는데, 밥을 하던 어머니는 당연히 형을 찾아온 거라 여겼다. 어머니가 마을 어귀에서 가슴 벅찬 목소리로 형을 부르던 모습은 여러 해가 지난 지금 생각해도 감탄이 절로 나온다.

형이 밭에서 뛰어나와 집으로 왔을 때 쑤위는 첫마디로 의외의 말을 뱉었다.

"광린은?"

깜짝 놀란 어머니는 비로소 쑤위가 찾아온 사람은 나라는 사실

을 알게 되었다. 형은 훨씬 냉정한 모습으로 아무렇지도 않은 듯
쑤위에게 말했다.

"채소밭에 있어."

쑤위는 그들에게 몇 마디 말이라도 건네야 한다는 건 생각지도
못하고, 아무런 예의도 갖추지 않은 채 채소밭으로 나를 찾아왔다.

쑤위가 날 찾아온 건 그가 앞으로 하게 될 일 때문이었다. 그는
화학비료 공장으로 가게 되었다. 우리 두 사람은 한참 동안 밭두렁
에 앉아 저녁 바람을 맞으며 쑤위네 가족이 살던 옛집을 바라보았
다. 쑤위가 물었다.

"지금은 누가 살아?"

나는 고개를 가로저었다. 여자아이 하나가 그 집을 들락날락했고
그 아이의 부모도 자주 보았지만, 그들이 누군지는 알지 못했다.

쑤위는 날이 어두워질 무렵 돌아갔다. 나는 쑤위의 축 처진 어깨
가 시내로 향하는 길에서 사라져가는 모습을 내내 지켜보았다. 그
후로 일 년이 못 돼서 쑤위는 죽고 말았다.

내가 고등학교를 졸업할 무렵 대학 입시제도가 부활했다. 나는
대학에 합격한 뒤에도 쑤위가 직장을 배정받았을 때처럼 그를 찾
아가 알려줄 수가 없었다. 그저 시내의 한 거리에서 쑤항이 몇몇
친구들과 잔뜩 흥분한 채 자전거를 타고 쏜살같이 내 옆을 스쳐가
는 모습을 보았을 뿐이다.

나는 대학 시험에 응시한 걸 집안 식구들에게 알리지 않았다. 수
속비조차 마을 친구에게 빌려서 냈다. 한 달 후에 돈이 생겨 돌려

주려 하는데 그 친구가 이렇게 말했다.

"네 형이 벌써 갚았다."

정말 깜짝 놀랐다. 합격 통지서를 받은 후에도 형은 내게 학용품을 사주었다. 그 당시 아버지는 우리 집과 사선으로 마주보고 있는 집 과부와 정분이 나서 한밤중에 과부의 이불 속에서 기어 나와 어머니의 이불 속으로 기어 들어가는 일이 잦았다. 아버지는 이미 집안일에는 전혀 관심이 없었다. 형이 내 일을 알렸을 때도 건성으로 듣다가 꽥 소리만 질러댔다.

"뭐라구? 나더러 그 자식 공부를 더 시키란 말이야? 그 자식을 너무 봐주는 거 아냐?"

나중에 아버지는 내가 집에서 영원히 사라질 거란 사실을 알고 나서야 기쁜 기색을 보이기 시작했다.

어머니는 그래도 아버지보다는 상황 파악을 잘하는 편이었는데, 내가 집을 떠날 무렵 내내 불안한 눈길로 형을 바라보았다. 어머니는 나보다는 형이 대학에 가기를 바랐다. 대학만 졸업하면 도시 사람이 될 수 있다고 생각했기 때문이다.

집을 떠나던 날 형 혼자만 배웅을 나왔다. 형이 이불을 짊어진 채 앞장섰고, 나는 그 뒤를 바짝 따라붙었다. 우리는 길을 걷는 동안 단 한마디도 입 밖에 내지 않았다. 그 즈음 형이 보여준 행동에 크게 감동한 터라, 난 줄곧 적당한 기회를 잡아 내 마음을 드러내고 싶었다. 그러나 우리를 옭아맨 침묵의 분위기가 내 입을 틀어막았다. 버스 기사가 시동을 걸 때쯤에야 난 형에게 말했다.

"나 형한테 아직 일 위안 빚진 거 있는데."

형은 무슨 소린지 모르겠다는 듯 나를 바라보았다. 그래서 형에게 사실을 일깨워주었다.

"시험 수속비 말이야."

그제야 형은 내 말뜻을 이해했다. 그때 나는 형의 눈에 슬픈 표정이 어리는 걸 똑똑히 보았다. 내가 이어서 말했다.

"꼭 갚을게."

차가 출발한 후 차창을 통해 형의 모습을 바라보았다. 형은 터미널 바깥의 나무 아래서 망연자실한 표정으로 내가 탄 차가 멀어져 가는 모습을 지켜보았다.

얼마 후 현 정부에서 남문의 토지에 솜 방직 공장을 건설하면서 마을 사람들은 졸지에 도시 주민이 되었다. 비록 난 멀리 베이징에 살고 있었지만, 그들의 흥분과 감격을 미루어 짐작할 수 있었다. 질질 눈물을 짜며 이사 가는 사람들도 있었겠지만, 그 눈물은 기쁨 끝에 쏟아내는 것이었으리라. 창고를 관리하는 뤄 영감은 누군가를 만나기만 하면 자기가 생각하는 진리를 주입시키려고 난리를 피웠다.

"공장은 잘못하면 망할 수도 있지만, 농사야 망할 리가 없잖아?"

그러나 몇 년 후 내가 고향으로 돌아가 시내의 좁은 골목에서 뤄 영감을 만났을 때, 때가 꼬질꼬질하게 낀 솜옷을 입은 그가 득의양양한 표정으로 말했다.

"난 요즘 퇴직 연금을 받아서 산다네."

남문을 멀리 떠나온 이후에는 그곳이 고향이라고는 해도 어떤 친밀감도 느낄 수가 없었다. 오랫동안 나는 이런 생각을 고수했다. 옛일을 회상하거나 고향을 그리워하는 것은 사실 현실 속에서 어찌할 바를 몰라 짐짓 평온한 척하는 것에 불과하다. 설령 어떤 감정이 뒤따른다고 해도 그 역시 장식일 뿐이다. 한번은 젊은 여자 하나가 의례적으로 내 어린 시절과 고향에 대해 물어왔는데, 불같이 화를 내고 말았다.

　"당신이 무슨 권리로 나한테 이미 지나가버린 현실을 받아들이라고 하는 겁니까?"

　남문이 여전히 그리워할 만한 곳이라면, 그건 아마도 연못 때문일 것이다. 남문이 현 정부에 귀속되었다는 소식을 들었을 때 나는 무엇보다도 연못의 운명이 궁금했다. 내가 따뜻함을 느꼈던 그곳은 쑤위가 땅에 묻혔던 것처럼 그렇게 사람들 손에 묻혀버렸다.

　십여 년 뒤의 어느 어두운 밤, 나는 혼자서 고향으로 돌아왔다. 남문은 이미 공장의 남문이 되어 있어, 더 이상 저녁 바람 속에서 은은하게 풍겨 오는 똥 냄새를 맡을 수 없었다. 또 농작물이 산들산들 흔들리는 소리도 들을 수 없었다. 모든 것이 완전히 달라졌지만, 옛날에 살던 집과 연못의 위치는 정확하게 알아볼 수 있었다. 그곳에 도착하자 가슴이 두근거렸다. 달빛을 받아 지난날의 연못이 예전 그 자리에 모습을 드러냈기 때문이다. 연못이 갑작스레 나타나자 또 다른 종류의 감정이 밀려들었다. 기억 속의 연못은 언제나 내게 따뜻함을 주는 곳이지만 내가 맞닥뜨린 진실은 과거의 현실을 일깨웠다. 물위에 떠다니는 쓰레기를 보며, 연못은 결코 날 위로하기 위해 존재하는 게 아니라는 사실을 깨달았다. 좀더 정확하게 말하자면, 그곳은 과거를 나타내는 기호로서 내 기억 속에서 사라지지 않을 뿐 아니라 남문의 그 자리를 굳건히 지키며 나를 영원히 일깨우고 있는 것이다.

결혼식

연못가에 앉아 놀던 그 시절, 봄기운 충만한 모습으로 마을을 돌아다니던 펑위칭은 나에게 무한한 동경의 대상이었다. 그 젊은 여자가 나무로 만든 물통을 들고 우물에 다가서는 모습은 정말이지 조심스럽기 짝이 없었다. 그 신중함에 나는 그녀가 우물가의 이끼에 미끄러지지나 않을까 걱정이 이만저만이 아니었다. 그녀가 물통을 우물에 드리울 때면 땋은 머리가 가슴까지 드리워 아름답게 하늘거렸다.

펑위칭이 남문에서 지내던 마지막 해 여름날, 정오 무렵 그녀가 다가오는 모습을 보며 평소와 다른 느낌을 받았다. 그때 펑위칭은 자잘한 꽃무늬가 박힌 옷을 입고 있었는데, 유방이 그 속에서 찰랑대는 모습에 나는 머리가죽이 다 마비되는 줄 알았다. 며칠 후 둥 곳길에 펑위칭의 집 앞을 지나는데 그 풍만한 여인이 문 앞에 나와 있었다. 잘 빗은 머릿결이 아침 햇살에 환한 빛을 냈고, 목은 왼쪽으로 살짝 기울어져 있었다. 갓 떠오른 태양이 그 새하얀 목에서 아름답게 굴곡진 몸매를 따라 흘러내렸고, 높이 쳐든 두 팔은 옅은

빛깔의 겨드랑이 털을 새벽바람 속에서 더 선명하게 드러냈다. 이 두 가지 광경이 겹쳐지면서 이후 펑위칭과 마주칠 때면 나는 감히 정면에 눈을 두지 못하게 되었다. 펑위칭에 대한 내 마음은 더 이상 예전처럼 단순하지 않았다. 그 속에는 이미 생리적인 욕망이 자리 잡고 있었다.

얼마 후 나는 형이 한밤중에 저지른 일 때문에 깜짝 놀라고 말았다. 이 열다섯 살짜리 소년은 펑위칭의 몸에서 뿜어져 나오는 유혹의 기운을 나보다 먼저 발견했다. 달빛이 아름답던 그날 밤 쑨광핑이 우물에서 물을 길어 돌아가던 길에 맞은편에서 펑위칭이 다가왔다. 두 사람이 어깨를 스치며 지나치던 순간, 쑨광핑은 순간적으로 펑위칭의 가슴에 손을 뻗었다가 잽싸게 집으로 튀었다. 펑위칭은 그의 갑작스런 행동에 깜짝 놀라 멍하니 서 있다가 나를 보고서야 마음을 진정하고 우물가로 물을 길러 갔다. 나는 펑위칭이 물을 길면서 자꾸만 앞으로 쏟아지는 머리를 뒤로 넘기는 모습을 보았다.

처음 며칠간은 펑위칭이 우리 집으로 찾아올 거라 생각했다. 최소한 그 부모라도 찾아와 난리를 칠 줄 알았다. 그래서 쑨광핑은 그 며칠간 불안한 눈빛으로 문밖을 주시하고 있었다. 하지만 그가 두려워하던 일은 끝내 일어나지 않았고, 그는 차츰 예전의 기운을 되찾았다. 그러던 어느 날 쑨광핑과 펑위칭이 길에서 마주치는 것을 보았다. 쑨광핑이 그녀의 비위를 맞추려 웃음을 흘렸지만, 펑위칭은 싸늘한 표정으로 쌩하니 지나쳐갔다.

동생 쑨광밍도 펑위칭의 유혹에 이끌렸다. 이 열 살짜리 사내아이는 생리적으로 뭔가에 끌린다는 게 무엇인지도 모르던 나이에, 앞에서 다가오는 펑위칭에게 이렇게 고함을 쳤다.

"젖소야!"

온몸에 때가 꼬질꼬질하게 낀 동생은 손에 깨진 기왓장을 든 채 따분한 표정으로 땅바닥에 앉아 있었다. 그러고 앉아 펑위칭에게 바보 같은 웃음을 흘리는데, 입가에서 침이 질질 흘러내렸다. 펑위칭은 새빨개진 얼굴로 고개를 푹 숙인 채 집으로 돌아갔다. 입이 약간 비뚤어진 걸 보니 웃음을 참느라 무진장 애를 쓰는 것 같았다.

바로 그해 가을 펑위칭의 운명에 근본적인 변화가 찾아왔다. 기억에도 생생한 그날 오후, 학교에서 집으로 돌아오는 나무다리에서 나는 완전히 딴 사람 같아 보이는 펑위칭이 사람들에게 둘러싸인 채 왕웨진의 허리를 꼭 끌어안고 있는 모습을 보았다. 그 광경은 당시 나에게 커다란 충격이었다. 내가 동경하는 모든 걸 대표하던 여인이 망연자실한 눈으로 주위 사람들을 바라보고 있었다. 그 눈빛에는 애원하는 마음과 고뇌의 표정이 역력했다. 하지만 그녀를 바라보는 주위 사람들의 시선에서는 당연히 있어야 할 동정의 빛이 조금도 눈에 띄지 않았다. 그들의 눈은 그저 호기심에 빛날 뿐이었다. 그녀에게 붙들려 있던 왕웨진이 실실거리며 둘러선 사람들에게 말했다.

"이거 보라구요, 이 여자가 얼마나 저질인지."

그녀는 사람들의 웃음소리에 전혀 개의치 않았다. 더 엄숙하고 고집스런 표정으로 잠시 눈을 질끈 감았을 뿐이다. 펑위칭이 눈을 감던 그 순간, 나는 만감이 교차하는 기분이었다. 그녀가 꼭 붙들고 있는 대상은 그녀의 소유가 아니었기에 조만간 그녀에게서 떠나갈 게 분명했다. 지금 그때를 떠올려보면 그녀가 붙들고 있던 게 사람이 아니라 그저 허공이었을 뿐이라는 생각이 든다. 펑위칭은 설사 자기 이름이 더럽혀질지라도, 부끄러움을 무릅쓰고 그 텅 빈 공간을 꼭 붙들고 있었던 것이다.

왕웨진은 치욕스런 욕으로 을러대기도 하고 실실 웃으며 달래보기도 했지만 펑위칭의 손을 푸는 데는 아무 소용이 없었다. 그가 별수 없다는 표정을 지으며 말했다.

"뭐 이런 년이 다 있어."

왕웨진의 계속되는 모욕에도 펑위칭은 시종일관 아무런 변명도 하지 않았다. 주위 사람들의 동정을 받기는 틀렸다고 생각한 듯 흐르는 강물로 눈길을 돌렸다.

"야, 이년아! 도대체 뭘 어쩌겠다는 거야?"

왕웨진은 꽥 소리를 지르더니, 깍지를 끼고 있는 펑위칭의 두 손을 힘으로 풀려고 했다. 펑위칭이 고개를 돌려 이를 악무는 모습이 보였다.

자신의 노력이 헛되이 끝나자 왕웨진이 축 처진 목소리로 말했다.

"말해봐. 뭘 어쩌겠다는 거냐구?"

바로 그 순간 펑위칭이 기어 들어가는 목소리로 말했다.

"나를 데리고 병원에 검사받으러 가줘."

부끄러워하는 기색이라고는 조금도 없는, 이상할 정도로 평온한 목소리였다. 마치 목표물을 찾은 다음 심리적 안정을 얻은 사람 같았다. 이때 그녀와 눈이 마주친 나는 그녀의 시선과 나의 몸이 함께 떨고 있는 걸 느낄 수 있었다.

왕웨진이 말했다.

"먼저 손부터 풀어야 할 거 아냐. 그러지 않으면 어떻게 널 데려가냐구."

펑위칭은 잠시 주저하는 듯하더니 그의 손을 풀어줬다. 왕웨진은 그 길로 냅다 도망을 쳤는데, 그 와중에도 고개를 돌려 소리를 질러댔다.

"가고 싶으면 너 혼자 가!"

펑위칭은 미간을 살짝 찡그린 채 도망치는 왕웨진을 바라보았다. 잠시 후 주위 사람들을 돌아보다가 나와 두 번째로 시선이 마주쳤다. 그녀는 왕웨진을 쫓지 않고 혼자 시내 병원으로 향했다. 집으로 돌아가던 몇몇 아이들이 병원까지 그녀를 따라갔으나, 나는 그냥 나무다리에 서서 그녀가 멀리 걸어가는 모습을 바라보았다. 펑위칭은 길을 걸으며 엉망으로 흐트러진 머리를 풀어 손가락으로 빗질을 하고는 다시 단정하게 묶었다.

평소 부끄러움을 잘 타던 이 처녀는 그때만큼은 대단히 침착해 보였다. 마음속에 남아 있는 불안은 창백한 얼굴색으로 희미하게 드러날 뿐이었다. 펑위칭은 모든 것을 초월한 사람 같았다. 병원에서 접수를 할 때도 이미 결혼한 여자처럼 침착하게 산부인과 진료를 원한다고 말했다. 산부인과에서도 역시나 차분한 태도로 의사의 물음에 답했다.

"임신인가요?"

의사가 병력 기록표에 미혼이라고 적혀 있는 걸 보더니 물었다.

"아직 결혼 안 했어요?"

"네."

그녀가 고개를 끄덕였다.

나와 같은 동네에 사는 세 녀석이 그녀가 손에 갈색 유리병을 들고 여자 화장실로 들어가는 걸 봤는데, 나올 때의 표정이 꽤나 무거워 보였다고 한다. 소변 검사 결과를 기다리는 동안, 그녀는 환자처럼 복도의 긴 의자에 앉아 화학검사실 창문을 멍하니 바라보고 있었다.

얼마 후 임신이 아니라는 사실을 알게 된 그녀는 점차 안정을 잃어갔다. 병원 밖으로 걸어 나와 전봇대에 몸을 기대고는 두 손으로 얼굴을 감싼 채 울기 시작했다.

소싯적에는 백주 두 근을 단숨에 들이켰고, 지금도 한 근을 너끈히 비우는 평위칭의 아버지가 석양이 물든 어느 날 오후 왕씨네 집 앞에 서서 발을 구르며 한바탕 욕을 퍼부었다. 그 노인네의 욕지거리는 저녁 무렵의 바람을 타고 온 마을에 퍼졌다. 하지만 동네 아이들의 귀에는 노인네가 퍼붓는 욕설보다는 분통이 터져 외친 이 한마디가 더 강렬하게 다가왔다.

"내 딸년이 네까짓 놈하고 잤단 말이지."

밤이 되자 동네 아이들의 입에는 마치 그들 코에 매달린 콧물처럼 이 한마디가 내내 매달려 있었다.

"내 딸년이 네까짓 놈하고 잤단 말이지."

남문에서 보았던 몇 차례의 결혼식 가운데 왕웨진의 결혼식이 특히나 잊히지 않는다. 기골이 장대하면서도 옛날 쑨광핑이 식칼을 들고 쫓아오자 냅다 도망친 적이 있던 그 청년은 그날 아침 카키색 중산복(중국의 정치가 쑨원이 고안한 옷으로 주름이나 장식을 배제한 단순한 디자인으로 실용성을 강조했고 남녀노소 누구나 입을 수 있어 평등사상을 표현했다)을 위아래로 쫙 빼입고, 도회지에서 온 간부처럼 혈색 좋은 얼굴로 신부를 맞으러 강을 건너갈 준비를 하고 있었다. 온 집안 식구들이 곧 치를 혼례에 정신이 없었지만, 새 옷을 입은 왕웨진만은 무사태평하게 보였다. 등굣길에 그의 집 앞을 지나는데, 마침 그가 같은 동네의 젊은 녀석에게 자기와 함께 신부를 맞으러 가자고 꼬드기는 중이었다.

"다른 사람이 없잖아. 너 하나만 아직 결혼을 안 했잖아."

"내가 꼬마냐? 동정 줄을 끊은 지가 언젠데."

설득하는 사람도 공무원들이 일 처리하듯 성의 없는 태도였고, 듣는 녀석도 가고 싶지 않은 게 아니라 무료하던 차에 아무 반응이라도 내보이려 하는 게 눈에 보였다.

결혼식을 위해 돼지 두 마리와 산천어 수십 마리를 잡았다. 이 모든 일은 마을의 공터에서 진행되었다. 덕분에 공터에는 오전 내내 돼지 피와 생선 비늘이 넘쳐났다. 우리가 학교 수업을 마치고 집에 돌아갈 무렵에야 어느 정도 정리가 되고, 둥근 탁자 스무 개가 놓였다. 그때 쑨광밍이 얼굴에 생선 비늘을 덕지덕지 붙이고, 온몸에서 생선 비린내를 풍기며 지나가던 쑨광핑에게 말을 붙였다.

"형, 내 눈이 얼마나 많은지 한번 세어 봐."

쑨광핑은 아버지라도 되는 양 그를 야단쳤다.

"가서 씻어."

나는 쑨광핑이 한 손으로 쑨광밍의 목덜미를 낚아채 연못으로 끌고 가는 모습을 지켜보았다. 손톱만 한 자존심에 상처를 입은 쑨광밍이 찢어질 듯한 목소리로 악을 썼다.

"쑨광핑, 이 씨팔놈아!"

신부를 맞이하는 행렬은 오전에 떠났다. 한마음 한뜻이긴 하지만 오합지졸이었던 행렬은 뒤죽박죽인 풍물 소리와 함께 훗날 쑨광밍의 목숨을 앗아간 강을 건너 왕웨진의 침대 파트너에게로 향했다.

이웃 마을에서 온 동글동글하게 생긴 신부는 수줍은 듯한 걸음으로 마을에 들어왔다. 그녀는 자기가 이미 칠흑같이 어두운 밤 여러 차례 이곳에 왔던 사실을 아무도 모르는 줄 아는지 부끄러워하는 기색을 자연스럽게 내비쳤다.

그날 결혼식에서 쑨광밍은 무려 백오십여 개나 되는 누에콩을 먹어치우더니, 결국 꿈속에서까지 구린 방귀를 연신 뀌어댔다. 다음날 오전, 쑨광핑이 방귀 얘기를 꺼내자 녀석은 깔깔대며 거의 한 나절 내내 웃음을 그치지 않았다. 그는 그때 이미 과일 사탕을 다섯 개나 먹은 터라 누에콩을 얼마나 먹었는지는 모르겠다고 했다. 쑨광밍은 죽기 하루 전, 문간에 앉아 쑨광핑에게 동네에서 다음으로 결혼할 사람이 누구냐고 묻더니 그때는 과일 사탕 열 개를 꼭 먹고야 말겠다고 맹세했다. 이 말을 할 때 콧물이 녀석의 주둥이로 빨려 들어갔다.

나는 너무 일찍 죽어버린 이 동생이 그날 오후 과일 사탕과 누에콩을 악착같이 손에 넣으려 하던 모습을 종종 떠올린다. 왕웨진의 형수가 대나무 바구니를 들고 나왔을 때, 쑨광밍은 제일 먼저 돌진해 들어가지도 않았으면서 제일 먼저 나가떨어지고 말았다. 바구니에 들어 있던 누에콩 사이에는 수십 개의 과일 사탕이 뒤섞여 있었다. 왕웨진의 형수는 닭 모이 주듯 주위를 둘러싼 아이들에게 바구니에 든 음식을 나누어주었다. 나의 형 쑨광핑은 뛰어들자마자 다른 아이가 생각 없이 휘두른 무릎에 일격을 당했다. 성질 사나운 형은 그 아이를 패는 데 정신이 팔려 결국 아무것도 건지지 못했다. 쑨광밍은 형과 달리 아이들 틈에 달려들어 과일 사탕과 누에콩을 낚아채다가 죽도록 얻어맞았다. 그러고는 주둥이가 흙으로 뒤범벅이 된 채 한참을 땅바닥에 앉아 이가 드러날 정도로 입을 벌리고 머리와 귀퉁배기를 어루만졌다. 동시에 쑨광핑에게 자기 다리에도 상처가 났다고 말했다.

쑨광밍은 일곱 개의 과일 사탕과 두 손에 가득 담길 만큼의 누에콩을 낚아채고는 땅바닥에 앉아 흙과 돌 부스러기를 세심하게 추려냈다. 쑨광핑은 한쪽에 서서, 탐욕스런 눈초리로 쑨광밍을 응시하고 있는 아이들을 노려보았다. 아이들은 그 눈빛에 놀라 감히 쑨광밍 수중의 먹이를 빼앗아 갈 엄두를 내지 못했다.

나중에 쑨광밍이 누에콩 조금과 과일 사탕 한 개를 나눠주자 쑨광핑은 불만에 가득 찬 목소리로 말했다.

"겨우 요거냐?"

쑨광밍은 벌겋게 달아오른 귓불을 어루만지며 잠시 머뭇거리더니 못내 아쉬운 듯 다시 누에콩 한 줌과 과일 사탕 하나를 형에게 건넸다. 그런데도 형이 갈 낌새를 보이지 않자 가냘픈 목소리로 제법 위협적인 소리를 냈다.

"더 달라고 하면 울어버릴 테야."

신부는 정오쯤 마을에 도착했다. 얼굴이나 궁둥이나 모두 둥글둥글한 이 아가씨는 고개를 숙이고 있었지만, 미소 띤 얼굴로 봐서 그 결혼에 만족하는 게 분명했다. 신부와 마찬가지로 한껏 들뜬 신랑은 며칠 전 펑위칭에게 꼼짝달싹 못하고 붙잡혀 있던 일을 까맣게 잊은 모양인지, 우리에게 오른손을 우스꽝스럽게 흔들며 날아갈 듯이 걸어갔다. 그때 내 마음속에서는 평온한 기쁨이 넘쳐났다. 내가 마음에 두고 있던 아름다운 펑위칭이 왕웨진의 모욕에서 벗어났기 때문이다. 하지만 펑위칭의 집으로 시선을 돌리는 순간, 말로 표현하기 어려운 슬픔이 솟아났다. 내가 가슴속 깊이 흠모해왔던 여인이 넋을 놓고 그 집을 바라보고 있었기 때문이다. 펑위칭은 그 집 앞에 서서 자기와 전혀 관계 없는 결혼식이 한창 진행되고 있는 광경을 망연자실한 표정으로 바라보았다. 그때 그 많은 사람 중에서 오직 펑위칭만이 밖으로 떠밀려나는 게 어떤 기분인지 절감하고 있었을 것이다.

곧이어 사람들은 마을 공터에 앉아 먹고 마시기 시작했다. 간밤에 잠을 자다가 목을 삔 우리 아버지 쑨광차이는 마치 산적처럼 한쪽 어깻죽지를 드러낸 채 그곳에 앉아 있었고, 그 뒤에 서 있던 어머니는 결혼 축하주를 한 모금 입에 넣더니 아버지의 어깨에 내뿜었다. 어머니의 손에 내둘려 "아이고" 소리를 지르는 아버지는 연약하고 사랑스럽게 보이긴 했지만, 그런 일이 아버지의 주량에 영향을 미치지는 못했다. 아버지가 젓가락으로 커다란 고기 한 점을 들어 입속에 넣으려 하자, 구석에서 이를 지켜보던 쑨광핑과 쑨광밍이 침을 질질 흘렸다. 그러나 쑨광차이는 수차례 고개를 돌리며 아들들을 쫓아냈다.

사람들은 한낮부터 날이 저물 때까지 죽어라 먹어댔다. 결혼식은 오후에 클라이맥스를 맞았다. 펑위칭이 느닷없이 손에 새끼줄을 들고 나타난 것이다. 왕웨진은 그녀가 걸어오는 줄도 모르고 같은 마을 친구와 잔을 막 부딪치려던 참이었다. 누군가 그의 어깨를 툭툭 쳤을 때 그는 비로소 펑위칭이 바로 뒤에 서 있다는 사실을 알게 되었다. 봄바람에 살랑대는 풀잎처럼 의기양양하던 젊은이의 얼굴이 순식간에 하얗게 질려버렸다. 온갖 소리로 시끌벅적하던 그곳이 순간 쥐 죽은 듯이 조용해졌다. 멀리 서 있던 내 귀에까지 펑위칭의 말이 또렷하게 들릴 정도였다.

"당신, 일어나."

왕웨진에게는 쑨광핑이 식칼을 들고 쫓아오던 악몽이 되살아난 것이나 다름없었다. 기골이 장대한 이 젊은이는 동작이 굼뜬 노인네처럼 느릿느릿 자리에서 일어났다. 펑위칭은 그가 앉았던 걸상을 공터 한쪽에 서 있는 나무 아래로 들고 갔다. 그러고는 뭇사람의 시선을 한 몸에 받으며 걸상 위에 올라서니, 그녀의 몸이 가을 하늘 아래 우뚝 솟았다. 살짝 위를 향하고 있는 아름다운 자태는 사람의 마음을 움직이기에 충분했다. 곧이어 그녀는 새끼줄을 나뭇가지에 묶었다.

이때 뤄 영감이 갑자기 소리를 질렀다.

"사람 죽네!"

걸상 위에 서 있던 펑위칭은 이상하다는 듯 노인네를 한 번 쳐다보더니, 침착한 동작으로 새끼줄을 머리가 들어갈 수 있도록 둥글게 엮었다. 그런 다음 걸상에서 뛰어내렸는데, 그 모습에서 어린아이 같은 활기가 느껴졌다. 물론 그다음에는 다시 심각한 표정으로 그곳을 떠났다.

쥐 죽은 듯이 조용하던 공터는 펑위칭이 사라진 후 다시 시끄러워졌고, 창백한 얼굴의 왕웨진은 온몸을 부들부들 떨며 욕을 퍼붓기 시작했다. 그는 자기가 화가 나면 상황에 제대로 대처하는 기백이 부족하다는 이야기를 하고 있었다. 난 그가 나무로 가서 그 새끼줄을 끊어버릴 거라 생각했지만, 뜻밖에도 그는 다른 사람이 건네준 걸상에 앉더니 다시는 일어나지 않았다. 모든 걸 알아차린 신부에 비해 그는 상대적으로 냉정해 보였다. 신부는 눈을 똑바로 뜬 채 가만히 앉아 있었다. 그녀가 한 유일한 행동은 백주 한 사발을 단숨에 들이켜는 것이었다. 그녀의 신랑은 수시로 나뭇가지에 걸린 새끼줄과 신부의 안색을 살폈다. 나중에 그의 형이 새끼줄을 걷어냈지만 그 후에도 그는 계속 그쪽을 훔쳐보았다. 이런 광경은 한동안 지속되었다. 새끼줄은 영화 상영 팀이 마을에 왔을 때처럼 심상치 않은 모습으로 식장에 나타나, 아직 진행 중이던 결혼식이 제 스스로 목매달아 죽게 만들었다.

얼마 후 완전히 취해버린 신부가 머리카락이 쭈뼛 설 정도로 악을 쓰며 휘청휘청 자리에서 일어나 사람들에게 선포했다.

"내가 목매달아 죽겠어."

그녀가 이제는 있지도 않은 새끼줄을 향해 비틀비틀 걸어가자 왕웨진의 형수가 그녀를 꽉 붙들었다. 이미 아이를 둘이나 낳은 이 여자가 왕웨진에게 버럭 소리를 질렀다.

"빨리 집으로 데려가지 않고 뭐 해?"

신부는 몇 사람의 부축을 받으며 집으로 들어가는 중에도 연신 악을 썼다.

"내가 목을 맬 거야!"

한참이 지나서야 왕웨진과 사람들이 집에서 나왔다. 하지만 그들이 집에서 나오자마자 신부도 바로 뒤따라 나왔다. 그때 그녀는 손에 식칼을 들고 있었는데, 그것으로 자신의 목을 그을 태세였다. 우는 건지 웃는 건지 알 수 없는 가운데, 그녀의 고함 소리만 분명히 들려왔다.

"다들 똑바로 보세요."

그때 펑위칭은 집 앞 계단에 앉아 멀리서 벌어진 이 모든 일을 지켜보았다. 얼굴을 비스듬히 기울이고 오른손으로 턱을 괸 채 깊은 생각에 잠긴 그녀에게 바람이 불어와 머리카락을 흩날리던 모습을 난 아직도 잊을 수가 없다. 그녀는 멀리서 벌어지는 난장판을 보는 듯 마는 듯 마치 거울 속의 자신을 바라보는 사람 같았다. 바로 그 순간, 펑위칭은 진행 중이던 결혼식에 대한 관심을 거두고 자기 운명의 헤아릴 길 없는 미궁 속으로 빠져들었다.

며칠 후 황아장수가 마을에 나타났다. 사십 줄에 들어선 이 사내는 회색 옷을 걸치고 나타나 짐 보따리를 펑위칭의 집 앞에 풀어놓았다. 그러고는 문 앞에 서 있는 펑위칭에게 외지 억양이 섞인 말투로 물 한 사발을 청했다.

동네 아이들이 황아장수 주위로 몰려들었다가 잠시 후 흩어져 돌아갔다. 황아장수가 도시에 가까운 이 마을에 온 건 틀림없이 그냥 지나다 들른 것일 텐데, 뜻밖에도 그는 펑위칭의 집 앞에서 해가 질 때까지 앉아 있었다.

그 앞을 지날 때마다 황아장수가 전국 각지를 떠도는 자신의 처지를 지친 목소리로 하소연하는 소리가 들렸다. 그의 웃는 얼굴에는 괴롭고 쓸쓸한 표정이 어려 있었지만, 귀 기울여 듣고 있는 펑위칭의 눈빛은 가늠하기 어려울 정도로 변화를 거듭했다. 그녀는 여전히 손으로 턱을 괸 채 문간에 앉아 있었다. 황아장수는 그저 가끔 고개를 돌려 그녀를 쳐다볼 뿐이었다.

　황아장수는 늦은 밤 달빛이 환하게 빛날 무렵 남문을 떠났고, 그
가 떠난 후 평위칭도 남문에서 사라졌다.

죽음

형의 얼굴에 흐르는 거만함을 그대로 빼다 박은 동생 쑨광밍은 어느 여름날 한낮에 강으로 우렁이를 잡으러 갔다. 그때의 정경이 다시 떠오른다. 쑨광밍은 반바지만 입은 채로 집 안 한쪽 구석에서 꼴을 베어 담는 바구니를 집어들고 집을 나섰다. 햇볕이 녀석의 홀딱 벗은 등짝에 내리쬐자, 까무잡잡한 등짝이 기름기가 흐르듯 번들거렸다.

지금도 종종 눈앞에 나타나는 이 흐릿한 환각 속에서 나는 시간의 흐름을 느낀다. 시간은 투명한 어둠으로 그 모습을 드러내고, 이 감춰진 어둠은 지나온 모든 것을 품에 안는다. 우리는 결코 땅에 발을 딛고 사는 게 아니다. 사실 우리는 시간 속에 살고 있다. 논밭, 거리, 강, 집 등은 모두 우리가 시간에 몸을 맡기고 살아가는 동안 함께하는 동반자들이다. 시간은 우리를 앞이나 뒤로 밀고 갈 뿐만 아니라 우리의 모습을 바꿔놓기도 한다.

목숨을 잃던 그 여름날 집을 나서던 동생의 모습은 평상시와 조금도 다른 구석이 없었다. 동생은 그때껏 수천 번은 그렇게 집을 나섰다. 그날 쑨광밍이 집을 나선 뒤 벌어진 상황 때문에 나의 기억은 그때의 정경에 나름대로 수정을 가했다. 나의 시선이 기나긴 회상의 길을 넘어 다시 쑨광밍을 보았을 때, 녀석이 나선 곳은 이미 우리 집이 아니었다. 동생은 방심하는 사이에 시간의 바깥으로 걸어 나오고 말았다. 한 번 시간에서 벗어나자 녀석은 그대로 그자리에 고정되어 버렸고, 우리는 시간이 등을 떠미는 대로 계속 앞으로 나아갔다. 훗날 쑨광밍은 시간이 자기 주위의 사람들과 풍경을 가져가 버렸다는 걸 깨닫게 될 것이다. 나는 다음과 같은 진실한 장면을 보았다. 산 자가 망자를 땅에 묻고 난 뒤, 망자는 영원히 그곳에 누워 있지만 산 자는 계속 살아 움직인다. 이런 진실한 장면은 시간이 여전히 현실을 떠돌아다니는 사람들에게 주는 암시인 것이다.

한 동네에 사는 여덟 살짜리 사내아이가 손에 꿀을 베어 담는 바구니를 들고 집 앞에서 쑨광밍을 기다리고 있었다. 나는 동생에게 일어난 미묘한 변화에 주목했다. 쑨광밍은 더 이상 예전처럼 형 쑨광핑의 뒤를 따라다니지 않았다. 대신 쑨광핑이 전혀 신경 쓰지 않는 일고여덟 살 먹은 아이들 틈에서 쑨광핑이 동네 아이들 사이에서 누리던 권위를 누려보려 했다. 연못가에 앉아 있을 때면, 쑨광밍이 이제 막 걸음마를 떼고 뒤뚱뒤뚱 걷는 아이들에게 둘러싸여 마치 친왕(청나라 때 최고의 작위)처럼 호기를 부리며 휘젓고 다니는 모습이 보이곤 했다.

그날 정오쯤, 나는 집 뒤로 난 창문으로 쑨광밍이 강가로 가는 모습을 보고 있었다. 녀석은 아버지의 짚신을 질질 끌고 진흙길에 자욱한 먼지를 일으키며 걸어갔다. 동생의 날카롭게 솟은 궁둥이와 조그마한 머리통이 꼭 아버지의 큰 신발에 실려 가는 것처럼 보였다. 쑨광밍은 막 이사 간 쑤씨네 집 앞에 이르자, 바구니를 머리위로 올렸다. 그러고 나니 까불기 좋아하는 동생의 몸이 단번에 곧게 펴졌다. 쑨광밍은 그렇게 묘기를 부리며 강변까지 걸어가려 했지만, 바구니가 협조하기는커녕 길가의 논으로 굴러 떨어지고 말았다. 녀석은 슬쩍 고개를 돌려 쳐다보기만 할 뿐 계속 앞으로 걸어갔다. 그러자 그 여덟 살 먹은 아이가 논으로 기어 들어가 쑨광밍을 대신해 바구니를 주워 왔다. 이렇게 나는 쑨광밍이 자신만만한 모습으로 그 예상치 못한 죽음 속으로 걸어 들어가는 모습을 줄곧 지켜보았다. 그 뒤로는 앞으로도 한참을 더 살 어린아이가 양팔에 하나씩 바구니를 걸고, 이리 비틀 저리 비틀하며 다소 지친 모습으로 곧 죽게 될 사람을 바짝 쫓고 있었다.

죽음은 곧바로 쑨광밍에게 들이닥치지 않고, 그 여덟 살짜리 아이를 지나 찾아왔다. 쑨광밍이 강가에서 우렁이를 줍고 있을 때, 여덟 살 먹은 아이는 물로 뛰어들고 싶은 마음을 주체하지 못하고 자기도 모르게 점점 깊은 곳으로 들어갔다. 그러다가 어느 순간 발디딜 곳을 찾지 못해 물속으로 푹 잠기고 말았다. 아이는 물속에서 몸부림치며 소리를 질렀다. 바로 그 외침이 내 동생의 목숨을 앗아갔다.

쑨광밍은 그 아이를 구하려다 익사하고 말았다. 살신성인이라는 휘황찬란한 수식어가 덧씌워지긴 했지만, 당시 내 동생이 자기 목숨을 바쳐 다른 사람을 살릴 만큼 고매한 정신의 소유자였던 건 아니다. 녀석이 그 순간 그런 행동을 했던 건 순전히 그 일고여덟 살 먹은 아이들 사이에서 누리던 권위 때문이었을 것이다. 죽음이 쑨광밍의 똘마니 녀석에게 들이닥쳤을 때, 쑨광밍은 별 고민 없이 녀석을 손쉽게 구할 수 있으리라 생각했을 것이다.

살아난 녀석은 당시의 상황을 전혀 기억하지 못했다. 그저 눈을 동그랗게 뜨고 혀가 얼어붙은 듯 자초지종을 묻는 사람을 멍하니 쳐다볼 뿐이었다. 몇 년 후 누군가 이 일을 다시 끄집어냈을 때, 녀석은 그 일이 마치 다른 사람이 꾸며낸 이야기라도 된다는 듯 반신반의하는 표정을 지었다. 만약 마을에서 그 일을 직접 본 사람이 없었다면, 아마도 쑨광밍은 저 혼자 빠져 죽은 거라 여겨졌을 것이다.

사건이 일어났을 때, 그 사람은 마침 나무다리를 건너고 있었다. 그 사람은 쑨광밍이 아이를 바깥으로 밀어내 주는 장면을 목격했다. 이어지는 것은 아이가 넋이 나간 표정으로 강기슭으로 올라오고, 쑨광밍은 그대로 물속에서 허우적거리는 장면이었다. 몸부림을 치며 마지막으로 머리를 수면 위로 쳐든 동생은 두 눈을 부릅뜨고 눈부신 태양을 똑바로 쳐다보았다. 그렇게 몇 초간을 뚫어져라 쳐다보다가 결국 영영 물속으로 가라앉고 말았다. 며칠 후의 정오 무렵 동생을 묻고 돌아온 나는 햇빛 찬란한 연못가에 앉아 동생이 그랬던 것처럼 태양을 직시해보았다. 그러나 눈부신 빛줄기에 이내 고개를 수그리고 말았다. 그 일을 통해 삶과 죽음 사이의 차이를 깨달았다. 살아 있는 사람은 태양을 똑바로 쳐다볼 수 없고, 죽음을 앞둔 사람만이 빛발을 뚫고 태양을 똑바로 쳐다볼 수 있다는 사실을 말이다.

그 사람이 혼비백산하여 달려오기 전까지는 난 무슨 일이 일어났는지 알지 못했다. 그의 고함 소리는 깨진 유리 조각처럼 공중에 흩날렸다. 낫으로 호박을 잘라 먹고 있던 쑨광핑이 그 소리를 듣자마자 낫을 내던지고 밖으로 뛰쳐나갔다. 그가 뛰어가며 아버지를 소리쳐 부르자 아버지 쑨광차이도 채소밭에서 뛰어나왔다. 곧이어 두 부자는 강가로 정신없이 달려갔다. 어머니도 그 길에 모습을 드러냈다. 어머니가 손에 쥔 머릿수건이 뛰어가는 내내 위아래로 춤을 추었다. 얼마 후 어머니의 처량한 울음소리가 들려왔다. 그 소리를 듣는 순간, 동생이 아직 살아 있다 해도 그 소리에 다시 죽고 말겠다는 생각이 들었다.

그 후로 나는 줄곧 집에 또 무슨 일이 생기면 어쩌나 하는 걱정에 시달렸다. 집 밖을 떠도는 나의 괴벽을 마을 사람들은 이미 일상적인 일로 여기고 있었다. 나는 사람들의 뇌리에서 사라지는 쪽이 더 좋았지만, 집에 그런 일이 생겨 모습을 드러내자 다시 사람들의 주의를 끌게 되었다. 마을 사람 모두가 강가로 달려갈 때 나는 엄청난 부담을 느꼈다. 나 역시 인지상정으로 달려갈 수 있는 문제였지만, 식구들과 마을 사람들이 내가 동생의 재앙을 고소하게 여긴다고 생각하지는 않을까 걱정이 되었다. 이런 상황에서는 멀리 떨어져 있는 게 낫겠다는 생각에 그날은 한밤중에야 집에 들어갔다. 날이 어두워진 후 강가에 가보았다. 강물은 달빛 아래서 찰랑거렸고, 육지에서 딸려간 여러 가지 것들이 물결을 따라 수면 위를 떠다녔다. 물이 흐르는 소리는 언제나처럼 상쾌한 게 듣기 좋았다. 방금 내 동생을 삼켜버린 강물은 예전의 고요함을 조금도 잃지 않았다. 저 멀리 마을의 불빛이 보이고, 사람들의 잡다한 소리가 바람을 타고 흘러왔다. 어머니가 울부짖는 소리가 끊어질 듯 이어지는 가운데 어머니를 부축해 가는 몇몇 아낙의 울음소리도 함께 들려왔다.

이것이 바로 먼발치에서 바라본, 떠나가는 한 생명을 애도하는 정경이다. 조금 전 한 생명을 삼켜버린 강물은 아무 일도 없었다는 듯 유유히 흘러갔다. 그때 난 물에도 생명이 있다는 걸 알게 되었다. 강물이 내 동생을 삼켜버린 건 다른 생명으로 자기 생명을 보충해야 했기 때문이다. 저 멀리서 울부짖는 여자와 슬픔에 잠긴 남자 역시 자기 생명을 보충해줄 다른 생명이 필요했다. 그들은 잘 자란 채소를 따고, 돼지를 잡았다. 다른 생명을 집어삼킨 사람들 역시 그때의 그 강물처럼 아무 일도 없었다는 듯 잘 살아갈 것이다.

물에 들어가 쑨광밍을 건져 올린 이들은 쑨광차이와 쑨광핑이었다. 그들이 나무다리 아래서 쑨광밍을 건져 올려 연못가로 끌고 왔을 때, 쑨광밍의 얼굴은 풀빛을 띠었다. 이미 지쳐버린 쑨광차이가 쑨광밍의 두 다리를 잡아 몸을 뒤집고는 등에 거꾸로 업은 채 그 길을 내달렸다. 쑨광밍의 몸이 아버지의 등에서 심하게 흔들렸다. 그리고 머리는 달리는 박자에 따라 툭툭 아버지의 장딴지에 부딪혔다. 형도 그 뒤를 따라 달려갔다. 여름날의 한낮에 흠뻑 젖은 세 사람이 먼지 가득한 길을 달려가는 모습이 어지럽게 뒤엉켜 마치 한 덩어리처럼 보였다. 그리고 여전히 손에 머릿수건을 쥐고 있는 어머니와 시끄럽게 떠드는 마을 사람 몇몇이 그 뒤를 따랐다.

달리는 쑨광차이의 머리는 갈수록 뒤로 젖혀졌고, 숨을 헐떡거리며 뛰어가는 발걸음은 점점 느려지더니 결국엔 멈춰 서고 말았다. 그러면서도 입으로는 계속 쑨광밍의 이름을 외쳤다. 쑨광핑은 아버지의 등에서 동생을 넘겨받아 역시나 거꾸로 들쳐 업고 계속 달렸다. 뒤처진 쑨광차이는 끊어질 듯 이어질 듯 소리를 질렀다.

"뛰어…… 멈추지 말고…… 뛰어!"

그때 아버지는 거꾸로 매달려 있는 쑨광밍의 머리에서 물방울이 떨어지는 걸 보았다. 그것은 내 동생의 몸과 젖은 머리칼에서 흘러내린 물이었다. 그런데 아버지는 쑨광밍이 입으로 토해내는 물이라고 생각했다. 그때까지는 쑨광밍이 이미 영원히 떠나갔다는 사실을 모르고 있었던 것이다.

이십여 미터를 달리던 쑨광핑이 휘청거리기 시작했지만 쑨광차이는 계속 소리를 질렀다.

"뛰어…… 뛰어!"

결국 형의 몸이 고꾸라지고 쑨광밍도 한쪽으로 굴러 떨어졌다. 그러자 쑨광차이가 다시 아들을 들쳐 업고 달렸다. 걷잡을 수 없이 휘청거리긴 했지만, 사람들을 깜짝 놀라게 할 만큼 엄청난 속도였다.

어머니와 마을 사람들이 집 앞에 도착했을 때, 아버지는 아들이 죽었다는 사실을 이미 알고 있었다. 긴장과 피로 때문에 쏜광차이는 바닥에 무릎을 꿇고 연신 구역질을 했다. 쏜광밍은 사지를 편안히 뻗은 채 느릅나무 아래 누워 있었다. 나뭇잎이 뜨겁게 내리쬐는 한여름의 햇볕을 가려주었다. 마지막으로 달려 들어온 쏜광핑은 구역질하는 아버지를 보더니, 역시나 멀지 않은 곳에 무릎을 꿇고 앉아 아버지를 마주한 채 구역질을 하기 시작했다.

그때는 어머니 한 사람만 정상적인 슬픔을 드러냈다. 울부짖기도 하고, 목 놓아 울기도 하는 동안 몸이 위아래로 들썩거렸다. 구토를 멈춘 아버지와 형은 온몸에 흙먼지를 뒤집어쓴 채 여전히 그 자리에 꿇어 앉아 울부짖는 이 여인을 멍하니 바라보았다.

죽은 동생은 탁자 한가운데 놓였다. 그 아래에는 낡은 멍석이 깔렸고, 위에는 침대보가 덮였다.

쏜광차이와 쏜광핑은 정상으로 돌아온 다음, 우선 우물에 가서 물을 한 통 길어 와 번갈아가며 바닥이 보일 때까지 마셨다. 그러고는 바구니를 하나씩 들고 시내로 두부를 사러 갔다. 길을 나서며 아버지는 창백한 얼굴로 주위 사람들에게 아들이 구해낸 아이의 식구들에게 전하라며 이렇게 일렀다.

"내 돌아와서 찾아간다고 전해주시오."

마을 사람들은 그날 밤에 뭔가 일이 터질 거라 예상했다. 시내에서 돌아온 아버지와 형이 사람들에게 망자를 추모하는 두부를 먹으러 오라고 하자, 마을 사람 거의 전부가 모여들었다. 오로지 구출된 아이의 가족만이 꾸물대며 나타나지 않았다. 그 아이의 아버지는 밤 아홉 시가 넘어서야 혼자 모습을 드러냈는데, 형제들이 같이 오지 않은 걸 보면 혼자서 모든 일을 감당하려는 모양이었다. 그는 엄숙하게 집 안으로 들어가 죽은 동생 곁에 무릎을 꿇고 세 번 머리를 조아린 다음 일어나서 말했다.

"마을 사람들 모두가 와 계시는군요."

그러고는 생산대장에게 말했다.

"대장님도 계시는군요. 쑨광밍은 내 아들을 구하려다 죽었습니다. 저 역시 슬픔을 가눌 길이 없습니다. 다시 살려낼 도리가 없으니 그저 약간의 돈으로 대신할 수밖에 없군요."

그는 주머니에서 돈을 꺼내 쑨광차이에게 건넸다.

"백 위안입니다. 내일 다시 집에서 값나갈 만한 것들을 내다 팔아 돈이 모이는 대로 드리겠습니다. 우리 모두 한 마을 사람들이니 내가 돈이 얼마나 있는지 다 알 겁니다. 그저 있는 대로 다 드리겠습니다."

쑨광차이가 일어나 그에게 걸상을 건네며 말했다.

"일단 앉으시오."

아버지는 마치 시내의 당 간부처럼 격앙된 어조로 말을 시작했다.

"내 아들은 죽었소. 다시 살려낼 길이 없단 말이오. 당신이 얼마를 주든 내 아들의 목숨을 대신할 수는 없으니 돈은 받지 않겠소. 내 아들은 사람을 구하려다 죽었으니 영웅(중화인민공화국이 성립된 이후 각 분야에서 뛰어난 업적을 거둔 사람들에게 이 호칭이 내려졌다)이란 말이오."

쑨꽝핑이 아버지의 말끝을 가로채 역시 격앙된 어조로 말했다.

"내 동생은 영웅이란 말이에요. 우리 식구들은 그 아이를 자랑스럽게 생각해요. 당신이 우리에게 뭘 주든 우린 다 필요 없어요. 우린 그저 당신이 내 동생의 영웅적인 행동을 널리 알려 다른 사람들이 모두 알게 해줬으면 좋겠어요."

아버지가 마지막으로 말했다.

"당신, 내일 시내로 가서 방송 한 번 해달라고 하시오."

쑨꽝밍의 장례는 그 다음날 치러졌다. 녀석은 집 뒤편의 측백나무 두 그루 사이에 묻혔다. 장례가 치러지는 걸 줄곧 멀리서 지켜보던 나는 오래전부터 계속된 고독과 소외감에 나 자신이 더 이상 이 마을에 존재하지 않는 사람이 된 것 같았다. 어머니의 울부짖는 소리가 마지막으로 찬란한 햇빛 아래 흩날렸고, 아버지와 형의 슬픔은 멀리 떨어져 있는 탓에 잘 보이지 않았다. 쑨꽝밍은 멍석에 둘둘 말린 채 그곳으로 옮겨졌다. 마을 사람들은 마을 어귀에서 무덤에 이르는 길에 드문드문 흩어져 있었다. 아버지와 형이 동생을 구덩이에 넣고 흙을 덮었다. 그렇게 동생은 사람들과 함께한 세월에 정식으로 마침표를 찍었다.

그날 밤 난 집 뒤편의 연못가에 앉아 달빛 아래 고요히 솟아오른 동생의 무덤을 오랫동안 지켜보았다. 비록 동생은 먼 곳에 누워 있었지만, 그때는 그 애가 꼭 내 옆에 앉아 있는 것처럼 느껴졌다. 동생은 결국 나처럼 부모와 형제, 그리고 마을 사람들에게서 멀리 떠나갔다. 걸어간 길은 서로 달랐지만 결과는 그렇게 비슷했다. 다만 동생의 떠남이 훨씬 과감하고, 쉬워 보였을 뿐이다.

동생의 죽음과 매장은 내 마음속의 장애로 인해 원래의 모습에서 멀어져버렸다. 그 때문에 나는 집안에서나 마을에서나 앞으로 한층 더 심한 질책을 받을 줄 알았다. 하지만 여러 날이 지난 뒤에도 누구 하나 예전과 다른 언행을 보이지 않아 남몰래 놀라움을 금치 못했다. 그리고 바로 그 순간, 마치 무거운 짐을 벗어버린 듯 내가 그들에게 철저히 잊힌 존재가 되었다는 걸 깨달았다. 마을 사람들 모두가 날 알고 있었지만, 동시에 그들은 나의 자리를 부정했다.

동생의 장례가 끝나고 사흘 뒤, 집에 있는 유선 방송에서 살신성인한 쑨광밍의 영웅적 행위에 대한 이야기가 흘러나왔다. 아버지가 가장 기다리던 바로 그 순간이었다. 사흘 내내 방송이 나올 시간만 되면, 쑨광차이는 앉아 있던 작은 걸상을 이리저리 옮기며 안절부절못했다. 자신의 기대가 실현된 뒤 아버지는 기쁨에 들뜬 오리 새끼처럼 곳곳을 싸돌아다녔다. 한가로운 농촌의 어느 오후, 아버지의 쩌렁쩌렁한 목소리가 마을 사람들 집을 휘젓고 돌아다녔다.

"들었지?"

형은 그때 문 앞의 느릅나무 아래 서서 반짝반짝 빛나는 두 눈으로 아버지를 바라보고 있었다. 그렇게 아버지와 형은 잠깐 다가왔다가 사라질 흥분된 나날을 시작했다. 두 사람은 정부에서 당장 우리 집으로 사람을 파견하기를 눈이 빠지도록 기다렸다. 그들의 환상은 마을에서 시작해 베이징에까지 이르렀다. 그 환상의 절정은 그해 국경절에 영웅의 가족이라는 신분으로 톈안먼의 성루에 오르는 행사에 초청을 받는 것이었다. 그때 형은 아버지보다 더 명민하게 굴었다. 형의 머릿속에는 허황된 환상만 가득 차 있는 게 아니라, 비교적 현실에 부합하는 생각도 자리 잡고 있었다. 형은 동생의 죽음 덕분에 그들이 관공서의 말단직이라도 하나씩 얻을 수 있을 거라며 아버지를 일깨웠다. 학교에 다니는 애에 불과했지만, 목표를 설정하고 다가서는 일에서는 나무랄 데가 없었던 것이다. 형의 말은 아버지의 허황된 환상에 실제적인 요소를 더해주었다. 쑨광차이는 그때 두 손을 비벼대며 마음속의 흥분을 어떻게 표현해야 할지 몰라 안달을 했다.

쑨씨 부자의 억제할 길 없는 흥분은 그런 뜬금없는 계획을 마을 사람들에게 단계적으로 주입했다. 그리하여 마을에는 쑨씨네 가족이 곧 이사 갈 거라는 소문이 퍼졌다. 가장 놀라운 소문은 그들이 베이징으로 이사를 간다는 것이었다. 그 소문이 집에 전해지던 날 오후, 아버지가 주체할 수 없이 흥분한 모습으로 형에게 말하는 소리를 들었다.

"파도는 바람 없이는 일지 않는 법이란다. 마을 사람들이 죄다 그렇게 말하는 걸 보니 정부에서 곧 사람이 올 모양이다."

이렇게 아버지는 먼저 자신의 환상을 마을 사람들에게 주입한 다음, 마을 사람들이 이에 대해 수군거리는 말을 이용해 그 환상을 공고히 했다.

쑨광차이는 영웅의 아버지라는 아름다운 칭호가 내려오기를 기다리며 집안의 모양새를 새로이 해야겠다고 결정했다. 집안 꼴이 그렇게 엉망진창이면 정부에서 파견한 사람이 우리를 정확히 살피는 데 방해가 된다고 생각했던 것이다. 그 일은 복장에서 시작되었다. 아버지는 돈을 빌려와 식구들에게 새 옷을 한 벌씩 사 입혔다. 그 덕분에 나는 갑자기 식구들의 주목을 끌기 시작했다. 나를 어떻게 처리하느냐 하는 문제가 쑨광차이의 골칫거리가 되었다. 나는 아버지가 형에게 이렇게 말하는 걸 몇 번씩이나 들었다.

"저 녀석이 없으면 좋을 텐데."

오랫동안 나를 무시해온 식구들이 내 존재에 대해 확인한 바는 내가 골치 아픈 애물단지라는 사실이었다. 그렇긴 했지만 어느 날 새벽 어머니는 내 앞으로 새 옷 한 벌을 들고 오더니 입으라고 했다. 온 가족이 똑같은 색깔의 옷을 입었으니 얼마나 튀었을까. 다 떨어진 옷에 익숙했던 나는 뻣뻣한 새 옷을 입으니 온종일 마음이 불안하기 짝이 없었다. 마을 사람들과 친구들의 시야에서 점차 사라져가던 나는 이렇게 다시 그들의 주목을 받게 되었다. 어느 날 나와 마주친 쑤위가 이렇게 말했다.

"너 새 옷 입었구나."

쑤위의 말은 아무 일도 일어나지 않았다고 느껴질 만큼 담담했지만, 그때 내가 느꼈던 당혹스러움은 말로 표현하기 어려울 정도였다.

이틀 후에 아버지는 문득 자신의 방법이 덜 떨어진 것이었음을 깨달았다. 쑨광차이가 정부에서 파견한 사람에게 우리 집안이 검소할 뿐 아니라 사는 데 어려움이 있다는 걸 보여줘야 한다고 판단한 덕분에, 집에서 가장 낡은 옷들이 전부 다시 햇빛을 보게 되었다. 어머니가 등잔불 앞에 앉아 하룻밤을 꼬박 샌 결과, 다음날 새벽 온 식구가 생선 비늘처럼 여기저기를 덧댄 옷으로 갈아입을 수 있었다. 그런 다음 우리는 우스꽝스런 네 마리 생선처럼 태양을 정면으로 맞으며 집을 나섰다. 형이 머뭇거리며 학교로 가는 모습을 보며, 나는 처음으로 형도 나와 같은 기분일 때가 있다는 걸 알았다.

횡재를 기다리는 뚝심에서는 쑨꽝핑이 아버지 쑨꽝차이를 당해 낼 수가 없었다. 다 떨어진 옷 때문에 학교에서 웃음거리가 된 쑨꽝핑은 황제를 시켜준다고 해도 그 낡아빠진 옷은 더 이상 입고 싶지 않았다. 그래서 효과 만점인 핑계를 하나 찾아내 아버지에게 말했다.

"구시대에나 입던 이런 옷을 아직까지 입는 건 공산당을 욕보이는 일이라구요."

이 말에 쑨꽝차이는 며칠이나 좌불안석이었다. 그 며칠간 아버지는 수도 없이 마을 사람들을 찾아다니며 자초지종을 설명했다. 우리 식구가 낡은 옷을 입고 다닌 건 다른 뜻이 있어서가 아니라 고달팠던 과거를 떠올리며 오늘의 행복을 맛보기 위해서라는 이야기였다.

"한 번쯤 구시대에 고생했던 걸 떠올려봐야 우리 신사회가 얼마나 행복한지를 더 깊이 느낄 수 있지 않겠냐구."

아버지와 형이 밤낮으로 기다리던 정부 인사는 한 달이 넘어도 마을에 나타나지 않았다. 그러는 사이에 마을의 여론이 방향을 바꿔 아버지와 형의 상처로 곧장 달려들었다. 농한기라 시간이 남아 돌았던 사람들은 이야기의 근원지를 찾는 데 열중했다. 그 결과 그들은 모든 소문이 우리 집에서 나왔다는 걸 알게 되었다. 아버지와 형은 순식간에 사람들의 웃음거리가 되었다. 누구라도 실실 눈웃음을 치며 쑨광차이나 쑨광핑에게 이렇게 물을 수 있었다.

"정부에서 사람은 왔나?"

한동안 우리 집을 뒤덮었던 환상은 이렇게 금이 가기 시작했다. 그것은 쑨광핑이 먼저 환상에서 빠져나왔기 때문이다. 그는 눈앞의 이익을 좇는 데는 아버지보다 한 수 위인 젊은이답게 그 모든 것이 이제 불가능하다는 걸 간파했던 것이다.

환상이 무너져가던 초기의 나날들에 쑨광핑은 심각하고 우울해 보였다. 혼자 게으름을 피우며 침대에 누워 있는 일이 잦았다. 아버지는 그때도 여전히 환상을 고수했던 탓에 둘의 관계는 갈수록 얼어붙었다. 어느덧 아버지에게는 스피커 아래 앉아 있는 습관이 생겼다. 아버지가 멍청한 표정으로 그곳에 앉아 있을 때면 반쯤 벌어진 입에서 침이 줄줄 흘러내렸다. 하루는 보다 못한 쑨광핑이 아버지의 바보 같은 얼굴에 대고 더 이상 못 참겠다는 듯 소리를 질렀다.

"그 일은 이제 그만 잊어버리세요."

이 말에 아버지는 불같이 화를 냈다. 아버지의 입에서 사방으로 침이 튀며 엄청난 욕설이 터져 나왔다.

"이 쌍놈의 자식, 당장 꺼지지 못해."

형은 조금도 쫄지 않았다. 형의 반격이 오히려 더 위력적이었다.

"그 말 어디 왕씨네 형제한테 가서 해보시죠."

그 말에 아버지는 아이처럼 날카롭게 소리를 지르며 형에게 달려들었는데, "널 흠씬 두들겨 패줄 테다"가 아니라 이렇게 말했다.

"너 나하고 한판 붙자."

만약 어머니가 아니었다면, 어머니의 작고 여윈 몸과 울음소리가 개처럼 짖어대는 두 남자를 막아서지 않았다면 원래도 무너져 내리기 일보직전이었던 우리 집은 아마 폐허가 되었을 것이다. 쑨광핑은 시퍼런 얼굴로 집을 나서다가 마침 나를 발견하고는 이렇게 말했다.

"저 늙은이가 자기 관을 짜는군."

사실 아버지는 오래전부터 외로움을 느껴왔다. 아버지와 형 사이에는 동생이 막 죽었을 때와 같은 의기투합이 완전히 사라져, 둘이 함께 신이 나서 아름다운 미래를 그려보는 일은 더 이상 기대할 수 없게 되었다. 형이 발을 빼자 아버지는 환상 속에 홀로 남아 사람들의 무관심을 견뎌내야 했다. 게다가 정부에서 사람을 파견하지 않을 거라는 끔찍한 생각에 홀로 저항하는 일도 빼놓을 수 없었다. 그런 이유로 형이 점차 아버지를 맘에 안 들어 할 무렵, 아버지는 아버지대로 형과 한판 붙을 기회가 오길 기다리고 있었다. 처음 한판 붙은 이후로 꽤 오랜 시간 두 사람은 지글지글 타오르는 눈빛이 아니라 차가운 눈빛으로 서로를 무시할 뿐이었다.

아버지 쑨광차이는 이상하리만큼 마을 어귀의 좁은 길에서 눈길을 떼지 못했다. 중산복 차림의 정부 인사가 오기를 눈이 빠지도록 기다리는 것이었다. 아버지의 마음속 비밀은 동네 아이들까지 다 아는 사실인지라, 몇몇 아이들은 툭하면 우리 집 앞으로 뛰어와 소리를 질렀다.

"쑨광차이, 중산복 입은 사람이 왔다."

처음에 아버지는 매번 그 소리에 놀라 어쩔 줄 몰라 했고, 마치 탈주범이라도 되는 양 불안한 기색을 감추지 못했다. 나는 아버지가 창백한 얼굴로 마을 어귀까지 뛰어갔다가 얼이 빠진 표정으로 돌아오는 모습을 자주 볼 수 있었다. 쑨광차이가 마지막으로 속아 넘어간 것은 막 겨울로 접어들 무렵 아홉 살짜리 꼬마가 혼자 뛰어와 소리를 질렀을 때였다.

"쑨씨 아저씨, 중산복 입은 사람들이 와요."

쑨광차이는 대빗자루를 들고 달려들 듯이 뛰어나왔다.

"이놈의 자식, 이 패 죽일 놈."

꼬마 녀석은 몸을 홱 돌려 냅다 도망치다가 멀리서 걸음을 멈추고는 계속 소리를 쳤다.

"만약 이게 거짓말이면, 난 암캐가 낳고 수캐가 키운 자식이다."

꼬마가 자기 부모까지 걸고 맹세를 하자, 쑨광차이는 집에 돌아와 앉지도 서지도 못하고 불안해했다. 계속 손을 비벼대며 방 안을 서성거렸다.

"진짜 왔으면 어떡하지? 아무런 준비도 안 됐는데."

불안한 마음에 마을 어귀로 달려간 쑨광차이를 맞이한 것은 텅 빈 논밭과 말 없는 나무들뿐이었다. 그때 난 그다지 멀지 않은 연 못가에 앉아 마을 어귀에 멍청히 서 있는 아버지를 보았다. 차가운 바람에 옷깃을 여민 아버지는 잠시 후 바닥에 쪼그리고 앉았다. 그 러더니 무릎이 시렸던 모양인지 두 손으로 연신 무릎을 비벼댔다. 겨울이 코앞으로 다가온 어느 저녁, 쑨광차이는 덜덜 떨리는 몸으 로 마을 어귀에 쪼그리고 앉아 저 먼 곳에서 뻗어온 좁은 길을 오 래도록 바라보았다.

아버지는 춘절이 가까워진 무렵에야 할 수 없이 그때까지 고수 해오던 환상을 침통한 마음으로 포기했다. 마을에서는 집집마다 떡 치는 소리가 울려 퍼졌지만, 갈기갈기 찢긴 우리 집에는 명절 분위기라고는 손톱만큼도 없었다. 나중에 어머니는 용기를 내어 아버지에게 물었다.

"명절은 어떻게 지낼 거예요?"

아버지는 풀이 죽은 표정으로 스피커 아래 앉아 한참을 생각한 후에야 입을 열었다.

"중산복 입은 사람은 안 올 모양이야."

나는 아버지가 몰래 형을 바라보는 모습에 주목하기 시작했다. 틀림없이 형과 화해하고 싶어 하는 눈치였다. 섣달 그믐날 밤, 결 국 아버지가 먼저 형에게 말을 걸었다. 쑨광핑이 밥을 다 먹고 막 나가려던 차에 아버지가 그를 불러 세웠다.

"너하고 의논할 일이 있다."

두 사람은 방 안으로 들어가 속닥속닥 이야기를 나누었다. 나올 때 보니 둘 다 심각한 표정이었다. 다음날 새벽, 그러니까 음력 정월 초하루에 쑨씨 부자는 그들의 아들이자 형제가 구해낸 아이의 가족을 찾으러 집을 나섰다.

영웅의 아버지로 불릴 희망이 사라졌다는 걸 확인한 쑨광차이는 새롭게 돈의 매력을 깨달았다. 그는 그 가족을 찾아간 자리에서 쑨광밍의 목숨을 배상하라며 입을 열자마자 오백 위안을 요구했다. 그들은 깜짝 놀라며, 그렇게 많은 돈을 요구하는 법이 어디 있느냐고 말했다. 그러고는 오늘은 음력 정월 초하루니까 다른 날 다시 와서 그 일을 의논했으면 좋겠다고 했다.

쑨씨 부자는 당장 돈을 내놓지 않으면 그 집 살림살이를 모두 부숴버리겠다고 으름장을 놓았다. 쑨광차이가 소리쳤다.

"이자를 안 받는 것만 해도 얼마나 봐주는 건지 알기나 해."

멀리 떨어진 곳에서도 그들이 다투는 소리는 아주 선명하게 들렸다. 덕분에 난 그때 무슨 일이 벌어지고 있는지 분명히 알 수 있었다. 곧이어 아버지와 형이 그 집의 살림살이를 때려 부수는 소리가 들렸다.

이틀 뒤 경찰복을 입은 사람 셋이 마을에 나타났다. 그때 나는 마침 밥을 먹고 있었는데, 몇몇 아이들이 집 앞까지 달려와 소리를 질렀다.

"쑨씨 아저씨, 중산복 입은 사람들이 왔어요."

대빗자루를 들고 뛰어나온 쑨광차이는 정면에서 걸어오는 경찰 세 사람을 보았다. 상황을 간파한 그는 경찰들에게 소리쳤다.

"누굴 잡으러 오셨나?"

그때가 아버지가 가장 위풍당당해 보였던 순간이다. 아버지가 경찰에게 물었다.

"감히 누가 누굴 잡는다고?"

아버지는 자기 가슴을 두드리며 말했다.

"난 영웅의 아버지라구."

이어 쑨광핑을 가리켰다.

"여긴 영웅의 형이고."

그러고는 어머니를 가리켰다.

"여긴 영웅의 어미 되는 사람이고 말이야."

아버지는 한쪽에 서 있는 나를 바라보았지만, 아무 말도 하지 않았다.

"당신들이 겁도 없이 누굴 잡아가는지 보겠어."

경찰들은 아버지의 말에는 아무런 관심도 없다는 듯 그저 차갑게 물었다.

"쑨광차이가 누구요?"

아버지가 소리를 질렀다.

"바로 나요."

"당신, 우리하고 좀 같이 갑시다."

아버지가 줄곧 기다린 건 중산복 차림의 사람들이었지만, 결국 찾아온 이들은 경찰복을 입은 사람들이었다. 아버지가 끌려간 후, 대장이 그 살림살이가 다 망가진 집 사람을 데려와 형과 어머니에게 손실을 배상해주라고 했다. 나는 집 뒤의 연못가로 가서, 사람들이 우리 집 물건을 들고 나가는 걸 지켜보았다. 한바탕 난리를 겪으며 고통이 더해진 물건들이 또 그렇게 다른 사람의 소유가 된 것이다.

보름 후 유치장에서 나온 아버지는 마치 자궁에서 막 나온 갓난 아기처럼 깨끗했다. 예전에는 지저분하기만 했던 아버지가 우리 쪽으로 다가오는데, 살결이 뽀얗고 부드러운 도시의 당 간부가 아닌가 싶었다. 아버지는 베이징으로 고발하러 갈 거라며 온 동네에 떠벌리고 다녔다. 사람들이 언제 갈 거냐고 물으면, 석 달 후에 차비가 생기면 갈 거라고 했다. 하지만 막상 석 달이 지나자 베이징이 아니라 맞은편에 사는 과부의 이불 속으로 기어 들어갔다.

내가 기억하는 과부의 이미지는 튼실한 몸매에 우렁찬 목소리를 가졌고, 맨발로 논두렁을 빠르게 오가던 마흔 안팎의 여자였다. 과부의 가장 큰 특징은 셔츠를 늘 바지 안으로 넣고 입어 살찐 엉덩이가 진한 육감을 유감없이 풍긴다는 거였다. 그 시대에 그런 옷차림은 상당히 눈에 띄는 것이었다. 꽃다운 소녀들도 허리나 엉덩이를 감히 그렇게 드러내지 못했다. 그런데 이미 허리라고는 찾아볼 수조차 없는 과부가 살찐 엉덩이를 씰룩대며 온몸을 흔들고 다녔던 것이다. 그러나 의외로 가슴은 그만큼의 성적을 내지 못했다. 도시의 시멘트 길처럼 평평했으니 말이다. 난 뭐 영감이 그걸 두고 가슴에 있는 살이 죄다 엉덩이로 늘어진 탓이라고 했던 말을 아직도 기억하고 있다. 그는 또 이런 말도 했다.

"얼마나 편리하겠어. 엉덩이를 꽉 쥐면 젖까지 만지는 셈이니 말이야."

어렸을 때 나는 저녁 무렵 사람들이 일을 마칠 시간이 되면, 과부가 동네 젊은이들에게 노골적으로 추파를 던지는 소리를 들었다.

"이따 밤에 우리 집에 놀러 와."

그러면 젊은이들은 늘 이렇게 대답했다.

"이런 니미럴, 미쳤어? 누가 너랑 자. 늙어서 흐물흐물할 텐데."

그때는 그들의 대화가 무슨 뜻인지 알지 못했지만, 나이를 먹어가면서 과부가 동네에서 벌인 매춘에 대해 알게 되었다. 그때 난 종종 이런 우스갯소리를 들었다. 늦은 밤 과부네 집 창을 넘어가 그녀의 침대를 더듬으면 가쁜 숨소리와 행복에 겨운 신음 소리 사이로 과부의 알 듯 모를 듯한 소리가 들린다고 했다.

"안 돼, 사람이 있다구."

늦게 온 사람이 자리를 뜰 때쯤이면 이런 충고까지 했다고 한다.

"내일 밤은 조금 일찍 와."

사실 이런 우스갯소리는 다 실제로 일어난 일이었다. 어두운 밤이 찾아든 뒤에 과부의 침대가 비어 있는 일은 거의 없었다. 더위가 맹위를 떨치는 여름밤에도 과부의 신음 소리는 창을 넘어 마을 사람들이 더위를 식히러 나온 공터에까지 울려 퍼졌다. 그럴 때면 뤄 영감은 감개무량한 듯 이렇게 한마디 던졌다.

"이렇게 더운 날까지! 정말로 모범적 노동자로군."

키도 크고 튼실한 과부는 젊은이와 자는 걸 좋아했다. 내 기억 속에는 그녀가 밭머리에 서서 우렁찬 목소리로 동네 아낙들에게 하던 소리가 아직도 생생하게 울려 퍼지고 있다.

"젊은 애들은 힘도 좋고 깨끗해. 입 냄새도 안 나고 말이야."

하지만 쉰이 넘어 폐병으로 죽은 전임 대장이 침대로 찾아왔을 때도, 그녀는 흥분에 겨워하며 그를 받아들였다. 그녀는 때로 권력에 복종하기도 했던 것이다. 나중에는 과부도 나이를 먹고 색정이 사그라져 중년의 남자도 기꺼이 받아들이게 되었다.

아버지 쑨광차이는 바로 이때 자선가라도 되는 양 이제는 적막하기 그지없는 과부의 나무 침대에 기어올랐던 것이다. 봄에 막 접어든 어느 날 오후, 아버지는 열 근이나 되는 쌀을 등에 지고 과부의 집에 들어섰다. 마침 기다란 걸상에 앉아 신발 밑창을 꿰매고 있던 과부는 집 안으로 들어서는 쑨광차이를 삐딱하게 쳐다보았다.

아버지는 실없이 헤헤거리며 쌀을 과부의 발꿈치 앞에 내려놓더니 곧바로 그녀의 목을 꺼안으려 했다. 그러자 과부가 손을 뻗어 그를 가로막으며 말했다.

"천천히."

과부가 말했다.

"난 절대로 돈만 보면 눈이 뒤집어지는 그런 여자가 아니에요."

그러더니 손을 뻗어 아버지의 사타구니를 몇 번 더듬었다.

"어때?"

아버지가 실실거리며 물었다.

"그럭저럭."

과부가 대답했다.

오래도록 원칙대로, 규율을 잘 따르며 살아온 아버지는 환상이 깨지고 현실에 농락을 당하며 크게 깨우친 바가 있는 듯했다. 그 후 쑨광차이는 수시로 개도촌(농촌에 세운 모범 마을)의 젊은이를 찾아가 선배가 한 수 가르쳐준다는 듯 우쭐대며 이런 말을 했다.

"젊었을 때 한 여자라도 더 데리고 자라구. 다른 건 죄다 가짜라니까."

아버지가 꽃문양이 새겨진 과부의 낡은 나무 침대에 거리낌 없이 기어오르는 모습을 쑨광핑은 하나도 빠짐없이 다 지켜보았다. 제 집 드나들듯 과부네 집을 드나드는 아버지를 형은 도저히 눈 뜨고 봐줄 수가 없었다. 하루는 아버지가 배불리 먹고 마신 뒤 소화를 시킨다며 또 과부네로 가려 하자 형이 입을 열었다.

"아버지, 이제 그만 할 때도 됐잖아요?"

아버지는 전혀 신경 쓰지 않는 듯한 표정으로 대답했다.

"이런 일에 그만 할 때가 어디 있냐?"

쑨광차이가 원기왕성한 모습으로 과부네 집에 들어갔다가 피곤에 절어 나오던 나날들에 나는 우울한 마음으로 어머니를 엿보곤 했다. 말도 없고, 손발을 좀체 가만두지 않던 어머니는 울분을 삼키며 아무 일도 없는 척 하루하루를 살아갔다. 한밤중에 아버지가 과부의 이불 속에서 빠져나와 어머니의 침대에 기어 들어올 때 어머니는 무슨 생각을 했을까? 내 생각은 꽤 오랫동안 이 지점에 머물렀다. 나는 악독한 동시에 연민에 찬 마음으로 어머니의 심정을 헤아리려 애썼다.

나중에 발생한 사건으로 아무 일도 없는 듯 세월을 보내던 어머니가 실은 엄청난 분노를 억누르고 있었다는 사실을 알게 되었다. 과부에 대한 어머니의 원한을 통해 나는 여자가 얼마나 속이 좁은가를 깨달았다. 난 마음속으로 수없이 어머니를 일깨웠다. 당신이 증오해야 할 대상은 아버지이지 그 과부가 아니라고 말이다. 또 아버지가 과부의 침대에서 내려와 당신의 침대로 돌아왔을 때 마땅히 그를 내쫓았어야 했다고 말이다. 그러나 어머니는 어떤 상황에서도 아버지를 내쫓기는커녕 전과 다름없이 모든 것을 열어주었다.

어머니의 분노는 결국 폭발하고야 말았다. 채소밭에 똥거름을 뿌리고 있을 때였다. 과부가 한껏 거드름을 피우며 밭두렁을 걸어오는데, 그 표정이 어머니의 피를 거꾸로 돌게 한 것이다. 오랫동안 억눌렀던 원한이 손에 쥔 똥삽을 과부를 향해 휘두르게 했다. 그 바람에 똥물이 바람을 타고 날아가 과부의 우쭐대던 몸뚱이를 덮쳐버리고 말았다. 곧바로 과부의 구리 나팔 같은 목소리가 울려퍼졌다.

"당신 눈멀었어?"

어머니의 목소리가 분노로 가득 차 부들부들 떨렸다.

"당신 말이야, 당장 시내로 가버리라구. 운동장에 가서 자란 말이야. 남자들이 줄을 서서 당신이랑 놀 수 있게 말이야."

"하이고……."

과부는 전혀 위축되지 않았다.

"당신이 무슨 자격으로 그딴 소리를 지껄이는 거야? 집에 가서 잘 씻기나 하라구. 당신 서방 말씀이 당신 거기 냄새가 하늘을 찌른다던데."

목소리 큰 두 여자가 듣기 민망한 말로 오리가 꽥꽥대는 것처럼 서로를 헐뜯는 통에, 한낮의 마을은 혼비백산한 사람들로 소란스러웠다. 우리 어머니, 그 가냘픈 여인은 급기야 밭두렁에 서 있던 과부를 머리로 냅다 들이받고 말았다.

쑨광차이는 마침 시내에 갔다가 백주 한 병을 등 뒤로 덜렁덜렁 흔들며 돌아오는 길이었다. 먼저 그의 눈에 들어온 건 멀리서 두 여자가 머리를 풀어헤친 채 치고받는 광경이었다. 그 모습에 그는 흥분을 주체하지 못했다. 하지만 몇 걸음 다가가 상황을 제대로 파악하고는 허둥지둥 밭두렁에 뛰어올라 꽁무니 빠지게 도망갈 채비를 했다. 그때 마을 사람 하나가 그를 가로막으며 한마디 던졌다.

"거 당신이 가서 좀 말려봐."

아버지는 연신 고개를 가로저으며 말했다.

"안 돼, 안 된다고. 하나는 마누라고 하나는 내 거시긴데, 편 잘못 들었다간 큰일 나잖아."

이 시각 가냘픈 어머니는 이미 과부에게 맞아 나가떨어졌고, 과부는 그 큰 엉덩이로 어머니를 깔고 앉아 있었다. 멀리서 이 광경을 지켜보던 나는 가슴속에서 슬픔이 솟아올랐다. 오랫동안 치욕을 참고 견뎌온 어머니가 끝내 폭발하여 얻어낸 것은 역시나 치욕뿐이었으니 말이다.

마을의 몇몇 여인네들이 이 상황을 도저히 볼 수 없었던지 달려가 과부를 끌어냈다. 과부는 그 자리를 떠나며 승리자의 위엄을 과시했다. 머리를 꼿꼿이 세우고 집으로 향하며 이렇게 말했다.

"어디다 대고 까부는 거야!"

어머니는 채소밭에서 대성통곡을 하며 울부짖었다.

"우리 광밍이 살아 있었다면 널 가만두지 않았을 거야."

자유 경작지 사건이 일어났을 때 용감하게 식칼을 들고 설치던 형은 웬일인지 이 날은 그림자도 볼 수 없었다. 쑨광핑은 방 안에서 꼼짝도 않고 있었다. 밖에서 벌어지고 있는 일들을 낱낱이 알고 있었지만, 한심하기 짝이 없는 그런 싸움에 말려들기 싫었던 것이다. 어머니의 울음소리는 집에 대한 그의 수치심만 키워놓았을 뿐 분노를 불러일으키기에는 역부족이었다.

두들겨 맞은 어머니가 할 수 있는 일이라고는 죽은 동생이 살아 있었다면 하고 바라는 일뿐이었다. 그것은 어머니가 절망의 순간에 움켜쥘 수 있는 유일한 지푸라기였다.

처음에 나는 형의 무관심을 집안 망신의 현장에 모습을 드러내기 싫어서 그런 걸로 이해했다. 형은 이미 자유 경작지 풍파 때의 쑨광핑이 아니었다. 난 형의 마음속에 자리 잡은 실망감을 느낄 수 있었다. 집에 대한 형의 불만은 점점 더 말로 표현하기 어려운 지경으로 치달았다. 나와 형의 대립은 여전했지만, 둘이 공통적으로 느끼는 집에 대한 불만 때문에 우리 사이에는 미묘한 묵계가 생겨났다.

내가 곧 남문을 떠날 무렵의 어느 깊은 밤, 과부네 집 뒤창을 넘어서 우리 집으로 숨어 들어오는 그림자를 하나 발견했다. 난 그 사람이 쑨광펑이란 걸 단번에 알 수 있었다. 형이 어머니와 과부의 싸움에 무관심으로 일관했던 또 다른 이유를 그제야 알게 된 것이다.

형이 이불과 요를 짊어지고 버스 터미널까지 나를 배웅 나올 때, 어머니는 마을 어귀에서 우리를 떠나보냈다. 새벽바람 속에서 어머니는 운명이 그 순간에 보여준 모든 걸 이해하지 못하는 듯 어찌할 바 모르겠다는 표정으로 우리를 바라보았다. 어머니를 마지막으로 한 번 바라보았을 때, 어머니의 머리칼이 벌써 하얗게 세어버린 걸 발견했다.

"저 갈게요."

어머니는 아무런 반응도 없이 흐릿한 눈으로 마치 다른 무엇을 보고 있는 것 같았다. 그때 내 가슴속에서는 뜨거운 정이 용솟음쳤다. 그런 어머니의 모습에 가슴 한 구석이 저려왔기 때문이다. 어머니의 운명은 내 앞의 허공에서 한 줄기 산들바람이 되어 형체도 없이 흩어져갔다. 그 순간 나는 이번에 떠나면 돌아오지 못할 거라는 걸 깨달았다. 하지만 아버지나 형과 비교하자면 내가 어머니를 버린 것은 동생이 한 것만큼 잔인한 일은 아니었다. 잔인한 사람들은 아버지와 형이었다. 그들은 어머니를 내팽개치고 어머니가 평생토록 저주했던 과부의 침대로 기어 올라갔으니 말이다. 아무것도 모르는 어머니는 여전히 온 힘을 다해 이 집을 지키고 있었다.

내가 떠난 후 아버지 쑨광차이는 자신을 철두철미한 후레자식으로 만드는 데 한층 더 힘을 쏟았다. 더욱 가관인 것은 자기가 무슨 이삿짐센터 직원이라도 되는 듯, 집 안의 물건을 하나둘씩 과부의 집으로 실어 날라 둘의 관계를 끝없이 이어갔다. 쑨광차이의 애틋한 마음은 응분의 대가를 얻었다. 그러는 동안에 과부는 이미 다 사그라진 욕정을 성심성의껏 끌어냈다. 쉰이 다 된 이 여자는 척 보기에도 과거의 넘쳐흐르던 욕정을 끌어내기는 어려워 보였지만.

쑨광핑은 이미 열네 살 때의 용감한 기상을 잃고, 할 말 못하고 울분을 삭이는 어머니의 모습을 닮아가면서 자기 아버지가 벌이는 모든 행동을 말없이 지켜보기만 했다. 간혹 어머니가 근심어린 표정으로 또 무슨 물건이 없어졌다고 하소연을 해도, 늘 이런 말로 어머니를 위로할 뿐이었다.

"다음에 또 사죠."

사실 쑨광핑은 과부에게 추호의 원한도 없었고, 오히려 감탄에 가까운 감정을 품고 있었다. 훗날 그는 과부의 집 창문을 넘나들던 그 수많은 밤을 줄곧 불안해했다. 이는 아버지의 망나니 같은 짓거리에 간섭하지 않았던 주요한 까닭이기도 했다. 과부 역시 어느 누구에게도 쑨광핑에 관한 일을 발설하지 않았는데, 아마도 그 시절 몰래 침대로 기어올랐던 젊은이들이 대체 누구였는지 감조차 잡을 수 없었기 때문일 것이다. 과부는 원래 자기 몸뚱이를 찾아오는 사내들에 대해 꼬치꼬치 캐묻는 일엔 별 관심이 없었다. 물론 쑨광차이처럼 환한 대낮에 제 집 드나들듯 침대에 기어오르는 경우야 상대가 누군지 한눈에 알아볼 수 있었지만 말이다.

쑨광핑은 고등학교를 졸업하고 집안 농사를 거들면서부터는 얼굴에서 자신감이라고는 눈을 씻고도 찾아볼 수가 없었다. 그 무렵 형이 눈을 뜬 채로 침대에 누워 있는 모습이 자주 보였다. 형의 그 흐릿한 눈빛을 보고 있으면 형의 마음을 이해할 수 있을 것 같았다. 나는 온 마음을 다해 형의 가장 큰 소망이 무엇인지를 관찰했다. 그것은 바로 남문을 떠나 완전히 새로운 생활을 시작하는 것이었다. 형은 논두렁에 서서 얼굴에는 주름이 가득하고, 온몸이 흙투성이인 노인이 지친 모습으로 밭에서 걸어 나오는 모습을 멍하니 바라볼 때가 많았다. 형의 눈에서는 슬픔과 공허감이 흘러넘쳤다. 쑨광핑은 그 노인의 모습에서 자기 운명의 마지막 부분을 떠올린 것이다.

쑨광핑은 현실이 자신에게 부여한 자리를 받아들인 후, 여자에 대해 말로 표현하기 어려운 갈망을 느끼기 시작했다. 이즈음 그가 여자에게 느끼던 욕망은 과부에게 느끼던 것과는 다른 성질의 것이었다. 그는 자신을 보호해주고 아껴주는 동시에, 번민으로 가득 찬 밤들을 더 바랄 게 없는 평온함 속으로 이끌어줄 여자가 필요했다. 그래서 그는 약혼을 했다.

그 아가씨는 평범한 외모에 이웃 마을의 이층짜리 주택에 살았다. 그녀의 집 뒤편에 난 창문 아래로는 내 동생을 삼켜버린 그 강이 흘렀다. 근처의 농가 중에서 처음으로 이층집을 지은 까닭에 그 집에 돈이 많다는 소문이 꽤 널리 퍼졌지만, 쑨광핑이 그녀의 부에 마음을 두었던 건 아니다. 사실 형은 그들이 집을 지은 지 일 년이 지나서도 그 빚을 다 갚지 못했고, 혼수도 변변치 못하리라는 걸 알고 있었다. 그녀는 전족한 작은 발로 벼룩이 튀듯 걸어 다니는 마을 매파가 전해준 선물이었다. 매파가 눈을 가늘게 뜬 채 미소를 지으며 걸어올 때 쑨광핑은 무슨 일이 일어날지 예감했고, 자신이 모든 걸 받아들이게 되리라는 사실도 알고 있었다.

혼사의 모든 과정에서 아버지 쑨광차이는 완전히 배제되었다. 혼사를 그에게 알린 사람도 어머니가 아니라 과부였다. 아버지는 그 소식을 접하자마자 자신에게 상황을 한번 살펴봐야 할 책임이 있다고 느꼈다.

"내 아들과 함께 잘 아가씨는 어떻게 생겼나?"

쑨광차이는 그날 오전, 두 손을 뒷짐 진 채 허리를 굽히고 히죽 거리며 길을 나섰다. 저 멀리 며느리 될 여자의 위풍당당한 이층집이 눈에 들어왔다. 그런 까닭에 그가 상대방의 아버지를 보고 던진 첫마디는 "쑨광핑 이 자식, 복을 타고난 놈이구먼"이었다.

아버지는 마치 과부네 집 침대에 앉아 있는 것처럼 그 집에 앉아 제멋대로 굴었다. 아가씨의 아버지와 대화를 나눌 때는 온갖 천한 말들이 난무했다. 그러자 아가씨의 오빠는 술병을 들고 나갔다가 다시 가득 채워서 돌아왔고, 어머니는 주방으로 들어갔다. 아버지는 주방에서 들려오는 소리에 분명히 침을 꿀꺽 삼켰을 것이다. 그때 아버지는 그날의 방문이 아직 시집오기 전인 형수를 보러 간 거라는 사실을 까맣게 잊고 있었다. 반면에 상대방은 바로 그 일을 생각하고 있었다.

아가씨의 아버지는 얼굴을 들더니 쑨광차이가 듣자마자 잊어버린 누군가의 이름을 불렀다. 우리 형수가 될 뻔했던 그 아가씨는 이층에서 몇 차례 대답만 할 뿐 내려오려 하지 않았다. 아가씨의 오빠가 이층으로 뛰어 올라가더니 잠시 후 내려와서는 귀엽게 웃는 얼굴로 쑨광차이에게 알렸다.

"안 내려오겠다는데요."

쑨광차이는 너그러운 척을 하며 연거푸 말했다.

"괜찮아요, 괜찮아. 안 내려오겠다면 내가 올라가지 뭐."

쑨광차이는 주방 쪽을 살짝 엿보고는 이층으로 아가씨를 보러 올라갔다. 내가 감히 단언하건대 그때 아버지의 눈빛에는 주방 쪽을 더 볼 수 없어 아쉬워하는 기색이 역력했을 것이다. 쑨광차이가 이층으로 올라간 지 얼마 지나지 않아, 아래층에 있던 식구들은 머리카락이 쭈뼛 설 정도의 비명을 들었다. 아래층의 아버지와 아들은 입을 헤벌린 채 그 자리에 그대로 앉아 있었고, 주방에 있던 여자는 두려움 가득한 표정으로 뛰쳐나왔다. 그들이 어째서 그런 비명이 들려온 건지 영문을 몰라 어리둥절해 있을 무렵, 쑨광차이가 느끼한 미소를 흘리며 내려왔다.

"훌륭해, 훌륭해."

위층에서는 마치 천에 단단히 싸여 빠져나오지 못할 때와 같은 구슬픈 울음소리가 들려왔다. 아버지는 아주 자연스러운 태도로 탁자 앞에 앉으며 아가씨의 오빠가 위층으로 올라가는 것을 바라보았다. 그러고는 아가씨의 아버지에게 말했다.

"당신 딸내미 살집이 보통이 아닙디다."

상대는 뭔 소린 줄도 모르고 고개를 끄덕였지만, 쑨광차이를 바라보는 눈길에는 근심과 의심이 가득했다. 쑨광차이가 말을 이었다.

"제기랄, 쑨광핑 이 자식, 진짜 복을 타고난 놈이구먼."

그때 아가씨의 오빠가 위층에서 쏜살같이 뛰어 내려와 쑨광차이에게 주먹을 날렸다. 그러자 쑨광차이는 의자와 함께 뒤로 벌렁 나가떨어졌다.

그날 오후 쑨광차이가 코가 시퍼렇게 멍들고 얼굴은 퉁퉁 부어오른 채 마을로 돌아와 쑨광핑에게 던진 첫마디는 이러했다.

"네 혼사는 내가 잘라버렸다."

아버지는 노기충천하여 고래고래 소리를 질러댔다.

"세상에 이게 도대체 말이 되는 짓이냐? 난 그저 내 아들을 대신해 그 아가씨가 몸이 튼튼한지 한번 만져봤을 뿐인데 날 이 꼴로 만들다니……."

하지만 이웃 마을에서 전해온 소식은 전혀 달랐다. 쑨광차이가 아직 시집오지도 않은 며느리에게 준 첫 선물은 바로 손을 쭉 뻗어 그녀의 유방을 쓰다듬는 일이었다고 한다.

형의 혼사가 이렇게 끝장난 뒤 어머니는 부엌의 부뚜막에 앉아 하루 종일 앞치마로 몰래 눈물을 훔쳤다. 마을 사람들의 예상과 달리, 쑨광핑은 이 일을 놓고 쑨광차이와 주먹다짐을 하지 않았다. 그가 보인 가장 심한 반응이라고 해봐야 며칠간 동네의 누구에게도 말을 건네지 않은 것뿐이었다.

형은 그 후로 이 년 동안 마을 매파가 자신에게 웃음을 흘리며 다가오는 모습을 보지 못했다. 그런 시절에도 그는 깊은 밤 침대에 누워 있는 동안에만 이를 바득바득 갈며 쑨광차이를 떠올렸다. 날이 밝으면 형은 가끔 멀리 베이징에 있는 나를 생각했다. 그 당시 나는 형이 보낸 편지를 자주 받았는데, 편지에는 아무런 말도 없었지만 그 넓은 행간에서 형의 텅 빈 마음을 읽을 수 있었다.

쑨광핑은 스물네 살 때 같은 마을 아가씨와 결혼했다. 리잉화라는 이름의 그 아가씨는 가진 거라고는 중풍으로 누워 있는 아버지밖에 없었다. 두 사람의 결합은 바로 그 연못에서 시작되었다. 어둡고 습했던 어느 날 저녁, 쑨광핑은 집 뒤편의 창문에서 빨래를 하고 있던 이 아가씨를 보았다. 누덕누덕 기운 옷을 입은 잉화는 극심한 생활고 때문에 하염없이 눈물을 훔치고 있었다. 겨울날의 차가운 바람 속에서 바들바들 떨고 있는 잉화의 뒷모습을 보며 쑨광핑은 자신의 슬픈 처지를 떠올렸다. 얼마 후 마을의 매파들이 거들떠보지도 않던 그 두 사람은 스스로 하나가 되었다.

쑨광핑의 유일한 결혼식은 그가 연못에서 잉화를 본 다음 해에 치러졌다. 동네 노인네들은 궁상스럽기 그지없는 그들의 결혼식을 지켜보며, 옛날에 지주 집안의 머슴이 결혼하던 장면을 자연스레 떠올렸다. 새색시 잉화가 벌써 배가 불러 뒤뚱거리는 모습이 그 초라한 결혼식에 그나마 웃음을 가져왔다. 다음날 새벽, 해가 뜨기도 전에 쑨광핑은 손수레를 빌려와 시내 병원 산부인과의 수술대로 잉화를 실어 가야 했다. 보통의 신혼 남녀에게 첫날 새벽이란 아교

풀처럼 서로를 꽉 끌어안고 따뜻한 체온을 나누는 아름다운 시각이지만, 이들 부부는 매서운 겨울바람을 맞으며 날이 밝기도 전에 병원 산부인과의 창문을 두드려야 했다. 그날 오후 두 시경, 훗날 쑨샤오밍이라는 이름을 갖게 된 사내아이가 화난 사람처럼 고래고래 악을 쓰며 세상 속으로 끼어들었다.

쑨광핑은 결혼을 하면서 스스로 자기를 얽어맨 셈이었다. 결혼 후에 그는 어쩔 수 없이 중풍으로 누워 있는 장인을 돌봐야 했다. 게다가 쑨광차이는 그때껏 이삿짐센터 직원 같은 생활을 그만두지 않고 있었는데, 그나마 다행이라면 그제야 좀 눈치를 챘는지 예전처럼 화끈하게 집 안의 물건을 과부의 집으로 죄다 날라 가지는 않았다. 그러나 그 무렵 쑨광차이는 도둑질이라는 또 다른 재주를 드러내기 시작했다. 쑨광핑의 안팎으로 피곤한 삶은 수년간 지속되었다. 그러다가 마침내 장인이 그런 사위를 더 이상 두고 볼 수 없었는지, 어느 날 밤 눈을 감더니 다시는 뜨지 않았다. 사실 쑨광핑에게 가장 힘겨운 일은 중풍에 걸려 꼼짝 못하고 누워 있는 장인이나 좀도둑질을 하는 아버지가 아니라, 새로 태어난 쑨샤오밍이었다. 그 무렵 쑨광핑은 마치 기계처럼 밭에서 잉화네 집으로, 거기서 다시 자기 집으로 쉬지 않고 돌아다녀야 했다. 그렇게 토끼 새끼처럼 세 곳을 도망 다니듯 뛰어다녔으니, 사람들은 그가 마을에서 가만히 걸어가는 모습을 좀처럼 볼 수 없었다.

장인의 죽음으로 쑨광핑은 짐을 조금 던 셈이었지만, 진정으로 평온한 생활은 아직 멀기만 했다. 얼마 후에 아버지 쑨광차이의 지

병이 다시 도져 잉화는 눈물로 사흘 밤낮을 지새웠다.

쑨샤오밍이 세 살 되던 해 여름 날, 쑨광차이는 문가에 앉아 잉화가 우물에서 물 긴는 모습을 보고 있었다. 잉화의 반바지에 새겨진 커다란 꽃무늬가 풍만한 엉덩이 위에서 늘어났다 조여들었다 하는 모습과 그 아래로 까무잡잡한 넓적다리가 햇빛을 받아 번드르르 빛나는 모습이 쑨광차이의 눈에 들어왔다. 아버지는 흐르는 세월과 과부의 이중 공격으로 약을 달이고 남은 찌꺼기처럼 생기를 잃은 지 오래였다. 놀랍게도 아버지는 잉화의 탱탱한 몸을 보며 지난날의 넘쳐흐르던 정력을 떠올렸다. 문제는 쑨광차이가 단순히 머리로 기억을 되살리는 게 아니라, 자신의 말라비틀어진 몸뚱이로 그 옛날 겁도 없이 솟아나던 정욕을 되살리려 했다는 것이다. 물통을 들고 걸어가는 잉화를 보며 얼굴이 새빨개진 아버지는 쩌렁쩌렁한 기침 소리를 냈다. 이 폐병 걸린 영감은 마을 사람이 그 근처를 지나는 줄도 모르고 잉화의 반바지에 새겨진 커다란 붉은 꽃무늬를 움켜쥐더니, 내친 김에 속살까지 더듬었다. 쑨샤오밍은 자기 엄마가 두려움에 지르는 외침을 들었다.

이날 볼일이 있어 시내에 다녀온 쑨광핑은 어머니가 문간에 앉아 눈물을 흘리며 중얼거리는 모습을 보았다.

"이런 천벌을 받을……"

곧이어 잉화가 머리를 풀어헤친 채 침대 가장자리에 앉아 흐느끼는 모습이 눈에 들어왔다. 상황을 파악한 쑨광핑은 창백한 얼굴로 주방에 들어가 번쩍번쩍 빛나는 도끼를 들고 나왔다. 그러고는 울고 있는 잉화 곁으로 걸어가 이렇게 말했다.

"엄마와 아기를 부탁한다."

무슨 뜻인지 알아차린 잉화는 대성통곡을 하며 남편의 옷깃을
부여잡고 애원했다.

"당신…… 이러지…… 마세요."

어머니는 이미 문 앞에 꿇어앉아 양팔을 벌려 쑨광핑을 가로막
고 있었다. 어머니의 잠긴 목소리는 그날 오후 내내 쉬지 않고 떨
렸다. 어머니는 정신없이 눈물을 흘리기는 했지만, 진지한 표정으
로 쑨광핑에게 말했다.

"네가 아버지를 죽이면 손해 보는 건 오히려 너야."

어머니의 표정에 형은 눈시울을 붉히며 소리를 질렀다.

"일어나세요! 내가 그 인간을 죽이지 않고 어떻게 이 마을에서
낯을 들고 살 수 있겠어요!"

어머니는 결연한 자세로 그 자리에 꿇어앉은 채 다 쉬어버린 목
소리로 말했다.

"네 세 살짜리 아들을 봐라. 그 인간한테 네 목숨을 걸 필요는 없
잖니?"

형은 쓴웃음을 짓더니 어머니에게 말했다.

"다른 방법이 없잖아요."

잉화가 겪은 치욕스런 일을 계기로, 쑨광핑은 쑨광차이와의 해
묵은 계산을 다 끝내야겠다고 마음먹었다. 몇 년 동안 그는 아버지
가 주는 모든 치욕을 묵묵히 견뎌왔다. 그러나 쑨광차이가 한 발

더 나아가자, 형은 두 사람 모두 죽는 길밖에 없겠다고 생각했다. 쑨광핑은 그렇게 분노한 와중에도 만약 이번에도 자기 태도를 분명히 밝히지 못한다면 앞으로 마을에서 발붙이기 어렵다는 걸 아주 분명하게 의식하고 있었다.

그날 오후 마을 사람 전부가 집 앞에 모인 가운데, 쑨광핑은 눈부신 햇빛과 그만큼 빛나는 눈빛 속에서 식칼을 들었던 열네 살 때의 기백을 다시 드러냈다. 형은 도끼를 들고 아버지를 향해 걸어갔다.

그때 쑨광차이는 과부네 집 앞의 나무 아래 서서 의심 가득한 표정으로 쑨광핑이 달려오는 걸 바라보고 있었다. 형은 쑨광차이가 과부에게 하는 말을 들었다.

"이 자식이 설마 날 죽이기야 하겠어?"

그런 다음 쑨광핑에게 소리를 질렀다.

"아들아, 나는 네 애비다."

쑨광핑은 아무 말 없이 그 표정 그대로 달려왔다. 그가 점점 다가오자 쑨광차이는 놀라서 허둥대기 시작했다.

"넌 애비가 하나뿐이야. 죽이면 없어진다구!"

아버지가 이 말을 외쳤을 때 쑨광핑은 이미 코앞까지 다가와 있었다. 당황한 쑨광차이의 입에서 체념한 듯 한마디가 흘러나왔다.

"날 정말 죽이려고 하는구나."

말을 끝내기가 무섭게 쑨광차이는 몸을 돌려 냅다 도망을 쳤다. 그러면서 연거푸 소리를 질렀다.

"사람 죽네!"

그날 오후 마을은 아무 소리 없이 고요했다. 아버지는 예순이 넘어 처음으로 놀라 도망치는 인생을 시작했다. 그는 시내로 가는 좁은 길을 따라 죽을힘을 다해 내달렸고, 쑨광핑이 손에 도끼를 든 채 그 뒤를 바짝 뒤쫓았다. 쑨광차이의 살려달라는 외침이 연이어 울려 퍼졌으나, 이미 예전의 목소리가 아니었다. 급기야 마을 어귀에 서 있던 뤄 영감은 곁에서 쑨광차이를 쳐다보던 사람에게 이렇게 물었다.

"지금 쑨광차이가 소리 지르고 있는 거냐?"

아버지의 나이를 생각하면 그렇게 장시간 죽을힘을 다해 달리는 건 정말 힘에 겨운 일이었다. 쑨광차이는 다리에 이르러 결국 넘어지고 말았다. 그는 그 자리에 주저앉아 엉엉 울기 시작했는데, 울음소리가 갓난아기처럼 우렁찼다.

다리까지 쫓아간 형은 도저히 눈뜨고는 못 봐줄 모습을 보고야 말았다. 먼지가 뒤섞인 희뿌연 눈물이 한 마리 나비처럼 얼룩덜룩 어지럽게 흘러내리는데다, 누리끼리한 콧물이 입술에 걸려 끊임없이 흔들거리고 있었다. 그런 모습에 형은 문득 아버지의 목을 베는 일이 불가능할 거란 생각을 했다. 줄곧 결연한 의지를 불태우던 쑨광핑은 순간 망설이며 결정을 내리지 못했다. 하지만 마을에서 밀려오는 사람들을 본 순간, 다른 선택의 여지가 없다는 걸 깨달았다. 형이 어쩌다 아버지의 왼쪽 귀에 주목하게 됐는지는 알 수 없지만, 그 햇빛 찬란한 순간에 쑨광핑은 쑨광차이의 귀를 잡아당겨 천을 잘라내듯 단번에 베어버렸다. 곧바로 검붉은 피가 솟구쳐, 아버지의 목은 순식간에 붉은 천으로 둘러매진 것처럼 보였다. 그때까지 쑨광차이는 자신의 우렁찬 울음소리에 파묻혀 무슨 일이 일어나고 있는지 전혀 의식하지 못했다. 그러다가 눈물이 너무 많이 난다 싶어 손으로 얼굴을 만져본 다음에야 피를 발견했다. 쑨광차이는 몇 마디 구슬픈 소리를 내더니 그대로 기절해버렸다.

형은 그날 오후 집으로 돌아가는 내내 온몸을 부들부들 떨었다. 태양이 뜨겁게 빛나던 그 여름날, 손으로 양쪽 어깨를 감싼 쑨광핑의 모습은 추위에 떠는 사람처럼 보였다. 그가 구름처럼 모인 마을 사람들 사이를 뚫고 나올 때, 사람들은 그가 추위에 떨 때처럼 딱딱 이를 부딪치는 소리를 분명히 들었다. 어머니와 잉화는 파리한 표정으로 쑨광핑이 걸어오는 광경을 지켜보았다. 두 사람 모두 눈앞에 무수히 나타난 새까만 점들이 누리 떼가 온 천지를 뒤덮듯 다가온다고 느꼈다. 쑨광핑은 그들에게 참담한 웃음을 지어 보이고는 집 안으로 들어갔다. 그리고 옷장을 샅샅이 뒤져 솜옷을 찾았다. 어머니와 잉화가 들어갔을 때, 쑨광핑은 솜옷을 입고 침대 가장자리에 앉아 땀을 뻘뻘 흘리며 바들바들 떨고 있었다.

보름 후 머리에 붕대를 칭칭 감은 쑨광차이가 시내에서 편지 써주는 일을 하는 사람에게 부탁해 멀리 베이징에 살고 있는 내게 편지를 써 보냈다. 편지는 온갖 달짝지근한 말과 길러준 은혜에 대한 장광설로 가득했는데, 그 끄트머리에는 중난하이(국가 주석이 사는 곳)에 가서 아버지 대신 고소를 해달라는 말이 적혀 있었다. 아버지의 이런 터무니없는 생각은 내게 깊은 인상을 남겼다.

사실 아버지가 내게 편지를 썼을 때 형은 이미 경찰에 잡혀갔다. 그때 어머니는 잉화를 끌고 거리로 나가 제복 입은 경찰을 막아섰다. 이 연로한 여인은 목이 메도록 울부짖으며 경찰에게 고함을 쳤다.

"우리를 잡아가세요. 우리 둘이랑 저 사람 하나를 바꿔 가라구요. 그게 당신들한테도 훨씬 낫잖아요?"

형이 감옥에서 이 년을 살고 풀려 나왔을 때 어머니는 이미 병마에 시달리고 있었다. 형이 출소하던 날, 어머니는 다섯 살이 된 쑨샤오밍을 데리고 마을 어귀에 서 있었다. 하지만 쑨광핑이 잉화와 함께 걸어오는 모습이 보일 때쯤 갑자기 시뻘건 피를 토하며 땅바닥에 쓰러졌다.

그 후 어머니의 병세는 갈수록 악화되어 걸음도 제대로 못 걸을 정도가 되었다. 형은 어머니를 병원으로 모셔 가려 했지만 어머니는 한사코 고집을 피우며 말했다.

"곧 죽을 텐데 무슨 돈을 쓰겠다는 거냐."

형이 어머니를 강제로 업고 시내로 향하자, 어머니는 눈물이 줄줄 흐를 정도로 성을 내더니 형의 등을 때리며 말했다.

"죽을 때까지 널 원망할 거다."

그러나 나무다리를 지나고 나서부터는 안정을 되찾았다. 형의 등에 업힌 어머니의 얼굴에는 어느덧 소녀와도 같은 수줍은 미소가 떠올랐다.

어머니는 그해 춘절 직전에 돌아가셨다. 그 겨울밤 어머니는 쉬지 않고 피를 토했다. 처음에 어머니는 피가 입으로 한가득 넘어왔으면서도 집 안을 더럽혀 쑨광펑이 힘들게 청소를 하게 될까 봐 바닥에 뱉어내지 않았다. 신기한 일은 한참 전부터 침대에서 일어나지 못했던 어머니가 그날 밤에는 침대에서 내려와 어둠 속에서 세숫대야를 찾아서는 침대 앞에 놓았다는 것이다.

그 다음날 새벽, 어머니의 방으로 간 형은 침대 가장자리에 축 늘어져 있는 어머니의 머리를 보았다. 세숫대야에는 검붉은 피가 고여 있었으나 침대보에는 피가 한 방울도 묻어 있지 않았다. 형은 편지에서 그날 밤 창밖에는 눈보라가 휘날렸다고 말했다. 어머니는 추위 속에서 숨을 헐떡거리며 생애의 마지막 한낮을 보냈다. 잉화는 시종일관 어머니 곁을 지켰고, 어머니는 임종 직전 침착하고 차분한 모습을 보였다. 밤이 되자 평생을 말없이 살아온 어머니가 깜짝 놀랄 만큼 쩌렁쩌렁한 목소리로 고함을 치기 시작했다. 그 외침은 모두 쑨광차이를 향한 것이었다. 쑨광차이가 집 안의 재물을 과부네 집으로 옮겨갈 때도 말 한마디 없더니 결국 임종 직전의 외침으로 그 일이 내내 가슴속에 사무쳐 있었다는 걸 증명해 보인 셈이었다. 어머니는 돌아가시기 전에 연거푸 이런 말을 했다.

"요강은 가져가지 마. 아직 더 써야 해. 발 씻는 대야도 돌려 줘⋯⋯."

어머니는 그렇게 울부짖듯 쑨광차이가 들고 나간 물건을 일일이 나열했다.

어머니의 장례는 동생 쑨광밍의 장례보다 약간은 호화로웠다.

그래도 관에 모셔 묻었으니 말이다. 장례의 모든 과정에서 쑨광차이는 내 바로 앞자리에 배정되었다. 나와 마찬가지로 가족에서 거의 배제된 셈이었다. 옛날에 사람들이 나를 질책했던 것처럼 장례식에서 멀찌감치 떨어져 있던 쑨광차이는 엄청난 지탄을 받았다. 사람들은 이미 내심 아버지와 과부의 관계를 인정하고 있었지만 말이다. 아버지는 어머니를 모신 관이 마을 어귀를 나설 때 당황한 표정으로 마을 사람에게 물었다.

"저 여편네가 죽었단 말이야?"

오후 내내 마을 사람들은 쑨광차이가 과부네 집에서 아무 일도 없었다는 듯 술을 마시는 광경을 보았다. 하지만 그날 밤에는 마을 바깥에서 들려오는 소름 끼치는 곡소리를 듣게 되었다. 형은 그것이 아버지가 어머니의 무덤 앞에서 통곡하는 소리라는 걸 알았다. 아버지는 과부가 잠든 뒤 어머니의 무덤 앞으로 몰래 빠져나와 자기가 목 놓아 울고 있다는 것도 잊은 채 슬픔에 잠겨 있었다. 얼마 후에 형은 과부가 훈계하는 소리와 간결한 명령의 말을 들었다.

"돌아가!"

엉엉 울면서 과부의 집으로 향하는 아버지의 발걸음은 길 잃은 아이처럼 우물쭈물 머뭇거리는 듯했다.

과부는 과거의 흘러넘치던 욕정이 바람과 함께 사라진 후 정식으로 쑨광차이를 받아들였다. 쑨광차이는 자기 생애의 마지막 일년 동안 술에 대한 무한한 애정을 드러냈다. 비가 오나 눈이 오나 매일 시내로 술을 받으러 갔는데, 집에 돌아올 때쯤이면 술병은 이미 바닥이 나 있었다. 나는 아버지가 길거리에서 술을 마실 때의 그 낭만적 정취를 상상할 수 있다. 등까지 굽은 이 노인은 먼지가 풀풀 날리거나 빗물에 진흙탕이 돼버린 시골길을 걸을 때면 술의 힘을 빌려 연인의 흩날리는 머리칼을 바라보는 소년처럼 신이 나서 날아오르곤 했다.

술을 향한 무한한 사랑은 결국 쑨광차이를 무덤으로 이끌었다. 그날 그는 길에서 술을 마시던 오랜 습관을 바꿔, 시내의 작은 술집에서 정신을 잃을 때까지 마셨다. 그러고는 곤드레만드레 취해 달빛을 받으며 집으로 돌아오다가 마을 어귀의 똥구덩이에 빠지고 말았다. 구덩이로 떨어질 때 그는 비명을 지르거나 하지 않고, 그저 한마디를 중얼거렸을 뿐이다.

"밀지 마."

다음날 새벽 사람들에게 발견되었을 때 그의 시신은 하얀 벌레로 가득 뒤덮인 채 똥물에 떠 있었다. 그는 가장 더러운 곳에 자기 육신을 묻었지만 죽을 때 그 사실을 전혀 몰랐으니, 천수를 다하고 편안한 마음으로 눈을 감았다고 할 만하다.

그날 밤 쑨광차이가 똥구덩이에 빠진 뒤, 또 한 명의 술꾼 뤄 영감이 술에 취해 비틀거리며 그곳에 이르렀다. 그는 달빛 아래서 희미하게 쑨광차이를 보았지만, 똥물 위를 떠다니는 것이 사람의 시체라고는 생각지 못했다. 그는 똥구덩이 옆에 쭈그리고 앉아 고민에 고민을 거듭한 끝에 정말 알 수 없는 일이라는 듯 자신에게 물었다.

"뉘 집 돼지일까?"

그러고는 일어나 소리를 질렀다.

"누구네 돼지가 똥구덩이에……?"

뤄 영감은 고함치던 입을 자기 손으로 틀어막고는 조심스레 말했다.

"소리치지 말자. 저 놈을 몰래 끌어내야지."

술에 완전히 절어버린 뤄 영감은 살금살금 집으로 돌아가 빨래를 널 때 쓰는 대나무와 새끼줄을 챙겨서 다시 원래의 장소로 돌아왔다. 그는 먼저 대나무로 쑨광차이를 구덩이의 맞은편 가장자리로 밀어 떠받치고 새끼줄을 대나무에 두른 다음, 똥구덩이 옆에 엎드려 쑨광차이의 목에 새끼줄을 묶었다. 그러고는 혼잣말로 중얼거렸다.

"뉘 집 돼지가 이리 말랐어, 모가지가 사람하고 똑같네."

곧이어 그는 자리에서 일어나 새끼줄을 어깨에 걸고 앞으로 끌어내며 실실거렸다.

"볼 때는 말랐는데, 끌고 가려니까 무겁구면."

뤄 영감은 쑨광차이를 끌어낸 후 허리를 숙여 새끼줄을 풀 때가 돼서야 그것이 돼지가 아니라 쑨광차이라는 사실을 알게 되었다. 쑨광차이는 입을 헤벌린 채 뤄 영감을 바라보았다. 뤄 영감은 처음엔 깜짝 놀라 뒤로 자빠질 뻔했는데, 조금 뒤에는 분을 삭이지 못하고 쑨광차이의 면상을 후려치며 욕을 내뱉었다.

"쑨광차이! 야, 쑨광차이 이 개자식아! 뒈져서까지 돼지 새끼 흉내를 내며 나를 속여?"

그런 다음 뤄 영감은 쑨광차이를 발로 걷어차 똥구덩이에 다시 빠뜨렸다. 쑨광차이가 똥구덩이에 떨어질 때 솟은 똥물이 뤄 영감의 얼굴에 튀었다. 그러자 뤄 영감이 얼굴을 닦으며 투덜거렸다.

"니미럴, 끝까지 엿 먹이는구먼."

출생

    1958년 가을, 젊은 쑨광차이와 훗날 상업국장을 지낸 정위다가 남문으로 가는 길에서 만났다. 정위다는 말년에 아들 정량에게 그날의 정황에 대해 들려주었다. 살날이 얼마 남지 않은 정위다는 그 무렵 폐암으로 고통을 받고 있던 터라, 그의 이야기에는 폐에서 나는 가쁜 숨소리가 섞여들었다. 그렇기는 해도 정위다는 그날의 상황을 재현하면서 웃음을 그치지 않았다.

    농촌 공작조의 일원이었던 정위다가 남문에 온 건 작업 상황을 조사하기 위해서였다. 젊은 정위다는 회색 중산복 차림에, 페달을 밟고 있는 두 발에는 제팡 표 운동화를 신고 있었다. 가운데 가르마를 탄 그의 머리칼이 논밭으로 불어오는 바람에 가볍게 휘날렸다. 한편 우리 아버지는 시골 촌놈 복장에 어머니가 등잔불 아래서 지어준 헝겊신을 신고 있었다.

    보름 전에 쑨광차이는 배에 채소를 가득 싣고 이웃 마을에 가서 팔았던 일이 있다. 물건을 다 판 뒤에 그는 갑자기 자동차를 타보고 싶다는 생각이 들어 혼자만 먼저 돌아왔다. 빈 배는 마을 사람

둘을 시켜 노를 저어 오게 했다.

얼굴이 벌겋게 달아오른 쑨광차이는 남문 가까이에 이르러 중산복을 입은 정위다를 보았다. 그리하여 도시 간부인 그와 농민 쑨광차이의 대화가 시작되었다.

당시의 논밭은 한마디로 엉망진창이었다. 내화 벽돌로 만든 작은 용광로들이 모 새싹이 돋아 있는 넓은 논에 군데군데 세워져 있었기 때문이다.

정위다가 물었다.

"인민공사에 대해서 어떻게 생각하시오?"

"좋지요. 밥 먹는 데 돈이 안 들잖아요."

쑨광차이가 대답했다. 정위다는 미간을 찌푸렸다.

"무슨 말을 그렇게 하시오?"

쑨광차이는 전혀 개의치 않는 표정으로 정위다에게 물었다.

"부인 있으시죠?"

"있지."

"어제도 부인과 했지요?"

정위다는 이런 식의 질문에 익숙하지 않은 터라 굳은 표정으로 근엄하게 대꾸했다.

"쓸데없는 소리 그만 하시오."

쑨광차이는 정위다의 반응에 전혀 신경 쓰지 않는 듯 속삭였다.

"전 벌써 보름이나 마누라랑 안 잤걸랑요."

그러고는 자기 바짓가랑이를 가리키며, "그래서 여기가 지금 무지하게 열 받았걸랑요" 하고 말했다. 정위다는 고개를 돌려 쑨광차이의 얼굴을 피했다.

아버지와 정위다는 마을 어귀에서 헤어졌다. 정위다는 마을로 걸어갔고, 아버지는 마을 옆에 있는 채소밭으로 뛰어갔다. 어머니와 마을의 몇몇 아주머니들은 마침 채소밭에서 김을 매고 있었다. 젊디젊은 어머니의 얼굴은 새빨간 사과처럼 생기가 돌아 건강미가 넘쳤고, 남색 체크무늬 머릿수건은 얼룩 하나 없이 깨끗했다. 어머니의 맑고 듣기 좋은 웃음소리가 바람을 타고 사타구니에 불이 붙은 아버지의 귀에 전해졌다. 그러자 쑨광차이는 살짝살짝 몸을 흔들며 김을 매는 아내의 뒷모습에 대고 다급한 목소리로 외쳤다.

"여보!"

뒤로 돌아선 어머니의 눈에 잔뜩 열이 오른 아버지가 좁은 길에 서 있는 모습이 보였다. 어머니도 아버지만큼 소리를 지르며 대꾸했다.

"네!"

"당신 이리 좀 와봐."

아버지는 계속 소리를 질러댔다.

얼굴을 붉히며 머릿수건을 벗어 내린 어머니는 옷에 묻은 흙먼지를 털면서 아버지 쪽으로 다가갔다. 어머니의 굼뜬 동작에 아버지는 불같이 화를 냈다.

"급해 죽겠는데 뛰어오지 않고 뭐 해!"

곁에 있던 여자들의 낄낄거리는 웃음소리를 뒤로한 채 어머니는 몸을 부들부들 떨며 아버지에게로 달려갔다.

그 당시 아버지의 인내심으로 집에 도착할 때까지 끓어오르는 욕정을 참아내기란 불가능한 일이었다. 아버지는 마을 어귀의 뤄 영감 집 대문이 활짝 열려 있는 걸 보고는 집 안에 대고 소리를 쳤다.

"누구 있소?"

아버지는 안에 사람이 없다는 걸 확인하자마자 곧장 안으로 들어갔다. 어머니가 여전히 집 밖에 서 있자 급해 죽겠다는 듯이 소리를 질렀다.

"안 들어오고 뭐 해?"

어머니는 머뭇거리며 그대로 서 있었다.

"여긴 다른 사람 집이잖아요."

"들어와."

어머니가 들어가자 아버지는 재빨리 문을 걸어 잠그더니 담벼락에 서 있던 긴 의자를 마당 한가운데로 옮겨왔다. 그러고는 어머니에게 명령했다.

"빨리, 빨리 벗어!"

어머니는 고개를 숙인 채 웃옷을 걷어 올리고 바지 끈을 풀기 시작했다. 삼십 초나 흘렀을까? 어머니가 미안한 표정으로 아버지에게 말했다.

"바지 끈이 꼭 매여 있어서 풀 수가 없어요."

마음이 급했던 아버지는 발을 동동 구르며 말했다.

"당신 지금 나 엿 먹이는 거야?"

고개를 숙인 채 계속 바지 끈을 풀고 있는 어머니의 얼굴은 어찌할 바를 모르겠다는 표정이었다.

"됐어, 됐다구. 내가 할게."

아버지는 쪼그리고 앉아 바지 끈을 힘껏 당겨 끊어버렸다. 그러다 힘을 너무 썼는지 목을 삐끗하고 말았다. 아버지는 욕정이 불타오르는 순간에도 시간을 쪼개 목을 주무르며 악을 쓸 수 있는 사람이었다. 어머니가 황급히 손으로 아버지의 목을 주물러주었는데 아버지는 오히려 벌컥 성을 내며 소리를 질렀다.

"아직도 안 누웠어?"

어머니는 고분고분 자리에 누웠고, 한쪽 다리를 가을날의 공기 속으로 꺼냈다. 그런 다음 여전히 불안한 눈길로 아버지를 쳐다보았다. 아버지는 손으로 목을 움켜쥔 채 어머니의 몸 위로 기어올라 욕망이라는 사명을 수행했다. 뤄 영감 집의 닭 몇 마리가 덩달아 끓어올라 그 사이로 끼어들었다. 닭들은 마치 쑨광차이 혼자 모든 걸 꿀꺽해버리는 꼴이 불만스럽다는 듯, 발 주위로 몰려들어 부리로 쪼아대기 시작했다. 온 정신을 집중해도 시원치 않은 판에, 아버지는 그 예의도 모르는 닭들을 쫓아내느라 혼신의 힘을 다해 발을 휘둘러야 했다. 닭들은 잠시 흩어졌다가 다시 모여들어 계속 발을 쪼아댔다. 아버지는 헛발질을 계속하다가 최후의 순간에 결국 무겁게 한마디를 뱉어냈다.

"그래, 너희들 맘대로 해라."

그러고는 머리칼이 쭈뼛 설 정도의 신음을 토해냈다. 기쁨에 겨운 신음 소리가 한참이나 지속된 후에야 닭들이 쪼아댄 곳이 가려워진 아버지는 듣기 거북한 소리로 낄낄댔다.

모든 일을 마치고 아버지는 뭐 영감의 집을 떠나 정위다를 찾아갔고, 어머니는 바지춤을 잡고 집으로 돌아갔다. 그때 어머니에게는 새 바지 끈이 필요했다.

아버지가 정위다를 찾아갔을 때, 정위다는 생산대 위원회의 회의실에 앉아 보고를 받고 있었다. 아버지는 별스럽게 정위다를 향해 손을 흔들어댔다. 정위다가 밖으로 나오자 아버지가 물었다.

"빨라요, 안 빨라요?"

정위다가 무슨 말인지 이해하지 못하고 되물었다.

"뭐가 빠르냐는 말이오?"

"방금 마누라랑 하고 오는 길이걸랑요."

공산당 간부 정위다는 순간 근엄한 표정을 지으며 낮은 목소리로 꾸짖었다.

"꺼져!"

정위다는 말년에 이 일을 다시 끄집어낼 때쯤에야 그 안에 숨은 유쾌한 구석들을 발견했다. 그러고는 아버지의 행동에 대해 관용과 이해를 드러내며 정량에게 이렇게 말했다.

"촌놈들이란 원래 다 그렇거든."

아버지와 어머니가 그날 긴 의자에서 벌인 행위는 결국 내 지루한 인생의 발단이 되었다.

난 추수하느라 바쁜 시기에 이 세상에 편입되었다. 내가 태어났을 때 아버지 쑨광차이는 배고픔을 참으며 논에서 일을 하느라 단단히 화가 난 상태였다. 아버지는 그때의 지독한 배고픔은 잊은 지 오래였지만, 화가 나 펄펄 뛰던 장면은 희미하게나마 기억하고 있었다. 내가 태어났을 때의 상황에 대해 처음으로 알게 된 것도 바로 술 냄새가 풀풀 풍기는 아버지의 입을 통해서였다. 여섯 살 때의 어느 여름날 저녁 무렵, 아버지는 아무 거리낌 없이 그 당시의 상황을 입 밖에 냈는데, 눈앞에서 왔다 갔다 하는 암탉을 가리키며 이렇게 말했다.

"저 녀석이 알을 낳는 것처럼 네 엄마가 너를 낳았단 말이다."

어머니는 아홉 달 만삭의 몸인지라 새벽부터 밤까지 일해야 하는 농번기인데도 논에 나갈 수가 없었다. 어머니는 훗날 그때를 떠올리며 이런 말을 했다.

"그때는 도대체가 힘이 없어서 허리를 굽힐 수도 없었단다."

그래서 어머니는 아버지에게 점심밥을 가져다주는 일을 맡게 되었다. 배가 남산만 한 어머니는 눈부신 햇살 아래 바구니를 들고, 머리에는 남색 수건을 두른 채 점심때에 맞춰 아버지가 일하는 논으로 갔다. 어머니가 살포시 웃으며 어렵사리 아버지에게 다가가는 모습은 훗날 나의 상상 속에서조차 충분히 감동적인 것이었다.

내가 태어난 그날 점심 무렵, 아버지 쑨광차이는 피곤에 지친 허리를 수십 번도 넘게 펴면서 좁은 길을 쳐다봤지만, 가슴을 펴고 배를 쑥 내민 내 어머니가 좀처럼 모습을 드러내지 않았다. 주위를 둘러보니 다른 사람들은 이미 밥을 다 먹고 다시 벼를 베고 있었다. 배고픔을 참다못한 쑨광차이는 논두렁에 선 채 역정을 내며 듣기 민망한 욕을 내뱉었다.

어머니는 오후 두 시가 넘어서야 그 좁은 길에 모습을 드러냈다. 머리에는 여전히 남색 수건을 두르고 있었지만 안색은 놀랄 만큼 창백했고, 메고 있는 광주리의 무게 때문에 몸이 한쪽으로 심하게 기울어져 있었다.

이미 현기증까지 느끼던 아버지는 비틀거리며 걸어오는 어머니를 보며 뭔가 이상하다고 생각했지만, 그런 것에 신경 쓸 상황이 아니었다. 거의 달려들 듯이 다가서며 어머니에게 냅다 소리를 질렀다.

"굶겨 죽일 셈이야!"

"아니에요."

어머니는 기어 들어가는 목소리로 대답했다.

"애를 낳았어요."

그제야 아버지는 불룩 튀어나왔던 배가 움푹 꺼진 걸 발견했다.

어머니는 그때 벌써 허리를 굽힐 수 있었다. 물론 그렇게 하면 통증이 있긴 했지만, 여전히 웃는 얼굴로 바구니에서 밥과 반찬을 꺼내 아버지에게 건넸다. 그러면서 가는 목소리로 사정을 전했다.

"가위가 멀리 있어서 어떻게 할 수가 없었어요. 태어난 아기를 씻어주기도 해야 했구요. 진작 밥을 가져왔어야 하는데, 집을 나서기도 전에 진통이 시작됐어요. 나오나 보다 하고 가위를 가져오려는데 너무 아파서 움직일 수가 없더라구요."

참을성 없는 아버지는 어머니의 이야기를 단번에 끊어버렸다.

"남자애야? 여자애야?"

"사내애요."

제 2 장

我回想起了那个细雨飘摇的夜晚，当时我已经睡了，我是那么的小，像象玩具

似的被放在床上，屋檐滴水所顯示的是寂静的，正在我切逐漸入睡，是對

우정

쑤씨네가 남문에서 이사 간 뒤 쑤위, 쑤항과는 거의 마주칠 기회
가 없다가 중학교에 들어가면서 다시 만나게 되었다. 놀랍게도 남
문에 살 때 그토록 정답게 지내던 이 형제는 학교에서 나와 쑨광핑
처럼 서로 서먹하게 지냈다. 게다가 그들은 달라도 한참 달랐다.

그때 쑤위는 몸이 허약한 것 말고는 거의 어른이나 다름없었다.
그는 목면으로 만든 파란색 옷을 입고 다녔는데, 몸이 하루가 다르
게 자라나 옷이 깡총한데다 꽉 끼는 듯이 보였다. 양말을 안 신고
온 날은 짤막하니 위쪽에 매달려 있는 바지통 아래로 발목이 드러
났다. 고등학교에 들어간 이후에는 다른 남학생들과 마찬가지로
책가방을 등에 메지 않고, 그날그날 배울 책만 겨드랑이에 끼고 다
녔다. 그가 다른 학생들과 달랐던 점은 또래 학생들처럼 어깨에 힘
을 잔뜩 주고 길 한가운데로 걷는 게 아니라, 고개를 숙인 채 길 가
장자리로 조심스럽게 다닌다는 거였다.

처음에 사람들의 주의를 끈 건 쑤위가 아니라 쑤항이었다. 쑤항
은 머리를 반지르르하게 빗어 올리고, 두 손을 주머니에 꽂은 채

여학생들에게 휘파람을 불어댔는데 나는 그의 호방한 스타일에 거의 홀리다시피 했다. 나와 같은 반이었던 이 친구는 종종 누렇게 색이 바랜 책을 들고, 거기 나오는 말을 우리에게 낮은 목소리로 읽어주었다.

"황화 아가씨랑 하고 싶니? 아주 싸게 해줄게."

그는 생리적인 문제에 대해서는 아직 아무것도 모르는 우리에게 사회생활을 하는 젊은이 같은 위엄을 내보이곤 했다.

나는 당시 이상하리만큼 혼자인 것을 두려워해 쉬는 시간에도 구석에 혼자 서 있으려 하지 않았다. 쑤항이 친구들에게 둘러싸여 운동장 한가운데서 큰 소리로 웃고 떠들고 있을 때면, 농촌에서 온 나는 잔뜩 위축이 되어 운동장으로 향했다. 그럴 때마다 쑤항이 내게 이렇게 외쳐주길 얼마나 바랐는지 모른다.

"야, 우린 어릴 때부터 알던 사이잖아!"

내가 다가갔을 때 쑤항은 남문에서 살던 때를 떠올리거나 하지는 않았지만, 그렇다고 나를 떼어내지도 않았다. 그래서 난 그가 나를 받아들인 것으로 이해하고 내심 기뻐했다.

그는 정말로 나를 받아들였다. 내가 그들과 함께 운동장에서 큰 소리로 웃고 떠들게 해줬으니 말이다. 그리고 밤이면 어둠이 내린 거리에서 자기가 물고 있던 담배를 돌려 내 손에까지 전해줬다. 우리 패거리는 그를 따라 쉬지 않고 거리를 누볐고, 젊은 아가씨가 보일 때면 그가 하는 대로 고통스러운 듯하지만 실은 기쁨에 들뜬 신음 소리를 냈다.

"언니, 왜 그냥 가는 거야."

난 온몸을 부르르 떨면서 그와 함께 소리를 질렀다. 한편으로는 두려움과 죄책감을 느끼기도 했지만, 다른 한편으로는 그 무엇과도 바꿀 수 없는 흥분과 기쁨을 느꼈다.

쑤항은 저녁 식사 후에 밖으로 나오는 게 집에 있는 것보다 훨씬 재미있다는 사실을 일깨워주었다. 집에 돌아와서 아무리 엄한 벌을 받는다고 해도 말이다. 동시에 그는 우리에게 어떤 여자를 좋아해야 하는지도 가르쳐주었다. 그는 학교 성적으로 여자를 평가해서는 안 되며, 반드시 가슴의 발달 정도와 엉덩이의 크기에 따라 애인을 골라야 한다고 거듭 강조했다.

그는 우리에게 여자를 평가하는 새로운 기준을 전수했지만, 정작 자신은 우리 반에서 제일 마른 여자애를 좋아하게 되었다. 동그란 얼굴의 그 여학생은 머리를 두 갈래로 따서 올려붙이고 다녔다. 사실 새까맣게 빛나는 두 눈동자 말고는 별로 눈에 띄는 게 없는 아이였다. 쑤항이 그런 애에게 빠졌다는 사실에 우리는 정말 깜짝 놀랐다. 심지어 이렇게 묻는 아이도 있었다.

"가슴? 걔 가슴이 어디 붙어 있는데? 엉덩이도 그렇게 작고 말이야."

그러나 쑤항의 대답은 성숙한 남자의 그것이었다.

"발전이라는 시각으로 봐야지. 일 년 안에 그 아이의 가슴과 엉덩이는 다 크게 돼 있거든. 그때 가서는 전교에서 제일 예쁜 아이가 될 거야."

쑹항이 따라다니는 방식은 단순하고 명쾌했다. 그는 달콤한 말로 꽉 채워 쓴 쪽지를 그 애의 영어 교과서 사이에 끼워두었다. 그런데 그날 오전의 영어 시간에 그 여학생이 갑자기 꺅 소리를 질렀다. 어찌나 놀랐던지 나까지 부들부들 떨면서 소리를 칠 정도였다. 곧이어 그 애는 풍금 소리처럼 흑흑대며 훌쩍이기 시작했다. 내 눈에는 늘 거침없고 용감하기만 했던 쑹항의 얼굴이 그때만큼은 죽은 사람처럼 회백색으로 변했다.

그러나 일단 교실을 벗어나자 그는 금세 원래의 멋진 모습으로 되돌아왔다. 그날 오전 수업이 끝난 후 그는 뜻밖에도 휘파람을 불며 그 마른 여학생 곁으로 다가가 함께 걷기 시작했다. 가끔씩 고개를 돌려 우리에게 짓궂은 표정을 지어 보이기까지 하면서 말이다. 그 불쌍한 여학생이 또다시 훌쩍이기 시작하자, 근처에 있던 살집 좋은 여학생이 나타나 정의를 구현하려 들었다. 큰 가슴을 들이밀며 끼어든 그녀는 열을 받아 낮아진 목소리로 욕설을 한마디 내뱉었다.

"이런 건달 같으니라구."

쑹항은 그 말을 듣자마자 돌아서서 그 뚱뚱한 여학생을 가로막았는데, 그때의 얼굴빛은 흥분을 넘어서 거의 분노에 가까웠다. 마침내 사나이의 기개를 떨칠 기회를 잡은 쑹항이 허풍 섞인 목소리로 소리쳤다.

"다시 한번 말해봐."

그 여학생은 조금도 움츠러들지 않고 대답했다.

"넌 건달이라구."

우리 중 누구도 쑤항이 주먹을 날릴 거라고는 생각지 못했다. 쑤항은 그 여학생의 풍만한 가슴에 의외의 주먹을 꽂았다. 그녀는 깜짝 놀라 소리를 지르더니 이내 얼굴을 감싸 쥐고는 울면서 뛰어갔다.

우리가 다가가자 쑤항은 흐뭇한 표정을 지어 보이며 오른손 집게손가락과 가운뎃손가락을 쓰다듬었다. 그러면서 방금 주먹을 날렸을 때 그 두 손가락의 감촉이 아주 보드라웠다고 말했다. 나머지 세 손가락은 그 미묘한 감촉을 느끼지 못했다며 거들떠보지도 않았다.

"뜻밖의 수확이야. 전혀 뜻밖의 수확."

난 여자의 생리에 대해서는 전혀 아는 바가 없어 거의 전적으로 쑤항의 가르침에 의존하고 있었다. 그해 초봄의 어느 날 밤 우리 패거리는 쑤항을 따라 거리를 걷고 있었다. 그는 자기 부모님의 고급 양장본 책에서 여자의 음부를 찍은 컬러 사진을 보았다며 이렇게 말했다.

"여자는 구멍이 세 개 있거든."

쑤항의 신비로운 음성과 드문드문 들려오는 발걸음 소리에 나는 호흡이 멎을 것만 같은 긴장감을 느꼈다. 낯선 지식이 나를 위협하는 동시에 유혹해왔다.

며칠 후 쑤항이 그 책을 학교로 가져왔을 때 나는 어려운 선택의 순간을 맞았다. 나 역시 다른 아이들과 마찬가지로 흥분에 들떠 얼굴이 시뻘게졌지만, 수업이 끝나고 쑤항이 책을 펼치려 하자 두려움에 몸서리를 치게 되었다. 오후의 햇빛이 여전히 찬란하던 그때, 그 모험에 가까운 짓에 뛰어들 용기가 나에게는 없었던 것이다. 그래서 쑤항이 교실 문에서 망볼 사람이 필요하다고 하자마자 자진해서 그 임무를 맡기로 했다. 그러나 나는 교실 밖에서 보초를 서면서 강렬한 욕망이 끓어오르는 걸 느꼈다. 특히 안에서 들려오는 제각각의 탄성은 내 맘을 어지럽히기에 충분했다.

첫 번째 기회를 놓치고 나자 두 번째 기회를 얻기는 생각보다 훨씬 어려웠다. 쑤항은 그 후로도 그 책을 학교에 자주 가져왔지만, 나에게도 한 번쯤은 보여줘야 한다는 생각을 전혀 하지 않았다. 나는 그에게 내가 대단치 않은 존재라는 걸, 그저 주위를 둘러싼 많은 아이들 중 하나에 불과하다는 걸, 게다가 가장 보잘것없는 존재라는 걸 알고 있었다. 또한 보여달라고 적극적으로 말하지 못하는 내 수줍은 성격 탓도 있었다. 그렇게 반년이 흐르고 나서야 쑤항은 내게 그 컬러 사진을 보여주었다.

쑤항의 대담함은 가끔 우리를 놀라게 했다. 원래 그 컬러 사진은 남자애들한테만 보여주곤 했는데, 그 일이 점차 지겨워진 쑤항이 마침내 그 책을 들고 한 여학생에게로 다가갔다. 잠시 후 우리는 그 여학생이 깜짝 놀라 정신없이 뛰어가는 모습을 보았다. 그녀는 운동장 끝의 벽에 기대앉아 엉엉 울기 시작했다. 쑤항은 낄낄거리며 우리에게 돌아왔고, 우리는 두려움 반 걱정 반으로 그에게 그 여학생이 일러바칠지도 모른다고 얘기했다. 그러나 그는 아무런 동요 없이 오히려 이런 말로 우리를 안심시켰다.

"걱정 마, 어떻게 말을 해? 걔가 쑤항이 그걸 보여줬다고 얘기할 거라고? 그런 말을 할 수 있을 것 같아? 절대 못할 테니 안심하라구."

나중에 아무 일이 없었던 걸 보면 쑤항의 말이 맞았던 것 같다. 쑤항의 모험이 성공을 거두자, 여름방학에 우리는 더 대담한 행동을 저지르고 말았다. 어느 농번기의 한낮에 쑤항과 린원이라는 친구가 쨍쨍 내리쬐는 햇볕 아래서 두 손을 흔들며 좁은 시골길을 어슬렁어슬렁 걷고 있었다. 틀림없이 그들은 가장 저질스럽고 추잡한 말로 자기가 좋아하는 여학생에 대한 얘기를 주고받았을 것이다. 그 시기에 린원이 쑤항의 가장 친한 친구가 될 수 있었던 건 그가 여학생 변소에서 작은 거울로 여학생들을 훔쳐본 적이 있었기 때문이다. 린원의 대담한 행동이 쑤항에게 뭔가를 보여준 건 아니었지만, 덕분에 쑤항은 한 가지 이치를 깨닫게 되었다. 쑤항도 거울의 위력을 시험해보고 싶던 참이었는데, 린원이 경험자의 노련함으로 그를 제지하며 이렇게 말해줬기 때문이다.

"변소에서 거울을 비추면 여자는 남자를 분명히 보지만, 남자는 절대 여자를 제대로 볼 수 없다구."

두 사람은 이렇게 시골길을 걸으며 어떤 마을에 이르렀다. 매미 울음소리 외에 이렇다 할 다른 소리는 들리지 않았다. 일할 만한 사람들은 죄다 벼를 베고 있었기 때문이다. 그들이 나무 그늘 아래서 주고받던 이야기는 그들의 몸을 여름의 열기보다 더 끓게 했다.

끝없이 내리쬐는 뜨거운 햇빛은 마치 욕망이 넘쳐 재난이 된 이후의 광경을 보는 듯했다. 빨빨거리며 돌아다니던 두 소년이 당도한 곳은 부뚜막에서 연기가 솔솔 피어오르는 집 앞이었다. 쑤항이 먼저 그 집 창가로 다가가 안을 슬쩍 들여다보고는 린원을 향해 조심스럽게 손짓을 했다. 하지만 린원의 흥분은 얼마 가지 못했다. 창가로 다가가 보게 된 광경이 그에게 큰 실망을 안겼기 때문이다. 안에서는 일흔도 넘었을 것 같은 노파가 불을 지피고 있었다. 문득 그는 쑤항의 호흡이 가빠지는 걸 느꼈다. 쑤항의 긴장된 목소리가 들렸다.

"너 진짜 그걸 보고 싶지 않냐?"

쑤항의 의도를 알아챈 린원은 깜짝 놀라 불 지피는 노파를 가리키며 되물었다.

"너, 저 할머니 걸 보고 싶다는 거냐?"

쑤항의 웃는 얼굴에 좀 난감한 기색이 보이기도 했지만, 그는 곧 흥분한 목소리로 린원을 이끌었다.

"우리 같이 하자."

거울의 용도를 변소 안까지 확장한 바 있는 린원조차도 이번에는 망설였다.

"저렇게 늙은 할머니를?"

얼굴이 새빨갛게 달아오른 쑤항이 낮은 목소리로 외쳤다.

"하지만 저건 진짜라구."

린원은 자기와 쑤항이 함께 행동하는 것에는 끝내 동의할 수 없었다. 그러나 쑤항이 흥분에 휩싸여 긴장과 초조함을 내비치자 덩달아 가슴이 벌렁벌렁하며 묘한 흥분을 느꼈다.

"네가 해, 난 망을 볼 테니까."

쑤항이 창을 넘어 집으로 들어가기 직전 자신을 향해 어정쩡한 웃음을 지어 보였을 때, 린원은 이미 자기 자리가 쑤항의 자리보다 훨씬 흥미진진하리라는 걸 알고 있었다.

린원은 창문 앞에 서 있지 않았다. 쑤항이 할머니를 덮치는 광경은 상상 속에서도 쉽게 완성할 수 있었기 때문이다. 대신 그는 보초로서의 임무를 충실히 수행했다. 창문에서 몇 걸음 떨어지자 누가 그리로 오는지 안 오는지가 더 잘 보였다.

곧이어 마치 한 바퀴 구르기라도 하듯 땅에 엎어지는 소리가 들리더니, 놀라 허둥거리며 끙끙대는 소리가 이어졌다. 할머니는 일흔이나 먹었으면서도 그때까지 무슨 일이 벌어지고 있는지를 전혀 깨닫지 못했다. 할머니가 상황을 파악했을 때쯤 린원은 나이 든 이의 노기등등한 목소리를 들었다.

"이런 짐승만도 못한 자식, 할머니뻘 되는 사람에게 이게 무슨 짓이야!"

이 말에 린원은 자기도 모르게 낄낄댔다. 쑤항의 모험은 이미 절반의 성공을 거둔 것이다. 곧이어 노인의 참회에 가까운 외침이 들렸다.

"이게 무슨 망신이야."

쑤항의 맹렬한 공격을 당해낼 수 없었던 할머니는 기력이 쇠해 분노를 자신에 대한 연민으로 바꿀 수밖에 없었던 것이다. 바로 그때 린원은 이쪽으로 오는 남자를 발견했다. 웃통을 벗은 채 낫을 들고 걸어오는 남자의 모습에 린원의 가슴은 두방망이질을 해댔다. 잽싸게 창가로 달려간 린원은 바닥에 꿇어앉아 할머니의 바지를 끌어내리려 낑낑대는 쑤항과 알아들을 수 없는 말을 중얼거리며 다친 어깨를 어루만지는 황혼의 여인을 보았다. 린원이 외치는 소리를 들은 쑤항은 마치 역병에 걸린 개처럼 몸을 뒤집어 창문 밖으로 나왔다. 잠시 후 둘은 강변을 향해 필사적으로 도망쳤다. 쑤항이 연신 고개를 돌려 뒤를 살폈는데, 그때마다 낫을 든 사람이 저 멀리서 쫓아오는 모습이 보였다. 도망치는 내내 린원의 귓가에는 쑤항의 절망에 찬 목소리가 맴돌았다.

"잡쳤어, 이번에는 잡쳤어."

그날 낮 두 사람은 시내로 향하는 길을 온통 먼지투성이로 만들었다. 어찌나 달렸던지 숨이 차올라 폐를 찌를 지경이었다. 그렇게 그들은 입 안 가득 악취를 머금고, 온몸에 먼지를 뒤집어쓴 채 시내로 돌아왔다.

학교 선생님 중에서 행동거지가 아주 우아했던 음악 선생님은 나에게 가장 깊은 인상을 남겼다. 그는 유일하게 표준어로 수업을 했던 선생님이다. 그가 풍금 앞에 앉아 노래를 가르치는 모습과 그의 노랫소리는 그 시절 나를 완전히 사로잡았다. 아주 오랫동안 나는 열에 들뜬 눈빛으로 그를 바라보았고, 여느 사람들과 다른 그만의 고상함은 내 마음속에 어른의 본보기로서 자리 잡았다. 게다가 그는 선생님들 가운데 가장 권세나 이익을 좇지 않는 사람이었다. 그는 모든 학생을 똑같은 미소로 대했다. 난 아직까지 그의 첫 수업을 기억하고 있다. 그는 흰색 남방과 짙은 남색 바지 차림으로 악보를 옆에 긴 채 교실에 들어왔다. 곧이어 방송에서나 들을 수 있는 장중한 목소리로 이렇게 말했다.

"음악은 언어가 사라진 자리에서 시작됩니다."

촌티 나는 선생님이 사투리로 수업하는 데 익숙했던 아이들은 그 말에 교실이 떠나갈 듯 웃어젖혔다.

삼 년째 되던 해 봄, 그러니까 쑤항이 우리에게 컬러 사진을 보여주던 시절의 어느 음악 시간에 모든 선생님들에게 골칫거리였던 쑤항이 추잡한 행동으로 선생님의 고상함을 조롱했다. 쑤항은 운동화를 벗어 창가에 두고 두 발을 책상에 올렸다. 그러자 그의 나일론 양말에서 역겨운 발 고린내가 풍겨 나와 온 교실을 가득 채웠다. 이 저질스런 도전 앞에서 우리의 음악 선생님은 의연하게 목청껏 노래를 불렀다. 그의 부드러운 목소리와 쑤항의 발 고린내가 쌍으로 다가와 우리는 미와 추의 공격을 동시에 당했다. 그렇게 한 곡이 끝나고 나서야 음악 선생님은 풍금에서 일어나 쑤항에게 말했다.

"신발 좀 신어주겠어요?"

뜻밖에도 쑤항은 이 말에 웃음을 터뜨렸다. 그는 의자에 앉아 몸을 과장되게 흔들면서 고개를 돌려 우리에게 말했다.

"존댓말을 다 하시네."

음악 선생님은 여전히 고상한 어투를 잊지 않았다.

"함부로 말하지 말아요."

쑤항은 거의 미친 듯이 웃어댔다. 연거푸 기침을 하며 가슴을 쳐대기까지 했다.

"또 존댓말을 쓰시네. 웃겨 죽겠네. 진짜 웃겨 죽겠어."

음악 선생님은 파랗게 질린 얼굴로 쑤항의 책상 앞으로 다가가 창가의 신발을 밖으로 던져버렸다. 그러고는 막 돌아서려 하는데, 쑤항이 재빨리 풍금 앞으로 달려가 악보를 창밖으로 던졌다. 음악 선생님은 쑤항이 그렇게까지 할 줄은 예상치 못했던 듯 입을 딱 벌리고 눈을 커다랗게 뜬 채 창밖으로 넘어가 신발을 들고 돌아오는 쑤항을 바라보았다. 쑤항은 다시 신발을 창가에 놓고 두 발을 책상에 얹은 채 한 바탕 싸울 기세로 음악 선생님을 노려보았다.

내가 그토록 숭배하던 음악 선생님의 고상함은 쑤항의 추잡함 앞에서는 무력하기 그지없었다. 선생님은 교탁에 서서 얼굴을 살짝 들어 올린 채 아무 말도 없이 한참을 그렇게 서 있었다. 무슨 비보라도 접한 사람처럼 처량한 모습으로 서 있던 선생님이 마침내 입을 열었다.

"누가 가서 악보 좀 가져다주겠니?"

수업이 끝난 뒤 많은 학생들이 쑤항을 둘러싸고 그의 승리에 환호할 때, 나는 전과 달리 그에게 다가가지 않았다. 그때 내 마음속에서는 말로 표현하기 힘든 슬픔이 솟아올랐다. 내가 어른의 본보기로 삼은 사람이 그렇게 쉽게 쑤항에게 모욕을 당했으니 말이다.

얼마 지나지 않아 나와 쑤항은 다른 길을 가게 되었다. 사실 나와 쑤항의 결별은 나 혼자만 마음속으로 느꼈던 일이다. 그의 눈에 나는 있으나 마나 한 존재였을 테니 말이다. 내가 더 이상 운동장 한가운데로 가지 않고, 다른 친구들처럼 그의 주위를 둘러싸지 않을 때 그것을 의식한 사람은 딱 나 한 사람뿐이었다. 쑤항은 자기를 둘러싼 수많은 친구들 중에서 한 사람이 줄어든 것을 전혀 의식하지 못했을 것이다. 그는 여전히 열에 들떠 있었고, 나는 혼자만의 고독 속으로 숨어들었다. 얼마 후 나는 쑤항의 주변에 서 있을 때의 기분이나 나중에 느낀 고독이나 다 마찬가지라는 걸 놀라움 속에서 깨달았다. 내가 쑤항의 주변을 맴돈 건 그저 마음의 평정을 얻거나 괜한 허장성세를 부려보기 위해서였다는 걸 비로소 알게 된 것이다. 나중에 형 쑨꽝핑이 시내에 사는 친구에게 아부를 떨 때 마음속으로 그를 질책하면서도, 나도 예전에 그러지 않았던가 하며 부끄러운 기억을 떠올리곤 했다.

지금 돌이켜보면 그날 오후 쑤항이 버드나무 가지로 나를 후려친 일에 무척 충격을 받았던 것 같다. 그때 난 정말 크게 놀랐다. 쑤항이 느닷없이 나뭇가지를 휘두르며 나를 때릴 거란 생각은 전혀 하지 못했으니 말이다. 한 무리의 여학생이 내 쪽으로 다가오고 있었고, 그중의 세 명은 그 당시 쑤항이 사모해 마지않던 애들이었다. 물론 쑤항의 심정을 이해할 수는 있었지만 자기를 뽐내는 방식은 받아들이기 어려웠다. 처음에는 장난을 치는 줄 알고 그가 가축을 몰듯 소리를 지르며 나를 때리는데도 애써 웃으며 피하기만 했다. 그런데 뜻밖에도 끝까지 쫓아와 버들가지로 내 얼굴을 심하게 때려서 얼마나 놀랐는지 모른다. 그 여학생들이 걸음을 멈추고 놀란 눈으로 우리를 지켜볼 때, 속에서 모욕감이 치솟아 올랐다. 쑤항은 의기양양한 표정으로 연신 고개를 돌려 여자애들한테 휘파람을 불면서 나에게 땅바닥에 엎드리라고 명령했다. 그제야 그가 왜 나를 때리려 했는지 알 수 있었다. 나는 땅바닥에 엎드리지도 않고, 그렇다고 나뭇가지를 빼앗지도 않고 뒤로 돌아 교실 쪽으로 걸어갔다. 친구들이 뒤에서 환호를 보내자, 쑤항은 끝까지 쫓아와 나를 때렸다. 나는 여전히 아무런 반격도 하지 않고 그저 앞을 향해 걷기만 했다. 치욕으로 가득한 눈물이 그날 오후 내내 나의 시야를 가렸다.

사실, 바로 이 치욕 때문에 반년 후 나와 쑤위는 친밀한 우정을 쌓게 되었다. 나는 더 이상 친구가 많은 척 가장하지 않고, 내 고독 속으로 돌아왔다. 진정한 나로서 독자적인 생활을 시작한 것이다. 물론 가끔은 적막함 때문에 견디기 어려운 고통을 겪기도 했다. 그러나 치욕을 대가로 껍데기에 불과한 친구를 얻느니, 이런 식으로라도 내 자존심을 지키는 게 낫다고 생각했다. 그때부터 난 쑤위에게 주의를 기울이기 시작했다. 혼자 길 가장자리로 걸어가는 쑤위의 고독한 모습에 나는 상당한 호감을 느꼈다. 나와 다름없는 소년이었지만, 쑤위는 벌써부터 근심 걱정이 가득한 어른의 풍모를 보였다. 그 당시의 쑤위에게는 남문 시절 자기 아버지와 과부의 사건이 드리운 그림자가 남아 있었다. 내가 남몰래 쑤위에게 주목하던 무렵, 쑤위도 은밀하게 나를 주목하고 있었다. 그리고 나중에 알게 된 사실인데, 쑤위는 내가 누구와도 친하게 지내려 하지 않는 모습에 감동했다고 한다.

쑤위가 날 주목하고 있다는 사실은 진작부터 알고 있었다. 쑤위는 종종 고개를 들고 자기처럼 길 가장자리로 걸어가는 나를 바라보았다. 그때 우리 사이에는 다른 아이들이 걸어가고 있었다. 그들은 삼삼오오 무리를 지어 왁자지껄 소리를 지르며 걸어갔다. 오로지 우리 둘만 말없이 혼자 걷고 있었다. 하지만 쑤위가 남문에서 살 때 누린 행복한 생활은 내게 지울 수 없는 인상을 남겨 그와 친해지고 싶다는 생각을 가로막았다. 게다가 친구가 없는 나로서는 나보다 두 학년이나 위인 그에게 어떻게 다가가 호감을 표시해야 할지 방법을 생각해내기 어려웠다.

그렇게 그 학기가 거의 끝나갈 무렵 쑤위가 갑자기 내게 말을 걸어왔다. 그때 우리는 길 양편에서 따로따로 걷고 있었는데 내가 쑤위를 바라보자, 뜻밖에도 그가 걸음을 멈추고 희미한 미소를 지었다. 그때 발갛게 물들었던 쑤위의 얼굴을 나는 평생 잊지 못할 것이다. 유난히 부끄럼이 많던 이 친구는 이렇게 나를 불렀다.

"쑨광린."

난 그 자리에 멈춰 섰다. 이제는 그때의 느낌을 되살릴 길이 없지만, 그때 내가 줄곧 쑤위를 바라보고 있었다는 사실은 알고 있다. 많은 아이들이 우리 사이로 걸어가고 있었기에, 쑤위는 빈 틈이 보이고 나서야 나에게로 다가와 물었다.

"너 아직 날 기억하니?"

내가 처음 쑤항에게 다가갔을 때, 그가 내게 해줬으면 하고 기대했던 말을 쑤위가 바라기도 전에 알아서 해준 것이다. 하마터면 눈물을 쏟을 뻔했다. 나는 고개를 끄덕이며 대답했다.

"너 쑤위잖아."

그날의 만남 이후, 우리는 방과 후에 마주치기만 하면 자연스레 함께 걷는 사이가 되었다. 난 쑤항이 근처에서 의심스런 눈초리로 우리를 지켜보는 걸 자주 목격했다. 이런 관계가 한동안 지속된 후, 우리는 교문 앞에서 헤어진다는 사실에 불안감을 느끼기 시작했다. 그 뒤로 쑤위는 늘 나를 남문으로 이어지는 나무다리까지 바래다주었다. 거기 서서 걸어가는 나를 향해 손을 흔들어준 다음에야 몸을 돌려 천천히 멀어져갔다.

몇 년 전 고향에 돌아와 남문에 갔을 때 보니 그 오래된 나무다리는 이미 시멘트 다리로 바뀌어 있었다. 겨울날의 어스름한 저녁 무렵, 그곳에 서서 그해 여름에 일어났던 일을 떠올렸다. 내 그리움 가득한 눈길은 공장이 된 남문을 지우고, 벽돌을 쌓아올린 강변을 지우고, 내가 서 있는 시멘트 다리를 지워버렸다. 그러자 남문의 논밭과 푸른 풀이 가득 자라난 강기슭, 그리고 발아래의 시멘트 다리가 과거의 나무다리로 변하는 모습이 눈에 들어왔다. 그리고 나무판자의 틈새로 흘러가는 강물을 내려다보았다.

나는 한겨울 매서운 바람 속에서 지난 시절의 정경을 떠올렸다. 초여름의 어느 저녁 무렵 나와 쑤위는 다리 위에 한참을 서 있었는데, 부끄러운 듯 남문을 바라보는 쑤위의 눈빛이 저녁놀 속에서 서서히 붉게 물들어갔다. 그는 저녁놀처럼 고요한 목소리로 평화로웠던 지난날에 대한 기억을 풀어냈다. 그가 남문에 살던 시절의 어느 여름밤, 날씨가 너무 더워 모기장을 거둬버린 탓에 어머니가 침대 옆에 앉아 부채질을 해주며 모기를 쫓아내고는 그가 잠든 후에야 모기장을 쳐주었다는 이야기였다.

어머니에 대한 쑤위의 이야기를 듣고 있으니 마음이 아팠다. 그즈음 나는 이미 가정이 주는 따뜻함을 느낄 수 없는 상황이었다.

이어서 쑤위는 바로 그날 밤 악몽을 꾸었다는 이야기를 했다.

"내가 사람을 죽였나 봐. 경찰이 사방에서 날 잡으려 해서 집으로 도망쳤어. 집 안에 숨어 있으려고 했지. 그런데 퇴근하고 집에 돌아온 어머니, 아버지가 나를 발견하더니 끈으로 대문 앞의 나무에 묶어놓고는 경찰한테 넘기려고 하는 거야. 난 죽어라 울었지. 그러지 말라고 애원하면서 말이야. 그런데 두 분이 내게 막 욕을 하시더라구."

쑤위가 꿈을 꾸며 우는 소리에 어머니가 잠에서 깨어나 그를 흔들어 깨웠다고 한다. 그때 그는 온몸에서 식은땀이 흘렀고 미친 듯이 뛰는 심장 때문에 몸이 다 아플 지경이었는데, 어머니는 거의 질책에 가까운 말을 했단다.

"왜 울어? 너 미쳤니?"

짜증과 혐오가 짙게 밴 어머니의 목소리에 쑤위는 깊은 절망감을 느꼈다.

소년이었던 쑤위가 소년이었던 내게 이 이야기를 했을 때, 우리는 둘 다 그것이 무엇을 의미하는지 알지 못했다. 쑤위가 죽고 십여 년이 지난 후 남문으로 통하는 다리에서 그 일을 떠올릴 때, 비로소 나는 예민한 소년 쑤위가 어릴 적부터 행복과 절망에 뒤엉켜 살았다는 걸 조금씩 깨닫게 되었다.

전율

열네 살 때 나는 칠흑 같은 어둠 속에서 신비한 움직임을 발견하고는 미묘한 느낌을 받았다. 그 순간 무엇과도 비교할 수 없는 격렬한 기쁨이 느껴져 두려움이라는 방식으로 그 희열을 표현했다. 그 후 전율이라는 단어를 접했을 때 나의 이해는 또래의 아이들과 달리 괴테의 생각에 근접해갔다. 이미 세상을 떠난 이 독일 노인은 "공포와 떨림은 인간이 닿을 수 있는 최고의 선이다"라는 말을 한 적이 있다.

처음으로 깊은 어둠 속에서 흥분과 불안의 고비를 넘어 아무것도 없는 공허 속으로 들어간 뒤, 나는 속옷이 이미 축축하게 젖어 있는 걸 발견하고는 당황해서 어찌할 바를 몰랐다. 그런 당황스러움은 내 행위에 대한 질책보다는 생리 현상에 대한 공포를 가져왔다. 처음에는 속옷이 젖은 건 오줌이 새어 나와서 그런 줄 알았다. 무지한 내가 느낀 창피함은 그런 행동이 남 보기가 부끄럽기 때문이 아니었다. 이 나이에 아직도 오줌을 싸나 하는 불안함과 혹시 무슨 병에 걸린 건 아닌가 하는 의심 때문이었다. 그렇긴 했지만 오줌이 나온 순간 몸에 전해졌던 흥분과 불안에 대한 갈망 때문에 나도 모르게 그 기쁨에 겨운 떨림을 반복했다.

열네 살 그 여름의 한낮, 집을 나와 시내의 학교로 향하던 길의 찬란한 햇빛은 내 안색을 오히려 창백하게 했다. 바로 그 순간 나는 내가 어둠 속에서 수치스런 행위를 하고 쏟아낸 물질의 수수께끼를 풀어야겠다고 생각했다. 그때 나는 이미 남들이 옳다고 하는 대로만 행동하지는 않던 나이였기 때문에, 마음속의 욕망이 내 행동을 은밀하게 지지하기 시작했다. 시간이 얼마간 흐른 뒤에 내 갈망은 내가 쏟아낸 것의 정체를 알아냈다. 이런 행위를 집에서 할 수는 없었으니 내가 선택할 수 있는 곳은 한낮의 학교 변소뿐이었다. 그 시간에는 그곳에 아무도 없었기 때문이다. 그 낡고 후진 변소는 훗날 내 기억 속에서 나를 몸서리치게 했다. 아주 오랫동안 나는 가장 누추한 곳에서 가장 누추한 짓을 한 나 자신을 거의 강제적으로 질책했다. 지금이야 그런 자책은 접어두었지만, 변소를 선택한 일은 그때 내가 몸뚱이 하나 숨길 곳 없는 소년이었다는 사실을 보여준다. 그런 선택은 현실이 나에게 강요한 거였지 결코 내가 바란 게 아니었다.

난 당시의 열악한 환경을 묘사하고 싶지는 않다. 파리가 날아다니며 내는 웽웽 소리나 밖에서 시끄럽게 울어대는 매미 소리를 생각하는 것만으로도 나는 충분히 긴장했고 불안해했다. 변소를 나와 햇볕이 내리쬐는 운동장을 걸을 때 사지에서 힘이 쭉 빠졌던 걸로 기억한다. 새로운 발견이 내게 가져다준 것은 혼란 이후의 무기력함이었다. 난 맞은편에 있는 건물 쪽으로 갔다. 아무도 없는 교실에서 좀 누워 있고 싶었기 때문이다. 하지만 교실에서는 여학생 하나가 숙제를 하고 있었다. 여학생의 차분한 모습을 보니 불현듯 깊은 죄책감이 느껴졌다. 그래서 교실로 들어갈 엄두를 내지 못하고 복도 창문에 서서 끝없는 슬픔에 잠겼다. 마치 세상에 종말이 온 것처럼 앞으로 뭘 어떻게 해야 할지 알 수가 없었다. 잠시 후 청소하는 아주머니가 나무통을 들고 내가 방금 빠져나온 변소로 들어가는 모습이 눈에 들어왔다. 그 광경에 나는 또다시 몸서리를 쳤다.

나중에는 이런 떨림에 점차 익숙해져 어둠이 찾아온 뒤에도 죄책감에 겁먹지 않게 되었다. 내가 뭘 하고 있는지가 점차 명확해지자 자신에 대한 질책은 생리적 유혹 앞에서 전혀 힘을 쓰지 못했다. 짙은 어둠이 주는 평온함은 늘 내게 관용과 위안을 안겨주었다. 피곤에 지쳐 잠에 빠져드는 순간, 눈앞에 떠오르는 광경은 대개 화려한 색상의 웃옷이 옅은 회색빛 공기 속을 천천히 날아가는 모습이었다. 나를 심판하는 근엄한 목소리는 점차 멀어져갔다.

하지만 새벽에 등굣길에 오르면 이내 무거운 멍에가 씌워졌다. 학교가 가까워지고 깔끔한 옷차림의 여학생들을 만나면 나도 몰래 귓불까지 새빨개지곤 했다. 밝은 햇빛 아래서 재잘거리는 그들의 건강한 삶은 그때까지 내가 전혀 느껴보지 못한 아름다움을 전해주었고, 내 더러운 몸은 나 자신에 대한 분노를 불러일으켰다. 가장 참기 어려웠던 것은 여자애들의 눈웃음을 보아도 더 이상 행복하거나 흥분되지 않고, 그저 두렵고 무섭기만 했다는 사실이다. 이럴 때마다 다시는 그러지 않으리라 다짐했지만, 어둠이 찾아오면 또 같은 길을 되밟곤 했다. 그 시절 나는 자신에 대한 증오를 나약하기 그지없는 회피로 표출했다. 쉬는 시간이면 아무도 없는 곳으로 가서 멍청히 서 있다가 돌아왔고, 마음을 의지하고픈 친구 쑤위를 점차 피하기 시작했다. 나에게는 그런 훌륭한 친구가 있어서는 안 된다는 생각에, 아무것도 모르는 쑤위가 친근하게 다가서면 마음 아파하며 다른 곳으로 피하기 일쑤였다.

나의 삶은 낮과 밤의 두 부분으로 뚜렷하게 나뉘었다. 낮에는 정직하고 용감한 태도로 자신을 무정하게 학대했지만, 밤이 되면 그런 의지는 단박에 무너져 내렸다. 욕망의 품에 냉큼 안겨드는 내 모습에 나 자신도 놀랄 지경이었다. 그 시절 나의 영혼은 심한 동요를 질리도록 맛봐야 했다. 나는 내가 두 부분으로 찢어져 있고, 그 두 부분은 서로를 적대시한다는 걸 수시로 아주 분명하게 느꼈다.

밤이 되면 욕망은 거침없이 전진했다. 나는 점차 여인의 이미지를 요구하게 되었다. 절대로 누군가를 더럽히긴 싫었지만 정말 어쩔 수가 없었다. 결국 차오리라는 여학생을 선택했다. 한여름이면 서양식 짧은 바지를 입고 학교에 왔던 그 예쁜 여학생은 생리적으로 급속히 어른이 되어가는 남학생들을 정신 못 차리게 했다. 남학생들은 햇빛 아래 드러난 그 아이의 넓적다리에 입을 다물지 못했다. 그들이 그 여학생에 대해 소곤대는 말을 듣다 보면, 여자의 육체에 대해 아직 진정으로 민감하지 못했던 나는 놀라 자빠질 지경이었다. 내가 도저히 이해할 수 없었던 것은 그들이 왜 그 애의 예뻔 얼굴에 대해서는 얘기하지 않느냐는 점이었다. 내가 보기에 그 애의 얼굴은 누구와도 비교할 수 없을 정도로 예뻤고, 그 애의 웃는 얼굴만이 나를 달콤함에 젖어들게 할 수 있었는데 말이다. 그 애는 나의 밤에 없어서는 안 될 동반자였다. 그 애의 육체에 대해서는 다른 남학생들처럼 그렇게 집착하지 않았지만, 나 역시 그 넓적다리에 시선을 두었고 그 다리에서 반짝이는 빛은 나를 미약하게나마 떨게 했다. 하지만 내가 가장 사랑하는 건 여전히 그 애의 얼굴이었다. 또 그 애의 목소리는 어느 쪽에서 들려오더라도 나를 흥분의 도가니로 몰아넣었다.

깊은 밤이 찾아오면, 아름다운 차오리가 상상 속에서 내 곁으로 다가왔다. 난 그 애의 육체에 대해서는 단 한 번도 나쁜 생각을 하지 않았다. 우리 둘은 그저 인적이 드문 강변을 걷기만 했다. 나는 그 애의 말소리를 흉내 냈고, 심지어는 그 애가 나를 바라보는 눈길까지 흉내 냈다. 가장 대담했던 건 그 애의 몸에서 나는 향기를 맡는 시늉을 한 일이었다. 새벽 풀밭 같은 그 향기……. 유일하게 선을 넘었던 상상은 바람에 흩날리는 그 애의 머리칼을 만졌던 일이다. 그 다음으로 그 애의 얼굴을 어루만지려 하다가, 갑자기 무서운 생각이 들어 그러면 안 된다고 나 자신을 다그쳤다.

차오리의 예쁜 얼굴을 애무하고 싶은 마음을 적절하게 통제하기는 했지만, 날이 밝으면 내가 아주 저질스러운 방법으로 그 애에게 상처를 입혔다는 생각에 학교에 발을 들여놓기가 무섭게 가슴을 졸였다. 내 눈은 감히 그 애를 바라보지 못했지만, 내 청각은 그렇지 않았다. 그 애의 목소리가 수시로 들이닥쳐 나는 행복과 고통의 극한을 오갔다. 언젠가 그 애가 종이를 뭉쳐 한 여학생에게 던지려다 생각지도 않게 나를 맞혔던 일이 있다. 그 애는 어찌할 바를 모르고 그 자리에 서 있다가, 친구들이 깔깔대며 웃음을 터뜨리자 얼굴이 새빨개져 주저앉더니 고개를 숙이고 책가방을 정리했다. 그 애의 당황하는 모습에 나는 큰 충격을 받았다. 별것도 아닌 종이 뭉치에 그렇게 부끄러워하는 그 애에 비한다면, 내가 간밤에 했던 상상은 정말 더럽기 짝이 없는 짓이었다. 하지만 얼마 지나지 않아 그 애는 완전히 변했다.

차오리에게 남몰래 상처 입히는 짓을 그만두겠다고 수차례 맹세하고 상상 속에서 다른 여자와 교제하려 무척이나 애를 썼지만, 늘 얼마 가지 못해 차오리의 이미지가 그 여자를 대신했다. 끝없는 노력에도 불구하고 차오리에게서 벗어나지 못한 것이다. 그 시절 내가 나 자신에게 해줄 수 있었던 유일한 위로는 상상 속에서 그렇게 여러 차례 그 애를 더럽혔지만 그 애는 여전히 아름답고, 운동장을 뛰는 모습도 변함없이 생기 넘치고 매력적이라는 사실이었다.

나의 방종과 자기학대가 점점 심해질 무렵, 나보다 두 살 많은 쑤위가 내 얼굴에 드러나는 초췌한 기색과 자기를 자꾸 피하는 이상한 행동을 눈치 챘다. 그때는 차오리를 보는 것도 엄청난 고통이었고, 쑤위와 마주쳐도 한없이 부끄럽기만 했다. 쑤위가 햇빛 찬란한 운동장을 달려가는 우아한 모습에서는 순수함과 함께 아무 것도 바라지 않는 편안함을 볼 수 있었다. 더러운 나에게는 그 애와 사귈 수 있는 권리가 없다고 생각했다. 그래서 수업이 끝나도 예전처럼 고등학교 교실로 쑤위를 보러 가지 않고, 혼자 학교 옆에 있는 연못가로 가서 내가 일으킨 모든 일을 묵묵히 받아들였다.

쑤위도 연못가에 몇 차례 온 적이 있다. 처음 왔을 때 그는 대단한 관심을 보이며 도대체 무슨 일이 있는 거냐고 물었다. 부드럽고 상냥한 쑤위의 목소리에 하마터면 눈물을 쏟을 뻔했다. 나는 아무 말도 없이 그저 수면 위로 퍼지는 파문을 바라보기만 했다. 그 이후로 쑤위는 연못가에 와도 아무 말 없이 나란히 서서 수업 종이 울리길 기다렸고, 종이 울리면 그곳을 떠났다.

내 마음속의 고통을 알 수 없었던 쑤위는 내 태도에 의심을 품었던 것 같다. 내가 자기한테 싫증을 내고 있는 건 아닌가 하는 의심 말이다. 그 후로 쑤위는 더 소심해져서 다시는 연못가로 날 찾아오지 않았다. 우리 사이의 친밀한 우정에는 그때부터 거리가 생겼고, 우리는 급속도로 멀어져갔다. 학교 가는 길에 마주치면 둘 다 묘한 긴장과 불안을 드러냈다. 그때 정량이라는 아이가 눈에 들어왔다. 전교에서 키가 가장 큰 그 친구가 쑤위의 주변에 나타난 것이다. 웃음소리가 우렁찬 정량과 얌전한 쑤위는 운동장 한쪽 구석에서 사이좋게 이야기를 나누었다. 나는 원래 내가 서 있어야 할 자리에 정량이 서 있는 모습을 슬픈 눈길로 바라보았다.

그 일로 친구를 잃은 느낌이 어떤 것인가를 알게 되었다. 나는 쑤위가 그렇게 빨리 정량과 친해졌다는 게 영 못마땅했다. 하지만 만날 때마다 쑤위의 눈에 흐르는 의혹과 상심의 빛은 여전히 나를 뒤흔들었고, 과거의 우정을 회복하고 싶은 강렬한 바람을 불러일으켰다. 하지만 밤의 죄악에 점점 더 깊이 빠져들던 나로서는 그렇게 하고 싶어도 어려움이 이만저만이 아니었다. 그 시절 밝은 대낮은 나를 공포에 떨게 했다. 찬란한 햇빛이 나 자신에 대한 증오를 부채질했기 때문이다. 그 증오는 쑤위가 떠나면서 더욱 강렬해졌다. 그래서 어느 날 아침 나는 나의 더러움과 추악함을 쑤위에게 고백하기로 결심했다. 이 결심은 나 자신을 진정으로 벌하기 위한 것이기도 했지만, 쑤위에게 내 변함없는 애정을 드러내기 위한 것이기도 했다. 내 말을 듣고 쑤위가 얼마나 놀라는 표정을 지을지 충분히 상상할 수 있었다. 쑤위는 아마 내가 그렇게 추악한 놈일 줄은 상상도 못했을 것이다.

그날 오전 쑤위를 연못가로 불러내 용감하게 모든 사실을 말했다. 뜻밖에도 쑤위의 얼굴에는 두려움이나 놀라움의 표정이 떠오르지 않았다. 오히려 그는 진지한 목소리로 내게 이렇게 알려주었다.

"자위행위 시작했구나."

쑤위의 태도에 나는 깜짝 놀랐다. 그는 부끄러운 듯 웃으며 조용히 내게 말했다.

"나도 하는데 뭐."

왈칵 눈물을 쏟는 내 귓가에 원망 섞인 내 목소리가 들렸다.

"왜 나한테 빨리 안 알려줬어."

난 쑤위와 함께 서 있던 그 연못가의 아침을 영원히 잊지 못한다. 쑤위의 한마디에 나의 한낮은 다시 아름답게 변했다. 근처의 넓은 풀밭과 울창한 나무 아래서 몇몇 사내아이들이 깔깔대고 있었다. 쑤위는 그들을 가리키며 말했다.

"쟤들도 밤에 할 거야."

얼마 후 겨울이 막 지나간 어느 날 밤, 나와 쑤위 그리고 정량이 고요한 길을 따라 걷고 있었다. 쑤위와 밤에 만나기는 그날이 처음이었는데, 내가 기억하기로 그때 두 손을 바지 주머니에 넣고 있었던 것 같다. 그때 난 아직 겨울 추위에서 벗어나지 못했는데, 주머니에 넣고 있던 손에서 땀이 흐르는 걸 보고는 깜짝 놀라 쑤위에게 물었다.

"벌써 봄이 왔나 보네."

그 무렵 나는 열다섯 살이 되었다. 나보다 훨씬 큰 두 친구와 함께 걸었던 그 순간을 나는 평생 잊지 못할 것이다. 그때 쑤위는 내 오른편에서 한쪽 팔을 내 어깨에 올린 채 걸었다. 내 왼쪽에서 걷던 정량과는 그날 처음 만났다. 쑤위가 친밀한 태도로 나를 소개하려 할 때, 정량이 내 왜소함에도 불구하고 나를 조금도 무시하지 않기에 나는 신이 나서 쑤위에게 말했다.

"무슨 소개가 필요하냐?"

그날 밤 정량은 내게 아주 깊은 인상을 남겼다. 팔을 크게 흔들며 걷는 그의 커다란 그림자는 달빛 속에서 믿음직스런 느낌을 주었다. 그렇게 걸으면서 우리는 조용히 자위행위에 대한 이야기를 나눴다. 그런 화제를 꺼낸 사람은 쑤위였는데, 늘 과묵한 쑤위가 갑자기 조용한 목소리로 그 이야기를 꺼내는 바람에 나는 속으로 깜짝 놀랐다. 여러 해가 지난 뒤에 그때를 다시 회상하며 비로소 쑤위의 진짜 의도를 알게 되었다. 그때까지도 심리적 압박에서 완전히 벗어나지 못한 나를 쑤위는 그런 방식으로 도우려 했던 것이다. 확실히 그때부터 나는 조금씩 편안해지기 시작했다. 세 사람이 얘기할 때의 그 신비스럽던 어조는 지금까지도 내게 친밀함과 포근함으로 남아 있다.

정량의 성격은 그야말로 솔직 담백했다. 키가 무척 컸던 이 친구는 우리에게 이렇게 말했다.

"밤에 잠이 안 올 때 이걸 하면 바로 잠이 오지."

정량의 태연한 표정에 나는 며칠 전까지 자기학대에 여념이 없던 나를 떠올리며 부러운 눈길로 그를 쳐다보았다.

그날 밤의 대화가 나를 홀가분하게 해준 것은 사실이지만 정량이 무심결에 내뱉은 한마디에 나는 새로운 부담을 떠안게 되었다. 그 꺽다리는 그 얘기를 할 때 자신의 무식함이 드러나고 있다는 걸 전혀 알지 못했을 것이다.

"그건 말이야. 일종의…… 사람 몸이랑 보온병이랑 똑같은 거거든. 딱 요만큼 있는 거거든. 많이 하는 사람은 서른 몇이 되면 없어지는 거지. 아껴 쓰는 사람은 여든이 되어서도 남아 있는 거고 말이야."

정량의 이 말 때문에 나는 생리적 현상에 대해 극도의 공포와 긴장을 느끼게 되었다. 얼마 전까지 지나치게 남용했다는 생각에, 밤이면 시시때때로 내 몸속의 그 끈적거리는 액체가 이미 고갈되어버린 게 아닌가 하는 느낌을 받았다. 이런 공포는 미래의 삶에 대한 나의 동경에 깊은 그늘을 드리웠다. 특히 사랑에 생각이 미칠 때는 심리적 장애 때문에 예전 같은 달콤한 상상은커녕 이후 다가올 고독에 대한 확신이 갈수록 더해졌다. 내가 걸음도 제대로 옮기지 못하는 노인이 되어 눈 내리는 겨울 길을 홀로 걷는 모습을 떠올리면, 그 처량함에 슬픔이 걷잡을 수 없이 밀려왔다.

그 후의 수많은 밤, 나의 그 야간 행위는 더 이상 생리적인 쾌감을 얻기 위한 것이 아니라 생리적인 문제를 증명하기 위한 실험이되었다. 실험이 성공한 뒤 내가 느끼는 위안은 아주 잠시일 뿐, 이어지는 것은 여전히 정신적 공황이었다. 나는 매번의 실험이 감당해야 하는 모험, 즉 내 몸속의 마지막 액체가 방금 막 유출된 것일수도 있다는 사실을 깊이 인식하고 있었다. 그럴 때면 방금 실시한 실험에 대한 아픔과 후회가 밀려왔다. 그러나 사흘도 못 가서 내몸속이 비어 있다는 걱정 때문에 또다시 실험에 열중했다. 내 신체의 성장은 그렇게 늘 안색이 창백한 가운데 진행되었다. 나는 남문의 연못가에 가서 물에 비친 내 모습을 바라보는 일이 많았다. 아래를 내려다보면, 앙상한 턱과 퀭한 눈이 수면 위를 힘없이 떠다니고 있었다. 미세한 물결이 일 때면 내 얼굴이 온통 주름투성이로보였다. 특히 흐린 날이면 우울하고 너무 일찍 늙어버린 내 얼굴을똑똑히 볼 수 있었다.

스무 살이 되어서야 나는 정확한 답안을 찾았다. 베이징에서 대학을 다니며 당시 유명세를 떨치던 한 시인을 알게 되었다. 그는 내가 아는 사람 중 유일하게 이름을 떨친 사람이었다. 나는 그의 즉흥적이고 신경질적인 태도에 반해 도시 끝에서 끝까지 차를 두 시간이나 타고 가는 일이 잦았다. 그와 몇 분만이라도 이야기를 나누고 싶었기 때문이다. 운이 좋을 때는 한 시간 남짓 이야기를 나누기도 했다. 세 번이나 만났는데도 그는 여전히 내 이름을 기억하지 못했지만, 그의 친절한 태도와 동료들에 대한 신랄한 조롱 덕분에 나는 조금도 서운하지 않았다. 그는 고상한 이야기를 하는 동시에 나의 장황한 이야기에도 귀를 기울여주었고, 자기가 잘못되었다고 생각하는 부분을 수시로 바로잡아주었다.

불혹의 나이에도 독신이었던 이 시인의 주변에는 독특한 개성을 지닌 여자들이 많았는데, 그의 기호가 얼마나 다양한지 짐작할 수 있었다. 그와의 교류가 점점 깊어져가던 어느 날 조심스럽게 이제 결혼할 때가 되지 않았느냐고 물어보았다.

"결혼은 뭐 하러 하나?"

그 말에 나는 안절부절못하며 순전히 내가 숭배해 마지않던 사람에 대한 염려 때문에 말을 이어갔다.

"결혼 전에 그걸 다 써버리면 안 되잖아요."

내가 얼굴이 달아올라 주워섬기는 말에 그가 깜짝 놀라며 물었다.

"자네 어쩌다 그런 생각을 하게 됐나?"

그래서 나는 수년 전의 그날 밤 정량이 한 말을 그에게 들려주었다. 내 얘기에 그는 집이 떠나가라 폭소를 터뜨렸는데, 그가 소파 위를 데굴데굴 굴러다니며 즐거워하던 모습은 지금도 잊히지 않는

다. 그날 그는 처음으로 나에게 저녁을 먹고 가라고 했다. 저녁 메뉴는 아래층에서 사 온 컵라면 두 개였다.

이 시인은 나이 마흔다섯에 드디어 결혼을 했다. 부인은 서른이 조금 넘은 아름다운 여자였는데, 성격도 사납기가 그 외모만큼이나 출중했다. 그 전까지 맘 내키는 대로 살던 이 시인은 드디어 운명의 시련을 맛보게 되었다. 마치 계모 밑에서 자라는 아이처럼 외출하는 그의 주머니에는 돌아올 때 쓸 차비만 달랑 들어 있었다. 돈 관리뿐만이 아니었다. 가끔은 진창 얻어터진 몰골로 나타나서는 내가 묵는 숙소에 며칠 동안 숨어 지내기까지 했다. 원인은 단지 어떤 여자에게서 전화가 걸려왔기 때문이란다. 며칠 후 그는 내가 집까지 바래다줘야 겨우 돌아가 손이 발이 되도록 싹싹 빌었다. 나는 그에게 이렇게 말했다.

"기죽지 마세요. 힘 내시라구요. 잘못한 게 하나도 없잖아요."

하지만 그는 오히려 웃는 낯으로 대답했다.

"그래도 잘못했다고 하는 게 좋지."

나는 그 아름다운 여자가 소파에 앉아 막 집으로 들어오는 남편에게 던진 말을 기억하고 있다.

"가서 쓰레기 좀 버려요."

우리의 시인은 가득 찬 쓰레기통을 들고 나가며 행복한 미소를 지었다. 그는 노동만이 자신을 평안무사하게 해준다고 오해하는 것 같았다. 그가 돌아왔을 때, 그 여자는 예의 따위는 차리지 않는다는 듯 내게 한마디 던졌다.

"넌 돌아가."

그러고는 문을 잠가버렸다. 곧이어 어른이 아이를 야단치는 듯한 소리가 밖으로 울려 퍼졌다. 이 부인이라는 여자는 자기가 야단치는 사람이 대단히 재능 있는 시인이라는 사실을 당연히 알고 있었다. 그래서인지 그 여자가 쏟아놓는 훈계는 입이 딱 벌어질 정도로 화려했다. 그 속에는 당시와 송사는 물론, 현대 정치에 관한 각종 개념어와 유행가 가사 등이 빼곡하게 들어차 있었다. 그 사이에는 남편이라는 자의 정성스런 추임새까지 끼어들었다.

"맞는 말이야."

"그랬구나. 그게 그런 거였구나!"

여인의 목소리는 점차 격앙되어갔지만, 사실 그때는 이미 남편을 꾸짖는다기보다는 꾸짖는 일 그 자체에 열중하는 듯했다. 그녀의 목소리만 들어도 그녀가 자신의 청산유수 같은 말에 도취되어 있다는 걸 단박에 알 수 있었다.

이런 여자의 치마폭에 휩싸여 산다는 건 정말이지 상상도 못할 짓이었다. 시퍼렇게 얻어터지는 거야 어떻게 감수한다 하더라도 쉴 새 없이 떠들어대는 건 참아낼 수 있을 것 같지 않았다.

이 여자의 가장 악랄한 행동은 남편이 쓴 참회의 글이나 보증서, 검토서 등을 무슨 장식품이나 되는 양 벽에 붙여놓고 남편의 친구들이 왔을 때 눈요깃감으로 보게 하는 일이었다. 처음에 시인은 매번 얼굴이 새파랗게 질렸지만, 시간이 조금 흐르자 아무 일 아닌 척할 수 있게 되었다. 그가 나에게 말했다.

"죽은 돼지가 끓는 물 무서워하는 거 봤어?"

그는 또 이런 말을 한 적이 있다.

"그 여자는 나를 육체적으로나 정신적으로나 무정하다 싶을 만큼 학대해."

"왜 그 여자와 결혼했는데요?"

"이렇게 무지막지한 여자인 줄 어떻게 알았겠나?"

도저히 그냥 지나칠 수가 없어 나와 몇몇 친구들이 그에게 이혼을 권유하자 오히려 그는 자기 부인에게 그 얘기를 죄다 일러바쳤다. 그가 우리를 팔아먹은 뒤 우리 모두는 한 여인에게서 무지막지한 위협이 담긴 전화를 받아야 했다. 내가 받은 저주는 스물다섯 살 생일에 길에서 대가리를 처박고 죽을 거라는 말이었다.

열다섯 살이던 해의 어느 봄날 오후, 나는 몸을 씻고 옷을 갈아입으면서 내 몸에 기이한 변화가 일어났다는 걸 발견했다. 아랫배 쪽에 자란 긴 솜털 몇 가닥이 눈에 들어왔다. 안 그래도 밤에 벌이는 행위 때문에 심리적 중압감이 심하던 차에 새로운 공포가 더해진 것이다. 그 가느다란 솜털 몇 가닥은 마치 불청객처럼 어느 날 갑자기 내 매끈한 몸에 불쑥 자리를 잡았다. 나는 입을 헤벌린 채 그것들을 한참 동안 바라보고 있었다. 어떤 태도로 그것들을 받아들여야 할지 감이 잡히지 않았다. 그저 내 몸이 아무 걱정 없이 지내던 날들에서 이미 멀리 떠나왔다는 게 두려울 뿐이었다.

내리쬐는 햇빛을 뚫고 학교로 향하며 살펴보니 주변의 모든 것들은 옛날 그대로였다. 변한 건 오로지 나 하나뿐이었다. 더럽기 그지없는 것이 속옷 속에 숨어 있는 탓에 발걸음이 무거웠다. 그것들을 증오하긴 했지만, 그래도 비밀을 지켜줘야 했다. 그들 역시 내 신체의 일부라는 사실을 부정할 수 없었기 때문이다.

얼마 지나지 않아 내 다리에도 솜털이 빠른 속도로 자라나기 시작했다. 그해 여름날 바지를 벗다가 발견했는데, 반바지를 입고 학교에 갈 때는 그것들을 숨길 방법이 없어 몹시 난감했다. 여학생들의 눈길이 다리에 꽂힐 때마다 나는 어쩔 줄을 몰라 했다. 그 다음날 그것들을 모조리 밀어버리고서도 차오리가 벌써 다 본 건 아닐까 하는 근심을 거둘 수가 없었다.

그 당시 반에서 키가 제일 컸던 친구의 다리도 온통 시커먼 털로 뒤덮여 있었는데, 녀석은 아무렇지도 않다는 듯이 돌아다녔다. 한동안 난 그 녀석이 걱정스러웠다. 여학생들의 시선이 녀석의 다리 털에 꽂혀 있을 때면 그 걱정은 이내 나 자신에 대한 불안감으로 변했다.

여름방학이 가까워온 어느 날 학교에 아주 일찍 도착했다. 교실 안에서 몇몇 여학생들이 깔깔대며 잡담을 하고 있었는데, 도저히 안으로 들어갈 엄두가 나지 않았다. 그때부터 지금까지 여자나 낯선 사람만 있는 곳에 혼자 들어가는 일은 줄곧 내게 몹시도 두려운 일이었다. 수많은 눈길이 한꺼번에 나를 주시하면 나는 놀라 허둥대기 시작한다. 그래서 그때 나는 곧바로 그 자리를 떠날 생각이었다. 한데 순간 차오리의 목소리가 들렸다. 그 애의 웃음소리에 그만 그 자리에 얼어붙고 말았다. 곧이어 다른 아이들이 차오리에게 어떤 남학생을 좋아하느냐고 묻는 소리가 들려왔다. 그들의 대담함에 나는 깜짝 놀랐다. 더욱 놀라운 일은 그런 질문을 받고도 차오리가 전혀 쑥스러워하는 기색 없이 즐거움이 생생하게 묻어나는 목소리로 누구일지 맞춰보라고 말했다는 것이다.

난 너무 긴장한 나머지 호흡이 가빠졌다. 같이 있던 여학생들이 남학생의 이름을 줄줄이 대기 시작했다. 린원도 있었고 쑤항도 있었지만 내 이름은 없었다. 그들이 나를 잊었다는 사실에 나는 급격히 우울해졌다. 그러나 차오리가 그 이름들을 죄다 부정했기 때문에 아직 한 가닥 희망이 남아 있었다. 하지만 곧이어 그 넓적다리가 새까만 아이의 이름이 나오자 차오리는 곧바로 긍정을 했다. 여학생들은 교실이 떠나갈 듯 큰 소리로 웃음을 터뜨렸다. 그 가운데서 한 목소리가 이렇게 말했다.

"난 네가 그 애를 왜 좋아하는지 알지."

"왜 좋아하는데?"

"걔 다리에는 털이 났잖아."

차오리의 설명은 내가 그 후로도 오랫동안 그 세계를 도저히 이해할 수 없게 했다. 차오리는 그 녀석이 우리 반에서 가장 어른 같다고 했다.

조용히 교실을 떠나 혼자 걷는 내 뒤를 차오리의 방자한 웃음소리가 끈질기게 쫓아왔다. 방금 본 장면과 그들의 말은 나를 놀라게 했다기보다는 슬프게 했다. 바로 그 순간 삶은 처음으로 내게 상상하던 것과 전혀 다른 얼굴을 보여주었다. 그 키만 껑다리같이 큰 녀석, 자기 다리에 난 털에 전혀 개의치 않던 녀석, 작문을 하면 온통 틀린 글자뿐이라 모든 선생님의 조롱거리였던 녀석이 차오리의 호감을 사다니…….내게는 추악하게만 보이는 것들이 차오리에게는 매력으로 느껴지다니…….난 학교 옆의 연못까지 걸어가 혼자 한참을 서 있었다. 수면에 떠 있는 나뭇잎들과 반짝이는 햇빛을 바라보고 있으니, 차오리에 대한 깊은 실망이 서서히 나 자신에 대한 연민으로 바뀌어갔다. 내가 동경하던 아름다운 것이 생애 처음으로 파멸하는 순간이었다.

두 번째 파멸은 쑤위가 가져왔다. 그건 바로 여인의 육체에 대한 비밀이었다. 그때는 여성에 대한 동경은 유래가 깊었으나 생리적인 부분에 대해서는 전혀 아는 바가 없었다. 그래서 내 몸의 가장 순결한 부분을 모조리 바쳐 허공에 여성의 이미지를 그려보곤 했다. 그 이미지는 칠흑 같은 어둠 속에서 차오리의 얼굴로 나타났지만, 성(性)의 실제와는 상당한 거리가 있었다. 그 시절 나는 밤마다 무엇과도 비교할 수 없는 여성의 아름다운 형체가 어둠 속에서 춤추는 모습을 보았다.

이는 쑤위 아버지의 서가에 꽂혀 있던 양장본 서적에서 시작된 것이다. 쑤위는 그 책을 잘 알고 있었지만, 그 책의 진가를 알게 된 것은 역시 쑤항을 통해서였다. 그들은 남문을 떠난 이후 줄곧 병원 사택에서 살았는데 쑤위와 쑤항은 아래층에서, 부모는 위층에서 지냈다. 그들의 부모가 두 아들에게 할당한 임무는 매일 대걸레로 바닥을 닦는 일이었다. 처음 몇 년 동안은 쑤항이 아래층을 맡았다. 그는 대걸레를 들고 위층으로 가고 싶어 하지 않았다. 물론 위층의 일이 더 어렵기 때문이었다. 그런데 어느 날 갑자기 쑤항이 아무런 이유도 대지 않고 위층을 닦겠다고 나섰다. 그는 이미 형에게 명령조로 얘기하는 것에 익숙해진 터였다. 쑤위는 군소리 없이 그 제안을 받아들였고, 이 작은 변화에 전혀 주의를 기울이지 않았다. 이상하게도 쑤항이 위층을 책임진 뒤부터 매일 두세 명의 친구가 집에 와서 쑤항의 걸레질을 돕기 시작했다. 아래층에 있던 쑤위는 그때부터 위층의 아이들이 소곤거리는 소리와 그 뒤에 이어지는 길고 짧은 탄식을 들었다. 그러던 어느 날 우연히 위층에 올라갔다가 그 양장본 서적의 비밀을 알게 되었다.

그 후 쑤위는 나와 만날 때마다 근심 가득한 얼굴로 나왔다. 나와 마찬가지로 그가 여자에 대해 품고 있던 동경도 거의 환상에 가까웠던지라 실제를 보고 나자 당황해서 어찌할 바를 몰랐던 것이다. 그날 밤 우리는 조용히 거리를 걷다가 막 완공된 시멘트 다리에 멈춰 섰는데, 쑤위가 수심이 가득한 표정으로 물 위에서 교차하는 달빛과 가로등 불빛을 바라보더니 불안한 어조로 말했다.

"너 꼭 알아야 할 게 있어."

그날 밤 내 몸은 달빛에 파르르 떨렸고, 앞으로 무엇을 보게 될지 짐작할 수 있었다. 쑤항이 나를 무시한 탓에 그 컬러 사진을 보는 일이 그때까지 줄곧 미뤄져온 터였다. 오랫동안 내가 그때 왜 망을 보겠다고 했는지 얼마나 후회했는지 모른다.

이튿날 오전, 나는 쑤위네 집 위층의 낡고 오래된 등나무 의자에 앉아 쑤위가 서가에서 꺼내온 양장본 책을 보았다. 그는 내게 문제의 그 컬러 사진을 보여주었다. 나의 첫 느낌은 그야말로 충격 그 자체였다. 상상만으로 쌓아온 여성의 아름다운 이미지가 그 컬러 사진 한 장으로 순식간에 무너졌다. 내가 본 것은 기이하고 추하기 그지없는 사진이었다. 입이 떡 벌어지게 하는 그 사진은 흉측한 모습을 그대로 드러내고 있었다. 쑤위는 창백한 얼굴로 그 자리에 서 있었고, 나도 마찬가지였다. 쑤위가 책을 덮으며 내게 말했다.

"너한테 보여주는 게 아니었어."

사진은 나의 아름다운 환상을 실제의 적나라한 육체로 이끌어갔다. 쑤위도 마찬가지로 충격을 받았다. 아름다움에 대한 동경은 그 후로도 한동안 계속되었지만, 그 동경이 예전만 못하다는 생각을 자주 하곤 했다.

그 후로 내가 떠올린 여성의 이미지는 더 이상 예전의 그 순결한 모습이 아니었다. 그 컬러 사진이 나를 실제의 생리적 현상 속으로 끌고 들어갔기 때문이다. 나는 여성에 대한 여러 가지 상상을 시작했다. 타락하고 있다는 두려움이 커져갔지만 순수한 생리적 욕망이 저항의 물꼬를 철저하게 틀어막았다. 나이를 먹으면서 여성을 보는 시각에 급격한 변화가 생겨 여자를 볼 때 엉덩이와 가슴을 유심히 보게 되었다. 예전처럼 아름다운 눈빛이나 눈동자에 감동하는 일은 더 이상 없었다.

내 나이 열여섯 살이던 그해 가을, 시내의 영화 상영 팀이 반년 만에 남문을 찾아왔다. 그 당시 시골 마을에서는 밤에 영화를 상영

하는 날이 가장 성대한 축제일이었던지라 이웃 마을에서도 해가 지기 전에 걸상을 들고 모여들었다. 옛날부터 대장은 영화가 상영되는 공터의 한가운데에 앉았는데, 이 전통은 오랫동안 유지되었다. 날이 어두워질 때쯤이면 대장은 옷을 말릴 때 쓰는 대나무 장대를 들고 위풍당당한 걸음으로 마을 공터 한가운데로 걸어갔다. 그는 자리에 앉아 기다란 대나무 장대를 어깨에 비스듬히 걸쳤다. 누군가 그 앞에 앉아 시선을 가리기라도 하면, 대나무 장대로 사정없이 머리를 내리치기 위해서였다. 대장은 대나무 장대를 이용해 자신의 시야를 확보했던 것이다.

아이들은 보통 스크린 뒤편에 앉았기 때문에, 그들이 보는 영화 속 인물들은 왼손으로 총을 쏘고 글씨도 왼손으로 썼다. 어릴 적에는 나도 스크린 뒤편의 관중이었지만, 열여섯이 된 뒤부터는 더 이상 스크린 뒤에서 영화를 보지 않았다. 한번은 이웃 마을의 스무 살쯤 된 처녀가 내 앞에 섰는데, 지금까지도 그 아가씨가 누구였는지는 모르겠다. 사람들이 하도 밀어붙이는 통에 나는 그 여자의 뒤에 서서 그 여자의 머리칼 사이로 영화를 봐야 했다. 영화가 막 시작했을 때는 아주 차분한 상태였지만, 그 머리칼에서 풍겨 나오는 향기가 이내 나를 불안하게 만들었다. 살 냄새가 섞여 있는 그 훈훈한 향기가 차츰차츰 나를 습격해 들어왔다. 곧이어 사람들이 몰려들자 내 손이 그녀의 엉덩이에 닿고 말았다. 그 짧은 순간의 접촉이 내 정신을 쏙 빼놓았다. 유혹이 일단 모습을 드러내면 도저히 벗어날 수 없는 법이다. 너무나도 두려웠지만, 조심스레 손을 뻗어 엉덩이를 살살 만져보았다. 아가씨가 아무런 반응도 보이지 않자 나는 더 용감해졌다. 이번에는 손바닥을 펴서 그녀의 엉덩이를 거의 움켜쥐다시피 했다. 그때 그녀의 몸이 조금이라도 움직였다면 나는 줄행랑을 놓았을 것이다. 하지만 그녀는 나무토막처럼 뻣뻣하게 선 채 미동도 하지 않았다. 내 손에 그녀의 체온이 전해지자 그 맞닿은 부분이 점점 뜨거워졌다. 조심스럽게 손을 몇 차례 움직여봐도 아가씨는 여전히 아무런 반응이 없었다. 고개를 돌려 보니 내 뒤에는 키가 훤칠하게 큰 남자가 서 있었다. 그래서 더욱 용기를 내어 엉덩이를 꽉 움켜쥐었다. 순간 그 여자가 깔깔 웃음을 터뜨렸다. 그 웃음소리는 영화가 가장 지루하던 때 터져 나온 탓에 유난히 크게 들렸다. 그러자 조금씩 늘어가던 내 용기가 순식간에 쪼그라들고 말았다. 사람들 사이를 헤치고 나와 처음에는 아무렇지도 않은 듯 행동했지만, 몇 걸음 걷기도 전에 도저히 견딜 수가 없어 결국은 집으로 줄행랑을 쳤다. 얼마나 당황했던지 침대에 누운 뒤에도 심장이 계속 벌렁거렸다. 그때는 집으로 다가오는 발소리만 들려도 그녀가 사람들을 데려와 나를 끌고 가는 건 아닌가 하는 생각에 온몸을 부들부들 떨었다. 영화가 끝난 후 사람들이 집으로 돌아가는 발소리는 내 가슴을 더 쪼그라들게 했다. 아버지, 어머니, 형이 모두 잠든 후에도 나는 그 아가씨가 나를 잡으러 오는 게 아닐까 하는 걱정에서 헤어나지 못했다. 그러다 잠이 들고 나서야 불안에서 벗어날 수 있었다.

내가 걷잡을 수 없는 욕망과 마주했을 때, 쑤위도 나와 같은 곤경에 처해 있었다. 나와 다른 점이 있다면, 쑤위는 그 덕분에 남문에서의 생활이 주는 심리적 중압감에서 벗어날 수 있었다. 지금 옛날을 돌이켜보면 연못가에서 보았던 쑤위의 즐겁고 행복했던 어린 시절은 수면 위를 스쳐가는 바람처럼 믿을 수 없는 것이었다. 그 당시에도 나는 쑤위의 아버지와 과부 사이의 추문을 어렴풋하게나마 알고 있었지만, 그 일로 쑤위가 받은 충격이 어느 정도였는지는 잘 알지 못했다. 내가 우리 집과 점차 확연하게 대립해가던 시기에 쑤위도 아버지의 추문 때문에 집안에 대한 회의를 키워가고 있었다.

쑤위네가 이사 왔을 무렵만 해도 과부는 아직 그렇게 늙고 추한 모습은 아니었다. 마흔 먹은 이 여인네는 쑤위 아버지에게 노골적으로 추파를 던졌다. 그 불타는 욕정이 다하기 전에 새로운 남자라면 사족을 못 쓰는 고질병이 또 발동한 것이다. 이전까지 그녀의 침대에 오르내리던 남자들은 죄다 다리에서 진흙이 뚝뚝 떨어지는 농민들이었던지라 의사가 새로 왔단 얘기에 그녀는 귀가 번쩍 뜨였다. 안경을 쓰고, 몸에서 항상 술 냄새를 풍기는 이 점잖은 남자 덕분에 과부는 크게 깨우친 바가 있었다. 무수한 남자들이 그녀의 꽃무늬 나무 침대를 찾아왔지만, 그들은 모두 한 종류의 사람들이었던 것이다. 의사의 출현은 과부의 마음에 주체할 수 없는 격정을 불러일으켰다. 그녀는 누굴 만나기만 하면 이렇게 얘기했다.

"지식인은 누구나 다 좋아하지."

의사 선생님을 흠모하며 지내던 나날들에 과부는 최소한 이 주일은 정조를 지키려고 했다. 그래서 더 이상은 오는 사람 안 막던 식으로 지내지는 않았다. 그녀는 의사라는 사람들이 위생을 엄청 따진다는 사실을 아는지라 의사 선생님을 욕보이고 싶지 않았다. 그래서 꾀병을 구실로 꾀어보기로 했다. 의사 선생님은 과부가 병이 났다는 얘기에 그 집으로 왕진을 가는 순간까지도 자기가 함정에 빠졌다는 사실을 전혀 몰랐다. 심지어 침대 곁에 선 자신을 과부가 게슴츠레한 눈빛으로 바라볼 때도 전혀 경계심을 갖지 않았다. 의사 선생님이 평온한 어조로 어디가 아프냐고 묻자 과부는 배가 아프다고 대답했다. 의사 선생님은 검사를 할 수 있게 이불을 좀 걷어달라고 했다. 그러자 과부는 이불의 한쪽 귀퉁이가 아니라, 손발을 다 써서 전체를 확 걷어버렸다. 그 바람에 의사 선생님의 눈앞에 과부의 알몸이 적나라하게 드러났다. 뜻밖의 상황에 의사 선생님은 당황하여 어찌할 바를 몰랐다. 그는 자신의 아내와 달리 튼실하기 이를 데 없는 여자의 육체를 보고는 말을 더듬기 시작했다.

"돼돼돼됐어요…… 다다다 젖힐 피피필요는 없어요."

과부는 그에게 명령하듯 소리쳤다.

"올라오세요."

의사 선생님은 즉시 줄행랑을 놓지 않고 천천히 몸을 돌려 느릿느릿 밖으로 걸어 나갔다. 과부의 살집 좋은 몸을 보고는 상대할 엄두가 나질 않았기 때문이다. 과부가 갑자기 침대에서 뛰어내리더니 완력으로 그를 가볍게 안아 침대에 눕혔다. 그 다음 과정이 진행되는 내내 의사 선생님은 혼잣말로 웅얼거렸다.

"마누라 볼 면목이 없는데…… 애들한테도 미안하고……."

끊임없는 참회도 그의 행위를 막지는 못했고, 모든 일이 늘 해오던 방식으로 진행됐다. 그 후 과부는 사람들에게 이렇게 말하고 다녔다.

"그 사람 얼마나 부끄럼이 많은지 몰라. 정말 좋은 사람이더라구."

그 후로 두 사람 사이에는 아무런 일도 일어나지 않았지만, 마을 사람들은 살집 좋은 과부가 신장의 위구르족 처녀처럼 화장을 하고 머리를 여러 갈래로 묶고는 의사 선생님의 집 주위를 배회하며 천박하게 구는 모습을 꽤 오랫동안 볼 수 있었다. 의사 선생님의 부인은 간혹 밖으로 나와 과부를 바라보긴 했지만, 곧장 다시 안으로 들어가 별다른 일이 일어나지는 않았다. 과부가 길에서 의사 선생님을 막아선 적이 몇 번 있는데, 마을 사람들이 본 것은 정이 듬뿍 담긴 과부의 눈웃음과 혼비백산해 도망치는 의사 선생님의 뒷모습이었다.

내가 중학교 이 학년에 올라가던 해의 어느 날 저녁, 쑤위는 차분한 표정으로 내게 또 다른 날 밤에 일어난 일을 말해주었다. 쑤위의 아버지와 과부 사이에 벌어진 잠깐 동안의 스캔들은 집에서 대단한 풍파를 일으키지는 않았다. 그저 이런 일이 일어났을 뿐이다. 쑤위가 기억하기로 그날 아버지와 어머니는 둘 다 아주 늦게야 집에 들어왔다. 그와 쑤항이 해가 진 뒤에 들어온 어머니를 맞으러 밖으로 나갔는데, 어머니는 그들을 거들떠보지도 않고 상자에서 옷 몇 벌을 꺼내 가방에 넣더니 그대로 들고 나가버렸다. 어머니가 나가고 얼마 지나지 않아 아버지가 돌아왔다. 아버지는 어머니가 들어왔냐고 묻더니 그렇다고 하자 곧장 밖으로 나갔다. 형제는 배고픔을 참으며 밤새 기다렸지만 아무도 돌아오지 않아 그대로 잠이 들었다. 다음날 아침 밖에 나가보니 부모님은 주방에서 평상시와 다를 바 없이 아침을 준비하고 있었다.

그날 밤 쑤위의 목소리에는 뭔가 불안한 구석이 있었다. 민감하고 연약한 쑤위는 아버지가 사고를 친 뒤부터는 남자와 여자가 친밀한 대화를 나누는 모습만 봐도 까무러치곤 했다. 부모는 그 일을 덮어두려고 애썼지만, 시간이 흐르면서 쑤위도 모든 걸 알게 되었다. 그가 아무 근심 없는 친구들을 부러워하는 마음에는 그들 부모에 대한 감탄이 꽉 들어차 있었다. 그가 절대 의심하지 않는 친구의 부모들도 깨끗하지 못한 구석이 있었을 텐데, 그는 언제나 자기 집에만 그런 추잡한 일이 일어났다고 생각했다. 내가 집에서 얼마나 어려운 처지에 있는지 뻔히 알면서도 그런 부러움을 나한테까지 드러내곤 했으니 말이다. 나를 부러움의 눈길로 바라보던 시절에, 그는 우리 아버지 쑨광차이가 할머니가 생전에 사용하던 발 닦는 대야를 등에 지고 실실거리며 과부네 집으로 들어가 버렸다는 사실을 전혀 알지 못했다. 나를 부러워하는 그를 볼 때마다 나는 그저 얼굴을 붉힐 수밖에 없었다.

고등학교에서의 마지막 일 년, 쑤위는 생리적으로 성숙해지자 욕망의 분출을 억제하는 일에 어려움을 겪었다. 그 격렬한 정도는 고등학교에 갓 입학한 나나 피차일반이었다. 여자에 대한 그의 갈망은 어느 여름날 한낮, 우리가 애초부터 두려워했던 파탄의 나락으로 치닫고 말았다. 그날 낮에 외진 골목에서 젊은 부인과 마주친 그는 갑자기 온몸을 부들부들 떨기 시작했다. 그 순간 그의 욕망이 자제 능력을 완전히 상실하는 바람에, 그는 거의 넋이 나간 채로 그 부인을 향해 다가가면서도 자기가 그녀를 껴안을 거라고는 상상조차 하지 못했다. 그녀가 놀라 소리를 지르는 통에 발바닥에 불이 나도록 도망칠 때에야 자기가 방금 무슨 짓을 저질렀는지 비로소 깨달았다.

쑤위는 그 일로 참담한 대가를 치러야 했다. 일 년 동안 노동 개조 현장에 가 있게 된 것이다. 떠나기 하루 전 그는 학교 운동장 연단에 끌려 나왔는데, 목에 걸린 나무 팻말에는 이런 말이 쓰여 있었다.

'불량범 쑤위.'

몇몇 낯익은 학생들이 원고를 들고 연단에 올라가 쑤위를 신랄하게 비판했다.

나는 나중에야 그 일을 알게 되었다. 그날 오전 수업이 끝나고 쉬는 시간에 평상시처럼 쑤위의 교실로 그를 만나러 갔는데, 몇몇 고학년 학생들이 내게 큰 소리로 이렇게 물었다.

"넌 언제 면회 갈래?"

그때는 그게 무슨 소린지 몰라 그냥 쑤위의 자리 쪽으로 갔는데, 정량이 심각한 표정으로 내게 손짓을 하더니 교실 밖으로 나와 일러주었다.

"쑤위가 일냈다."

그러고는 내게 전후 사정을 알려주면서 꼭 내 심사를 떠보는 듯이 물었다.

"너 쑤위가 밉냐?"

그 순간 눈물이 왈칵 쏟아졌다. 그만큼 상처가 컸던 것이다.

"내가 그를 미워하는 일은 영원히 없을 거야."

정량의 손이 내 어깨 위에 놓였다. 나는 곧 정량을 따라 걸었다. 방금 내게 소리쳤던 선배들이 다시 소리를 질렀다.

"너희들 언제 면회 갈 거냐구?"

정량의 낮은 목소리가 들렸다.

"저 새끼들 신경 쓰지 마."

얼마 후 운동장의 서쪽 끝에 서 있는 쑤항을 보았다. 그 옆에는 내 친구들에게 눈앞의 이익은 재빨리 챙겨야 한다는 인생관을 주입시킨 린원이 있었다. 쑤항은 자기 형의 일로 인한 불안을 조금도 내비치지 않고, 오히려 아주 밝은 목소리로 떠벌렸다.

"제기랄, 우린 헛살았어. 우리 형은 말 한마디 없이 여자를 주물렀는데 말이야. 나도 내일 여자 한번 껴안으러 가야겠다."

그러자 린원이 말을 받았다.

"쑤위 형은 이제 완전한 인간이 된 거야. 우린 아직 멀었고."

보름 후 쑤위는 머리를 빡빡 민 채 연단에 섰다. 작고 꽉 끼는 회색 옷을 입고 있는, 여위고 허약한 쑤위의 몸이 잿빛 하늘 아래서 바람에 쓰러질 듯 위태해 보였다. 쑤위가 이렇게 될 줄은 미리부터 짐작하고 있었지만, 놀란 가슴은 진정되지 않았다. 고개를 숙인 그의 모습에 나는 만감이 교차했다. 나의 눈은 시간이 흐를수록 늘어나는 사람들의 머리 사이로 정량의 눈을 찾아 헤맸고, 정량 역시 수시로 고개를 돌려 나를 바라보았다. 그 순간에는 오직 정량만이 나와 같은 마음이었고, 우리는 서로의 눈빛에 간절한 도움을 청하고 있었다. 비판 대회가 끝난 뒤 정량이 내게 손을 흔들자 나는 즉시 그리로 뛰어갔다.

"가자."

그때 쑤위는 이미 연단에서 내려와 온 거리를 끌려 다니는 중이었다. 많은 학생들이 신이 난 듯 낄낄거리며 그의 뒤를 따라갔다. 쑤항이 보였다. 방금 전까지 형의 일에 무심하던 태도와 달리 넋이 나간 사람처럼 고개를 숙인 채 한쪽 끝에서 걷고 있었다. 비판 대회가 그에게 엄청난 충격을 준 모양이었다. 큰 거리에서 나와 정량은 사람들을 헤치고 나갔다. 그리고 정량이 소리쳤다.

"쑤위!"

쑤위는 듣지 못한 듯 고개를 숙인 채 앞으로 걷기만 했다. 발갛게 달아오른 정량의 얼굴에는 긴장하고 불안한 기색이 역력했다. 나도 외쳤다.

"쑤위!"

이름을 부르자 피가 위로 솟구치는 것 같았다. 게다가 수많은 사람들의 눈길이 모두 나를 향하는 바람에 순간 몸에서 기가 쫙 빠지는 느낌이었다. 이때 쑤위가 고개를 돌려 우리에게 가벼운 웃음을 보냈다.

쑤위의 웃음에 우리는 깜짝 놀랐다. 그 미소의 의미는 나중에야 이해할 수 있었다. 그 당시 쑤위는 매우 힘겨운 상황이었지만, 오히려 그 덕분에 심리적 중압감에서 벗어날 수 있었던 것이다. 나중에 그는 내게 이렇게 말했다.

"그제야 아버지가 그때 왜 그런 일을 저질렀는지 알겠더라구."

나와 정량은 쑤위가 일을 저지른 후에 보였던 행동, 특히 쑤위에게 큰 소리로 했던 작별인사 때문에 선생님의 엄중한 질책과 반성문을 제출하라는 징계를 받았다. 우리가 쑤위의 불량 행위에 대해 분노하기는커녕 동정했으니, 그들의 눈에는 우리가 범죄 행위만 하지 않았을 뿐 불량범과 다를 바 없어 보였던 것이다. 한번은 하굣길에서 뒤에 오던 여학생들이 이렇게 수군대는 소리를 들었다.

"쟤가 쑤위보다 더 나빠."

우리는 반성문을 끝까지 쓰지 않기로 했다. 그리고 선생님이 아무리 위협을 해도 그 앞에서 확신에 찬 어조로 말했다.

"죽어도 못 씁니다."

얼마 후 정량이 기가 완전히 꺾인 모습으로, 얼굴이 퉁퉁 부은 채 나타나 내게 말했다.

"아버지한테 맞았다."

그러고는 말을 이었다.

"나 반성문 썼다."

이 말에 안타까움이 밀려왔다.

"그러면 쑤위를 볼 면목이 없잖아."

"나도 어쩔 수 없었어."

난 몸을 돌려 걸어가며 말했다.

"난 영원히 안 쓸 거야."

지금 와서 생각해보면 그 당시 내가 그렇게 용감할 수 있었던 건 나는 집에서 어떤 압력도 받지 않았기 때문이다. 아버지는 한창 과부네 꽃무늬 나무 침대를 오르내리느라 정신이 없었고, 어머니는 과부에 대한 원한을 묵묵히 삭이고 있을 때였으니 말이다. 쑨광핑만이 내가 처한 상황을 알고 있었으나 그때 그는 이미 말수가 적은 사람이 되어 있었다. 쑤위 사건이 터진 그날 형의 얼굴은 목수의 딸한테 충격을 받은 날과 거의 흡사했다. 나는 고학년 학생들에게 비웃음을 당하며, 저 멀리서 근심 어린 표정으로 날 바라보는 형의 모습을 보았다.

그 시절 내 가슴속에 무슨 원한이 그렇게 가득 들어찼는지 모르겠으나, 쑤위가 떠난 뒤 주위의 모든 것이 사악하게 느껴졌고 이유도 없이 분노가 끓어올랐다. 때로는 교실에서 창밖을 내다보다가 갑자기 유리창을 박살내버리고 싶은 충동을 느끼곤 했다. 한번은 고학년 선배 하나가 이죽거리는 듯한 어투로 내게 말을 걸었다.

"야, 넌 왜 아직도 면회 안 가냐?"

그 자식의 웃는 얼굴이 마치 내게 싸움을 걸어오는 것처럼 느껴져, 온몸을 부르르 떨며 녀석의 웃는 낯짝에 주먹을 날렸다. 녀석의 몸이 기우뚱하더니 곧이어 내 얼굴에 주먹이 날아들었고, 난 그대로 바닥에 쓰러졌다. 다시 일어서려 하는데 녀석이 가슴을 걷어차는 바람에, 숨도 제대로 못 쉴 정도로 구토 증세가 일어났다. 이때 누군가 나타나 그 자식을 향해 돌진했다. 그러나 그 역시 곧바로 땅바닥에 나뒹굴었다. 누군가 봤더니 바로 쑤항이었다. 이런 순간에 쑤항이 나타나다니 잠시 머리가 멍해졌다. 몸을 일으킨 쑤항이 다시 녀석에게 달려들었다. 이번에는 녀석의 허리를 꼭 붙들고는 둘이 함께 바닥을 뒹굴었다. 쑤항의 가세로 투지가 불타오른 나는 재빨리 달려들어 녀석의 발광하는 두 다리를 붙잡았고, 쑤항도 그의 두 팔을 꽉 붙잡았다. 내가 녀석의 다리를 깨물자 쑤항은 녀석의 어깻죽지를 깨물었다. 그러자 녀석은 고통에 발악을 했다. 쑤항과 나는 서로 눈길을 교환하고는 너무 흥분했던 탓인지 그만 울음을 터뜨리고 말았다. 그날 오후 우리는 엉엉 울면서 우리에게 붙들려 꼼짝도 못하는 그 고학년 학생의 몸에 수도 없이 박치기를 했다.

쑤위 사건으로 쑤항과 나 사이에는 짧은 우정이 싹텄다. 쑤항은 손에 조그만 칼을 든 채 나와 함께 살기등등한 표정으로 돌아다니면서 앞으로 누구든 쑤위에 대해 나쁜 말을 하면 가만두지 않겠다고 선언했다.

하지만 시간이 흐르면서 쑤위를 기억하는 사람들도 점차 사라졌고, 우리에게 싸움을 거는 아이들도 없었다. 그렇다 보니 우리의 굳건한 우정을 발휘할 기회도 자연스레 사라졌다. 한마디로 우리가 세상에 사납게 대들자 세상이 갑자기 온순하고 평온해진 것이다. 쑤항과 나를 하나로 묶어준 건 원한이었으니, 그 원한이 사그라지자 쑤항과 나 사이의 우정도 점차 흩어졌다.

얼마 지나지 않아 차오리와 음악 선생님 사이에 추문이 터졌다. 성숙한 남자에 대한 차오리의 호감이 결국 그녀를 음악 선생님의 품으로 달려들게 한 것이다. 처음 이 소식을 접했을 때 어떤 표정을 지어야 할지 알 수가 없었다. 마음속 깊이 묻어두었던 불안한 감정을 부정할 수 없었기 때문이다. 끝없는 자기비하 덕분에 나는 그런 현실을 일찌감치 받아들이긴 했다. 하지만 내가 차오리에게 어림없는 상대라고는 해도 어쨌든 그녀는 내가 과거에 사랑했고, 또 여전히 사랑하는 여성이었다.

차오리는 이 사건에 대해 매우 두꺼운 해명 자료를 썼다. 수학 선생님은 그것을 다 읽고, 계단에서 능글맞은 웃음을 지으며 국어 선생님에게 건넸다. 때마침 담배를 피우던 국어 선생님은 뭐가 그리 급했던지 그 자리에서 펼쳐 읽기 시작했는데, 눈이 휘둥그레지더니 담배가 손가락까지 타 들어가는 것도 느끼지 못했다. 잠시 후 그는 몸을 파르르 떨면서 담배를 땅바닥에 내던져버렸다. 그래도 쑤항이 뒤에서 살금살금 다가오는 걸 발견할 정신은 있었는지, 뭔가 알아들을 수 없는 소리를 내며 그 애를 쫓아버렸다.

쑤항은 겨우 한마디를 읽어냈지만 그래도 그날 오후 내내 신이 나서 돌아다녔다. 만나는 사람마다 그 이야기를 전해주었고, 내게도 말해주었다.

"앉을 수가 없었어요."

한껏 들뜬 표정으로 내게 그 뜻까지 설명해주었다.

"이게 차오리가 쓴 건데 말이야. 이게 뭔 말인 줄 아냐? 차오리의 거시기가 열렸다는 뜻이야."

장장 이틀 동안 "앉을 수가 없었어요"라는 말이 남학생들의 입을 타고 날아다녔고, 여학생들은 마음속 깊은 곳에서 우러나오는 웃음으로 화답했다. 이와 동시에 교무실에서는 화학 선생님이 여자로서 차오리가 쓴 자료에 대해 노골적인 분노를 나타냈다. 그녀는 그 증거 자료를 흔들어대면서 노기에 찬 목소리로 외쳤다.

"불온한 계집이야."

다른 남자 선생님들도 차오리와 음악 선생님이 침대에서 벌인 이야기를 상세히 알고 있었던지라, 모두 반듯하게 앉아 엄숙한 눈빛으로 한마디 대꾸도 없이 화학 선생님의 말을 듣고 있었다.

방과 후 선생님들의 심사를 마친 차오리가 침착한 모습으로 교문을 향해 걸어갔다. 그 애의 목에는 검은색 스카프가 둘러져 있었다. 스카프와 머리칼이 바람에 함께 흩날렸고, 살짝 쳐든 얼굴은 차가운 바람에 붉게 물들어갔다.

쑤항을 우두머리로 한 남학생 무리가 교문 앞에서 차오리를 기다리고 있었다. 차오리가 다가오자 그들은 일제히 외쳤다.

"앉을 수가 없었어요."

나는 그리 멀지 않은 곳에서 차오리가 그들에게 모욕당하는 모습을 지켜보았다. 잠시 후 그 애의 날카로운 성격이 드러났다. 그 애는 남학생들 가운데 서서 천천히 고개를 들더니 성난 목소리로 말했다.

"건달 자식들."

남학생들은 쥐 죽은 듯 조용해졌다. 차오리가 그런 반격을 해올 줄은 예상치 못했던 것이다. 그 애가 멀리로 가고 나서야 쑤항이 처음으로 반응을 보였다. 쑤항은 그 애의 뒤에 대고 큰 소리로 욕을 했다.

"이런 니미럴, 네가 나쁜 년이지. 네가 걸레라구."

이어 자기 패거리들에게 놀란 표정으로 말했다.

"왕걸레가 우리보고 건달이래."

음악 선생님은 감옥에서 오 년을 살다 겨우 자유를 얻었지만, 결국 시골의 중학교로 배정을 받았다. 차오리는 다른 여학생들처럼 시집을 갔고, 나중에는 애도 낳았다. 반면에 음악 선생님은 지금까지 독신으로 허름한 집에 살면서 진흙투성이 길을 걸어가 촌아이들에게 노래와 춤을 가르치고 있다. 몇 년 전 집에 가는 길에 버스가 시골의 작은 정거장에 멈췄을 때 우연히 음악 선생님을 보았다. 예전의 그 호방하고 소탈한 음악 선생님은 이미 늙고 쇠약해져 찬바람 속에서 반백의 머리칼을 휘날리고 있었다. 그가 걸치고 있는 허름한 면 외투에는 진흙이 엉겨 붙어 있었다. 오직 그의 스카프만이 과거를 말해주듯 시골 사람들 가운데서 그를 도드라져 보이게 했다. 그때 그는 김이 무럭무럭 솟아오르는 만두 가게 앞에서 점잖은 모습으로 줄을 서 있었다. 사실 줄을 선 것은 그 한 사람뿐이었고, 나머지는 죄다 앞으로 밀치며 난리를 피우고 있었다. 그 가운데서 선생님 혼자만 꼿꼿이 서서 자리를 지키고 있었다. 그의 부드러운 목소리가 들려왔다.

"줄을 서세요."

쑤위가 노동 교육을 마치고 돌아온 후로는 그를 볼 수 있는 기회가 많지 않았다. 그때 정량은 이미 고등학교를 졸업한 뒤였는데, 쑤위는 정량과 자주 어울렸다. 난 밤에 시내에 들어가서야 겨우 쑤위를 만날 수 있었다. 우리는 같이 있을 때면 전과 다름없이 서로 말이 없었다. 그러나 나는 쑤위가 내게서 점차 멀어져가는 걸 느꼈다. 쑤위의 목소리에는 여전히 수줍음이 배어 있었지만, 대화 주제를 선택할 때는 예전처럼 그렇게 신중하진 않았다. 그는 단순 명쾌하게 그 젊은 부인을 껴안았을 때의 느낌을 말해주었다. 이 말을 하는 쑤위의 얼굴에는 실망한 기색이 역력했다. 그 순간에 그는 실제 여자의 몸과 상상 속의 그것과는 상당한 차이가 있다는 걸 발견했다며 이렇게 말했다.

"그냥 평소에 정량의 어깨를 껴안는 것과 별 차이가 없었어."

쑤위가 날카로운 시선으로 나를 바라보기에 나는 황망히 고개를 돌려 시선을 피했다. 쑤위의 이 말이 내게 상처가 된 건 부인할 수 없는 사실이다. 바로 그 말 때문에 나는 정량을 질투하기 시작했다. 모든 책임이 내게 있었다는 건 나중에야 알게 되었다. 쑤위가 돌아온 뒤, 난 혹시라도 쑤위에게 상처를 줄까 봐 노동 교육을 받을 때의 일에 대해서는 한마디도 묻지 않았다. 하지만 이런 나의 신중함이 쑤위의 의심을 사고 말았다. 그가 화제를 그쪽으로 돌리려 할 때마다 다급하게 말을 돌린 게 화근이었다. 결국 그는 어느 날 밤 강변을 한참 동안 걷다가 갑자기 걸음을 멈추더니 이렇게 물었다.

"넌 왜 내가 노동 교육 받을 때의 일에 대해 묻지 않는 거지?"

쑤위의 얼굴은 달빛을 받아 한층 엄숙해 보였고, 나는 당황스러움에 어찌할 바를 몰랐다. 그는 씁쓸한 웃음을 띠며 말을 이었다.

"정량은 내가 돌아오자마자 물었는데 너는 한 번도 묻지 않았어."

난 불안한 마음으로 대답했다.

"미처 생각 못 했어."

그는 차갑게 대꾸했다.

"넌 마음속으로 날 무시했던 거야."

난 무언가 변명을 하려 했지만 쑤위는 단호하게 발길을 돌려버렸다.

"나 간다."

달빛 아래 꾸부정한 자세로 걸어가는 쑤위를 바라보며, 난 그가 우리의 우정을 끝내려 한다는 걸 느꼈다. 나로서는 받아들일 수 없는 일이었다. 당장 그를 쫓아가 마을 공터에서 영화를 상영할 때 어떤 아가씨의 엉덩이를 더듬었던 일을 말해주었다.

"줄곧 말하고 싶었지만 도저히 입 밖에 낼 수가 없었어."

쑤위의 손이 내가 바랐던 것처럼 내 어깨에 올라왔고, 귓가에는 그의 부드러운 목소리가 들려왔다.

"노동 교육을 받으면서 네가 날 무시할까 봐 늘 걱정했어."

나중에 우리는 강변의 돌계단에 앉았다. 강물이 우리의 발 곁에서 찰랑거렸다. 아무 말 없이 한참을 그렇게 앉아 있다가 쑤위가 입을 열었다.

"할 말이 있어."

달빛이 비추는 가운데 나는 쑤위를 바라보았다. 쑤위는 말을 곧바로 잇지 못하고 얼굴을 들었다. 나 역시 머리를 들었다. 반짝이는 밤하늘에서 달이 구름 쪽으로 천천히 움직여 가는 게 보였다. 우리는 아무 말 없이 달이 하늘을 고요히 떠다니다가 구름에 다가가자 어두웠던 끝자락에서 빛이 나더니, 이내 구름 속으로 자취를 감추는 모습을 바라보았다. 쑤위가 말을 이었다.

"며칠 전 네게 한 말, 여자를 껴안았을 때의 느낌 말이야."

쑤위의 얼굴은 어둠 때문에 잘 보이지 않았지만, 목소리는 또렷하게 들렸다. 달이 구름을 뚫고 나오자 쑤위의 얼굴이 순식간에 또렷해졌다. 순간 그는 하던 이야기를 그치고 얼굴을 들어 밤하늘을 바라봤다. 달이 또 다른 구름으로 다가가더니 다시 그 안으로 들어갔다. 쑤위가 다시 말을 이었다.

"사실 정량의 어깨가 아니라 네 어깨를 안을 때의 느낌이었어. 그때 그런 느낌이 들었어."

쑤위의 얼굴이 순간 환하게 밝아졌다. 달빛은 다시 나타나 내게 쑤위의 생기 넘치는 미소를 보여주었다. 달빛이 나타났다 사라지기를 거듭하던 그날 밤, 쑤위의 미소와 수줍어하는 목소리는 내가 오래도록 간직할 따뜻함을 전해주었다.

쑤위의 죽음

　늘 아침 일찍 일어나던 쑤위는 그날 아침 뇌혈관이 파열돼 혼수
상태에 빠져들었다. 얼마 남지 않은 정신으로 가늘게 뜨고 있는 눈
과 거기서 나오는 미약한 빛이 이 세상을 향해 마지막 구원 요청을
하고 있었다.

　나의 친구는 자기 생명의 마지막 빛으로 그가 여러 해 동안 살아
온 집을 바라보고 있었다. 세상이 그에게 마지막으로 보여주는 모
습은 그렇게 작고 보잘것없는 것이었다. 그는 쑤항이 침대에서 깊
이 잠들어 있는 모습을 희미하게나마 느끼며, 마치 거대한 바위가
자신의 출구를 막고 서 있는 듯한 느낌을 받았다. 끝없는 심연 속
으로 빠져드는 가운데 희미한 빛줄기가 자신을 붙들어 최후의 침
몰을 늦추고 있는 것 같았다. 바깥의 찬란한 햇빛은 보랏빛 커튼에
흡수되어 환한 빛을 내고 있었다.

　쑤위의 어머니가 일어나 계단을 내려왔다. 어머니의 발걸음 소
리는 쑤위의 위급한 생명에 회복을 열망하는 짧은 박동을 가져다
주었다. 어머니는 쑤위가 평소와 달리 찻집에 온수를 받으러 가지

않은 걸 알고는 빈 보온병을 든 채 아들을 야단쳤다.

"어떻게 이럴 수가 있니."

어머니는 힘든 투쟁 속에서 발버둥치는 내 친구를 그냥 지나쳤다. 그다음으로 일어난 사람은 쑤위의 아버지였다. 아직 세수도 안 하고 양치질도 안 했는데, 아내가 뜨거운 물을 받아 오라고 명령하자 그는 큰 소리로 쑤위를 불렀다.

"쑤위, 쑤위."

멀리서 들려오는 힘찬 소리에 가라앉던 쑤위의 몸이 마치 한 줄기 바람이 아래서 떠받쳐주기라도 하듯 순식간에 솟아올랐다. 하지만 그는 자기 생명을 구해줄 소리에 어떤 반응도 보이지 못했다. 침대로 온 아버지가 아들의 게슴츠레한 눈을 보고 야단을 쳤다.

"일어나서 물 뜨러 가지 않고 뭐 하니?"

쑤위는 아무런 대답도 할 수가 없었다. 그저 말없이 아버지를 바라볼 뿐이었다. 평소 쑤위의 과묵한 성격을 싫어했던 의사 선생님은 그런 태도에 불같이 화가 났다. 그는 곧장 주방으로 가서 보온병을 들고 오더니 흥분한 목소리로 소리를 질렀다.

"이 녀석이 도대체 뭐 하는 거야?"

"도대체 너답지가 않구나."

모든 것이 사라졌다. 쑤위의 몸은 대기 속에서 낙하하는 돌멩이처럼 다시 가라앉기 시작했다. 강렬한 빛발이 갑자기 폭우처럼 쏟아지며 그를 막아섰다가 순식간에 사라진 것이다. 그는 자기가 버려졌다는 걸 직감했다. 아버지가 보온병을 들고 나가자 방 안이 안

개로 자욱해지는 느낌이었다. 어머니가 주방에서 일하는 소리는 멀리 있는 배의 돛처럼 아득하기만 했다. 쑤위는 자기 몸이 물 같은 것 위에 둥둥 떠 있다고 느꼈다.

쑤위는 주방에서 나는 소리가 무슨 소리인지 가늠하기 어려웠다. 아버지가 돌아왔을 무렵, 창밖의 햇볕이 내리쬐면서 그의 몸이 순간적으로 떠올랐다. 부모님의 대화와 그릇 부딪히는 소리가 그를 어둠 속으로 밀어냈다. 나의 친구는 영원한 안식으로 향하기 직전의 고요함 속에 누워 있었다.

쑤위의 부모는 아침식사를 마친 뒤 잇따라 쑤위의 침대를 지나쳤지만, 출근할 때까지 아들에게 눈길 한 번 주지 않았다. 그들이 대문을 열었을 때, 쏟아져 들어오는 행복의 빛에 나의 친구는 또다시 몸이 떠오르는 기분이었으나 그 문은 곧바로 닫혀버렸다.

쑤위는 어둠 속에 한참 동안 누워 있으면서 몸이 서서히 가라앉는 걸 느꼈다. 피로에 지친 생명이 점차 자신의 마지막 지점으로 다가가고 있었다. 동생 쑤항이 열 시가 넘어서야 일어나서는 그의 침대 머리맡으로 걸어와 이상하다는 듯이 물었다.

"오늘도 늦잠 잘 거야?"

어둡고 생기를 잃은 쑤위의 눈빛에 쑤항은 뭔가 좀 이상하다고 느꼈다.

"왜 그러는데?"

말을 마친 쑤항은 몸을 돌려 주방으로 가더니 천천히 이를 닦고 세수를 하고 아침 식사를 마쳤다. 쑤항 역시 그의 부모와 마찬가지로 형을 돌아보지 않고 대문을 열었다.

그 순간 밀려 들어온 마지막 빛에 쑤위의 생명은 최후의 빛을 밝혔다. 그는 마음속으로 동생을 외치듯이 불러봤지만 돌아온 대답은 문이 닫히는 소리뿐이었다.

쑤위의 육신은 이제 더 이상 붙잡을 수 없이 가라앉기 시작했다. 그 속도는 점점 빨라졌고, 서서히 선회하기 시작했다. 기나긴 호흡 곤란이 지나간 뒤 소멸과도 같은 평온함이 찾아들었다. 한 줄기 바람이 부드럽게 불어와 그의 몸을 산산이 흩날리는 것 같았다. 그는 자기 몸이 무수한 물방울이 되어 공기 중에서 맑은 소리를 내며 사라지는 기분이었다.

나는 쑤위가 죽은 다음에 그곳에 도착했다. 쑤위네 집의 창과 문이 모두 닫혀 있는 걸 보고 밖에서 몇 차례 소리를 쳤다.

"쑤위, 쑤위."

안에서 아무런 기척도 없기에 쑤위가 벌써 나갔을 거라 생각하고, 조금은 낙담한 마음으로 그곳을 떠났다.

꼬마 친구

내가 고향에서 보낸 마지막 일 년 중의 어느 날, 학교에서 남문으로 돌아가던 길에 구멍가게 앞에서 꼬마 셋이 싸움하는 걸 보았다. 한 꼬마 아이가 코피를 흘리며 두 손으로 큰 아이의 허리를 꼭 끌어안고 있었다. 붙들린 아이는 있는 힘을 다해 빠져나가려 했고, 다른 아이는 옆에서 엄포를 놓고 있었다.

"너 안 놔?"

루루라고 불리는 그 꼬마는 나를 보고 있었다. 하지만 그 새까만 눈동자에는 도와달라는 뜻은 전혀 담겨 있지 않았다. 그저 방금 전에 들은 위협 따위는 전혀 개의치 않는다는 표정이 보일 뿐이었다.

붙들린 아이가 자기 친구에게 말했다.

"빨리 이것 좀 풀어 봐."

"안 돼, 네가 몸을 돌려 봐."

그 아이는 몸을 돌려 루루를 바닥으로 팽개치려 했다. 루루는 땅바닥에 쓰러지면서도 두 손으로 상대방의 몸을 꽉 붙들고 있었다. 어지러움을 덜려는 듯 눈까지 꼭 감은 채로 말이다. 붙들린 아이는

몸을 몇 번 돌려도 루루가 떨어지지 않자 가쁜 숨을 몰아쉬며 친구
에게 도움을 청했다.

"네가…… 좀…… 떼어내 봐."

"어떻게 떼어내?"

그 친구는 어찌할 바를 모르고 소리만 질렀다. 이때 구멍가게에
서 중년의 여인이 나와 세 아이에게 소리를 질렀다.

"너희들 아직도 싸우고 있니?"

그녀는 나를 보며 설명했다.

"벌써 두 시간째 저렇게 싸우네. 무슨 이런 애들이 다 있어."

붙들린 아이가 변명하듯 소리쳤다.

"손을 안 놓잖아요."

"너희 두 녀석이 조그만 아이를 먼저 놀렸잖아."

그녀가 야단을 치자 옆에 있던 아이가 말했다.

"저 녀석이 먼저 때렸단 말이에요."

"거짓말 마, 이 녀석아. 내가 다 봤단 말이야. 너희가 먼저 놀렸
잖아."

"아무튼 저 자식이 먼저 때렸단 말이에요."

루루가 이때 새까만 눈동자로 나를 바라봤다. 변명하려는 태도
는 전혀 아니었다. 녀석들이 뭐라 하든 아무 관심도 없다는 듯 그
저 나를 바라볼 뿐이었다. 중년의 여자가 녀석들을 밀쳐내기 시작
했다.

"가게 앞에서 싸우지 말고 딴 데로 가."

붙들린 아이는 어렵사리 앞으로 걷기 시작했다. 녀석의 몸에 매달려 있던 루루의 두 발이 땅바닥에 질질 끌렸다. 다른 아이는 책가방 두 개를 들고 뒤를 따랐다. 이제 루루는 더 이상 나를 보지 않고, 힘들게 고개를 돌려 자기 책가방을 바라봤다. 녀석의 책가방은 구멍가게 앞에 있었다. 그들은 그렇게 십여 미터를 걸어갔다. 루루에게 붙들린 녀석이 갑자기 걸음을 멈추더니 손을 뻗어 이마의 땀을 훔치고는 잔뜩 열 받은 목소리로 친구에게 말했다.

"진짜 안 떼어낼 거야?"

"어떻게 할 수가 없어. 그냥 네가 손을 깨물어버려."

붙들린 아이가 고개를 숙여 루루의 손을 깨물었다. 그러자 새까만 두 눈이 꼭 감겼다. 녀석이 아픔을 참고 있다는 걸 알 수 있었다. 녀석의 머리가 상대의 등짝을 뚫고 들어갈 듯이 비비고 있었기 때문이다. 잠시 후 붙들린 아이는 고개를 들고 아무 효력도 없는 위협을 계속했다.

"안 놓을 거야?"

루루는 다시 눈을 뜨더니 고개를 돌려 자신의 책가방을 바라보았다.

"씨팔, 뭐 이런 새끼가 다 있어."

옆에 서 있던 아이가 발로 루루의 엉덩이를 세게 걷어찼다. 이어서 붙들린 아이가 소리쳤다.

"야, 이 새끼 불알을 터뜨려버려. 그래도 안 놓는지 보게."

녀석의 친구는 주위를 살피다가 나를 보더니 나지막이 말했다.

"누가 우리를 보고 있어."

그때까지도 루루의 머리는 줄곧 뒤를 향하고 있었는데, 한 남자가 구멍가게 쪽으로 걸어가자 루루가 소리쳤다.

"내 가방 밟지 마세요!"

처음 듣는 루루의 맑은 목소리에 소녀의 머리에 꽂혀 있는 예쁜 나비 머리핀이 떠올랐다.

붙들린 녀석이 친구에게 소리쳤다.

"이 자식 가방 강에 갖다 버려."

그러자 친구 녀석이 구멍가게 앞으로 가서 책가방을 들고는 거리를 가로질러 강변의 시멘트 난간으로 갔다. 루루는 긴장된 눈빛으로 줄곧 그 아이를 쳐다보았다. 그 아이가 책가방을 난간에 올려놓으며 말했다.

"놓을래, 안 놓을래? 안 놓으면 던져버린다."

루루는 손을 풀더니 어찌할 바를 모르겠다는 표정으로 서서 자신의 책가방을 바라보았다. 풀려난 아이는 땅바닥에 있던 자기 책가방을 들어 올리며 강변에 있는 친구에게 말했다.

"돌려줘."

강변에 서 있던 아이는 책가방을 사납게 내던진 뒤 발길질을 하고는 자기 친구에게로 달려갔다.

루루가 그 자리에 선 채 고함을 쳤다.

"형한테 이를 테야. 우리 형이 너희들 가만 안 둘 거야!"

루루는 이렇게 잔뜩 엄포를 놓은 다음 자기 책가방 쪽으로 걸어갔다. 나는 깔끔하고 똘똘하게 생긴 소년이 코피가 흘러 얼룩진 흰색 러닝셔츠를 입고 서 있는 모습을 보았다. 소년은 책가방 옆에 쪼그리고 앉아 그 안의 교과서와 필통을 꺼내 다시 정리했다. 황혼이 내리는 가운데 쪼그리고 앉아 있는 작고 연약한 소년이 안쓰럽고 또 사랑스러웠다. 아이는 정리가 끝난 가방을 가슴에 안고 옷자락으로 얼굴에 묻은 먼지를 털어냈다. 잠시 후 녀석이 혼잣말하는 소리가 들려왔다.

"우리 형이 너희들 가만 안 둘 거야."

녀석은 팔뚝으로 눈물을 닦고는 또다시 소리 없이 눈물을 흘리며 걸어갔다.

쑤위가 죽은 뒤 난 다시 혼자가 되었다. 정량을 만나면 함께 서서 몇 마디 말을 주고받기는 했지만, 정량과 나 사이의 유일한 연결고리였던 쑤위가 이미 사라지고 없다는 걸 나는 분명히 깨닫고 있었다. 우리 두 사람의 관계는 점차 있어도 그만 없어도 그만인 듯 겉돌게 되었다. 특히 정량이 새로 사귄 공장 친구들과 신나는 목소리로 떠들고 다니는 모습을 볼 때면, 내 생각이 맞는다는 걸 확인할 수 있었다.

쑤위가 강변에서 나를 기다리며 고개를 숙인 채 깊은 생각에 잠겨 있던 모습을 종종 떠올린다. 쑤위의 죽음으로 나는 우정을 앞으로 다가올 아름다운 기대가 아니라, 이미 지나간 과거의 것으로 생각하게 되었다. 그 시절 나는 등을 구부리고 다녔다. 그래서 지금도 등을 잔뜩 구부린 채 홀로 강변을 거닐곤 한다. 생전의 쑤위처럼 말이다. 내가 걸어 다니는 걸 좋아하는 이유도 그것이 쑤위가 남겨준 유일한 취미이기 때문이다. 길을 걷다 보면 생각이 끝없이 이어져 쉽게 과거로 건너갈 수 있다. 그곳에서 나는 지난날의 쑤위와 마주 보며 웃음 짓곤 한다.

이것이 바로 고향에 머물던 마지막 해이자 성인이 되기 직전에 내 마음속에서 일어났던 일들이다. 그해에 루루를 알게 되었다. 이 아이의 이름을 안 건 그 싸움이 일어나고 사흘 뒤였다. 시내의 거리를 걷다가 녀석이 책가방을 안고 급히 걸어가는 모습을 보았는데, 같은 나이로 보이는 아이들 대여섯 명이 그 뒤를 쫓으며 소리치고 있었다.

"루루, 루루."

"고집불통."

루루가 몸을 돌려 그들을 향해 쏘아붙였다.

"난 너희 같은 애들한테 신경 안 써."

그런 다음 루루는 아이들의 고함 소리를 무시한 채 화난 표정으로 걸어갔다. 마음속의 불덩이가 녀석의 몸뚱이보다 더 컸던지 감당할 수 없다는 듯 몸이 휘청거렸다. 녀석은 작은 엉덩이를 씰룩거리며 몇몇 어른들 사이로 사라졌다.

사실 그때까지만 해도 루루와 나 사이에 친밀한 우정이 싹트리라고는 생각지 못했다. 녀석에게 받은 인상이 꽤나 강렬했지만 말이다. 루루가 다른 아이들과 싸우는 모습을 다시 보게 될 때까지는 줄곧 그렇게 생각했다. 그때 루루는 일고여덟 명의 또래 아이들과 싸움을 벌였는데, 그 아이들은 파리 떼처럼 웽웽거리며 루루에게 달려들었다. 결과는 이번에도 루루의 패배였다. 하지만 루루는 여전히 승자라도 되는 듯 아이들을 향해 소리쳤다.

"조심해. 우리 형이 네 녀석들을 혼내줄 테니까."

누구와라도 싸울 기세인 이 아이가 늘 도와주는 이 없이 혼자인 모습에 나는 동병상련의 정을 느꼈다. 그때부터 녀석을 주목하기 시작했다. 녀석이 길을 걸을 때 드러나는 어린아이 같은 모습을 보고 있으면, 내 몸속에서 따뜻한 기운이 솟아오르는 것 같았다. 마치 내 어린 시절이 걸어가는 모습을 보는 기분이었다.

하루는 교문에서 나와 인도를 따라 집으로 걸어가는 루루에게 나도 모르게 뒤에서 소리를 치고 말았다.

"루루!"

아이는 발길을 멈추고 몸을 돌려 나를 유심히 살펴보더니 곧 입을 열었다.

"저 부르셨어요?"

내가 미소를 보내며 고개를 끄덕였다.

"누구세요?"

아이의 갑작스런 질문에 당황한 나는 어찌할 바를 몰랐다. 이 나이 어린 꼬마 앞에서 내가 나이가 많다는 사실은 아무런 쓸모도 없었다. 녀석은 돌아서 다시 걷기 시작했다. 잠시 후 귓가에 녀석이 중얼거리는 소리가 들려왔다.

"날 알지도 못하면서 이름을 부르고 난리야."

녀석과 친해보려던 시도가 실패로 돌아가자 나는 좌절을 맛보았다. 그 후 다시 루루가 교문에서 나오는 모습을 봤을 때 내 눈빛은 한층 조심스럽고 신중해졌다. 그리고 내가 이미 녀석의 주의를 끌고 있다는 사실에 희열 비슷한 감정을 느꼈다. 녀석이 걸어가는 도중에 가끔씩 고개를 돌려 나를 바라보았기 때문이다.

나와 루루의 우정이 싹트기 전까지의 이런 대립은 이 년 전에 쑤위와 집으로 돌아가던 길에 일어났던 일을 그대로 반복하는 것이나 마찬가지였다. 우리 둘 다 몰래 서로를 훔쳐보긴 했지만 아무도 입을 열지 않았다. 그러던 어느 날 오후 루루가 내게로 걸어왔다. 새까만 눈동자에서 사랑스러운 빛이 뿜어져 나왔다. 녀석은 나를 이렇게 불렀다.

"아저씨."

갑작스런 소리에 깜짝 놀라 허둥지둥하고 있는 나에게 녀석이 물었다.

"아저씨, 뭐 애들이 먹을 만한 거 있으세요?"

조금 전까지는 깊은 교제가 그렇게 어렵게만 보였는데, 루루의 목소리는 그 모든 걸 단번에 현실로 만들어버렸다. 그러니 우리의 우정은 배고픔에서 시작되었다고 말할 수 있을 것이다. 나는 수줍고 불안하기만 했다. 이미 열여덟 살이나 먹었고, 루루의 눈에는 아저씨로까지 보이는 내가 수중에 가진 게 하나도 없었기 때문이다. 난 그저 손으로 녀석의 머리를 쓰다듬어줄 수밖에 없었다.

"왜, 점심 안 먹었니?"

아이는 내가 자기의 배고픔을 해결해줄 수 없다는 걸 알아차리고, 고개를 숙인 채 조그만 목소리로 대답했다.

"못 먹었어요."

"왜 못 먹었는데?"

"엄마가 못 먹게 해요."

루루의 이 말에는 엄마에 대한 어떤 원망도 담겨 있지 않았다. 그냥 차분하게 사실을 전하는 듯한 느낌이었다.

어느 새 우리는 함께 걷기 시작했다. 내 팔은 이미 녀석의 어깨 위에 올라가 있었다. 난 멀리 떠나간 쑤위를 떠올렸다. 예전에 우리는 쑤위가 내 어깨에 팔을 올려놓은 뒤에야 걷기 시작했으니 말이다. 나는 쑤위가 그때 나에게 했던 것처럼 루루를 대했다. 우리 두 사람은 그렇게 우리에게 아무런 관심도 없는 사람들과 함께 걸어갔다. 잠시 후 루루가 고개를 쳐들고 내게 물었다.

"그런데 아저씨 어디 가세요?"

"너는?"

"전 집에 가요."

"내가 바래다줄게."

아이가 어떤 거절의 표시도 하지 않자, 순간 내 시야가 뿌옇게 흐려졌다. 쑤위의 환상이 보였던 것이다. 남문으로 이어지는 나무다리 위에서 내게 손을 흔들며 작별인사를 하던 쑤위의 모습이 눈앞에 나타났다. 그 순간 나는 쑤위가 생전에 나를 집까지 바래다줄 때의 기분으로 돌아갔다.

우리는 긴 골목으로 접어든 뒤 낡고 허름한 아파트 앞까지 걸어 갔다. 루루는 내 팔에서 벗어나 온몸을 기우뚱거리며 계단을 걸어 올라갔다. 절반쯤 올라가 뒤를 돌아보더니 내게 어른처럼 손을 흔 들며 인사를 했다.

"돌아가세요."

나도 손을 흔들며 녀석이 계단을 올라가는 모습을 바라보았다. 녀석이 사라지고 얼마 지나지 않아 어떤 여자의 호통 소리가 울려 퍼졌다. 곧이어 어떤 물건이 바닥에 떨어지는 소리가 들렸다. 잠시 후 계단 입구에 나타난 루루가 아래쪽으로 냅다 뛰어 내려왔다. 그 뒤로 화가 잔뜩 난 여자가 쫓아 나와 손에 들고 있던 신발을 루루 에게 던졌다. 신발은 루루를 맞히지 못하고 내 발 근처에 떨어졌 다. 여자는 나를 보더니 성질을 못 이겨 급하게 뛰쳐나오는 통에 정신없이 헝클어진 머리칼을 정리하며 안으로 들어갔다.

그 여자를 본 순간 나는 깜짝 놀랐다. 내가 아는 사람이었기 때 문이다. 외모는 무정한 세월에 완전히 망가졌지만, 그녀는 틀림없 는 펑위칭이었다. 그 시절에는 그렇게도 부끄럼 많던 아가씨가 이 제는 아무 행동이나 서슴지 않는 한 아이의 엄마가 된 것이다. 방 금 엄마를 피해 도망쳤던 루루는 뜻밖에도 다시 돌아와 엄마의 신 발을 집어 들고 위층으로 올라갔다. 전에 자기 책가방을 꼭 껴안던 것처럼 신발을 가슴에 안고 그 왜소한 몸뚱이를 뒤뚱거리며 자기 에게 닥칠 처벌을 향해 걸어갔다. 펑위칭의 고함 소리가 다시 울려 퍼졌다.

"꺼져!"

녀석은 고개를 푹 숙인 채 억울하다는 표정으로 계단을 내려왔다. 내가 다가가 머리를 쓰다듬으려 하자 녀석은 냉큼 돌아서며 내 호의에서 벗어났다. 눈물을 글썽이던 그 아이는 그렇게 대나무 숲 속으로 걸어 들어갔다.

나와 루루의 우정은 빠른 속도로 커갔다. 이 년 전 나는 나보다 나이가 많았던 쑤위와의 우정에서 따뜻함을 느꼈다. 그리고 이 년 후 나이 어린 루루와 함께하면서, 나 자신이 쑤위가 되어 과거의 나를 바라보는 듯한 느낌을 받았다.

나는 루루와 얘기하는 것이 즐거웠다. 내가 하는 말에 대해 알 듯 모를 듯한 표정을 지으면서도 녀석은 늘 온 정신을 집중해서 들었다. 특히 그 새까만 눈동자를 반짝이며 즐거운 표정으로, 나를 숭배라도 하는 듯 바라볼 때면 누군가에게 철저하고도 무조건적인 신뢰를 받고 있는 기분이었다. 내가 말을 마치고 녀석을 향해 미소를 지으면, 루루는 곧장 이 빠진 입을 벌려 보이며 똑같이 웃는 얼굴로 답했다. 비록 내 말을 이해하지는 못했지만 말이다.

나중에야 알게 된 사실이지만 루루에게는 형이 없었다. 그러나 나는 이 사실에 대해 줄곧 침묵을 지켰다. 그래야 녀석이 내가 자신의 거짓말을 알아차렸다는 사실을 깨닫지 못할 테니 말이다. 녀석은 도와줄 사람 하나 없는 궁지에서 상상 속에서나마 형의 도움을 바랐던 것이다. 난 상상과 희망이 녀석에게 얼마나 중요하고 필요한 것인지 잘 알고 있었다. 사실상 나도 녀석과 같은 처지였으니까.

내가 예전에 쑤위 때문에 정량을 질투했던 것처럼, 루루도 나 때문에 정량을 질투했다. 사실 그 무렵 정량은 나와 길에서 마주쳐도 루루가 불안해할 만큼의 친밀함을 보이지 않았다. 그는 과거에도 별로 친하지 않았던 친구답게 그저 곁으로 다가와 몇 마디 안부를 물을 뿐이었다. 그에게는 새로 사귄 친구가 많았기에 내가 조그만 꼬마와 같이 있다는 사실에 조금도 숨김없이 놀라움을 표시했다. 우리가 얘기를 나누느라 잠시 소외되었던 루루가 큰 소리로 한마디 했다.

"나 갈래요."

녀석은 단단히 골이 난 듯 혼자 걸어갔다. 난 즉시 정량과의 대화를 중단하고 루루를 쫓아가 함께 걸었다. 하지만 녀석은 이십여 미터를 걸을 때까지 계속 불쾌한 기색이었다. 그때까지는 내 말도 듣는 둥 마는 둥 했다. 그러더니 얼마 후 명랑한 목소리로 내게 경고하듯 말했다.

"난 아저씨가 그 사람과 얘기하는 게 싫어요."

우정에 대한 루루의 집착과 고집 때문에 루루와 함께 가다가 정량을 만나면 순간 마음이 불안해졌다. 가끔씩은 정량을 보지 못한 듯 그냥 지나쳐버리기도 했다. 하지만 그 때문에 어떤 심리적인 스트레스를 받지는 않았다. 애당초 정량과 그리 친한 사이도 아니었고, 그는 유행하는 옷을 즐겨 입고 입에는 늘 담배를 문 채 길가에서 큰 소리로 얘기하길 좋아하는 젊은 노동자들의 친구였으니 말이다. 루루야말로 내 유일한 친구였다.

거의 매일 방과 후면, 나는 루루가 다니는 초등학교 앞에 서서 내 친구가 나오는 모습을 바라보았다. 루루는 어느새 자기감정을 조절할 줄 아는 아이가 되었다. 과도한 흥분이나 격한 감정을 드러내는 일 없이 늘 미소를 지으며 침착하게 내 쪽으로 걸어왔다. 한번은 평소와 다른 곳에 서 있어 봤더니, 루루는 그제야 진짜 속내를 드러냈다. 교문을 나설 때 내가 보이지 않자 녀석은 당황스러움을 감추지 못했다. 불의의 일격을 당한 듯 그 자리에 꼼짝 없이 서 있는 녀석의 얼굴에 실망과 불안의 표정이 번갈아 나타났다. 잠시 후 녀석은 사방을 둘러보기 시작했다. 그러나 유독 내가 있는 곳에만 눈길을 주지 않았다. 울상이 되어 내 쪽으로 걸어오면서도 계속 뒤만 돌아보았다. 그러기를 한참 하다가 마침내 미소를 짓고 있는 나를 발견했다. 녀석이 갑자기 미친 듯이 달려와 내 손을 꼭 붙잡는데, 손이 땀으로 흥건했다.

나와 루루의 우정은 그리 오래 지속되지 못했다. 어느 날, 모든 아이들과 사이가 좋지 않았던 루루가 아이들과 기를 쓰며 싸우는 모습이 세 번째로 내 눈에 띄었다. 교문 앞에서 루루가 내 쪽으로 걸어오는데, 뒤에서 한 무리의 아이들이 녀석에게 시비를 걸었다.

"루루, 네 형은? 넌 형이 없잖아, 지독한 방귀는 몰라도 말이야."

녀석들은 손으로 코끝을 틀어막는 시늉까지 해가며 지독한 방귀 냄새를 맡는 표정을 지어 보였다. 루루는 얼굴이 새파랗게 질리더니 화를 참는 듯 어깨를 부들부들 떨었다. 그러다가 내 앞에 거의 다 왔을 때쯤 갑자기 몸을 돌려 아이들 쪽으로 악을 쓰며 뛰어갔다.

"죽여버릴 거야!"

나는 온몸을 던져 아이들 틈에 끼어들었다. 처음에는 루루와 다른 두 녀석의 싸움이었는데, 곧이어 모든 아이들이 달려들었다. 잠깐 사이에 내 눈앞은 완전히 난장판이 되었다. 내가 루루의 얼굴을 다시 보았을 때는 상대편 아이들이 이미 싸움을 그친 뒤였다. 온 얼굴에 흙먼지를 뒤집어쓴 루루가 상처투성이인 몸을 일으켜 주먹을 휘두르며 달려들었다. 그러자 상대편 아이들이 다시 한꺼번에 달려들었다. 루루의 얼굴에 가득한 상처와 흙먼지를 보자 나는 온몸이 부르르 떨렸다. 그 바람에 나까지 싸움에 끼어들었다. 나는 먼저 한 아이의 엉덩이를 힘껏 걷어찬 후 다른 녀석의 목덜미를 낚아채 내동댕이쳤다. 처음으로 얻어맞은 몇몇 아이들은 나를 보자마자 잽싸게 도망쳤고, 남은 몇몇 아이들도 슬슬 내빼더니 곧 줄행랑을 놓았다. 녀석들은 멀리까지 도망친 후에 화가 난 듯 소리를 질렀다.

"어른이 왜 애들을 때리고 그래요!"

난 녀석들의 말에는 신경 쓰지 않고 루루 쪽으로 다가갔다. 루루는 이미 일어서 있었다. 녀석에게 다가가면서 난 주위에 사람들이 얼마나 있는지, 혹시 나를 욕하지는 않는지 따위에는 전혀 개의치 않고 루루에게 큰 소리로 말했다.

"애들한테 말해라, 내가 네 형이라고 말이야."

하지만 녀석의 놀라고 불안해하는 듯한 눈빛에 격앙됐던 내 감정은 순식간에 사그라졌다. 녀석은 갑자기 얼굴이 붉어지더니 고개를 숙인 채 혼자 걸어갔다. 난 할 말을 잃고 멍한 눈으로 녀석의 자그마한 그림자가 멀리 사라져가는 모습을 지켜보았다. 녀석은 뒤도 돌아보지 않고 그대로 떠나갔다. 다음날 오후 교문 앞에서 한참을 기다렸지만 녀석은 나오지 않았다. 알고 보니 이미 쪽문을 통해 집으로 돌아간 뒤였다. 그 후로 녀석은 나와 우연히 마주쳐도 긴장한 표정으로 피해 갔다.

마침내 나는 그 상상 속의 형이 루루의 마음속에서 차지하고 있는 자리를 알게 되었다. 루루에게 들려준 적이 있는 이야기 하나가 생각났다. 그것은 내 빈곤한 상상력으로 아무렇게나 지어낸 이야기였다. 아빠 토끼가 새끼 토끼를 보호하기 위해 늑대와 용감히 싸우다가 끝내 물어 뜯겨 죽는다는 내용이었다. 녀석은 이 이야기에 흠뻑 빠져들었다. 나중에 또다시 이야기를 해달라고 조르기에 같은 이야기를 해주면서 아빠를 슬쩍 엄마로 바꿔보았다. 아이는 두 눈을 반짝이며 이야기에 몰입했다. 나중에는 엄마 토끼를 형으로 바꿔 들려줬는데, 이야기를 다 끝내기도 전에 녀석은 형 토끼가 결국 죽는다는 걸 알고 눈물을 글썽이며 자리에서 일어났다. 그러고는 상심한 듯 이렇게 말했다.

"듣기 싫어, 싫단 말이야."

펑위칭을 본 뒤로 내 눈앞에는 나무다리 위에서 왕웨진을 붙들고 있던 그녀와 커다란 아이를 부둥켜안고 놓지 않던 루루의 악착같은 모습이 함께 떠올랐다. 모자 두 사람이 그토록 닮았던 것이다.

펑위칭이 달빛 고요하던 날 밤에 남문을 떠난 후 다시 내 눈앞에 나타나기까지 그녀의 생활에 대해서는 그야말로 백지 상태였다. 루루에게 아버지에 대한 얘기를 조심스럽게 물어본 적이 있긴 하지만, 녀석은 늘 다른 곳을 바라보다가 흥분한 표정으로 그다지 흥미롭지도 않은 개미나 참새 따위를 가리키곤 했다. 난 녀석이 정말 아무것도 모르는 것인지 아니면 상황을 회피하려는 것인지 판단할 길이 없었다. 루루의 아버지에 대해서는 결국 내 기억 속 아주 먼 과거로 돌아가, 마흔 전후의 외지 억양을 쓰던 그 남자가 펑위칭의 집 계단에 앉아 있던 모습을 떠올리는 수밖에 없었다.

나중에 들은 얘기로 펑위칭은 어떤 농민의 시멘트 선을 타고 외지에서 돌아왔다고 한다. 석양이 깃든 저녁 무렵, 오른손에는 낡은 여행 보따리를 들고 왼손에는 다섯 살짜리 사내아이를 안고 조심스럽게 발판을 딛고 강가에 내려섰다고 한다. 그녀의 눈빛은 어둠이 깔리는 저녁만큼이나 어두웠을 테고, 운명의 괴롭힘 앞에서 멍하니 강기슭에 앉아 주위를 두리번거렸을 것이다.

펑위칭은 남문으로 돌아오지 않고 시내에 둥지를 틀었다. 상처한 지 얼마 되지 않은 쉰 살 먹은 남자가 그녀에게 방 두 칸을 세줬다. 바로 그날 밤 그 치는 몰래 그녀의 침대로 기어 올라갔는데 펑위칭은 그를 거부하지 않았다. 그리고 월말이 되어 남자가 방세를 요구했을 때 이렇게 대답했다.

"방값은 첫날밤에 줬잖아요."

아마도 이것이 펑위칭이 몸뚱이로 먹고사는 생활을 시작한 계기였을 것이다. 그와 동시에 그녀는 비닐 박막을 닦는 일을 시작했다.

평위칭은 나를 완전히 잊어버린 것 같았다. 아니면 애써 기억하려고 하지 않았거나. 어느 날 오후 루루의 학교 수업이 끝나기 전에 나 혼자 그녀의 집 앞에 가본 적이 있다. 그때 평위칭은 아파트 앞 공터에서 나무 사이에 빨랫줄을 걸고 있던 참이었다. 곧이어 그녀는 비닐로 된 앞치마를 허리에 두른 채 더러운 비닐 박막을 한 아름 안고 우물로 걸어갔다. 생업에 열심인 듯한 이 여자가 물통을 우물에 집어넣는 모습에서는 더 이상 과거의 생기발랄함을 찾아볼 수 없었다. 그 옛날 길게 땋았던 머리는 남문의 우물가에 두고 온 듯 짧게 자른 뒤였다. 그녀가 비닐을 닦기 시작하자 끝없이 이어지는 솔질 소리가 햇빛 가득한 오후에 귀를 자극하며 울려 퍼졌다. 기계적인 동작에 몰두하고 있던 평위칭은 그리 멀지 않은 곳에 서 있던 나를 보고도 별 관심을 보이지 않았다. 소녀와 아줌마는 어떻게 구분하는 것일까. 난 과거와 현재의 평위칭을 동시에 보고 있었다.

잠시 후 평위칭이 자리에서 일어나 침대보 같은 비닐 박막을 들고 내 쪽으로 다가왔다. 그러더니 빨랫줄 근처로 가서 아무 거리낌 없이 박막에 묻은 물기를 털어냈다. 그 바람에 옆에 있던 내게 물방울이 튀었다. 그걸 알아챈 그녀가 나를 한 번 쳐다보긴 했으나, 이내 비닐을 빨랫줄에 널기 시작했다.

그 순간 나는 세월이 쓸고 지나간 그녀의 얼굴을 똑똑히 보았다. 얼굴의 주름은 누가 봐도 선명했고, 젊음의 격정을 잃어버린 눈길로 나를 쳐다볼 때는 탁한 먼지가 나를 향해 둥둥 떠 오는 느낌이었다. 몸을 돌려 다시 우물가로 향하면서 그녀는 내게 처진 엉덩이와 두꺼운 허리를 무심히 드러냈다. 나는 그 순간 자리를 떠났다. 내 마음속에서 솟아오르는 슬픔은 펑위칭이 나를 기억하지 못하기 때문이 아니라 아름다움이 비참하게 시들어버린 모습을 처음 보았기 때문이었다. 집 앞에서 아침 햇살을 향해 엉덩이 두 짝을 치켜올리고 머리를 빗던 펑위칭의 모습은 이후 내 기억 속에서 두꺼운 먼지로 뒤덮이고 말았다.

펑위칭은 낮과 밤에 각기 다른 성격의 직업에 종사했다. 한밤중에 하는 일 때문에 그녀는 직업상의 적을 만나게 되었는데, 바로 경찰의 출현으로 결국 다른 종류의 생활을 선택하는 수밖에 없었다.

그때 나는 이미 고향을 떠나와 있었다. 그 무렵 운명이 마침내 내게 감격스런 미소를 보이기 시작했다. 베이징에서 완전히 새로운 생활이 시작되었다. 처음에 나는 그 넓은 도로에 넋을 잃었고, 종종 밤에 혼자 나와 사거리에 서서 사방을 둘러싼 고층 건물들을 바라보며 그곳이 광장처럼 넓다는 생각을 했다. 나는 마치 돌아갈 길을 잃은 새끼 양이 강변의 물풀을 잊지 못하듯 고향을 떠나왔다는 사실을 쉽게 받아들일 수가 없었다.

바로 그 시절의 어느 날 밤, 고향 시내의 낡은 아파트에서는 실오라기 하나 걸치지 않은 펑위칭과 역시나 벌거벗은 손님이 갑자기 들이닥친 경찰에게 발각되는 사건이 일어났다. 깊은 잠에 빠져 있던 루루는 눈부신 불빛과 시끄러운 말소리에 잠에서 깨어나 새까만 눈동자를 크게 뜨고 갑자기 벌어진 모든 상황을 의혹에 가득

찬 눈길로 바라보았다. 옷을 입은 펑위칭이 아들에게 일렀다.

"눈 감고 잠이나 자."

그래서 루루는 곧바로 침대에 누워 눈을 감았다. 녀석은 어머니의 말 중에서 딱 한 가지만 듣지 않았다. 바로 끝내 잠이 들지 않았던 것이다. 녀석은 모든 얘기를 들었고, 계단을 내려가는 발소리도 들었다. 그러고 나니 엄마가 돌아오지 못할 거라는 생각에 갑자기 무서워졌다.

평소 말이 없던 이 여자는 조서를 꾸미는 경찰 앞에서만큼은 차분한 어조로 장광설을 늘어놓았다.

"당신들이 입고 있는 옷이나 당신들이 가지고 있는 돈이나 전부 국가가 준 거잖아요. 그러니까 국가 일이나 잘 관리하세요. 내 몸에 있는 건 다 저 알아서 큰 것들이지 국가가 준 게 아니잖아요. 그러니까 내가 누구랑 자든 그건 내 일이고, 내 물건은 내가 관리할 테니까 신경 쓰지 마시라구요."

다음날 새벽 경찰서에서 수위를 맡고 있는 노인은 문을 열자마자 웬 예쁘장하게 생긴 꼬마가 그 앞에서 근심어린 표정으로 자신을 바라보고 있는 걸 발견했다.

"엄마 데리러 왔어요."

아이는 자기가 아홉 살이라고 했지만 실제로는 많아야 일곱 살쯤 되었을 듯했다. 펑위칭은 이 아이가 일찌감치 집안의 생계를 책임져줬으면 하고 바랐다. 그래서 여섯 살밖에 안 된 아이를 여덟 살이라고 속여 학교에 집어넣었다. 그런 기대에 어긋나지 않게 이

날 새벽 녀석은 엄마를 데리러 가야겠다는 기상천외한 생각을 해 낸 것이다.

얼마 지나지 않아 녀석은 자신의 소망이 실현될 수 없다는 사실을 알게 되었다. 경찰 제복을 입은 어른 다섯이 온갖 달콤한 말로 꼬드기며 펑위칭이 매춘을 했다는 정황을 확인하려 들었지만, 총명한 루루는 어른들의 속내를 금방 알아차렸다.

"아저씨들이 이렇게 듣기 좋은 말만 하는 걸 보니 절 속이려는 것 같네요. 한 가지만 알려드릴게요."

녀석은 곧이어 성난 목소리로 소리쳤다.

"전 아무것도 말 안 할 거예요."

루루는 엄마가 집에 돌아갈 수 없을 뿐 아니라 노동 개조 농장으로 압송된다는 말을 듣고 하염없이 눈물을 쏟았다. 그러나 이 녀석은 그때도 여전히 놀라울 만큼 침착한 모습으로 낭랑하게 소리쳤다.

"우리 엄마 데려가지 마세요."

그러고는 엉엉 울면서 누군가 나와서 왜 우느냐고 물어봐 주기를 기다렸다. 그러나 아무도 그렇게 물어봐 주지 않아 혼잣말로 중얼거릴 수밖에 없었다.

"우리 엄마 데려가면 누가 날 키워줘요?"

루루는 자기를 키워줄 사람이 없다는 것을 최후의 위협 수단으로 써 먹기로 했다. 경찰서 정문 앞에 서 있을 때, 녀석은 이미 여기까지 생각해둔 터였다. 이 방법을 쓰면 그들이 엄마를 돌려보내지 않을 수 없을 거라 생각했다. 하지만 누가 꼬마의 그런 협박에

콧방귀라도 뀌겠는가. 루루는 엄마를 구해내지 못했을 뿐 아니라, 보호 시설에 사는 신세가 되고 말았다.

엄마가 끌려간 이후에도 녀석은 아무것도 모르고 거의 매일 경찰서에 와서 엄마를 내놓으라며 귀찮게 했다. 경찰들은 녀석에게 엄마는 이미 치차오 노동 개조 농장에 있으니 엄마를 찾으려면 그곳으로 가보라고 일러줬다. 루루는 이 치차오라는 이름을 기억해 뒀다. 녀석은 속이 상한 나머지 경찰서 안에서 대성통곡을 했다. 그러나 경찰이 자기를 들어내려 하자 당당하게 입을 열었다.

"날 끌어낼 필요 없어요. 혼자서 나갈 수 있단 말이에요."

그러고는 손등으로 눈물을 훔치며 밖으로 나갔다. 아이는 담벼락에 기대어 울면서 걸어갔다. 그러나 잠시 후 아직 할 말이 남아 있다는 걸 깨닫고, 다시 경찰서로 돌아가 경찰들에게 악다구니를 퍼부었다.

"나중에 내가 크면 아저씨들 모두 치차오로 보내버릴 거예요!"

루루가 보호 시설에서 보낸 시간은 고작 일주일이었는데, 스무 살짜리 장님과 환갑인 주정뱅이, 쉰 살 남짓 된 아줌마까지 넷이 함께 지냈다.

이 외로운 네 사람은 시 서쪽의 낡은 집에서 함께 살았다. 주정뱅이는 젊었을 때 한 침대를 쓰던 펀펀이라는 여자를 잊지 못해, 두 눈은 멀었지만 혈기 왕성한 장님 청년에게 온종일 지나간 일들을 들려주었다. 그의 이야기가 색정이 넘실거리는 어조로 진행되었던 걸 보면, 그 펀펀이라는 여자는 아마 피부가 백옥처럼 고운 미인이었던 듯하다. 주정뱅이는 얘기가 자기 손이 편편의 새하얀 허벅다리를 애무하던 장면에 이르면, 흥분한 나머지 입을 쫙 벌린 채 "아아" 소리를 그치지 않았다. 듣고 있던 장님도 가쁜 숨을 몰아쉬며 가만히 앉아 있지 못했다. 주정뱅이가 장님에게 물었다.

"너 밀가루 만져봤냐?"

만져봤다는 대답에 주정뱅이는 득의양양한 표정으로 장님에게 설명했다.

"편편의 허벅다리는 꼭 밀가루처럼 보들보들했다구."

안색이 창백한 아줌마는 거의 매일 이 이야기를 들어야 했다. 이런 환경에 장시간 처해 있다 보니 그녀는 그만 우울증과 과대망상증에 걸리고 말았다. 순간순간 주정뱅이와 장님이 힘을 합쳐 자기를 해칠 거라 생각했다. 그래서 루루가 도착하자마자 긴장된 얼굴로 루루를 자기 옆에 바짝 붙여놓더니 옆방에 있는 두 남자를 가리키며 낮은 목소리로 속삭였다.

"저 사람들이 날 강간하려고 해."

쉰 살이 넘은 이 여자는 매일 아침 병원에 가서 의사 선생님이 자기 몸에서 질병을 발견해주기를 갈망했다. 그렇게 해서 입원 치료를 받아야만 주정뱅이와 장님이 모의하고 있는 강간에서 벗어날 수 있기 때문이었다. 그러나 그녀는 늘 슬픈 표정으로 보호 시설로 돌아왔다.

루루는 이런 환경에서 꼬박 일주일을 머물렀다. 책가방을 메고 학교에 갔다가 돌아올 때면 늘 얼굴이 푸르뎅뎅하고 온몸이 흙투성이였다. 그때는 이미 상상 속에서 꾸며낸 형을 지키기 위해서가 아니라 현실 속의 엄마를 지키기 위해서였다.

이 총명한 아이는 경찰서에서 치차오라는 지명을 듣고는 곧바로 마음을 정했다. 어느 누구에게도 자신의 계획을 말하지 않았다. 보호 시설 안에서도 단 몇 마디 말로 주정뱅이와 아줌마에게 치차오의 위치를 알아봤다. 그래서 그날 새벽 조심스럽게 돗자리를 말아 끈으로 묶은 것을 비스듬히 등에 메고, 책가방과 펑위칭이 돌아올 때 들고 왔던 커다란 여행 가방을 손에 든 채 버스 터미널로 향할 때, 루루는 자신의 여정을 완벽하게 파악하고 있었다. 버스표 한 장이 얼마인지도 알았고, 치차오에는 버스 정류장이 없다는 사실도 알고 있었다. 녀석은 엄마가 준 오 위안으로 버스표를 사고, 남은 삼 위안 오십 마오(위안의 십분의 일)를 손에 꼭 쥔 채 기사 아저씨에게 뇌물로 줄 다첸먼 담배 한 개비를 사러 정류장 옆에 있는 구멍가게로 갔다. 가서 보니 다첸먼 담배 한 개비는 이 마오인데, 두 개비를 사면 삼 마오에 준다고 했다. 나의 이 나이 어린 친구는 한참을 서서 고민한 끝에 삼 마오를 꺼내 두 개비를 샀다.

그 여름날 아침이 밝아올 무렵, 루루는 치차오로 향하는 버스에 앉아 있었다. 왼손에는 손수건으로 싼 삼 위안 얼마, 오른손에는 담배 두 개비를 쥔 채로 말이다. 처음 타보는 버스였건만 녀석은 여느 아이들과는 달리 신기해하거나 즐거워하는 표정이 아니었다. 그저 엄숙한 표정으로 창밖을 바라보기만 했다. 녀석은 틈틈이 옆에 앉은 중년의 아줌마에게 치차오까지 얼마나 남았느냐고 물었다. 곧 도착한다는 말을 듣고는 자리에서 일어나 여행 가방과 돗자리를 차 문 앞에 가져다 놓았다. 그러고는 기사에게 이미 땀에 절어버린 담배 한 개비를 건네며 부탁했다.

"아저씨, 치차오에서 좀 세워주시면 안 돼요?"

기사는 그 축축해진 담배를 받아들고는 쓰윽 쳐다보더니 창밖으로 던져버렸다. 나의 이 나이 어린 친구는 일고의 가치도 없다는 듯한 기사의 표정에 난감한 듯 고개를 숙였다. 그러고는 치차오 다음 정거장에 내려서 다시 돌아가야겠다고 생각했다. 뜻밖에도 기사는 치차오에서 녀석을 위해 차를 세워주었다. 때는 이미 한낮에 접어들 무렵이었다. 근처에는 긴 담장이 서 있었는데, 그 위에 철조망이 얽혀 있는 것으로 봐서 이곳이 노동 개조 농장인 것 같았다. 이 일곱 살짜리 꼬마는 돗자리를 등에 메고 제 몸뚱이만 한 여행 가방을 손에 든 채 눈부신 햇빛 아래서 그곳을 향해 걸어갔다.

노동 개조 농장의 대문 앞에 도착해보니 군인 한 명이 집총 자세로 보초를 서고 있었다. 녀석은 그 군인 앞으로 다가가 손에 쥐고 있던 담배를 바라보았다. 하지만 방금 버스 기사가 담배를 창밖으로 내던진 기억 때문에 선뜻 건네지 못하고 젊은 병사를 향해 수줍은 웃음을 지어 보였다. 그러고는 입을 열었다.

"엄마랑 같이 살러 왔거든요."

녀석은 돗자리와 여행 가방을 가리키며 말을 이었다.

"집 안의 물건을 전부 가져왔어요."

루루가 엄마를 만난 것은 오후가 다 되어서였다. 보초를 서던 젊은 병사가 녀석을 다른 병사에게 인계했고, 그 사람이 녀석을 데리고 한참을 걸어가 털보에게 넘겼다. 그 다음 털보는 루루를 작은 방에 데려갔다.

검은 옷을 입은 펑위청은 이렇게 해서 얼굴에 시퍼렇게 멍이 든 아들을 만나게 되었다. 그녀는 어린 아들이 혼자서 거기까지 찾아왔다는 사실에 눈물을 쏟고 말았다. 고생 끝에 엄마를 만난 루루는 흥분을 감추지 못하며 말했다.

"이젠 학교 안 가고 혼자 공부해서 훌륭한 사람이 될래요."

그 순간 펑위청이 손으로 얼굴을 감싸고 오열을 하자, 루루 역시 엄마를 따라 울음을 터뜨렸다. 하지만 그들의 만남은 길지 않았다. 얼마 후에 한 남자가 들어와 펑위청을 데리고 나가려 했다. 루루는 황급히 돗자리와 여행 가방을 들고 따라나섰다. 그러다 그 남자에게 제지를 당하자 악에 받친 듯 소리쳤다.

"왜 이러세요?"

그 남자가 녀석에게 이제 돌아가야 한다고 일렀지만, 녀석은 도리질을 하며 소리쳤다.

"안 갈래요. 난 엄마랑 같이 살 거란 말이에요. 엄마, 이 아저씨한테 말씀 좀 하세요. 저 안 돌아갈래요."

엄마가 고개를 돌리며 돌아가라고 하자, 녀석은 상심한 듯 목이 터져라 울음을 터뜨렸다.

"돗자리까지 가져왔단 말이에요. 엄마 침대 아래서 자면 되잖아요. 자리도 차지하지 않을 거예요."

그 후 며칠간 루루는 노숙을 했다. 녹나무 아래 돗자리를 깔고, 여행 가방을 베개 삼아 누워 교과서를 읽었다. 그러다 배가 고프면 근처 구멍가게에 들러 엄마가 남겨준 돈으로 간식거리를 사 먹었다. 지나치게 예민한 이 아이는 구령에 맞춰 걷는 소리만 들려도 재빨리 교과서를 몸속에 감추고 새까만 눈동자를 크게 떴다. 그러다 검은 옷을 입은 죄수들이 호미를 메고 줄지어 다가오면 기쁨에 들뜬 눈빛으로 자기를 향하고 있는 엄마의 눈을 바라보았다.

제 3 장

我回想起了那个细雨霏霏的夜晚，当时我已经睡了，我是那么的小巧，就像玩具似的被放在床上。屋檐雨水所願示的是寂静的存在，我的逐渐入睡，是對雨中水滴的逐渐遺忘。一个女人哭泣般的喊聲從遠處傳來，断断啞的聲音在當初

멀고 먼 이야기

　나의 할아버지 쑨유위안은 성질이 아주 괴팍한 양반이었다고 한다. 이건 우리 아버지의 생각이다. 쑨광차이는 책임 회피에 뛰어난 아버지였다. 내게 몰상식한 교육을 일삼았는데, 하도 얻어맞아 살갗이 갈라지고 터진 나에게 가쁜 숨을 몰아쉬며 할아버지 얘기를 하곤 했다.

　"우리 아버지였으면, 넌 벌써 맞아 죽었을 거다."

　할아버지는 이미 돌아가셨고, 아버지는 당시 살아 있는 모든 사람들이 그랬듯 폭군이라는 무시무시한 단어를 망자에게 덧씌우며 자신은 문화를 아는 교양인이라고 생각하는 데 익숙한 위인이었다. 아버지의 이 말은 어느 정도 효과를 거두었는데, 더 이상 살고 싶지 않다고 생각하던 시기를 지나온 나는 아버지에게 감사하지 않을 수 없었다. 어쨌거나 그 말은 내 생명을 존중한다는 뜻이었기 때문이다.

　어른이 된 후 마음속에 할아버지의 이미지를 진실에 가깝게 그려가기 시작하면서 아무래도 괴팍한 양반은 아니었을 거란 느낌이

들었다. 아마도 아버지는 자기가 어린 시절에 받았던 체벌을 들어 나를 위로하려 했던 것 같다. 그러니까 자기가 어렸을 때 맞은 것에 비하면 지금 내가 맞은 아무것도 아니라는 식의 얘기 말이다. 만약 내가 그때 그런 깊은 뜻을 알아차렸다면 몸뚱어리는 얻어터지면서도 자존심만큼은 상처 없이 지킬 수 있었을 것이다. 하지만 고통 때문에 아무 생각도 할 수 없는 상황에서 짐승처럼 소리를 지르는 것 이외에 내가 표현할 수 있는 게 뭐가 있었겠는가?

할아버지가 그 시대에 보여주었던 여성에 대한 존중은 놀라울 정도였다. 사실 그는 무의식중에 운명에 대한 감탄을 드러냈던 것이다. 응석받이로 자란 할머니는 열여섯 살 때 조그만 꽃신을 신고 가마에 실려 다른 사람의 아내가 되었지만, 이 년 후에는 알거지의 등에 업혀 정신없이 잠든 사이 그 대저택을 강제로 떠나게 되었다. 가진 거라곤 아무것도 없는 할아버지는 할머니를 잡초만 무성한 남문으로 데려왔다. 할머니의 빛나는 출생은 쑨유위안의 일생을 빛 한 줄기 없는 암흑 속으로 몰아넣었다.

내가 세 살 때 세상을 떠난 이 여인은 당시 우리 집 분위기와 맞지 않던 습관을 끝까지 고수했다. 그렇게 해서 자기가 부유하고 귀하게 살았던 시절이 아직 완전히 끝난 게 아니라는 걸 증명하려 했던 것이다. 우리 집은 찢어지게 가난했지만 찬바람이 부는 겨울에는 놀랍게도 석탄을 땠다. 할머니는 두 눈을 살짝 감은 채 아무 일도 없다는 표정으로 온종일 석탄 통을 지켰다. 또 평생 잠자기 전에는 반드시 따뜻한 물로 발을 씻었는데, 그 괴상한 모양의 조그마한 두 발이 물속에서 점차 분홍빛을 띠어가는 모습은 내 기억에서 좀처럼 지워지지 않는다. 할머니는 농사꾼과 삼십 년이 넘도록 같은 침대를 썼지만, 단 한 번도 논밭에 발을 들여놓은 일이 없었다. 놀랍게도 할머니의 이 게으른 귀족 습성은 아무런 방해도 받지 않고 수십 년간 우리 집에 머물렀다. 아버지에게는 괴팍한 양반으로 보였던 할아버지는 내 눈에는 오히려 두 손을 가지런히 내린 겸손한 자세로 할머니의 발 닦는 대야 옆에 서 있던 사람이었다.

할머니는 어느 겨울날 아침 다른 날 같으면 벌써 일어났을 시각에도 일어나지 않았다. 할머니가 아무런 흔적도 남기지 않고 홀연히 가버리자 할아버지는 슬픔에 젖어 어찌할 바를 몰랐다. 누구를 만나든 마누라가 죽은 게 아니라 집에 무슨 부끄러운 일이라도 터진 양 겁에 질린 웃음을 지어 보였다.

이런 모습을 본 적이 있는 것 같다. 할아버지 쏜유위안이 때가 꼬질꼬질 끼어서 반질반질 빛나기까지 하는, 단추도 안 달린 까만 솜저고리를 입고 눈발이 흩날리는 가운데 서 있는 모습을 말이다. 할아버지는 속에 다른 건 전혀 입지 않고, 그냥 새끼줄로 솜저고리를 동여맨 채 가슴팍을 한겨울 바람에 다 드러내고 있었다. 양손을 반대쪽 소매 안에 넣고 있던 이 등이 굽은 노인은 눈발이 자기 가슴에서 녹아 흐르도록 내버려두고 있었다. 그의 두 눈이 미소 띤 얼굴 속에서 붉게 물들어가더니 급기야 눈물이 줄줄 흘러내렸다. 그는 자신의 슬픔을 아무것도 모르는 내 마음에 전해보려 애썼다. 할아버지가 내게 했던 말이 지금도 희미하게 기억난다.

"네 할머니가 돌아가셨다."

할머니의 아버지는 분명히 그 시대의 가장 평범한 부자였을 것이다. 가난뱅이였던 할아버지는 운 좋으면 한 번 만날 수 있었던 장인을 아주 겸손한 태도로 대했고, 절대 변하지 않을 공경심을 보였다. 쑨유위안은 말년에 종종 그 처량한 입을 크게 벌리고 우리에게 할머니의 찬란했던 과거를 얘기해주었다. 그러나 우리의 귀는 오히려 할아버지의 아무 뜻도 없는 감탄사에 더 깊이 빠져들곤 했다.

어렸을 때부터 난 줄곧 할아버지의 장인이 왜 아이들 교육에 경서를 들지 않고, 회초리를 들었나 하는 점을 이해할 수가 없었다. 이는 쑨광차이도 마찬가지였는데, 다른 점이 있다면 아버지는 빗자루를 들었다는 것이다. 도구는 다르다 해도 목적은 하나였다. 구타라고 하는 이 무서운 망령은 구시대의 엄격함을 내포하고 있었다. 할아버지의 장인은 자신의 평범함으로 자기와 마찬가지로 평범하기 짝이 없는 두 아들을 교육하고, 기상천외한 방법으로 조상의 이름이 빛나기를 바랐던 것이다. 자신의 딸, 그러니까 나의 할머니 역시 절대로 가벼이 여기지 않았다. 그는 할머니 삶의 모든 순간을 의식으로 만들어놓았다. 불쌍한 우리 할머니는 그런 식의 순종이 자신에게서 최소한의 자유마저도 빼앗아간다고는 전혀 생각지 않았다. 마냥 행복한 마음으로 아버지가 정해놓은 규칙들을 엄격하게 지켜나갔다. 몇 시에 일어나야 하고, 몇 시부터 수를 놓고, 걸을 때는 어떻게 걸어야 하고 등등……. 나중에 할머니는 자기 아버지에게 배운 위엄을 할아버지에게 가르치며 황공해하는 할아버지의 눈빛에서 자신의 우월함을 확인하곤 했다. 할아버지의 일생은 이렇게 한 번 피고 사라지는 우담바라와도 같은 귀족적 호사에 옥죄여버렸다. 그런 할머니가 유일하게 보였던 겸손한 태도는 언제나 할아버지의 맞은편에 몸을 비스듬히 기울이고 앉는 것이었다. 아버지의 교육이 얼마나 위력을 발휘했던지, 할머니는 일찌감치 아버지의 곁을 떠났으면서도 여전히 그 속박에서 헤어 나오지 못했던 것이다.

엄격함을 자랑스럽게 여기던 이 남자는 딸을 시집보낼 집을 고를 때도 예의 그 예리한 눈빛으로 자기와 비슷한 종류의 남자를 단번에 골라냈다. 할머니의 첫 남편이 융통성 없어 보이는 태도로 그 남자 앞에 섰을 때, 할머니의 운명은 이미 결정되었다. 평범한 말 한마디에도 심사숙고를 거듭하던 첫 남편은 지금 내가 보기에 그리 머리 좋은 사람은 아니었던 것 같다. 힘만 넘치던 가난뱅이 우리 할아버지랑 비교해봐도 별로 대단치 않은 위인이었던 듯하다. 하지만 이 치가 아버지의 마음에 들었다는 사실은 할머니에게 직접적인 영향을 미쳤다. 할머니는 할아버지 앞에서 그 사람 얘기를 꺼낼 때면 거의 찬양하는 듯한 표정을 짓곤 했다. 할아버지는 두 번째 피해자였다. 할아버지가 온 정신을 집중해 할머니의 이야기에 귀 기울일 때, 두루마기를 입은 할머니의 전 남편은 자기비하로 점철된 할아버지 인생의 거울이 되었기 때문이다.

그 멍청한 인간은 비단옷을 입고 거들먹거리며 할머니네 집 주홍빛 대문으로 들어섰다. 밀랍을 입힌 머리를 빈틈없이 단정하게 빗어 넘긴 그는 오른손으로 두루마기 자락을 살짝 들어 올린 채 정원을 지나 거실에 이르렀다. 그런 다음 여덟 신선이 새겨진 탁자를 돌아 할머니의 아버지 앞에 당도했다. 그 인간은 그렇게 간단하게 할머니를 데려갔다. 할아버지가 이 이야기를 해주었을 때는 내가 막 여섯 살이 되었을 무렵, 그러니까 쑨광차이가 나를 다른 사람에게 줘버리려 하던 무렵이었다. 그 이야기가 나에게 할아버지가 느꼈던 만큼의 흥분을 일으키지는 못했지만, 약간의 놀라움 정도는 있었던 것 같다. 그냥 문을 열고 들어가 집 안을 몇 바퀴 돌기만 하면 여자를 데리고 나올 수 있다니 말이다. 그때 난 속으로 생각했다.

'그건 나도 할 수 있겠다.'

할머니는 삼십 년이 넘도록 가난하게 살았으니, 자기가 시집갈 때의 호화로움을 상상 속에서 한껏 과장했을 것이다. 게다가 그 이야기는 별로 믿을 게 못 되는 할아버지의 입을 통해 내 귀에 들어왔다. 그래서 내가 그날을 상상할 때면 머릿속에 하늘을 진동할 정도로 시끌벅적한 풍물 소리가 울려 퍼진다. 그 가운데 피리 소리가 유별나게 도드라지고 혼수품을 나르는 행렬이 끝도 없이 이어진다. 할아버지는 여덟 명이 메는 큰 가마를 유난히 반복해서 강조했다. 하지만 여섯 살짜리 꼬마가 여덟 명이 메는 거대한 가마의 기세를 알 턱이 있겠는가. 할아버지가 지나치게 흥분해서 이야기를 했던 탓에, 할머니의 혼례는 내 머릿속에서 그야말로 난장판이 되었다. 날 가장 미치게 만들었던 것은 바로 그 피리 소리였다. 할아버지가 피리를 배워 부는 소리는 한밤에 개가 짖는 소리만큼이나 소름 끼쳤다.

열여섯 꽃다운 나이의 할머니는 얼굴이 이제 막 가지에서 딴 사과처럼 뽀얗고 예뻤는데도 얼굴에 두꺼운 연지를 발랐다. 그날 가마에서 내려설 때 할머니의 얼굴은 마치 도자기처럼 반짝반짝 빛났다.

그 고루하기 짝이 없는 신랑을 보고 할머니는 깜짝 놀라고 말았다. 그는 결혼식 내내 지나치게 장중하다 싶은 미소를 짓고 있었는데, 그 얼굴은 꼭 그림을 그려놓은 것처럼 끝까지 조금도 흐트러지지 않았다. 틀림없이 거짓 미소를 짓고 있었을 그 자식은 그 군자연하는 태도를 침대까지 가져가지는 못했다. 신방의 촛불을 밝혀야 할 때가 되자 신랑의 움직임이 민첩해졌다. 할머니는 잠깐 놀라는 사이에 아무것도 걸치지 않은 몸이 되었다. 그 자식은 맹렬한 기세로 달려들어 말 한마디 없이 할 일을 마쳐버렸다. 다음날 아침 신부가 사라져 깜짝 놀라 한참을 찾다 보니 옷장 안에서 벌거벗은 채 덜덜 떨고 있더란다.

사실 사람 자체는 그렇게 나쁘지 않았다. 이건 그에 대한 할머니의 최종 평가였다. 난 그 자식이 신혼 첫날밤에 신부의 혼을 쏙 빼놓고, 그 뒤에 무슨 수로 다시 할머니를 안심시켰는지 도무지 상상이 안 된다. 그 후로 이 년간, 할머니는 매일 밤을 편안한 마음으로 조금의 부끄러움도 없이 받아들였다. 할아버지 쑨유위안은 그 사람이 여자를 아프게 하는 남자라고 했지만, 나는 그건 할머니가 기나긴 기억 속에서 다시 빚어낸 이미지가 아닐까 생각한다. 할머니가 그렇게 지난 일을 하나도 잊지 않고 되새기는 바람에, 쑨유위안이 삼십 년 넘게 보여준 온순함과 겸손함은 있으나 마나 한 게 되었다.

검정 비단옷을 입은 할머니의 시어머니가 한여름 거실에 앉아 있을 때면, 무명옷을 입은 계집아이가 곁에 서서 부채질을 했다. 그녀는 대단히 엄숙한 표정으로 자기 몸 곳곳의 질병에 대해 말하곤 했는데, 자신을 포함해 집안의 누구도 신음 소리를 함부로 내지 못하게 했다. 그녀에게 신음 소리는 미친 듯이 웃는 것과 마찬가지로 풍속을 해치는 것이었기 때문이다. 그래서 신음 소리를 내야 할 때는 마치 질병의 고통에 시달리는 다른 사람을 이야기하듯 냉담한 소리를 냈다. 우리 할머니는 시어머니가 하는 질병에 관한 다양한 묘사에 오랫동안 붙들려 있었으니, 그 분위기가 얼마나 음산했을지 짐작이 가고도 남는다. 하지만 할머니는 심리적으로 그다지 큰 영향을 받은 것 같지는 않다. 사실상 자기 아버지에게서 이미 비슷한 교육을 받았기 때문이다. 폐가나 다름없는 이 집에는 할머니의 남편이 잠깐 활기를 찾는 밤에만 생기가 돌았다. 할머니는 오히려 이를 친밀하고도 당연하게 여겼고, 할아버지의 등에 오르기 전까지는 또 다른 가정이 있으리라고는 상상도 하지 못했다. 할아버지의 격려와 진심 어린 찬사를 얻기 전까지는 자기 얼굴이 그렇게 예쁜지도 몰랐던 것처럼 말이다. 이는 그 부분에 대해서는 할머니의 아버지나 전남편, 시어머니에 이르기까지 모두가 입을 다물고 있었기 때문이다.

난 그 집에서 할머니가 겪은 더 많은 일들에 대해서는 알 도리가 없다. 그들이 생전에 어떻게 살았는가는 그들과 함께 일찌감치 땅속으로 묻혔다. 할아버지는 할머니를 떠나보내고 처음 몇 년 동안, 적막과 슬픔 속에서 할머니의 지난 삶에 대해 대단한 열정을 보였다. 그 어두침침한 눈이 빛을 발할 때, 할머니는 할아버지의 이야기 속에서 다시 태어났다.

할머니의 운명에 큰 변화가 찾아온 시각은 어느 맑은 새벽이었다. 그때 할머니는 젊고 아름다웠다. 나중에 내가 보았던 쪼글쪼글 주름투성이 할머니가 아니었다. 할머니는 늘 자기 집안에 어울리는 고루하고 꽉 막힌 분위기를 풍겼지만, 어쨌거나 열여덟 살짜리 처녀였다. 그런 젊은 처자가 깊숙한 대궐 안에 살다 보면 바깥에서 나는 새 울음소리에도 쉽게 유혹을 느끼기 마련이다. 할머니는 붉은 홑저고리를 입고 꽃신을 신은 채 돌계단에 서 있었는데, 새벽 햇살이 불그레한 얼굴을 내리비추는 가운데 그 가느다란 손을 가지런히 내려뜨리고 있었다. 때마침 참새 두 마리가 정원 나뭇가지 위에서 재재거리자 할머니는 그 작은 동작에 눈이 갔다. 젊고 무지했던 할머니는 그들이 사랑을 나누고 있는지도 모른 채 그 사이의 친밀함과 뜨거움에 마음을 온통 빼앗겼다. 뒤에서 시어머니가 조심스런 발걸음으로 다가오는 줄도 모르고, 그렇게 새벽녘에 들려오는 아름다운 소리에 흠뻑 취해 있었다. 시간이 조금 지난 뒤에도 그 두 마리 참새가 여전히 나뭇가지 위에서 교태를 부리고 있자, 엄한 시어머니는 그 남세스러운 광경을 더는 참아내지 못하고 할머니의 귓가에 큰 소리로 불호령을 내렸다. 온몸에 질병을 달고 살던 그 여자는 냉랭한 목소리로 이렇게 말했다.

"방으로 돌아갈 시간이다."

할머니는 그때 받은 충격을 평생 동안 잊지 못했다. 고개를 돌렸을 때 할머니가 맞닥뜨린 건 평상시의 그런 엄격함이 아니었다. 할머니는 시어머니의 복잡하고도 날카로운 표정 속에서 자신의 불안한 미래를 읽을 수 있었다. 총명한 여자였던 할머니는 그때 두 마리 참새가 보인 아름다운 움직임이 기실 노골적으로 서로를 유혹하는 몸짓이었다는 사실을 알아차렸다. 그런 생각을 하며 방으로 돌아오니 자기가 큰 화를 당하리라는 예감이 들었다. 예측할 수 없는 앞날에 할머니의 심장이 미친 듯이 뛰기 시작했다. 시어머니의 질질 끄는 발걸음이 다른 방으로 들어간 뒤, 곧이어 경쾌한 발걸음이 다가오는 소리가 들렸다. 시중드는 계집아이였다. 아이는 서재로 들어가 잠에 취한 남편을 깨워 데리고 나갔다.

이후 정적이 찾아와 아무 일도 벌어지지 않을 것 같았지만, 할머니의 불안감은 더욱 커져만 갔다. 나중에는 그런 두려움 속에서 모종의 기대를 품게 되었는데, 그 기대란 시어머니의 처벌이 하루 빨리 내려지는 것이었다. 그렇게 아무것도 결정되지 않은 상태는 할머니를 더 가슴 졸이게 할 뿐이었다.

저녁 식사 시간에 할머니는 불행이 임박했다는 걸 처음으로 예감했다. 그때 시어머니는 놀랄 만한 친절함을 보여주었다. 그 바람에 할머니는 몇 번이나 눈시울을 붉혔다. 그러나 할머니의 남편은 울적하고 답답한 표정이었다. 저녁 식사 후 자리에 남게 된 할머니는 그때부터 시어머니의 장황한 연설을 들었다. 시어머니는 한 점 부끄럼 없다는 가족사를 늘어놓았는데, 학문 쪽으로든 벼슬 쪽으로든 모두 후손들에게 길이 남을 만하다는 거였다. 게다가 조상 중에는 열녀도 한 명 있는데, 청나라 때 여색을 밝히기로 유명한 황제가 봉한 열녀라고 했다. 시어머니의 이야기는 여기서 갈 길을 잃은 듯 멈추더니, 결국 할머니에게 가서 짐을 싸라는 명령이 떨어졌다. 할머니가 그 말뜻을 이해하지 못해 당황하고 있는 사이 이혼장이 도착했다.

할머니는 그 마지막 밤을 내내 잊지 못했다. 그 고루한 남편은 그날 밤 마치 다른 사람처럼 따뜻한 정을 보여주었다. 여전히 한마디 말도 없었지만, 그는 (나중에 할머니가 할아버지에게 말한 바에 따르면) 오랫동안 할머니를 어루만졌다. 할아버지는 그 말을 들으며 왜 눈물 얘기는 하지 않는지 알 수가 없었다. 바로 그 하룻밤이 할머니에게 영원히 잊지 못할 기억을 남겨준 것 같다. 나중에 이 이야기가 할아버지 입에서 나올 때, 그 썩어빠진 자식은 어느새 여자를 아낄 줄 아는 남자가 되어 있었다.

할머니의 시어머니는 그래도 구시대의 끄트머리에 살던 사람이라, 옛날 사람들처럼 횡포를 휘두르거나 아들에게 반드시 어떻게 해야 한다고 강요하지는 않았다. 그저 아들에게 선택의 기회를 줬을 뿐이다. 물론 그 선택이란 것이 그녀의 머릿속에서는 이미 다 정해져 있긴 했지만.

그 다음날 새벽 할머니는 일찌감치 눈을 떴는데, 시어머니가 더 일찍 일어나 있었다. 거실로 들어오는 남편을 보니 이미 예전의 표정을 회복한 뒤였다. 그의 얼굴에서 어젯밤의 그 슬픔을 찾아보기는 어려웠다. 그런 사람들과 함께 앉아 아침을 먹는 할머니의 심정은 어땠을까? 아직 너무나 어린 이 여자는 아마도 넋이 반쯤은 나간 상태였을 것이다. 액운이 곧 들이닥치리라는 건 이미 의심할 바 없는 사실이었다. 그 직전까지 할머니는 얼이 빠진 상태였다. 눈앞의 모든 것이 불분명하고 혼란스럽기만 했다.

잠시 후 세 사람은 함께 대문을 나섰다. 검은 옷을 입은 시어머니는 그들 부부를 큰길까지 데리고 나갔다. 그런 다음 할머니에게는 서쪽으로 가라 하고, 자신은 동쪽으로 걸어갔다. 그 당시는 일본군의 말발굽 소리가 점점 다가오던 시기라 새벽 거리는 피난민들로 북적거렸다. 가족을 깨끗하게 지키려던 여자는 태양이 떠오르는 동쪽으로 걸어갔고, 할머니는 등 뒤로 눈부신 햇빛을 받으며 걸어갔다. 할머니의 남편은 멀어져가는 할머니의 뒷모습을 바라보며 말로 표현할 수 없는 슬픔을 느꼈지만, 더 생각할 필요도 없이 어머니를 따라 동쪽으로 가는 걸 선택했다.

이렇게 할머니는 등에 무거운 봇짐을 진 채 길을 걸었다. 그 안에는 옷과 장신구들, 그리고 은전 몇 푼이 들어 있었다. 그때 할머니의 얼굴은 무서울 정도로 창백했는데, 이후 삼십 년이 넘도록 그 얼굴에는 두 번 다시 발그레한 빛이 떠오르지 않았다. 새벽바람이 머리칼을 흐트러뜨렸지만, 할머니는 전혀 의식하지 못한 채 피난민들 틈으로 섞여 들어갔다. 아마도 그 상황이 조금은 위안을 주었을 것이다. 덕분에 이혼당한 여자처럼 보이지 않을 수 있었기 때문이다. 할머니의 얼굴에 떠오를 어찌할 바 모를 슬픔은 주변 사람들에게도 모두 똑같이 나타났다. 물살을 따라 흘러가는 나뭇잎처럼 정처 없이 떠돌게 된 할머니는 자신의 슬픔이나 다른 사람들의 피난 생활이나 다를 바가 없다고 생각했다. 엄격한 아버지에게로 돌아갈 면목도 없었다. 할머니는 수많은 사람들과 함께 걸으며 자신의 앞날에 대한 생각을 잠시 접어두었다.

그저 곱게 자라기만 한 할머니는 전쟁 통에 노숙 생활을 시작했다. 그러나 할머니의 고난은 사실 전쟁과 아무런 관계도 없었다. 할머니의 진정한 불행은 얼굴도 이미 제대로 알아볼 수 없는 백정을 만나면서 시작되었다. 할머니는 그의 몸에서 나는 돼지기름 냄새와 생고기 냄새를 맡으면서 이런 판단을 내렸다. 이후 삼십여 년 동안 할머니는 생 돼지고기 냄새만 맡아도 두려움에 전전긍긍했다. 기세등등한 백정이 마치 고기를 자르듯 간단하게 할머니를 짓밟아버렸기 때문이다.

전쟁의 불길이 솟아오르던 저녁 무렵 할머니는 큰마음을 먹고 피난민 대열을 이탈하여, 강가에 앉아 점점 더러워져만 가는 얼굴을 씻었다. 그 큰길에 더 이상 사람의 그림자가 보이지 않을 때까지 그렇게 강가에 쪼그리고 앉아 깊은 시름에 잠겨 있었다. 그렇다 보니 할머니는 그 백정과 홀로 맞닥뜨릴 수밖에 없었다. 하늘이 어두워질 무렵 할머니는 그의 발 옆에 무릎을 꿇고 있었다. 애원하는 목소리가 할머니의 몸과 함께 저녁바람 속에서 덜덜 떨고 있었다. 할머니는 보따리를 풀어 그 안에 있는 물건을 전부 주겠다고 했다. 그렇게 해서라도 자신의 순결을 지키려 했던 것이다. 그러나 백정은 할머니의 시어머니가 그토록 혐오했던 미친 듯한 웃음소리를 내며 말했다.

"내가 널 먹어버릴 거야. 이 물건들도 도망가지 못할 테고."

할머니가 화차오리에서 다른 사람의 아내가 되었을 때, 스물세 살이던 나의 할아버지 쑨유위안은 그 일대에서 꽤 유명한 석공이었던 아버지 쑨씨를 따라 패거리들과 함께 베이탕 교라는 곳에서 아치가 세 개나 되는 돌다리를 지을 준비를 하고 있었다.

초봄의 어느 새벽, 증조할아버지가 목선 한 척을 빌려 일꾼들을 태우고 강바람을 따라 유유히 강을 내려가고 있었다. 증조할아버지는 배꼬리에 앉아 잎담배를 피우며 흥미진진한 표정으로 아들을 바라보았고, 쑨유위안은 가슴을 활짝 편 채 뱃머리에 서 있었다. 초봄의 찬바람이 그의 가슴을 붉게 물들여갔다. 뱃머리가 조금씩 오르락내리락하는 가운데, 양쪽으로 갈라진 강물이 비수처럼 날카롭고 빠르게 뒤로 물러갔다.

바로 그해 겨울 민국의 한 관료가 집으로 부모님을 뵈러 가는 중이었다. 이 관리는 예전에 어떤 부잣집을 불사르고 도망치다가 그 넓은 강을 건넌 뒤 출세하기 시작한 전력이 있었다. 여러 해가 지나고 금의환향하는 그를 현의 공무원들이 강을 건너지 못하게 막아섰다. 그리하여 증조할아버지는 민국의 은전을 손에 넣게 되었는데, 그 의의가 남달랐던지 부하들에게 이렇게 명령했다.

"이번에 짓는 것은 관청의 다리니까 모두 최선을 다해야 해."

그들은 다리는 하나도 없고 이름만 베이당 교인 지역에 도착했다. 이미 오십 줄로 들어섰지만, 앙상한 몸뚱이의 이 노인네는 목청 하나만큼은 기가 막히게 카랑카랑했다. 증조할아버지가 강변을 왔다 갔다 하며 빈둥거리듯 일을 시작하자, 그 뒤를 생기발랄한 할아버지가 바짝 따라붙었다. 증조할아버지는 그 지역의 지형을 살피며 수시로 고개를 돌려, 증조할머니가 집에서 키우던 닭들에게 악을 쓰던 것처럼 일꾼들에게 소리를 쳤다. 한편 할아버지는 손에 흙을 한 움큼 쥐고 살살 비벼보다가 혓바닥으로 맛을 보기도 했다. 이렇게 그들은 양쪽 강기슭의 지형 답사를 마치고, 설계도를 완성했다. 그런 다음 증조할아버지는 일꾼들에게 천막을 치고 석재를 채굴해 오라고 지시했다. 그리고 자신은 할아버지와 함께 말린 식량과 채굴 도구를 지고 산에 올랐다.

나의 두 조상은 용문석을 찾으러 들고양이처럼 산을 헤집고 다녔다. 그들은 댕그랑댕그랑 돌 쪼는 소리를 내며 그 높지도 않은 산을 석 달 동안이나 시끄럽게 했다. 그때 석공들은 모든 노력을 용문석에 쏟아 부었는데, 이는 다리 중앙에 놓을 큰 돌을 준비하는 작업이었다. 이 돌은 다리가 준공된 후 양쪽에서 접합할 때 놓아야 하기 때문에 조금이라도 크거나 작아서는 안 되는 것이었다.

나의 증조할아버지는 그 시대의 비렁뱅이 중에서 가장 똑똑한 사람이었고, 할머니의 아버지와 비교하면 그렇게 능력 있고 패기만만할 수가 없었다. 평생 강호를 유랑한 이 노인의 몸에는 예술가의 낭만적인 기질과 농민의 실용적인 기질이 모두 흘렀다. 그리하여 그가 낳고 키워낸 우리 할아버지 역시 남들보다 뛰어난 구석이 있었다. 나의 두 조상이 산에서 채굴한 사각형 모양의 용문석의 정면에는 용 두 마리가 여의주를 가지고 노는 부조가 새겨졌다. 하늘로 날아오르는 두 마리 용이 둘 사이에 있는 그 동그란 돌 구슬을 차지하려 다투고 있는 그림이었다. 그들은 도랑에 석판이나 올려놓는 그런 수준의 석공이 아니었다. 그들이 만들어낸 다리는 예술품으로 후대의 칭송을 받을 만한 것이었다.

석 달 후, 석재를 다 채굴한 일꾼들이 나의 두 조상을 영접하러 산으로 들어갔다. 그리하여 그 뜨거운 여름날, 나의 증조할아버지는 용문석 위에 가부좌를 틀고 앉아 일꾼 여덟 명의 등에 올라탄 채 산을 내려왔다. 상반신을 드러낸 채 실눈을 뜨고 곰방대를 빠끔빠끔 빨아대는 모습에서 본인 스스로 얼마나 만족스러워하는지 알수 있었다. 그러나 증조할아버지는 우쭐대는 모습은 조금도 보이지 않았다. 그런 일은 이미 일상이 되었기 때문이다. 하지만 나의 할아버지 쑨유위안은 온통 붉어진 얼굴로 한쪽에서 힘찬 걸음을 내딛으며, 열 걸음마다 한 번씩 낭랑한 목소리로 외쳤다.

"용문석이 왔소."

분위기가 완전히 무르익었다고 하기에는 아직 부족함이 있었다. 절정의 순간은 그해 늦가을 다리가 준공된 뒤 양쪽이 접합되는 날 마침내 찾아왔다. 다리 양쪽에는 색색가지 비단으로 꾸민 아치문이 만들어졌고, 오색 종이가 바람에 나뭇잎처럼 휘날리며 펄럭펄럭 소리를 냈다. 또 북소리가 하늘을 진동할 정도였고, 그 장관을 보기 위해 멀리서 온 촌사람들로 다리 주변이 북새통을 이뤘다. 그러나 참새는 단 한 마리도 얼씬거리지 않았다. 시끌벅적한 소리에 놀란 듯 멀리 있는 나무에 앉아 뭐가 뭔지 모르겠다는 표정으로 이쪽을 바라보고 있었다. 나는 이런 대단한 경험을 한 쑨유위안이 말년에 할머니의 결혼식에 대해 그렇게 감탄을 늘어놓았다는 게 내내 이상하게 느껴졌다. 이런 광경과 비교해보면 할머니의 결혼식은 그야말로 찻잔 속의 고요한 물에 불과한데도 말이다.

증조할아버지는 바로 그 순간이 자기를 다시는 빠져나올 수 없는 나락으로 밀어 넣고 있다고는 전혀 생각지 못했다. 자신의 총명함과 재주에 의지해 험한 세상을 헤쳐온 증조할아버지는 베이당교에서 실패를 맞았다. 사실 증조할아버지는 그곳의 토질이 지나치게 부드러워 다리가 내려앉고 있다는 걸 진작부터 알고 있었다. 그러나 자만심이 과했던지 이제까지의 경험으로 봐서 다리가 그리 많이 내려앉지는 않을 거라 생각했다. 그런데 준공하는 날이 다가오면서 가라앉는 속도가 점점 빨라지기 시작했다. 증조할아버지는 이 문제를 소홀히 한 탓에 처량한 말년을 보내게 되었다.

나중에는 참담한 실패를 맛보았지만, 여덟 명의 일꾼이 용문석을 메고 올라갔을 때는 그야말로 흥분의 도가니였다. 일꾼들은 한껏 들뜬 마음으로 꼭대기에 이르렀다. 영차 구호 소리가 그치고 그들이 조심스레 용문석을 틈 사이에 끼워 넣을 때는 북소리가 일제히 잦아들고 운집한 군중들도 순간 숨을 죽였다. 바로 그때 증조할 아버지의 귀에 예상했던 철컥 소리가 아니라 끼익 소리가 들려왔다. 그곳에 있던 누구보다 먼저 재난이 임박했다는 걸 알아차린 증조할아버지는 아치문 아래 서 있다가 갑작스런 사태에 얼굴에서 미소가 채 가시기도 전에 표정이 굳어졌다. 가슴 철렁한 끼익 소리가 울려 퍼지자 증조할아버지는 앉은뱅이 의자에서 벌떡 일어났다. 훗날 할아버지가 얘기해준 바에 따르면 그 순간 증조할아버지는 죽음을 앞둔 물고기처럼 눈이 뒤집혀 흰자위가 보일 정도였다고 한다. 하지만 역시 강호를 누비며 살아온 사람답게, 군중들이 무슨 일이 일어났는지 깨닫지 못하고 있는 사이에 아치문에서 내려와 곰방대를 등에 꽂은 채 술집으로 가는 척 자리를 떠났다고 한다. 모든 치욕을 아들과 일꾼들에게 떠넘기고 산으로 들어가 버린 것이다.

그때 용문석은 다리 틈에 꼭 낀 상태라 황소처럼 건장한 청년 여덟 명이 달라붙어 얼굴이 새빨개지도록 용을 썼지만 꿈쩍도 하지 않았다. 벼가 물결치는 듯한 탄식 소리와 함께 여덟 사내의 얼굴은 한여름 작열하는 햇빛 아래서 시뻘건 돼지 간처럼 빛을 발했다. 용문석은 뒤틀린 판자처럼 비스듬히 끼워진 채로 더 이상 들어가지도 나오지도 않았다.

난 쑨유위안이 죽고만 싶었을 그날의 한낮을 어떻게 견뎌냈는지 알지 못한다. 증조할아버지의 줄행랑은 그야말로 좀도둑 같은 행동이었다. 쑨유위안은 두 배의 치욕을 감내해야 했다. 즉 다른 일꾼들처럼 고개를 숙인 채 괴로운 표정을 지어야 했을 뿐 아니라, 증조할아버지의 아들로서 그에 어울리는 부끄러움과 참회를 보여야 했다. 그 당시의 상황은 그야말로 엉망진창이었다. 할아버지의 말로는 집이 폭삭 내려앉는 것이나 마찬가지였다고 한다. 할아버지의 상황은 더 참담했다. 할아버지는 바로 용문석을 짊어지고 다리에 올랐던 여덟 명 중의 한 사람이었기 때문이다. 쑨유위안은 누군가 그의 불알을 움켜쥐기라도 한 듯 온몸에 힘이 빠져 다리 난간에 기댄 채 꼼짝도 할 수 없었다.

증조할아버지는 날이 어두워진 뒤에야 집에 돌아왔다. 고향 사람들을 대할 면목은 없었지만, 자기 아들과 데리고 있던 일꾼들 앞에서는 여전히 우쭐대는 기색이었다. 속으로는 불안해 미칠 지경이었던 이 노인네는 무뚝뚝한 말투로 어쩔 줄 몰라 하는 일꾼들을 호되게 꾸짖었다.

"왜 그렇게 울상들이야? 나 아직 죽지 않았어. 처음부터 다시 시작하면 된다구. 당초에……."

증조할아버지는 격앙된 어조로 많은 사람을 감동시켰던 과거를 되돌아보더니, 일꾼들에게 훨씬 더 아름다운 미래를 역설하며 갑자기 이렇게 선포했다.

"해산한다."

그러고는 일꾼들이 눈을 동그랗게 뜨고 입을 떡 벌린 채 아무 말 못하는 사이에 몸을 돌려 자리를 떠났다. 나의 이 충동적인 증조할아버지는 자신의 천막 입구까지 갔다가 다시 휙 돌아서며 확신에 찬 어조로 충고 한마디를 날렸다.

"이 사부의 말을 기억해라. 돈만 있으면 여자는 걱정할 필요 없는 법이다."

이 구시대의 노인은 자기도취에 빠진 사람이었던지라, 그날 밤 시내로 가서 민국의 관원에게 자신의 죄를 고하기로 결심하고는 전설 속의 영웅이 큰 뜻을 펼치러 가는 것처럼 행동했다. 증조할아버지는 할아버지를 앞에 두고 흥분에 겨워 목소리까지 떨어가며 '사람은 마땅히 자기가 한 일에 책임을 져야 한다'고 했다. 실패를 영광으로 바꿔버린 아버지를 바라보며 쑨유위안 역시 멍청하게도 흥분의 도가니로 빠져들었다.

하지만 증조할아버지의 장군 같은 패기는 열 걸음 만에 완전히 사라져버렸다. 그 돌다리를 힐끗 쳐다본 게 화근이었다. 정말 자기도 모르게 한 짓이었다. 삐딱하게 꽂혀 있는 용문석이 달빛 아래 반짝이는 모습이 마치 꿈속에서 늑대 한 마리가 증조할아버지를 향해 무서운 이빨을 드러내고 있는 것 같았다. 걸어가는 증조할아버지의 그림자가 할아버지의 눈 속에서 갑자기 비틀거렸다. 달빛이 차갑던 그날 밤, 나의 증조할아버지는 길게 이어진 좁은 길을 걸으며 그보다 더 기나긴 실패가 가하는 학대를 감내하고 있었다. 그 모습은 나중에 쑨유위안이 우리에게 말해준 것과는 완전히 달랐다. 쑨유위안은 증조할아버지가 용감하게 감옥으로 들어갔다고 했지만, 사실상 그 모습은 목숨이 위태로워 병원으로 실려 가는 환자보다 더 참담했다.

쑨유위안은 아주 오랫동안 자기 아버지의 가식적인 영웅 흉내에 고무되어 있었다. 그는 아버지의 당부와 달리 직업을 바꾸지 않았다. 적지 않은 동료들이 짐을 싸서 집으로 돌아간 이후에도 용문석을 들었던 나머지 일곱 명과 함께 계속 그곳에 남아 있었다. 쑨유위안은 그 다리를 재건하겠다고 맹세했다. 할아버지의 총명함과 재주는 그의 아버지가 떠난 후 유감없이 발휘되었다. 그는 남은 일곱 선후배 일꾼들과 함께 다리 아래에 열여섯 개의 구멍을 뚫고 열여섯 개의 나무 기둥을 깎았다. 그러고는 나무 기둥을 구멍에 꽂은 다음 열여섯 개의 망치로 힘껏 박아 넣었다. 길 가던 사람들이 보면 미친놈이라고 할 법한 여덟 사내는 장장 두 시간 동안 망치질을 해댔다. 그들의 미미한 역량이 결국 거대한 교가(교각 사이를 가로질러 맞춘 나무나 철근)를 들어올리기 시작했다. 잠시 후 끼익 소리가 나더니 곧이어 쾅 하는 소리와 함께 할아버지의 소원이 이루어졌다. 용문석이 무사히 다리 틈으로 들어간 것이다.

흥분에 휩싸인 할아버지는 좁은 길을 따라 달리기 시작했다. 이 젊은이는 눈물을 펑펑 흘리며 소리 높여 증조할아버지를 불렀다. 그리고 단숨에 사십 리가 넘는 길을 달려 시내에 도착했다. 얼이 빠진 모습으로 감옥에서 나온 증조할아버지는 밤새 비를 맞은 듯 온몸이 흠뻑 젖은 아들의 모습을 보았다. 그러나 그때는 맑은 하늘에서 환한 햇볕이 내리쬐고 있었다. 뛰어오느라 몸속의 수분이 다말라버린 듯한 할아버지가 한마디 내뱉었다.

"아버지……."

그러고는 바로 꽈당 소리와 함께 쓰러져 기절하고 말았다.

그 시대 특유의 연약함을 지니고 있던 증조할아버지는 아들 덕분에 베이당 교에서의 실패를 만회하긴 했지만, 그 자신은 이후로 더 이상 기운을 차리지 못했다. 의기소침한 증조할아버지는 나이든 농민의 굼뜬 걸음으로 젊은 시절 생기발랄하고 아름다웠던 증조할머니에게로 돌아갔다. 이 두 노인은 생명의 끝자락에서야 전에 누리지 못한 동반자의 삶을 시작했다.

그리고 나의 할아버지, 그러니까 자신이 해낸 일에 만족하여 득의양양했던 쑨유위안은 자기 아버지가 전에 그랬던 것처럼, 몇 명의 석공들을 데리고 선대의 사업을 이어나갔다. 하지만 할아버지의 빛나는 시절은 꽃이 피고 지듯 잠시뿐이었다. 그 시대의 마지막 구식 석공이었던 그들은 시대의 냉대를 받았다. 사방 수백 리를 흐르는 강물 위에는 이미 적지 않은 돌다리가 세워져 있었다. 조상들의 세밀한 솜씨 덕분에 그들은 그 다리들이 하룻밤 사이에 다 무너지기를 바랄 수도 없는 노릇이었다. 이들 무리는 순진한 이상만을 품은 채 배고픔에 허덕이며 강남땅을 유랑했다. 유일하게 얻은 기회가 바로 작은 석판 다리, 그것도 옆으로 비딱하게 놓인 다리를 짓는 것이었는데 그때 쑨유위안은 운 좋게도 장인의 기품 있는 풍채를 보게 되었다.

그것은 농민들이 돈을 모아 맡긴 일이었다. 배고픔에 찬 밥 더운 밥 가릴 처지가 아니었기 때문에, 줄곧 돌다리만 짓던 쑨씨 집안이 쑨유위안에 이르러 작은 석판 다리를 짓는 신세가 되었다. 그들은 먼저 큰길 교차로에 교각을 세우기로 했다. 그러나 맞은편의 커다란 녹나무가 교각을 딱 막아섰다. 할아버지는 손을 휘저으며 녹나무를 베어버리라고 지시했는데, 그때는 그 나무가 장인의 소유라는 사실을 전혀 모르고 있었다.

나중에 쑨유위안의 장인이 된 류신즈라는 사람은 유명한 재산가였다. 그러니 나중에 그 역시 훗날 사위가 될 사람이 가난뱅이일 거라고는 당연히 생각지도 못했을 터였다. 남보다 앞서 걱정하고, 남보다 뒤에 즐거워하던 이 서생은 자기 집 녹나무를 베어낸다는 소식에 마치 조상 묘를 파낸다는 얘기라도 들은 듯 불같이 화를 냈다. 뱃속 가득하던 경륜 따위는 다 잊고 사전에 의논하러 온 사람들에게 촌놈들이 쓰는 상소리로 욕을 퍼부었다.

별다른 방법이 없었던 쑨유위안은 결국 교각을 약간 비껴가게 세우는 수밖에 없었다. 석 달 후에 그들은 삐딱한 다리 하나를 완성했다. 다리가 완성된 뒤 돈을 걸었던 농민들이 류신즈 선생을 모셔와 다리 이름을 지어달라고 청했다.

바로 그날 아침, 할아버지는 장인을 만났다. 비단옷을 입은 류신즈가 느릿느릿한 걸음으로 다가오는 모습에 쑨유위안은 입이 딱 벌어지고 말았다. 환한 햇볕이 내리쬐는 가운데 깊은 생각에 잠긴 척하는 서생의 모습이 쑨유위안의 눈에는 민국의 관리보다 훨씬 기품 있게 보였던 것이다. 몇 년 후 할머니와 같은 침대를 사용하며 그 당시를 떠올릴 때 혈기 왕성한 쑨유위안은 추하게 늙은 류신즈의 모습에 탄식을 금치 못했다.

할머니의 아버지는 서생 태를 내며 다리 옆으로 걸어와 아무것도 거리낄 게 없다는 태도를 보였다. 그러더니 마치 모욕이라도 당한 사람처럼 소리 높여 말했다.

"나더러 이렇게 형편없고 삐딱한 다리에 이름을 지어달라구?"

말을 마치자마자 류신즈는 두 손을 탁탁 털며 가버렸다.

나의 할아버지는 여전히 천지사방을 떠돌아다녔는데, 국공내전의 총성과 기아의 상황에서 기나긴 길을 끝없이 걸었다. 그런 시절에 누가 돈을 모아 그들의 손재주를 보려 했겠는가? 그들은 거지 떼처럼 여기저기 돌아다니며 날품을 팔아 연명하는 길밖에 없었다. 다리를 짓겠다는 웅대한 뜻을 품은 할아버지는 세상과 너무나도 어울리지 않는 모습으로 파괴에 미친 시대 속으로 걸어 들어갔다. 결국 그들 무리는 처음의 순수한 의지를 잃고 아무 일이나 닥치는 대로 하게 되었다. 심지어는 시체를 염하는 일이나 무덤을 파는 일도 서슴지 않았다. 그렇게 해야만 황야에 시체로 버려지는 일을 피할 수 있었기 때문이다. 쑨유위안이 극도로 곤궁했던 그 시절에 도대체 무슨 듣기 좋은 말로 일꾼들을 꼬드겼기에 그들이 아무런 희망도 없는 그를 계속 따랐는지는 정말 풀리지 않는 수수께끼다. 그렇게 지내던 어느 날 밤 그들은 공산당 유격대로 강제 편입되어 국민당군에게 대규모 공격을 받았다. 가슴속에 철 지난 이상을 가득 품었던 석공들은 그제야 별수 없이 생이별을 하게 되었다.

그때 할아버지와 비렁뱅이 일당은 강가의 모래톱에서 모두 잠을 자고 있었다. 처음 총알 세례를 받았을 때 쑨유위안은 아무것도 느끼지 못한 듯 무사태평했다. 심지어 몸을 일으켜 누가 폭죽을 터뜨리는 거냐고 큰 소리로 외치기까지 했다. 그러나 잠시 후 그는 옆에 있던 후배의 얼굴이 완전히 뭉개져버린 걸 발견했다. 아직 잠에서 덜 깨어 몽롱한 상태였던 할아버지는 달빛 아래 으깨진 계란처럼 엉망진창이 된 얼굴을 보고는 냅다 줄행랑을 놓았다. 강변을 따라 뛰어갈 때는 미친 듯이 괴성을 질렀지만, 총알 한 발이 그의 바지를 뚫고 지나가자 순간 목이 막혀 말을 잃었다. 쏜유위안은 속으로 끝장났다고 생각했다. 불알이 날아가 버린 느낌이 들었던 것이다. 그래도 죽을힘을 다해 달렸다. 단숨에 수십 리를 달려가며 바지가 완전히 젖어버렸다는 걸 깨달았다. 땀에 젖은 건 아닐까 하는 생각은 미처 하지 못하고, 이러다 몸속의 피가 다 빠져나가겠다 싶어 당장 걸음을 멈추고 손으로 바지 속의 상처를 만져보았다. 그렇게 여기저기 만져보던 중에 불알에 손이 닿았다. 처음엔 깜짝 놀라며 이게 뭐냐 하는 생각이 들었지만, 다시 제대로 만져보니 여전히 제자리에 잘 붙어 있었다. 잠시 후 할아버지는 나무 아래에 앉아 오랜 시간 땀에 전 불알을 만지며 연신 낄낄거렸다. 그렇게 자신의 안전을 확신하고 나서야 강변 모래톱에 있을 동료 일꾼들에게 생각이 미쳤다. 할아버지는 뭉개져버린 후배 일꾼의 얼굴을 떠올리며 큰 소리로 울음을 토해내기 시작했다.

안 봐도 뻔한 일이지만, 쏜유위안은 더 이상 가업을 이어갈 수 없었다. 겨우 방년 스물다섯의 나이로 아버지가 그랬던 것처럼 가업을 접고 귀향하는 처량함을 맛보아야 했던 것이다. 젊은 나이의 내 할아버지는 그해 설날이 다가올 무렵, 먼지 풀풀 날리는 황톳길을 걸어 노인처럼 수심 가득한 얼굴로 고향집으로 돌아왔다.

나의 증조할아버지는 집에 돌아온 뒤 벌써 일 년 이상 병으로 일어나지 못하고 있었다. 증조할머니는 저축한 돈을 다 쓰고도 남편에게 왕년의 생기를 되찾아주지 못했다. 급기야 집 안의 돈 되는 물건은 죄다 저당을 잡혔지만, 결국에는 증조할머니까지 병으로 눕고 말았다. 섣달그믐 밤 할아버지가 땡전 한 푼 없이 다 찢어진 옷을 걸치고 집으로 돌아왔을 때 그의 아버지는 이미 황천길로 떠난 뒤였고, 어머니는 죽은 남편 곁에 누워 가쁜 숨을 몰아쉬고 있었다. 병마에 시달리고 있던 증조할머니는 집에 돌아온 아들에게 그저 가쁜 숨소리로 기쁨을 드러낼 수밖에 없었다. 내 할아버지는 가난뿐인 집에 또 가난을 이고 돌아온 것이다.

그때는 할아버지의 청춘 시절에서 가장 처참했던 시기였다. 이제 집에는 전당포에 저당 잡힐 물건도 남아 있지 않았고, 설 전후라 막노동할 자리도 없으니 땔감조차 구할 수가 없었다. 쑨유위안은 음력 정월 초하루, 매서운 칼바람을 맞으며 아버지의 시신을 메고 시내로 향했다. 젊은 날의 할아버지는 정말 기상천외하게도 죽은 아버지를 전당포에 맡길 생각을 한 것이다. 할아버지는 전당포로 향하는 도중에 어깨 위의 시신에게 부단히 용서를 빌면서 속으로는 불효에서 벗어날 수 있는 이유를 찾고 있었다. 내 증조할아버지의 시신은 사방에서 바람이 새어 들어오는 집에서 이틀 밤낮을 얼어붙어 있다가, 또다시 아들의 어깨에서 북풍을 맞으며 삼십여

리의 길을 갔다. 그렇다 보니 전당포에 도착해 계산대에 올려놓았을 때는 그야말로 아이스 바처럼 딱딱하게 굳어 있었다.

할아버지는 전당포 주인에게 눈물을 쏟으며 애걸했다. 자신이 불효자식이라서가 아니라 정말 다른 방법이 없어서 그러는 거라며 주인에게 말했다.

"아버지가 돌아가셨는데 수습할 돈도 없고, 어머니마저 병으로 누워 계시지만 병원에 갈 돈도 없습니다. 좋은 일 한다 생각하시고 받아주세요. 며칠 있다가 돈을 구해서 다시 아버지를 찾아갈게요."

전당포 주인은 예순이 넘은 노인네였다. 그는 평생 죽은 사람을 저당 잡힌다는 말은 들어본 일이 없는지라, 한 손으로는 코를 틀어막고 다른 한 손은 연신 내저으며 소리쳤다.

"안 받아, 안 받는다구. 황금보살님은 안 받아요."

정월 초하룻날이니 그래도 그 사람은 좋은 말을 하려 애쓴 셈이었다. 증조할아버지를 영광스럽게도 황금보살에 비유해줬으니 말이다.

하지만 세상 물정에 어두운 할아버지가 계속 떼를 쓰자, 일꾼 셋이 와서 증조할아버지를 계산대에서 밀어내버렸다. 꽁꽁 얼어붙은 증조할아버지는 돌덩이처럼 그대로 땅바닥에 떨어지며 둔탁한 소리를 냈다. 쑨유위안은 재빨리 가서 아버지를 안아 올리고 무슨 큰 죄라도 지은 사람처럼 아버지가 어디 상하지나 않았을까 꼼꼼히 살펴보았다. 바로 그 순간 찬물 한 바가지가 할아버지의 머리 위에 쏟아졌다. 그리고 그가 아직 자리를 떠나지도 않았는데 일꾼들이 증조할아버지 때문에 더러워진 계산대를 닦기 시작했다. 순간 쏜 유위안은 화가 치밀어 올라 한 녀석의 콧등에 주먹을 한 방 날렸다. 그 일꾼은 고무줄을 떠난 새총 알처럼 포물선을 그리며 땅바닥에 나가떨어졌다. 건장한 체격의 할아버지가 계산대를 뒤엎어버리자 일꾼들이 몽둥이를 들고 달려들었다. 쏜유위안은 아버지의 시신을 들어 그들을 막아내고 공격하는 수밖에 없었다. 그 추웠던 새벽, 할아버지는 딱딱하게 굳은 시신으로 온 전당포를 난장판으로 만들어버렸다. 용감한 쏜유위안은 아버지의 도움에 힘입어 달려든 일꾼들을 혼비백산하게 했던 것이다. 그들 중 누구도 시신에 닿고 싶어 하지 않았다. 일 년 내내 재수가 없을지도 모르는 일이니 말이다. 그 시대의 미신이 쏜유위안의 용감함에 어떤 장애물도 따르지 않게 해주었던 것이다.

하지만 할아버지는 자기 아버지를 휘둘러 거무튀튀한 얼굴의 전당포 주인을 공격하려던 순간 이번에는 자기가 깜짝 놀라고 말았다. 아버지의 머리가 의자에 강하게 부딪혔기 때문이다. 섬뜩한 소리가 울려 퍼지자 순간 할아버지는 자기가 천벌 받을 짓을 저지르고 있다는 걸 깨달았다. 그제야 대역무도하게도 아버지의 시신을 무기로 삼고 있다는 걸 깨우친 것이다. 심하게 돌아간 아버지의 머리통을 보고 잠시 멍해졌던 할아버지는 곧바로 정신을 차리고 시신을 둘러멘 채 문 밖으로 나와 살을 에는 듯한 바람 속을 달려갔다. 그리고 마치 효심 지극한 자식처럼 눈물을 흘리며 통곡했다. 그때 할아버지는 한겨울 느릅나무 아래 앉아 심하게 상한 증조할아버지를 껴안고 혼신의 힘을 다해 뒤틀린 머리를 바로 돌려놓았다.

쑨유위안은 아버지는 묻었지만 빈곤까지 함께 묻지는 못했다. 그 후 며칠간은 그저 풀을 뜯어다 어머니에게 끓여드릴 수밖에 없었다. 담벼락 아래서 간간이 녹색을 띠며 자라난 풀이었는데, 쑨유위안은 그것이 익모초인 줄 몰랐다. 그래서 그랬는지 신기하게도 자리에 누워 일어나지 못하던 어머니가 그 풀을 먹고는 일어나 걷기까지 했다. 평소에는 꼼꼼하지 못하던 할아버지였지만 그 순간만큼은 크게 깨달은 바가 있었다. 젊음을 되돌려주는 비방이라도 가진 체하는 의사들이 실은 별다른 능력도 없이 그저 풀이나 베어와 양에게 먹이듯 환자들에게 먹일 뿐이라는 생각이 든 것이다. 그래서 할아버지는 시내에 가서 막노동을 하려던 생각을 내팽개치고, 석공 다음 직업으로 의사처럼 만병을 고쳐보기로 결심했다.

다시 원기 왕성해진 쑨유위안은 처음에는 왕진을 다녀야 한다는 사실을 잘 알고 있었다. 나중에 유명해지면 자연스럽게 집에서 환자를 볼 수 있을 터였다. 그래서 잡초 한 짐을 지고 집집마다 돌아다니는 생활을 시작했다. 할아버지의 낭랑한 목소리가 마치 넝마주이가 외치듯 온 동네에 울려 퍼졌다.

"약초로 병 고치세요."

그의 독특한 분위기는 확실히 사람들의 이목을 끌었지만, 남루한 차림새 때문에 대개는 반신반의했다. 결국 한 집에서 그에게 문진을 청했는데, 할아버지가 처음이자 마지막으로 받은 이 환자는 설사가 멈추지 않는 사내아이였다. 쑨유위안은 숨도 제대로 못 쉬는 아이를 쓱 한 번 건성으로 보고는 진맥도 하지 않고 광주리에서 풀 한 움큼을 꺼내 가족들에게 주면서 끓여 먹이라고 했다. 그들이 의심이 가득한 눈초리로 풀 무더기를 바라보고 있을 때, 쑨유위안은 이미 밖으로 나와 외치고 있었다.

"약초로 병 고치세요."

아이의 가족이 쫓아 나와 공손하게 의심스러운 부분을 묻자 놀랍게도 쑨유위안은 여전히 신념에 찬 어조로 그들에게 이렇게 말했다.

"아이가 내 약을 먹으면 내가 아이의 병을 가져가는 겁니다."

불쌍한 아이는 그 풀을 먹자마자 푸른색 물을 토하기 시작하더니, 이틀이 못 되어 죽고 말았다. 그리하여 증조할머니는 어느 날 오후 가슴을 졸이며 십여 명의 살기등등한 사내들이 들이닥치는 광경을 지켜봐야 했다.

할아버지는 전혀 당황하는 기색 없이 창백한 얼굴의 어머니를 방 안으로 모시고는 방문을 닫았다. 그리고 자신은 미소 띤 얼굴로 나와 지극히 우호적인 태도로 그들을 맞이했다. 죽은 아이의 가족과 친척들이 아이를 살려내라고 난리를 쳤다. 할아버지는 얼굴이 시커멓게 죽어 몰려온 사람들을 보며 그들을 감언이설로 속여 돌려보낼 생각을 했다. 하지만 쑨유위안의 쓰레기 같은 장광설을 들을 생각이 전혀 없었던 그들은 한꺼번에 달려들어 할아버지를 에워싸더니 날이 선 괭이로 반짝반짝 빛나는 그의 이마를 겨누었다. 이미 비 오듯 쏟아지는 국민당군의 총알을 겪어본 터라 쑨유위안은 그 순간에도 전혀 당황한 기색을 보이지 않았다. 오히려 그는 득의양양한 표정으로 열 명이 아니라 그 두 배가 몰려와도 마찬가지로 흠씬 두들겨 패줄 수 있다고 호언장담했다. 쑨유위안은 죽음이 코앞에 닥쳐왔는데도 이렇게 터무니없는 소리로 그들을 헷갈리게 만들었다. 그러더니 앞 단추를 풀면서 그들에게 말했다.

"옷이나 벗고 한판 붙어보자구."

쑨유위안은 그렇게 말하면서 괭이를 들고 집 앞으로 가서 방문을 열었다. 들어가면서도 아주 씩씩하게 발로 문을 걷어찼다. 할아버지가 집 안으로 들어가자마자 돌덩어리가 깊은 바다 속으로 가라앉듯 모든 소리가 일제히 사라져버렸다. 복수를 하겠다며 밖에서 주먹을 쓰다듬고 있던 사람들은 할아버지가 이미 창문을 넘어 도망간 줄도 모르고 대단한 적이라도 맞는 듯 삼엄하게 진을 치고 있었다. 아무리 기다려도 쑨유위안이 나오지 않자 그들이 아차 싶어 문을 걷어차고 들어가 보니, 안은 이미 텅 비어 있었다. 저 멀리 할아버지가 증조할머니를 업고 좁은 길을 따라 도망치는 모습이 보였다. 할아버지는 어벙한 촌뜨기가 아니었다. 창을 넘어 도망간 것만 봐도 할아버지가 용감한데다 꾀도 많았다는 걸 알 수 있다.

쑨유위안은 어머니를 업고 줄행랑을 친 이후에도 줄달음질을 멈출 수가 없었다. 그는 할머니가 그랬던 것처럼 피난민 대열에 들어가 여러 차례 등 뒤에서 울리는 일본군의 총소리를 생생하게 들었다. 할아버지는 그 시대의 전형적인 효자였다. 그는 전족을 한 어머니가 힘겹게 걸어가는 걸 도저히 두고 볼 수가 없었다. 그래서 굵은 땀을 흘리고 가쁜 숨을 몰아쉬면서도 시종일관 어머니를 등에서 내려놓지 않고 피난민 대열을 따라 먼지 풀풀 날리는 길을 떠돌았다. 그러던 어느 날 밤, 기진맥진한 쑨유위안은 증조할머니를 나무 밑둥치에 기대놓고 대열을 벗어나 물을 찾으러 갔다. 그 이후로 그는 두 번 다시 어머니를 업고 뛸 필요가 없게 되었다. 연일 계속되는 풍파에 심신이 허약해질 대로 허약해진 증조할머니는 나무 밑둥에 기대자마자 잠이 들어버렸다. 그렇게 잠을 자다가 차가운 달빛이 내리비추는 한밤중에 그만 들개에게 잡아먹히고 만 것이다. 어릴 적 나는 머릿속에서 그 악몽 같은 정경을 지워버릴 수가 없었다. 잠든 사람이 들개에게 한 입씩 베어 먹히는 광경은 얼마나 끔찍한가. 할아버지가 다시 그 나무 아래 도착했을 때 증조할머니는 이미 갈기갈기 찢겨 알아보기 힘든 상태였고, 그놈의 들개는 긴혀를 내밀어 자기 코를 핥으며 할아버지를 매서운 눈길로 쳐다보고 있었다. 어머니의 처참한 모습에 쑨유위안은 악을 쓰며 날뛰기 시작했다. 할아버지는 자기가 사람이라는 사실마저 잊고, 그 들개처럼 입을 커다랗게 벌린 채 녀석에게 달려들었다. 그러자 오히려 들개가 더 놀라 곧장 꽁무니를 뺐다. 완전히 돌아버린 쑨유위안은 들개를 쫓아 뛰어갔는데, 미친 듯이 욕을 해대는 통에 속도를 내지 못했던 것 같다. 결국 들개는 종적을 감췄고, 할아버지는 정신을 가다듬지 못한 채 눈물을 펑펑 흘리며 어머니 옆으로 돌아왔다. 그러고는 그 곁에 무릎을 꿇고 앉아 자기 머리를 있는 힘껏 쥐어박았다. 그의 처절한 울음소리가 깜깜한 어둠 속에서 음산하고 무섭게 울려 퍼졌다.

어머니를 묻고 난 뒤 오래전부터 쑨유위안의 얼굴에 자리 잡고 있던 자신감이 완전히 사라졌다. 극도의 상실감을 떠안은 그는 피난길 여기저기를 떠돌았다. 어머니의 죽음으로 피난의 의미가 사라졌기 때문이다. 그런 상황이었으니 할아버지는 다 허물어진 담벼락 앞에서 할머니를 처음 봤을 때, 가슴속에서 물 흐르는 소리가 울려 퍼지는 듯했다. 그때 할머니의 모습에서는 부귀영화의 흔적은 전혀 찾아볼 수 없었다. 할머니는 남루한 옷차림으로 잡초 위에 앉아, 풀어헤친 머리칼 사이로 드러나는 흐릿한 눈으로 할아버지의 처량한 얼굴을 바라보았다. 굶주림에 지쳐 숨만 겨우 내쉬던 할머니는 잠시 후 할아버지의 등에 업혀 잠이 들었다. 젊은 쑨유위안은 이렇게 마누라가 될 여자를 얻어 더 이상 목표 없이 떠돌지 않게 되었다. 기아와 빈곤, 오랜 도둑질로 살아가던 쑨유위안이 할머니를 업고 길을 걸을 때, 그의 젊은 얼굴에는 붉은빛이 돌았다.

생의 마지막 날들

할아버지가 넘어져 허리를 다친 뒤 나의 기억 속에 갑자기 삼촌 한 명이 나타났다. 생전 처음 보는 그 사람은 작은 동네를 돌아다니며 사람들의 입을 벌려 이 뽑아주는 일을 했다. 듣기로는 백정 하나, 신발 만드는 사람 하나와 함께 길모퉁이에 자리 잡고 앉아 그 일을 했다고 한다. 삼촌은 할아버지의 황당한 의료 행위를 이어받기는 했으나, 오랫동안 지속한 걸 보면 할아버지처럼 완전한 사기는 아니었던 것 같다. 삼촌은 방수포 우산을 펴고 번잡한 거리를 마주한 채 꼭 낚시하는 사람처럼 그 아래 앉아 있었다. 거기에 꼬질꼬질 때가 낀 흰 가운만 입으면 곧바로 의사 행세를 할 수 있었다. 그 앞에 펴놓은 작은 탁자에는 녹슨 집게 몇 개와 핏자국이 남아 있는 치아 수십 개가 놓여 있었다. 뽑아놓은 이들은 이가 흔들리는 손님에게 자기 솜씨가 절정에 이르렀다는 걸 보여주는 효과적인 증표였다.

어느 날 아침, 할아버지가 남색 보따리를 짊어지고 품에는 낡은 우산 하나를 안고 살그머니 우리 앞을 지나칠 때 나와 형은 깜짝 놀랐다. 길을 나서기 직전까지 아버지와 어머니에게 한마디 말도 없었는데, 부모님이 전혀 이상한 내색을 하지 않았기 때문이다. 나와 형은 뒤창의 창틀에 기대어 할아버지가 천천히 걸어 나가는 모습을 바라보았다. 그때 어머니가 말했다.

"삼촌한테 가시는 모양이다."

말년의 할아버지는 마치 버려진 낡은 의자가 아무 소리도 없이 불태워질 날을 기다리는 것처럼 지냈다. 액운이 그의 육신에 다다른 그날, 쑨광펑은 나이가 많다는 이유로 나보다 먼저 책가방을 얻었다. 그 순간은 내 어린 날의 기억 속에서 환한 빛을 발하고 있다. 형이 학교에 들어갈 날을 앞둔 그날 저녁, 잔뜩 신이 난 나의 아버지 쑨광차이는 괴상한 자부심에 휩싸여 문간에 앉아 형에게 한바탕 설교를 늘어놓았다. 만약 시내 아이들과 싸움이 나면…….

"한 놈이면 싸우고, 두 놈이면 잽싸게 집으로 도망와라."

쑨광펑은 멍청한 표정으로 쑨광차이를 바라보았는데, 그때가 바로 형이 아버지를 가장 숭배하던 시기였다. 형의 공손한 태도에 힘입어 아버지는 질리지도 않는 듯 똑같은 얘기를 반복했다. 다 쓸데없는 소리라는 걸 전혀 깨닫지 못한 채 말이다.

아버지는 머리가 제법 잘 돌아가는 촌뜨기였다. 유행하는 거라면 뭐든 금방 배워서 써먹었다. 형이 책가방을 메고 처음으로 시내의 학교에 갈 때, 쑨광차이는 마을 어귀에 서서 마지막으로 한 번 더 형을 일깨웠다. 다 큰 어른이 영화에 나오는 악한의 목소리를 흉내 내는 모습은 정말 웃겨서 못 봐줄 지경이었다. 아버지는 한껏 목청을 높여 소리쳤다.

"구호!"

형은 천성적으로 요약하는 능력이 뛰어났다. 여덟 살 먹은 아이가 돌아서면서 한 대답은 아버지가 어젯밤에 가르쳐준 복잡한 문장이 아니라 간단명료한 구호였다.

"하나면 붙고 둘이면 토낀다."

기쁨이 흘러넘치는 이 장면의 다른 한쪽에서는 말년의 할아버지가 새끼줄을 들고 아무 말 없이 내 앞을 지나 산에 땔감을 주우러 가고 있었다. 그때 나에게 쏟아지던 뒷모습은 크고 건장하게 보였다. 흙바닥에 앉아 있던 나는 할아버지가 힘찬 발걸음으로 지나가는 바람에 얼굴에 온통 먼지를 뒤집어썼다. 먼지 속에서 그 무렵 내가 형에게 느끼던 질투나 맹목적인 흥분이 희뿌옇게 변해갔다.

할아버지의 액운과 형의 흥분은 서로 맞물려 움직였다. 이십여 년 전 나와 동생이 아직은 연못가에서 우렁이를 만지작거리는 데 만족하고 있던 그날, 처음으로 시내의 학교에 다녀온 형은 이미 아는 척하며 자기를 뽐내는 법을 알고 있었다. 난 형이 처음으로 책가방을 메고 학교에서 돌아왔을 때의 으스대던 모습을 지금도 잊을 수가 없다. 여덟 살 먹은 형은 책가방을 가슴에 걸고 두 손은 뒷짐을 진 채 학교 선생님 흉내를 냈다. 연못가에 앉아 교과서를 꺼내더니 먼저 햇빛에 몇 번 비춰준 다음 엄청나게 뻐기며 책을 읽기 시작했다. 그때 나와 동생은 입이 딱 벌어져 마치 굶주린 개 두 마리가 공중에 날아가는 뼈다귀를 바라보듯 서 있었다.

바로 그때 쑨광차이가 사색이 된 쑨유위안을 업고 달려왔다. 그때 아버지는 굉장히 화가 나 있었는데, 쑨유위안을 침대에 눕힌 다음 문밖에 대고 계속 투덜거렸다.

"식구 중에 아픈 사람이 생겼으니 이제 끝장이야. 손해가 엄청나다구. 먹는 입은 하나 늘고 일할 사람은 하나 줄었으니……. 하나가 들어가고 하나가 나왔으니 둘이 늘어난 셈이잖아."

할아버지는 침대에 장장 한 달을 누워 있었다. 나중에는 걸을 수 있게 되긴 했지만, 산에서 굴러 떨어진 후부터는 허리가 영영 굳어 버렸다. 노동 능력을 상실한 쑨유위안이 마을 사람들을 만날 때 내비치는 웃음은 할머니가 갑자기 돌아가셨을 때보다 훨씬 비굴한 구석이 있었다. 그 전전긍긍하던 표정이 지금도 눈에 선하다. 그는 늘 이렇게 말하곤 했다.

"허리를 굽힐 수가 없어서……."

그의 목소리는 그 자체로 절박한 고백이자 자신에 대한 책망이었다. 갑자기 닥친 병이 그의 운명에 변화를 일으켰다. 이제 일하지 않고 밥을 먹는 생활이 시작된 것이다. 내가 남문을 떠나기 전 채 일 년이 못 되는 시간 동안, 이 건장한 노인은 화장이라도 한 것처럼 얼굴이 누렇게 떠버렸다. 그리고 집에서는 완전히 번거로운 존재로 전락해 두 아들의 집을 옮겨 다니며 기식하는 생활을 시작했다. 바로 그때 나는 나에게 삼촌이 있다는 사실을 알게 되었다. 할아버지는 우리 집에 있다가 한 달이 되면 혼자 대문을 나서 시내로 이어지는 좁은 길을 걸어갔다. 시내에 도착한 후에는 아마도 증기선을 타야 삼촌 댁에 도착할 수 있었던 것 같다. 한 달 후 어둠이 깃들 무렵 그 좁은 길에는 휘청대는 할아버지의 그림자가 다시 모습을 드러냈다.

할아버지가 돌아오실 때면 나와 형은 괜히 들떠서 달려 나갔고, 동생은 그냥 마을 어귀에 서서 우리가 달려가는 모습을 멍청하게 바라보았다. 그때마다 할아버지는 눈물을 글썽거렸다. 또 바들바들 떨리는 손으로 내 머리칼을 쓰다듬었다. 사실 우리가 열심히 뛰어간 건 할아버지가 돌아오는 게 기뻐서라기보다는 둘이 달리기 시합을 하기 위해서였다. 할아버지가 돌아올 때 손에 들고 있는 우산과 어깨에 멘 보따리가 우리를 흥분시키는 원인이었다. 그러니까 먼저 우산을 낚아채는 사람이 승자가 되었던 것이다. 형이 우산과 보따리를 독차지하고 할아버지의 오른편에서 의기양양하게 걸어가던 어느 날, 아무것도 얻지 못해 무척이나 상심했던 기억이 난다. 짧은 길을 걷는 동안 나는 연신 할아버지에게 형이 횡포를 부린다며 울음을 그치지 않았다.

"보따리를 가져갔잖아요. 우산을 가져가놓고는 보따리까지 가져가잖아요."

할아버지는 내가 바랐던 것처럼 정의를 말하지는 않았다. 오히려 우리의 뜻을 오해하며 구슬프게 눈물을 흘렸다. 할아버지가 손을 들어 눈물을 훔치던 모습이 지금까지 눈에 선하다. 네 살짜리 동생은 눈앞의 이익에만 급급한 녀석이라 할아버지의 눈물을 보자마자 부리나케 집으로 달려가 찢어지는 목소리로 부모님께 그 사실을 알렸다.

"할아버지가 울어."

녀석은 그런 식으로 나처럼 아무것도 얻지 못한 허전함을 달래려 했던 것이다.

내가 집을 떠나기 전, 할아버지가 우리 집에서 감수했던 굴욕을 그 당시 내 나이로 제대로 느끼기는 어려운 일이었다. 지금 돌이켜보면 아버지 쑨광차이는 할아버지가 우리 집에 머물렀던 그 한 달 동안 늘 화가 나 있었다. 좁아터진 집구석에서 한겨울의 칼바람처럼 수시로 소리를 질러댔다. 쑨광차이가 분명하게 쑨유위안을 가리켜 화가 어디로 튈지 알 수 있을 때가 아니라면, 나는 늘 겁에 질린 눈으로 그를 쳐다봐야 했다. 그 발길질이 언제 내 엉덩이로 날아들지 모르는 일이니 말이다. 어린 시절의 아버지는 그렇게 예측이 불가능한 인간이었다.

할아버지는 고분고분하게 죽은 듯이 지내야 했지만, 그렇다고 자신을 세상에서 완전히 사라지게 할 방법을 찾지는 못했다. 아무도 주의를 기울이지 않는 방구석에 죽치고 앉아 얼마 남지 않은 생명을 소리 없이 소모할 뿐이었다. 그러다가도 식사 시간이 되면 번개처럼 나타나 우리 삼형제를 깜짝 놀라게 했다. 그럴 때면 동생은 자기를 드러낼 기회라도 잡은 듯 손으로 가슴을 쓸어내리며 흥분한 표정으로 자기가 얼마나 놀랐는지를 과장해서 표현했다.

겁 많던 할아버지의 모습이 기억에 생생하다. 한번은 뒤뚱거리며 제대로 걷지도 못하는 쑨광밍이 할아버지를 찾으러 가다가 넘어져 엉엉 운 일이 있다. 녀석은 버르장머리 없이 할아버지에게 욕지거리를 해댔다. 발음이 정확하지 못했던 동생은 애써 말을 분명하게 하려고 했지만, 이래도 저래도 내 귀에는 강아지가 깨갱거리는 소리처럼 들렸다. 그때 할아버지는 쑨광밍의 울음소리를 듣고 아버지가 논에서 뛰어올까 봐 얼굴이 하얗게 질렸다. 쑨광차이는 성질 낼 기회를 절대로 놓치지 않는 사람이었기 때문이다. 쑨유위안의 눈에서는 그런 재난이 곧 닥쳐올 거라는 공포가 넘쳐흘렀다.

쑨유위안은 허리를 다친 이후로는 우리를 불안케 했던 할머니에 대한 이야기를 거의 하지 않았다. 그는 이제 할머니와 함께 보낸 지난 세월을 혼자 회상하기 시작한 것이다. 할머니와 할아버지 사이의 지난 일들은 오직 할아버지만이 즐길 수 있는 것이 되었다.

쑨유위안이 대나무 의자에 앉아 젊은 시절 아름다웠고, 또 한때 부귀를 누리기도 했던 여인을 회상할 때면 햇빛과 멀리 떨어져 있어도 얼굴에서는 이상하리만큼 생동감이 돌았다. 나는 그 얼굴에서 푸른 풀잎처럼 하늘거리는 웃음을 몰래 훔쳐보곤 했다. 그 미소는 지금 내 눈에는 퍽이나 감동적이다. 하지만 여섯 살이던 그때는 마음속에 놀랍고 기이한 느낌이 전해졌을 뿐이다. 나는 사람이 이유 없이 혼자 웃을 수도 있다는 사실에 깜짝 놀랐다. 그런 놀라운 일을 형에게 알리자, 강변에서 새우를 잡고 있던 쑨광핑은 내가 도저히 따라잡을 수 없는 속도로 집으로 뛰어갔다. 형이 그토록 흥분했다는 건 내가 놀라는 게 당연하다는 뜻이었다. 나와 형, 그러니까 얼굴이 꼬질꼬질한 두 아이가 할아버지의 코앞까지 달려갔을 때, 할아버지 얼굴의 미소는 여전히 미묘한 파장을 일으키고 있었다. 여덟 살 먹은 형에게는 내가 상상조차 할 수 없는 용기가 있었다. 형은 버럭 소리를 질러 애수에 잠긴 할아버지를 기억 속에서 현실로 끌고 나왔다. 할아버지는 벼락이라도 맞은 듯 온몸을 떨었다. 형에게 미소를 빼앗긴 할아버지의 눈에는 두려운 빛이 흐르기 시작했다. 곧이어 형은 유치한 목소리로 짐짓 엄숙한 척하며 할아버지에게 훈계를 시작했다.

"사람이 어떻게 혼자 웃어요? 미친 사람이나 혼자 웃는 거지."

그러곤 손을 내저으며 말을 이었다.

"앞으로는 혼자 웃지 마세요. 알았어요?"

알아들었다는 듯, 할아버지는 비굴하기 짝이 없는 태도로 쑨광핑에게 고개를 끄덕여 보였다.

쑨유위안은 말년에 집안 식구 모두에게 잘 보이려고 무진장 애를 썼다. 그런 자기비하 때문에 윗사람이었으면서도 우리의 존경을 받지 못했다. 한동안 나는 두 가지 대립하는 마음 사이에서 갈등했다. 하나는 할아버지를 함부로 대하는 쑨광핑을 흉내 내자고 나 자신을 묵묵히 독려하는 마음이었다. 아이가 어른에게 명령하는 건 자극적이고 흥분되는 일이었으니 말이다. 그러나 나는 할아버지의 자상한 눈길에 수시로 굴복했다. 우리의 네 눈동자가 서로 마주칠 때, 할아버지 쑨유위안의 친절한 눈길을 대하면 도저히 막돼먹은 태도로 나를 과시할 엄두가 나지 않았다. 난 그저 고개를 숙인 채 집 밖으로 나가 숭배에 가까운 눈빛으로 형 쑨광핑을 찾는 수밖에 없었다.

그러나 할아버지가 아무렇지도 않다는 듯 내 동생을 무고한 뒤부터 그 앞에서 위풍당당하게 보이려던 생각이 완전히 사라져버렸다. 그때부터 난 쑨유위안이 음산하고 무섭게 느껴졌다.

사건은 사실 간단했다. 어느 날 할아버지가 방구석에서 일어나 밖으로 나가다가 실수로 탁자에 놓인 그릇을 바닥에 떨어뜨리고 말았다. 그때 난 그리 멀지 않은 곳에 서 있었는데, 할아버지는 심하다 싶을 정도로 두려워하며 한참을 그곳에 서서 깨진 조각들을 바라보았다. 지금 당시 할아버지의 뒷모습을 떠올려보면, 그때부터 이미 그림자와 같은 허무함이 자리 잡고 있었던 것 같다. 그때 할아버지가 낮은 목소리로 줄줄이 내뱉은 무서운 말들이 아직도 기억이 난다. 나는 지금까지도 사람이 그렇게 빨리 말하는 걸 들어본 적이 없다.

쑨유위안은 내가 생각했던 것과 달리 깨진 조각들을 주워 담지 않았다. 그때 난 이미 여섯 살이었으니, 어렴풋하게나마 앞으로 벌어질 무서운 일을 예감할 수 있었다. 그런 두려움은 곧 돌아올 아버지와 관계있는 것이었다. 나는 쑨광차이가 이번에는 얼마나 무섭게 악을 써댈지 정말이지 알 수가 없었다. 힘이 펄펄 넘치는 아버지가 주먹을 휘두르는 건 어머니가 머릿수건을 흔드는 일처럼 손쉬운 일이었다. 난 그곳에 서서 할아버지가 다시 방구석으로 돌아가 앉는 모습을 지켜보았다. 할아버지는 자기 잘못을 조금도 숨기려 하지 않고, 편안한 표정으로 그곳에 앉아 있었다. 할아버지의 평온함이 오히려 나를 불안하게 했다. 어린 나의 눈빛은 깨져버린 그릇 조각들과 할아버지의 평화로운 얼굴 사이에서 갈 곳을 찾지 못했다. 그러다가 나는 뱀이라도 마주친 사람처럼 당황스러워하며 그 자리에서 도망치고 말았다.

내가 걱정했던 대로 쑨광차이는 깨진 그릇을 보고 노발대발했다. 그릇을 깬 사람이 할아버지라, 자기가 할아버지한테 퍼붓는 욕이나 훈계가 이치에 맞는 것이 되길 바라는 게 아닌가 싶을 정도였다. 얼굴이 벌겋게 달아오른 쑨광차이는 아이처럼 지칠 줄 모르고 지껄이며 악을 썼다. 모진 광풍과도 같은 그의 고함 소리에 우리 삼형제는 사시나무 떨듯 벌벌 떨었다. 내가 겁에 질린 눈으로 쑨유위안을 바라보았을 때, 할아버지는 놀랍게도 아주 비굴한 태도로 일어나 쑨광차이에게 말했다.

"접시는 쑨광밍이 깼다."

내 옆에 서 있던 이 네 살짜리 꼬마는 할아버지의 말에 전혀 관심이 없는 듯했다. 그 아이의 얼굴에는 아까부터 두려운 표정이 있었지만, 이는 전적으로 쑨광차이의 무서운 태도에서 비롯한 것이었다. 아버지가 화를 참지 못하고 녀석에게 물었다.

"너냐?"

동생은 눈만 동그랗게 뜬 채 혀가 굳은 듯 아무 말도 하지 못했다. 아버지의 살기등등한 기세에 눌려 완전히 얼어버린 상태였다. 곧이어 쑨광차이가 또 한 번 무섭게 다그치자 그제야 녀석은 자기를 변호하기 시작했다.

"내가 안 그랬어요."

내 동생은 늘 발음이 부정확했다. 죽기 전날까지도 그렇게 웅얼거렸다.

동생의 대답은 아버지의 화를 더 돋우고 말았다. 아마도 아버지는 그렇게 해야 자기감정을 좀더 오래 발산할 수 있었을 것이다. 쑨광차이는 목이 터져라 소리를 쳤다.

"네가 아니면 그릇이 어떻게 깨졌다는 거냐?"

아버지의 물음에 동생은 뭐가 뭔지 모르겠다는 얼굴로 고개를 가로저을 수밖에 없었다. 어린아이라 간단하게 부인하는 방법밖에 몰랐던 것이다. 그에 이어 어떤 이유를 설명해야 한다는 건 알 턱이 없었다. 더 미치겠는 건 그런 상황에서 녀석이 집 밖의 새에 눈을 빼앗겼다는 것이다. 잔뜩 신이 나서 밖으로 뛰어나가기까지 했으니 아버지가 그냥 보아 넘길 리가 없었다. 열이 끝까지 오른 쑨광차이가 쑨광밍을 불렀다.

"너 이 개자식아, 빨리 안 들어와!"

동생은 무서움이 무엇인지는 알았지만, 그 상황이 굉장히 심각하다는 사실은 모르고 있었다. 집 안으로 뛰어올 때도 눈을 동그랗게 뜨고 아주 진지한 태도로 밖을 가리키며 쑨광차이에게 이런 말을 할 정도였다.

"새끼 새, 새끼 새가 날아가네."

순간 아버지의 솥뚜껑만 한 손바닥이 녀석의 여린 얼굴에 날아들었다. 동생의 몸은 순식간에 땅바닥에 나동그라지고 말았다. 쑨광밍은 아무 소리도 없이 그렇게 오랫동안 누워 있었다. 나의 어머니, 격노한 아버지 앞에서 나만큼이나 겁에 질려 있던 어머니가 놀라 소리치며 동생에게 달려갔다. 그러자 쑨광밍이 마침내 앙 하고 날카로운 울음을 터뜨렸다. 동생은 자기가 왜 맞았는지 모르는 것 같았다. 또 큰 소리로 울 때도 대체 자기가 왜 우는지 모르는 듯했다.

잠시 후 어느 정도 화를 삭인 쑨광차이가 탁자를 쾅 내리치며 소리를 질렀다.

"울긴 왜 울어!"

그러고는 밖으로 나가버렸다. 자신의 분노와 쑨광밍의 울음 사이에서 양보를 한 셈이었다. 아버지는 밖으로 나가면서도 연신 투덜거렸다.

"망할 놈의 집구석, 내가 망할 것들을 먹여 살린다니까. 늙은 건 걸을 때마다 허리가 아프다 난리고, 어린 건…… 니미럴, 네 살이나 처먹고도 입 안에 뭘 처넣은 것처럼 웅얼거리기나 하고. 이 망할 놈의 집구석은 누가 더하랄 것도 없이 죄다 화상이라니까."

마지막으로는 자신에 대한 연민을 토로했다.

"아이고, 내 팔자야."

당시 나에게는 모든 일이 너무 순식간이었다. 놀란 가슴이 채 진정되기도 전에 아버지는 이미 집 밖으로 나갔다. 내가 증오의 눈길로 할아버지를 쳐다보자, 쑨유위안은 그 자리에 그대로 서서 공포에 질린 듯한 표정으로 전전긍긍했다. 그때 내가 곧장 동생을 위해 말해주지 못한 건 아무래도 나 역시 어안이 벙벙했기 때문일 것이다. 여섯 살짜리 꼬마가 민첩한 반응을 보이기는 어려운 일이니, 그때 나도 그랬을 것 같다. 그 후로 그 일은 달빛 아래의 어두운 그림자처럼 끝까지 나를 옥죄었다. 줄곧 할아버지의 범행을 폭로하고 싶었지만 결국은 그렇게 하지 못했다. 한번은 혼자서 할아버지 곁으로 갔다. 쑨유위안은 그때도 역시 얼룩진 방구석에 앉아 자상한 눈길로 나를 바라봤는데, 그 친절한 눈길에 나는 날도 안 추운데 온몸을 바들바들 떨었다. 하지만 용기를 내서 말했다.

"접시는 할아버지가 깼잖아요."

할아버지는 조용히 고개를 가로저으며 내게 자애로운 웃음을 보였다. 그 웃음을 보고 있으니 거센 주먹이 날아드는 느낌이었다. 나는 그 자리에서 곧장 도망치지 않으려고 크게 소리를 지르며 마음속의 두려움을 억눌렀다.

"할아버지가 깼어요!"

정의를 실현하려는 나의 목소리는 할아버지를 굴복시키지 못했다. 할아버지는 내게 차분한 어조로 말했다.

"난 아니야."

할아버지가 어찌나 확신에 찬 태도로 말을 하는지 혹시 내가 뭔가 착각한 게 아닐까 하는 생각이 들 정도였다. 그렇게 내가 어찌할 바를 모르고 있을 때 할아버지는 또다시 그 환장할 것 같은 웃음을 보였고, 이내 나의 용기는 무너졌다. 나는 잽싸게 도망쳐 나왔다.

하루하루 세월이 흐르면서 할아버지의 행위를 까발리는 일은 점점 어려워져만 갔다. 동시에 내가 할아버지에 대해 뭔가 말로 하기 어려운 공포를 느끼고 있다는 걸 깨달았다. 가끔 집으로 달려가 뭔가를 가져올 때면, 문득 방구석에서 나를 보고 있는 할아버지를 발견하고 온몸을 부들부들 떨었다.

젊은 시절 힘이 철철 넘치던 쑨유위안은 삼십 년 넘게 할머니와 살면서 진이 다 빠진 후 말년에 가서는 겁 많고, 줏대 없이 하자는 대로 끌려 다니는 노인이 돼버렸다. 체력은 그렇게 점점 떨어졌지만, 심지는 오히려 더 굳어졌다. 삶이 얼마 남지 않은 쑨유위안은 젊은 시절의 총명함과 재기를 다시 발휘하기 시작했다.

아버지는 식탁에서 할아버지에게 훈계하는 걸 좋아했는데, 그럴 때면 자기가 지금 손해를 보고 있다는 사실에 무척이나 안타까워했다. 별 내용도 없이 악만 써대는 아버지의 욕설을 들으며 할아버지는 고개를 숙인 채 겁에 질린 모습을 보였다. 하지만 밥 먹는 속도에는 아무런 영향도 받지 않았다. 젓가락으로 음식을 집으려 팔을 뻗었다 굽혔다 하는 속도가 눈이 휘둥그레질 정도로 빨랐다. 할아버지는 쑨광차이의 훈계는 듣는 둥 마는 둥 거의 맛있는 요리쯤으로 여기는 듯했다. 그렇게 정신없이 먹다가 손에 들었던 밥그릇과 젓가락을 빼앗기고 나서야 동작을 멈췄다. 그러나 그런 순간에도 여전히 고개를 수그린 채 식탁 위의 음식을 뚫어져라 쳐다보고 있었다.

나중에 아버지는 급기야 할아버지를 아주 작고 낮은 의자에 앉했다. 그러고 나니 할아버지는 밥 먹을 때 겨우 식탁 위의 그릇만 볼 수 있고, 그릇 안의 음식은 볼 수 없게 되었다. 그때 난 이미 남문을 떠나온 뒤였는데, 불쌍한 우리 할아버지는 그저 식탁에 턱을 괴고 앉아 다른 식구들이 음식을 집어 가는 모습만 눈을 동그랗게 뜨고 바라볼 수밖에 없었다. 동생도 키가 작아 같은 운명을 겪어야 했지만, 그 애는 수시로 어머니의 도움을 받았다. 쑨광밍은 잘난 척하기 좋아하는 녀석이라 종종 어머니의 도움을 물리치고 걸상에 올라서서 스스로 자기 위를 책임지려 했다. 이 바보 같은 녀석은 그러다가 무시무시한 벌을 받기 일쑤였다. 그럴 때면 아버지는 절대로 손을 가만히 두지 않았다. 그렇게 작은 일에도 꼭 주먹이나 발길질이 날아갔다. 게다가 폭군처럼 이런 선언을 반복했다.

"누구라도 또 일어서서 먹으면 다리를 분질러버릴 테다."

총명한 할아버지는 그 말의 속뜻을 알아챘다. 동생한테 그렇게 엄한 벌을 준 것은 사실 할아버지를 으르기 위해서였다. 할아버지가 순종적인 태도로 그 작은 의자에 앉아 손을 높이 들어 어렵사리 음식을 집을 때면 쑨광차이는 내심 큰 만족을 느꼈다.

그러나 할아버지는 커다란 둑에 구멍을 뚫는 쥐새끼처럼 은밀한 방식으로 아들에게 대응했다. 지난번에 접시를 깨뜨리고 그 화를 동생에게 떠넘긴 것처럼, 쑨유위안은 또다시 어린 쑨광밍에게 눈독을 들였다. 사실상 오로지 쑨광밍만이 할아버지처럼 식탁의 높이에 불만을 품고 있었다. 그러나 동생은 밥 먹을 때만 그걸 의식했고, 다른 때는 무슨 야생 토끼처럼 여기저기 쑤시고 다닐 줄만 알았다. 나의 할아버지, 그러니까 장시간 방구석에 죽치고 앉아 있기만 하는 쑨유위안에게는 그것에 어떻게 대응할지를 따져볼 충분한 시간이 있었다.

그 며칠 사이, 동생이 접근할 때마다 할아버지는 약간 모호한 말투로 한마디씩 던졌다.

"식탁이 너무 높아."

쑨유위안은 이 말을 반복해서 들려주더니, 어느 날인가 결국 아홉 살 먹은 동생을 자기와 식탁 중간에 서보게 했다. 쑨광밍은 한참 동안 할아버지와 식탁을 번갈아가며 바라보았다. 쑨광밍의 반짝이는 눈망울을 본 할아버지는 그 조그만 녀석이 드디어 머리를 굴리기 시작했다는 걸 알아차렸다.

동생의 속을 빤히 들여다본 쑨유위안은 그때 기침을 심하게 했는데, 그것이 자기를 숨기기 위한 것이었는지는 알 길이 없다. 할아버지는 끈질긴 인내심으로 쑨광밍이 스스로 결정을 내릴 때까지 기다렸다.

동생은 말을 웅얼거리는 것만 빼면 다른 건 다 칭찬할 만했다. 녀석은 나이보다 과도한 욕망과 작은 재치로 곧장 식탁의 높이를 해결할 방법을 찾았다. 녀석은 득의양양한 목소리로 할아버지에게 외쳤다.

"톱으로 잘라버려요."

할아버지는 깜짝 놀라긴 했지만 쑨광밍을 칭찬해주고 싶은 기색을 분명히 드러내 보였다. 그런 태도가 쑨광밍을 격려했던 게 분명하다. 동생은 한껏 으스대며 자신의 총명함에 완전히 도취해버렸다. 그러더니 쑨유위안에게 말했다.

"다리를 잘라버려요."

쑨유위안은 고개를 가로저으며 동생을 타일렀다.

"너는 못 잘라."

바보 같은 나의 동생은 자기가 지금 함정에 빠져들고 있다는 것도 모르고, 할아버지가 자신을 깔보는 것에 화를 내며 외쳤다.

"나도 힘 있어요!"

쑨광밍은 말로만 하기는 좀 약하다고 느꼈는지 잽싸게 탁자 아래로 기어 들어가 탁자를 등에 지고 두 걸음을 옮긴 다음 다시 기어 나와 할아버지에게 소리쳤다.

"내가 힘이 얼마나 센데."

쑨유위안은 여전히 고개를 저으며 손의 힘이 몸의 힘보다는 약하다며 아무래도 동생은 식탁의 다리를 잘라낼 수 없다고 말했다.

쑨광밍이 처음 식탁 다리를 잘라낼 수 있다고 했을 때는 사실 그냥 그 정도의 내용 없는 발견에 만족할 생각이었다. 그러나 쑨유위안이 자기 힘을 의심하자 녀석은 진짜 행동에 옮겨야겠다고 생각했다. 동생은 그날 오후 씩씩거리며 집을 나섰다. 할아버지에게 자기가 식탁 다리를 잘라낼 수 있다는 걸 증명해 보이기 위해 마을의 목수를 찾아가는 길이었다. 쑨광밍이 도착했을 때 목수는 마침 걸상에 앉아 차를 마시고 있었다. 동생이 아주 친근한 목소리로 인사를 건넸다.

"수고 많으세요."

그러고는 그에게 말했다.

"톱 안 쓸 때 저한테 빌려주실 수 있죠?"

내 동생 따위는 안중에도 없던 목수가 손을 휘저으며 소리를 질렀다.

"꺼져라, 꺼져. 어느 개자식이 내가 너한테 톱을 빌려준대?"

"전 아저씨가 안 빌려주실 줄 알았어요. 하지만 우리 아버지가 아저씨는 분명히 빌려주실 거랬어요. 아저씨가 집 지을 때 우리 아버지가 도와준 적이 있다면서요."

할아버지의 올가미에 걸려든 쑨광밍은 그런 식으로 목수에게 올가미를 씌웠다, 그러자 목수가 동생에게 물었다.

"쑨광차이가 뭣에 쓴다던?"

내 동생은 고개를 절레절레 흔들며 말했다.

"저도 몰라요."

"가져가라."

동생은 집으로 돌아와 톱을 바닥에 내던지며 날카로운 목소리로 쑨유위안에게 물었다.

"내가 잘라낼 수 있는지 없는지 말해보세요!"

쑨유위안은 여전히 고개를 가로저으며 말했다.

"넌 많아 봐야 하나밖에 못 자를걸."

그날 오후 똑똑하면서도 멍청하기 그지없는 동생은 땀을 뻘뻘 흘리며 식탁 다리 네 개를 반으로 잘라냈다. 그러면서 수시로 고개를 돌려 쑨유위안에게 물었다.

"내 힘 어때? 세지?"

할아버지는 제때 칭찬을 하지는 않았지만, 시종일관 놀라는 기색이 얼굴에서 떠나지 않았다. 바로 그 표정 때문에 동생은 한껏 들뜬 채로 식탁 다리 네 개를 다 잘라내고 말았다. 그러나 잠시 후 쑨광밍은 더 이상 으스댈 수가 없었다. 할아버지가 매정하게도 무시무시한 현실을 일깨워주었기 때문이다.

"너 큰일 났다. 아버지가 돌아오면 넌 맞아 죽을 거야."

불쌍한 동생은 깜짝 놀라 눈이 휘둥그레졌다. 그제야 얼마나 무서운 결과가 닥쳐올지 깨닫게 된 것이다. 쑨광밍이 눈물을 글썽이며 바라보았지만, 쑨유위안은 일어나 자기 방으로 들어가 버렸다. 잠시 후 동생은 혼자 집을 나가 그 다음날 새벽까지 돌아오지 않았다. 돌아올 엄두가 나지 않아 논바닥에 누워 허기를 참으며 하룻밤을 보낸 것이다. 논두렁에 서 있던 아버지는 논 한가운데가 푹 꺼진 걸 발견하고는 동생을 붙잡았다. 밤새 악을 쓴 쑨광차이는 역시나 불같이 화를 내며 동생의 엉덩이를 흠씬 두들겨 했다. 엉덩이가 나무에 매달린 사과처럼 반은 퍼렇고 반은 빨개진 동생은 꼬박 한 달 동안 의자에 앉지 못했다. 물론 할아버지는 식사할 때 더 이상 팔꿈치를 높이 쳐들 필요가 없게 되었다. 내가 열두 살이 되어 남문으로 돌아왔을 때 다리 잘린 식탁은 이미 불구덩이 속에 처넣어진 뒤라, 식구들은 더 이상 밥을 먹을 때 고개를 숙일 필요도 허리를 굽힐 필요도 없었다.

남문으로 돌아온 이후, 여섯 살 때부터 할아버지에 대해 품었던 두려움이 나 자신에 대한 동정으로 급속히 변해갔다. 집 안에서 내 처지가 곤란해질수록 할아버지의 존재는 없어서는 안 될 위안이 되었다. 집에서 무슨 일이 터지지나 않을까 마음을 졸이고 있다 보면, 그 일이 나와 관계가 있든 없든 결국 모든 액운은 내가 다 감수해야 했다. 그러면서 나는 할아버지가 예전에 왜 동생을 거짓으로 일러바쳤는지 차차 이해하게 되었다. 그 시절 아버지는 종종 앙상한 가슴팍을 내밀어 툭 튀어나온 양쪽 갈비뼈를 마을 사람들에게 보여주면서 자기가 왜 그렇게 말랐는지를 설명하고 다녔다.

　"내가 회충 두 마리를 키우고 있기 때문이다 이 말씀이야."

　두 명의 불청객이나 다름없던 나와 할아버지는 오랫동안 쑨광차이의 식량을 좀먹으며 기생했다.

　동생이 식탁의 다리를 잘라낸 후 할아버지와 아버지 사이에는 한 차례 격렬한 싸움이 있었다. 아버지는 그 흉흉한 기세를 끝까지 유지했지만, 마음속으로는 결국 할아버지에게 지고 말았다. 그래서 남문으로 돌아온 뒤로는 아버지가 공개적으로 할아버지를 욕하거나 훈시하는 모습은 더 이상 보지 못했다. 떠나기 전까지는 그런 일이 거의 일상적이었는데 말이다. 할아버지에 대한 아버지의 불만은 끝에 가서는 많이 위축된 모습으로 나타났다. 쑨광차이는 그저 종종 문간에 앉아 나이 든 여인네들처럼 쉬지 않고 떠들어대거나 탄식조로 혼잣말을 중얼거릴 뿐이었다.

　"사람을 먹이는 일은 정말이지 양 치는 것만 못해. 양털로는 돈

을 벌 수 있고, 똥은 거름으로 쓸 수 있고, 양고기는 먹을 수가 있
잖아. 그런데 사람을 기르는 건 진짜 재수 옴 붙은 일이야. 돈 되는
털도 없고, 고기는 감히 먹을 생각도 못하잖아. 고기를 먹었다가
감옥에라도 가면 누가 구해주겠냐고."

　조용히 굴욕을 견디는 쑨유위안의 모습은 내게 지워지지 않는
인상을 남겼다. 그는 자신을 공격하는 사람들을 언제나 자상한 미
소로 대했다. 어른이 된 이후 할아버지를 떠올릴 때마다 생각나는
모습은 바로 그 감동적인 미소다. 아버지는 생전에 할아버지의 웃
는 얼굴을 대단히 무서워했다. 할아버지가 웃을 때면 쑨광차이는
재빨리 몸을 돌리고는 한 방 얻어맞은 사람처럼 안절부절못했다.
그러면서 멀리까지 걸어가 혼자인 걸 확인한 뒤에야 욕지거리를
했다.

　"웃으면 시체 같은 게, 먹을 때만 되면 살아난다니까."

　나이가 들어 음습한 분위기를 풍기는 쑨유위안도 집에서 어려움
을 겪는 내 처지를 알게 되면서 나를 노골적으로 피하기 시작했다.
그해 가을 할아버지가 담벼락 끝에 쪼그리고 앉아 햇볕을 쬐고 있
을 때, 그 곁으로 다가간 나는 한참을 말없이 서서 둘이 몇 마디 나
눌 수 있기를 바랐다. 그러나 세상사에 아무 관심도 없다는 할아버
지의 표정 때문에 우리 사이의 침묵은 깨지지 않았다. 얼마 후 논
에서 일을 끝마치는 고함 소리가 희미하게 들려오자 쑨유위안은
온몸이 뻣뻣하긴 했지만 즉시 몸을 일으켜 비틀비틀 집으로 들어
갔다. 쑨광차이에게 그가 싫어하는 두 사람이 함께 있는 모습을 들

킬까 겁이 났던 것이다.

나와 할아버지, 큰불이 동시에 집안에 들이닥친 날부터 쑨광차이는 마치 그 불을 우리가 일으키기라도 했다는 듯 오래도록 우리를 의심 가득한 눈초리로 바라보았다. 할아버지와 함께 있다가 쑨광차이가 가슴을 치고 발을 동동 구르며 욕하는 소리를 듣고는 적잖이 당황스러웠다. 그때 쑨광차이는 멀지 않은 곳에 있었는데도 신경질적으로 소리를 질렀다.

"내 집, 내 집 또 작살나게 생겼어. 저 둘이 같이 있으면 큰 불이 난다구."

일곱 살이 거의 다 되어갈 무렵, 나는 군복을 입은 왕리창을 따라 남문을 떠났다. 가던 중에 삼촌 댁에서 한 달을 채우고 돌아오는 할아버지와 마주쳤다. 그때까지만 해도 나는 부모가 나를 버렸다는 사실을 전혀 알지 못했기에, 그저 자식 없는 외로운 사람들에게 즐거움을 주기 위해 잠시 가는 거라 여겼다. 경쟁 상대를 잃은 형 쑨광핑은 더 이상 할아버지에게 달려가지 않고 풀이 죽은 모습으로 마을 어귀에 서 있었다. 맥 빠진 형의 모습을 보자 군복 입은 왕리창을 따라간다는 게 적잖이 자랑스러웠다. 그래서 나는 할아버지를 만났을 때 한껏 들뜬 기분으로 잘난 체를 했다.

"지금은 할아버지랑 얘기할 시간이 없어요."

조그마한 체구의 나는 고개를 빳빳이 세운 채 할아버지 곁을 지나가며 일부러 먼지를 많이 일으켰다. 그때 할아버지의 눈빛이 지금도 기억이 난다. 고개를 돌려 형을 바라보려는데 먼저 할아버지가 눈에 들어왔다. 할아버지의 한쪽으로 기운 몸이 내 시선을 막았다. 쑨유위안은 그곳에 서서 걱정과 우려의 눈길로 나를 바라보았다. 그는 나와 마찬가지로 앞으로 내게 닥쳐올 운명에 대해 전혀 아는 바가 없었다. 그러나 그때껏 살아온 경험에 비추어 지나치게 들떠 있는 나에게 의심의 눈초리를 보낸 것이다.

오 년 후 나 혼자 남문으로 돌아왔을 때, 운명의 오묘함이 우리를 저녁노을과 먹구름이 서로 뒤엉키던 시각에 만나게 했다. 그때 우리는 이미 서로를 알아볼 수 없었다. 오 년이라는 세월이 내게 엄청난 양의 기억을 떠안기는 바람에, 과거의 기억은 이미 모호하고 분명치 않은 구석으로 밀려났다. 식구들이야 당연히 기억했지만, 그들의 얼굴은 어둠 속으로 들어가는 나무들처럼 불분명했다. 내 기억은 그렇게 무서운 속도로 늘어났다. 반면에 할아버지는 질병과 노쇠함에 지난 일들을 매정하게 빼앗겼다. 그 때문에 가장 익숙한 길에서도 방향을 잃고 말았다. 할아버지는 나와 만난 덕분에 마치 물에 빠진 사람이 떠다니는 나무판자를 본 것처럼 내 뒤에 바짝 따라붙어 남문으로 돌아왔다. 그렇게 우리는 그 큰불과 함께 집에 이르렀다.

우리가 남문으로 돌아온 그 다음날, 할아버지는 남문을 떠나 또다시 삼촌 집으로 갔다. 이번에는 거기서 두 달 넘게 머물렀다. 그리고 다시 왔을 때는 우리 집이 이미 초가집을 부수고 새 집을 지은 뒤였다. 기억력도 좋지 않고 발음도 분명치 않은 이 노인이 도대체 혼자 어떻게 그 길을 갔다가 돌아왔는지는 지금도 상상이 되지 않는다. 할아버지는 그 다음해 여름에 돌아가셨다.

기나긴 시간 동안 굼실거렸던 쑨유위안은 임종 무렵 놀랍게도 젊은 시절의 활기를 다시 뿜어내 생의 마지막을 빛냈다. 이 황혼의 노인은 최후의 불꽃과도 같은 힘으로 연일 비를 뿌리는 하늘과 맞서 싸웠다.

수확할 때가 거의 다 되었는데도 비가 그치지 않아 마을 사람들은 걱정이 태산 같았다. 논밭의 물이 뿜어낸 진흙이 비닐막처럼 땅을 뒤덮고, 무거운 벼이삭은 점점 고개를 숙이더니 급기야 소리 없이 불어나는 빗물로 다가가고 있었다. 그렇게 재난이 닥쳐오는 가운데 속수무책인 농민들이 상복을 입은 것처럼 쓸쓸한 얼굴을 하고 있던 모습을 잊을 수가 없다. 창고를 지키던 뤄 영감은 온종일 문간에 앉아 눈물을 훔치며 마을 사람들에게 비관적인 예언을 했다.

"금년에는 아무래도 빌어먹게 생겼어."

뤄 영감은 놀랄 만한 기억력의 소유자였다. 그는 역사의 강으로 자연스레 흘러 들어가 1938년과 1960년, 그리고 그해의 물난리를 함께 묘사하며, 우리가 곧 밥을 빌어먹게 되리라는 사실을 믿게 만들었다.

평소에 나쁜 짓만 일삼던 쑨광차이도 그때는 병든 닭처럼 아무 소리 없이 지냈다. 그러나 가끔씩은 뤄 영감보다 훨씬 끔찍한 소리를 내뱉었다.

"결국에 가서는 시체를 먹고사는 수밖에 없어."

마을에서 나이가 많은 축에 드는 노인네들은 몰래 흙으로 만든 보살상을 꺼내놓고 보살의 영험함으로 논밭의 벼를 지켜달라고 빌었다. 할아버지는 바로 이때 마치 구세주처럼 사람들 앞에 모습을 드러냈다. 늘 방구석에 앉아 있던 이 노인이 어느 날 갑자기 자리에서 벌떡 일어나 그 낡은 우산을 들고 집을 나선 것이다. 그때 나는 할아버지가 며칠 앞당겨 삼촌 집에 가는 줄 알았다. 비틀거리며 걷는 할아버지의 하얗게 뜬 얼굴에 몇 년 만에 붉은빛이 돌았다. 손에 우산을 든 할아버지는 비바람 속에서 휘청대는 걸음으로 집집마다 돌아다니며 고래고래 소리를 질렀다.

"보살을 버려, 비를 맞히라고. 비가 계속 오는지 안 오는지 보게 하자구."

대담무쌍한 나의 할아버지는 보살상을 빗속에 내놓아 보살을 믿는 몇몇 사람들을 깜짝 놀라게 했다. 처음에 아버지는 할아버지의 그런 웃기는 행동에 꽤나 흥미를 느꼈다. 연일 풀이 죽어 지내던 그는 미소 띤 얼굴로 빗속에서 비틀거리는 할아버지를 가리키며 우리에게 말했다.

"저 영감, 아직도 고집을 피우네."

마을의 몇몇 노인들이 놀란 얼굴로 찾아와 신을 모독하는 짓을 막아달라고 애원할 때에야 아버지는 할아버지가 번거로운 일을 저질렀다는 걸 깨달았다. 나는 그런 할아버지가 걱정스러웠다. 쑨광차이는 쑨유위안 곁으로 다가가 놀라 자빠질 만큼 커다란 목소리로 말했다.

"빨리 돌아가세요!"

예전과 달리 아버지를 전혀 무서워하지 않는 할아버지의 모습에 나는 깜짝 놀랐다. 할아버지는 빗속에서 그 뻣뻣한 몸을 천천히 돌리더니 아버지를 잠시 노려본 뒤 손가락질을 하며 말했다.

"너나 가거라."

할아버지가 감히 돌아가라고 명령하자 잔뜩 열을 받은 아버지는 허둥대며 욕설을 퍼부었다.

"아이고, 이 질긴 목숨아. 사는 게 지겹지도 않냐?"

쑨유위안은 아랑곳하지 않고 또박또박 한 번 더 말했다.

"너나 가거라."

할아버지의 반응에 얼이 빠진 아버지는 빗속에서 사방을 두리번거리다가 한참 후에야 입을 열었다.

"이런 니미럴, 이젠 날 안 무서워하네."

한편 공산당원이었던 마을의 생산대장은 보살상에 기도하는 미신 행위를 제지할 책임이 있다고 판단했다. 그래서 민병대원 세 명과 함께 운명은 인력으로 극복할 수 있다고 소리를 지르며 집집마다 보살상이 있는지 없는지 조사하러 다녔다. 그는 무소불위의 권위로 겁 많은 시골 사람들을 위협하며, 누구라도 보살상을 숨겨두면 가차없이 반혁명죄로 처벌한다고 엄포를 놓았다.

공산당이 미신을 없애는 방법과 그날 오전 할아버지가 처벌이라는 방식으로 비가 그치길 기원한 일은 약속이라도 한 듯 결과가 맞아떨어졌다. 나는 최소한 열 개가 넘는 보살상이 빗속에 버려지는 걸 보았다. 그날 오전 할아버지는 그저께 오후에 벌였던 상황을 재현했다. 다 찢어진 우산을 들고 삐딱한 걸음으로 집집마다 돌아다니며 자신의 새로운 미신을 설파했던 것이다. 이가 다 빠져 분명치 않은 그의 말소리가 빗속을 맴돌았다. 할아버지는 미소 띤 얼굴로 사람들에게 말했다.

"보살상에 하루만 비를 맞혀서는 안 돼. 고통을 맛봐야 용왕한테 가서 비가 그치게 해달라고 빌 거 아니야."

신심으로 충만한 할아버지의 예언은 바로 실현되지 않았다. 다음날 새벽 쑨유위안이 처마 밑에 서서 쏟아지는 비를 바라볼 때, 그 주름 가득한 얼굴은 슬픔으로 더욱 일그러졌다. 난 할아버지가 오랫동안 그 자리에 서 있다가 부들부들 떨며 얼굴을 들더니 고래고래 소리치는 모습을 지켜보았다. 할아버지가 그렇게 소리치는 건 난생 처음 보는 일이었는데, 그 정도로 분기탱천한 소리가 나올 줄은 상상도 못했다. 쑨광차이가 옛날에 성질 부릴 때 내던 소리는 쑨유위안에 비하면 그야말로 아무것도 아니었다. 할아버지는 하늘에 대고 소리쳤다.

"하늘이시여, 내 좆을 떼어가시오! 날 잡아 죽이란 말이오!"

할아버지는 갑자기 넋이 빠진 얼굴이 되었다. 죽은 사람처럼 입을 헤벌린 채 빗속에서 몸을 길게 펼치고 있더니, 한참 후에 다시 움츠렸다. 그러고는 엉엉 울기 시작했다.

재미있는 것은 그날 낮에 비가 그쳤다는 사실이다. 마을 노인들에게는 대단히 신기한 일이었다. 그들은 하늘이 점점 열리더니 마침내 햇빛이 내리비추는 걸 보며, 그 전에 쑨유위안이 했던 황당한 신성 모독 행위를 떠올리지 않을 수 없었다. 미신을 믿는 이 노인들은 두려운 마음으로 쑨유위안에게서 신선의 풍채를 보기 시작했다. 그의 다 떨어진 옷차림이 거지 행세를 하고 돌아다녔다는 제공 스님을 떠올리게 했기 때문이다. 사실 공산당원인 생산대장이 민병대원을 데리고 조사를 나오지 않았다면 그들이 보살상을 빗속에 버리는 일은 없었을 것이다. 하지만 그때는 누구도 그것을 생산대장의 공로라 여기지 않았고, 쑨유위안의 신선 같은 말에 대해서만 온 마을이 사흘씩이나 들끓었다. 나중에는 어머니까지 반신반의하며 조심스레 아버지에게 물었다. 그러나 쑨광차이는 단호하게 대답했다.

"웃기고 자빠졌네."

철저한 유물론자였던 아버지는 어머니에게 이렇게 말했다.

"난 그 사람이 해서 나온 거야. 그 사람이 신선이면 나는 왜 아니겠어?"

소멸

죽기 전 쑨유위안의 표정은 도살장에 끌려가는 물소와 비슷한 구석이 많았다. 나는 거대한 물소가 땅바닥에 온순하게 엎드린 채 사지를 쫙 펴고 밧줄에 묶이는 모습을 보았다. 그때 나는 마을 공터의 한쪽 끝에 서 있었고, 나의 두 형제는 제일 앞에 있었다. 그날 아침 모르면서도 아는 체하는 동생의 말투가 먼지처럼 어지럽게 떠다녔고, 그 사이에 쑨광핑이 그 애를 야단치는 소리가 끼어들었다.

"네가 뭘 안다고 그래."

도살이 막 시작되었을 때는 나도 동생처럼 물소가 자신에게 닥쳐올 운명을 모른다고 생각했다. 하지만 곧 물소의 눈물을 보았다. 녀석이 사지가 다 묶인 후에 흘리는 눈물을 말이다. 그 눈물은 소나기처럼 시멘트 바닥에 떨어졌다. 소멸을 앞둔 생명은 과거에 한없이 미련을 보이기 마련이다. 물소의 표정은 단순한 슬픔이 아니었다. 정확하게 말하자면 내가 본 것은 일종의 절망이었다. 절망보다 사람의 마음을 뒤흔들어놓는 게 또 있을까? 나중에 형이 다른 아이에게 물소가 묶일 때 눈이 붉어지더라고 말하는 걸 들었다. 그 후로 전율 속에서 물소가 죽기 전의 장면을 떠올릴 때면, 자기 생명에 겸양의 태도를 보이며 반항 없이 죽어가는 모습에 녀석이 산산조각 나는 불안한 장면을 눈앞에 그려보게 되었다.

할아버지의 죽음은 오랫동안 내게 풀리지 않는 수수께끼였다. 할아버지의 죽음에는 신비로운 기운과 실재적인 면이 뒤섞여 있어, 돌아가신 진짜 원인을 알 길이 없었다. 기쁨이 극에 달하면 슬픔이 찾아온다는 말처럼 할아버지는 비가 억수같이 쏟아지던 그날 아침, 하늘을 향해 용감하게 소리를 치고는 곧바로 비겁함과 소심함 속으로 빠져들었다. 나는 그가 어찌할 바를 몰라 입을 딱 벌리고 서 있는 모습을 보았다. 입을 벌리고 포효하던 그 순간, 쑨유위안은 몸속에서 무엇인가가 튀어나오는 걸 느꼈다. 그것은 새처럼 아름다운 날개를 퍼덕이며 날아올랐다. 그러자 그가 놀란 얼굴로 돌아서며 구슬프게 울부짖었다.

"내 혼, 내 혼이 날아가 버렸네……."

할아버지의 영혼이 작은 새처럼 쫙 벌린 입을 통해 날아가 버렸다는 얘기는 열세 살이던 나에게 기이하고도 무서운 일이었다.

그날 오후 할아버지의 얼굴에 물소가 죽기 전에 보였던 표정이 떠올랐다. 비가 그치고 하늘이 맑아져 마을 노인들이 쑨유위안의 예언이 실현되었다며 놀라고 있을 무렵이었다. 그러나 할아버지는 이미 그 영광을 누릴 기분이 아니었다. 영혼을 잃은 슬픔에 깊이 빠져들었기 때문이다. 쑨유위안은 문간에 앉아 눈물을 쏟으며 서서히 다가오는 햇빛 속으로 서러운 울음을 내뱉었다. 할아버지의 눈물은 부모님이 논에 나갈 때 시작되어 돌아올 때까지도 그치지 않았다. 나는 한 사람이 그렇게 오래 우는 걸 보기는 그때가 처음이었다.

논에서 돌아온 아버지는 쑨유위안이 울고 있는 모습을 보더니, 그 눈물이 자기 때문이라고 생각하며 중얼거렸다.

"내가 아직 죽지도 않았는데, 왜 울상이야?"

잠시 후 할아버지는 문간에서 일어나 울면서 우리 곁을 지나갔다. 평소와 달리 우리와 같이 밥을 먹지도 않고, 곧장 잡동사니를 모아놓은 방으로 가서 자기 침대에 누웠다. 그러더니 얼마 후 갑자기 놀랄 만한 목소리로 아들을 불렀다.

"광차이."

아버지는 신경 쓰지 않고 어머니에게 말했다.

"저 늙은이가 이제 허세까지 부리네. 나더러 밥을 나르라고 할 모양이야."

할아버지는 계속 소리쳤다.

"광차이, 나 혼을 잃어버렸다. 그러니 이제 곧 죽을 거야."

아버지는 그제야 할아버지가 있는 방의 문 앞으로 가서 물었다.

"죽을 사람 목소리가 왜 그렇게 큰데요?"

할아버지는 큰 소리로 울기 시작했다. 울음소리 사이에 간간이 말소리가 묻어 나왔다.

"아들아, 네 애비가 죽는다. 애비는 죽음이 어떤 건지 몰라. 그래서 좀 무섭구나."

쑨광차이가 방정맞게 끼어들었다.

"멀쩡히 잘 살면서 왜 그래요?"

쑨유위안은 아들의 말을 듣더니 있는 힘을 다해 소리를 질렀다.

"아들아, 애비는 죽지 않을 수가 없다. 애비가 하루를 더 살면 네가 그만큼 가난해지니까 말이다."

할아버지의 쩌렁쩌렁한 목소리에 불안해진 아버지는 갑자기 성질을 내며 소리쳤다.

"좀 살살 말해요. 누가 들으면 내가 패기라도 하는 줄 알 거 아니에요?"

자신의 죽음에 대한 쑨유위안의 예견과 준비는 어린 시절의 내 마음속에 말로 표현하기 어려운 놀라움과 두려움을 남겼다. 지금 생각해보면, 할아버지가 영혼이 날아갔다고 생각했던 순간의 생리적인 느낌은 본인에게는 믿을 만한 진실이었을 것이다. 난 할아버지가 죽음을 눈앞에 두고 거짓말을 했다고는 생각지 않는다. 쑨유위안은 아마 허리를 다친 뒤부터 자신의 마지막을 준비했을 것이다. 그래서 하늘에 대고 포효하던 순간에 느낀 순수하게 생리적인 느낌을 영혼이 날아가 죽게 될 징조라고 받아들였을 수도 있다. 비가 그치고 하늘이 맑아진 그날 오후, 쑨유위안은 하염없이 눈물을 흘리며 이미 자신에 대한 판단을 끝냈다. 이 황혼의 노인은 죽은 아내와 만나 먼지 풀풀 날리는 인간 세상과 철저하게 결별하는 일을 두고 그동안 선택을 내리지 못했다. 장장 구 년이나 주저하며 선택을 미루어온 것이다. 죽음이 더 이상 회피할 수 없을 만큼 다가온 순간에 할아버지가 흘린 눈물은 험난한 이 세상에 대한 아쉬

움의 표현이었다. 할아버지의 유일한 요구는 쑨광차이가 자신에게
관을 하나 짜주고 장례식에 풍물 소리를 울려주는 것이었다.

"피리는 좀 낭랑하게 불어다오. 네 엄마한테 소식을 잘 전할 수
있도록 말이다."

할아버지가 침대에 눕자마자 죽을 준비를 하는 바람에 나는 경
악을 금치 못했다. 그 순간 내 가슴속 할아버지의 이미지가 완전히
바뀌어버렸다. 더 이상 방구석에 혼자 앉아 과거를 회상하는 노인
이 아니라, 죽음과 긴밀하게 연관된 존재가 된 것이다. 할아버지는
이상하리만큼 멀어지더니 내게는 남아 있는 기억이 거의 없는 할
머니와 하나가 되었다.

동생은 할아버지가 곧 죽을 거라는 사실에 대단한 흥미를 보였
다. 오후 내내 문가에 서서 문틈으로 할아버지를 엿보다가 틈틈이
형에게 보고를 했다.

"아직 안 죽었어."

게다가 해석까지 곁들였다.

"아직 뱃가죽이 움직여."

쑨유위안의 죽겠다는 결심은 아버지가 보기에는 헛소리에 불과
했다. 쑨광차이는 그날 오후 괭이를 메고 집을 나선 후 줄곧 쑨유위
안이 방법을 바꿔 자신을 괴롭힌다며 툴툴거렸다. 저녁 식사를 마칠
때까지 할아버지가 나오지 않자 어머니는 밥 한 그릇을 들고 할아버
지 방으로 갔다. 우리는 할아버지의 웽웽거리는 목소리를 들었다.

"난 곧 죽는다. 그러니 밥은 안 먹을 테다."

그제야 아버지는 할아버지의 결심에 주목하기 시작했다. 아버지가 의아한 표정으로 할아버지의 방에 들어간 후, 이 두 원수는 친한 형제라도 되는 양 이야기를 풀어갔다. 쑨광차이는 쑨유위안의 침대에 앉았는데, 그때껏 아버지가 그렇게 따뜻한 목소리로 할아버지와 얘기하는 걸 들어본 적이 없었다. 쑨광차이는 방에서 나올 때 이미 아버지가 얼마 못 살고 세상을 뜰 거라 믿는 눈치였다. 얼굴에 화색이 돌고, 자신의 유쾌한 기분을 조금도 숨김없이 드러냈다. 자기가 효자인지 아닌지 따위에는 전혀 관심이 없는 듯했다. 쑨유위안이 죽음을 준비하고 있다는 소식을 다른 이들에게 전한 것도 바로 쑨광차이였다. 집에 앉아서도 그가 저 멀리서 내지르는 소리를 들었다.

"사람이 밥을 안 먹으면 얼마나 살아요?"

기대 속에 하룻밤을 지낸 쑨유위안은 다음날 새벽, 쑨광차이가 다가오자 민첩하게 몸을 일으키며 물었다.

"관은 어찌 되었느냐?"

아버지는 깜짝 놀랐다. 금방이라도 숨이 넘어갈 듯한 쑨유위안이 아니었기 때문이다. 실망한 얼굴로 방에서 나온 그는 고개를 가로저으며 말했다.

"보아하니 이틀은 더 있어야겠어. 아직도 관 얘기를 하는 걸 보니 말이야."

아버지는 쑨유위안이 우리가 점심을 먹을 때 갑자기 겸연쩍은 표정으로 나와 우리 사이에 앉지나 않을까 걱정하는 것 같았다. 그런 상황이 전혀 불가능한 것만은 아니었기에 할아버지가 생각하고 있는 관에 신경을 쓸 수밖에 없었다. 그리하여 그날 오전 아버지는 나무 막대기 두 개를 들고 몰래 들어와 대단히 우스꽝스러운 태도로 동생에게 나무를 두들기라고 명령했다. 늘 거들먹거리며 활개 치던 아버지가 도둑놈처럼 살금살금 나타났다는 게 너무나 뜻밖이었다. 잠시 후 아버지는 몸을 다시 곧게 펴고 할아버지의 방문을 열었다. 그러고는 효성 지극한 목소리로 말했다.

"아버지, 목수를 불러왔습니다."

반쯤 열린 문 사이로 몸을 반쯤 일으켜 세운 할아버지가 안심한 듯 미소 짓는 모습이 보였다. 놀기 좋아하는 동생은 임시 직업이라도 얻은 것처럼 막대기를 들고 온 방을 누비며 저 혼자 칼싸움을 하고 있었다. 동생 녀석은 자유주의자인지라 집 안에 오래 붙어 있지 못했다. 순식간에 진짜 전쟁 속으로 빠져들어 자기가 고대의 장군이라도 되는 양 땀을 비 오듯 흘리며 온 방을 칼로 베고 찌르고 난리였다. 녀석은 이미 자신의 진짜 임무를 완전히 잊고 살육의 쾌락에 푹 빠져 있었다. 동생의 숨넘어가는 듯한 고함 소리는 그날 아침의 햇빛 속에서 점점 멀어져갔다. 녀석이 어디로 갔는지는 아무도 몰랐다. 저녁 먹을 시간이 다 되어서야 돌아온 녀석은 손에 아무것도 들고 있지 않았다. 아버지가 막대기를 어디에 버렸느냐고 묻자 어벙한 표정을 지으며 한참을 우물우물 설명하는 듯했지만, 사실상 막대기 같은 건 본 적도 없다는 표정이었다.

동생이 멀리 사라진 후, 나는 어두운 방 안에 누워 있는 할아버지의 불안한 목소리를 들었다.

"관."

영혼에 안녕을 가져다줄 나무 두드리는 소리가 사라지자 쑨유위안의 창백하고 무기력한 목소리에는 굶주림과 갈증에서 비롯한 까칠까칠함이 묻어났다. 할아버지가 살아서 부린 최후의 사치는 그렇게 덜렁대는 동생 때문에 순식간에 사라져버렸다.

나중에는 할아버지의 정신 건강을 위해 내가 관 짜는 소리를 내게 되었다. 열다섯 살 된 형은 이미 그런 일에는 전혀 신경을 쓰지 않았다. 쑨광차이는 어느 날 갑자기 이 답답하고 재미없는 아이도 가끔 쓸모가 있겠다 싶었는지 나를 꽉 붙잡았다. 그러더니 나무토막을 건네며 무시하는 표정을 지어 보였다.

"아무 일도 안 하고 공짜 밥을 먹어서는 안 되지."

그 후로 이틀간 나는 뚝딱뚝딱 단조로운 소리를 내며 할아버지를 위로했다. 그러는 동안 슬픈 감정에서 도저히 헤어 나올 수가 없었다. 열세 살이었던 나는 그 소리가 나 자신을 위한 것이기도 하다는 걸 예민하게 깨달았다. 남문으로 돌아온 후의 나날들에 할아버지 쑨유위안이 내게 이해나 동정을 보여준 건 아니지만, 집에서의 처지가 비슷했던 까닭에 간혹 그가 자기 연민을 드러낼 때면 그 안에는 나에 대한 연민도 포함되어 있다고 느꼈다. 아버지와 집에 대한 나의 원한은 할아버지의 죽음을 재촉하는 뚝딱거림 속에서 점점 커져만 갔다. 오랜 시간이 흐른 뒤에도 나는 아버지가 무의식중에 내게 잔인한 형벌을 내린 거라는 생각을 떨쳐내지 못했다. 그때 나는 마치 사형수가 다른 사형수의 형을 집행하는 것 같은 기분이었기 때문이다.

쑨유위안이 죽어간다는 소식은 아무 일도 벌어지지 않던 우리 마을에 기이한 소란을 가져왔다. 기나긴 세월을 지나온 끝에 뜻밖에도 유치한 아이처럼 변해버린 노인이 죽음을 준비한다고 하니 모두 놀라움에 가까운 경건함을 보였다. 사람들은 보살상을 대하는 쑨유위안의 태도를 보고는 그가 원래 자기 집으로 돌아가는 거라 생각했다. 그러면서 재미난 이야기가 하나 떠도는 바람에 우리 할아버지의 출생이 아주 우스꽝스러워지고 말았다. 할아버지는 비가 내리듯 하늘에서 내려온 사람인데 지금 자신의 죽음을 예견한 것은 속세에서 머무는 기간이 이미 다했다는 사실을 증명해주는 것이고, 이제 진짜 자기 집인 하늘로 돌아갈 때가 왔다는 이야기였다.

그러나 나이가 좀 젊은 사람들, 그러니까 공산당의 무신론 교육을 확실히 받은 사람들은 어른들의 말에 코웃음을 쳤다. 쑨광차이가 쑨유위안을 야단칠 때처럼, 그 귀여운 노인들은 야유를 받으며 늙은 개 취급을 당했다. 오래 살수록 멍청해진다고 말이다.

그때 나는 대문을 활짝 열어놓은 집 안에서 할아버지를 위해 단조로운 소리를 내고 있었다. 집 밖의 많은 눈들이 보기에 정말 우스운 일을 하고 있었을 것이다. 그러니 내 기분이 어땠겠는가? 특히 마을 아이들이 손가락질하며 낄낄거릴 때면, 내 유약한 자존심은 치욕스러움과 슬픔 사이에서 헤어 나올 수가 없었다.

쑨유위안은 세상을 떠날 무렵에 집 밖의 시끄러운 소리를 들으며 젊은 시절 국민당군의 총알을 피해 쫓겨 다니던 장면을 다시 떠올렸다. 밖에서 무슨 일이 벌어지고 있는지 알 수 없던 그는 큰 소리로 쑨광차이를 불렀다. 아버지가 방으로 들어갔을 때 쑨유위안은 가물거리는 정신으로 침대에 앉아 쑨광차이에게 어떤 집에 불이라도 났느냐고 물었다.

할아버지가 침대에 누운 건 죽음을 준비하기 위해서였는데, 뜻밖에도 그는 사흘 동안 점점 더 기력을 찾아갔다. 그가 매일 밥을 안 먹겠다고 소리를 쳐도 말없는 우리 어머니는 변함없이 밥 한 그릇을 들고 방 안으로 들어갔다. 할아버지는 이상적인 죽음과 현실적인 배고픔 사이에서 격렬한 갈등을 겪다가 결국 배고픔의 위력에 굴복하고 말았다. 어머니가 매번 빈 그릇을 들고 나온 걸 보면 말이다.

쑨광차이는 본래 인내심이 없는 인간이라 생각과 달리 할아버지의 숨이 차차 잦아들지 않자, 그가 곧 죽을 거라는 믿음을 곧바로 내던졌다. 그리고 어머니가 할아버지의 방문을 열 때 할아버지가 또다시 밥을 안 먹겠다고 연기를 하면, 어머니를 막아서며 소리를 쳤다.

"죽고 싶으면 먹지 말고, 먹고 싶으면 죽지 마세요."

어머니는 깜짝 놀라며 낮은 목소리로 말했다.

"당신 죄 짓는 거야. 하늘이 벌할 거라구."

아버지는 이 말에 전혀 신경 쓰지 않고 곧장 집 밖으로 나가 주변 사람들에게 소리쳐 물었다.

"자네들 죽은 사람이 뭐 먹는다는 소리 들어봤어?"

사실 할아버지는 아버지와 생각이 달랐다. 쑨유위안은 자기 영혼이 이미 날아가 버렸다는 걸 확실히 느꼈기 때문에 곧 죽음이 들이닥치리란 사실을 추호도 의심하지 않았다. 그때 할아버지는 심리적으로는 이미 사망한 상태였고, 생리적으로도 죽음의 단계에 들어가길 기다리고 있었다. 아버지가 점차 인내심을 잃어갈 무렵, 쑨유위안 역시 자기가 죽지 않는 것에 괴로워하고 있었다.

생의 끝자락에서 쑨유위안은 온전치 못한 정신으로 자기가 왜 여태껏 죽지 않고 있는지를 깊이 생각했다. 수확을 기다리는 벼들이 햇빛 아래서 흔들리자, 불어오는 동남풍에 식물의 향기가 가볍게 휘날렸다. 할아버지가 그 향기를 맡았는지는 모르겠지만, 할아버지의 괴상한 생각은 죽음이 미뤄지는 것이 점차 무거워지는 벼이삭과 관계가 있다고 단정해버렸다.

그날 새벽 쑨유위안은 다시 큰 소리로 쑨광차이를 불렀다. 아버지는 화를 많이 발산한 후라 약간 풀이 죽어 있었는데, 내키지 않는 걸음으로 할아버지의 방으로 들어갔다. 쑨유위안은 쑨광차이에게 신비한 목소리로 조용히 말했다. 자기 영혼이 멀리 가지 않고 가까운 곳에 있어서 자기가 아직 죽지 않은 거라고 말이다. 이 말을 할 때의 신중한 태도는 마치 자기 영혼이 그 말을 엿듣기라도 할까 봐 걱정하는 것처럼 보였다. 그는 영혼이 멀리 가지 못한 원인은 벼의 향기가 그것을 빨아들이고 있기 때문이라고 했다. 그러면서 쑨광차이에게 자기 영혼은 지금 논밭 위를 맴도는 참새들 사이에 뒤엉켜 있다고 일러주었다. 그러니 허수아비 몇 개를 집 주위에 놓아 영혼이 놀라 도망치게 하지 않으면 언제든 몸으로 되돌아올 거라는 이야기였다. 할아버지는 이가 다 빠진 입을 벌려 웅얼거리는 소리로 쑨광차이에게 말했다.

"아들아, 내 영혼이 돌아오면 넌 계속 가난하게 살아야 해."

아버지는 갑자기 소리를 질렀다.

"아버지, 죽지 마세요. 살았으니 이제 됐다구요. 한 번은 관, 한 번은 허수아비, 이제 그만 좀 괴롭히세요."

불만 가득한 쑨광차이에게 이 이야기를 전해들은 동네 노인들은 결코 쑨유위안이 아버지를 괴롭히고 있다고 여기지 않았다. 영혼이 근처를 떠돌고 있다는 할아버지의 말은 그들이 보기에 믿을 만한 진실이었다. 그날 낮에 나는 더 이상 나무를 두드리지 않았다. 몇몇 노인들이 허수아비 두 개를 들고 왔는데, 그 경건한 태도는 햇빛 아래서 일종의 장엄함까지 느끼게 했다. 그들은 허수아비 하나를 우리 집 담벼락에 기대어 놓고, 다른 하나는 쑨유위안의 창가에 놓아두었다. 나중에 쑨광차이에게 설명한 것처럼, 그들이 그렇게 한 것은 쑨유위안이 순조롭게 승천할 수 있도록 하기 위해서였다.

임종이 정말로 임박했는지, 그 후로 사흘간 쑨유위안의 상태가 급격히 나빠졌다. 한번은 아버지가 할아버지 방에 들어갔는데 쑨유위안이 모기 소리만 한 목소리로 아들에게 말을 걸었다. 그때 쑨유위안이 배고픔에 대응한 방식은 그 이전의 며칠처럼 나약하거나 무력하다기보다는 최소한의 식욕조차 완전히 잃은 것처럼 보였다. 어머니가 밥을 들고 들어가면 겨우 두세 숟가락 정도 뜨고 그만이었으니 말이다. 아버지는 의심스런 눈초리로 허수아비 근처를 한참 동안 어슬렁거리며 중얼댔다.

"내 참, 이게 진짜 소용이 있단 말이야?"

할아버지는 한여름에 방에 누워 있으면서 여러 날 씻지도 못한데다 나중의 며칠은 숨이 넘어갈 듯한 상태에서 침대에 오줌까지 쌌다. 그렇다 보니 그 방에서는 눅눅한 악취가 진동을 했다.

쑨유위안이 실제로 임종이 다가온 듯한 모습을 보이자 쑨광차이는 안정을 찾아가기 시작했다. 연 이틀을 아침마다 할아버지 방에 들어가 상황을 살피고는 인상을 찡그리며 나왔다. 허풍이 심하기로 유명한 아버지는 쑨유위안이 침대의 절반을 똥오줌으로 갈겨놓았다고 말했다. 사흘째 되던 날 아침, 아버지는 악취 때문에 숨을 쉴 수 없다면서 할아버지 방에 들어가지 않았다. 대신 어머니를 들여보내 할아버지가 어떤지 살펴보게 하고는 자기는 식탁에 앉아 형과 동생을 교육했다.

"너희 할아버지가 곧 돌아가실 거다."

그 이유는 이랬다.

"사람이랑 족제비랑 똑같거든. 네가 그놈을 잡을라치면 그놈은 독한 방귀를 뀌어서 네 정신을 쏙 빼놓는단 말씀이야. 그 틈에 도망을 치는 거지. 너희 할아버지도 지금 도망치려는 중이란다. 그래서 저 방에서 저렇게 지독한 냄새가 나는 거라구."

창백한 얼굴로 할아버지 방에서 나온 어머니는 앞치마 자락을 두 손에 움켜쥔 채 쑨광차이에게 말했다.

"빨리 들어가 보세요."

아버지는 걸상에서 튕겨 나가듯이 할아버지 방으로 달려갔다. 잠시 후 긴장한 표정으로 나오더니 춤을 추듯이 손발을 놀리며 말했다.

"죽었다, 죽었어."

사실 그때 쑨유위안은 죽은 게 아니라 쇼크 상태에 빠졌다 깨어났다 하고 있는 중이었다. 그런데 모든 일에 건성인 아버지는 방정맞게도 마을 사람들에게 냉큼 도움을 청하러 가버렸다. 아직 구덩이도 파놓지 않았다는 사실을 그제야 깨달으면서 말이다. 괭이를 멘 쑨광차이는 울상을 지으며 온 마을 사람들을 불러내더니 할머니의 무덤 옆에 쑨유위안이 오래도록 잠을 자게 될 구덩이를 파기 시작했다.

쑨광차이는 원래 만족을 모르는 인간인지라 동네 사람들이 무덤을 파고 돌아가려 하자, 그들 뒤에 빠짝 붙어서 도와주려면 끝까지 도와줘야지 이럴 거면 안 도와주느니만 못하다고 떼를 썼다. 그러고는 사람들에게 할아버지를 들어서 밖으로 내와 달라더니 자기는 문 옆에 서서 한 발짝도 들여놓지 않았다. 나중에 그와 싸움을 벌이게 될 왕웨진이 미간을 찌푸리며 무슨 냄새가 이렇게 지독하냐고 하자 아버지는 고개를 끄덕이며 말했다.

"죽은 사람은 다 그래."

할아버지는 바로 그 순간에 눈을 떴다. 사람들이 이미 할아버지를 들어 올린 뒤였다. 자기를 매장하러 온 걸 알 턱이 없는 쑨유위안은 혼수상태에서 깨어나자마자 사람들에게 히히거리며 웃음을 지어 보였다. 할아버지의 얼굴에 갑자기 웃음이 피어나자 사람들은 혼비백산해서 난리를 쳤다. 밖에 있던 나는 정신없이 질러대는 비명 소리를 들었다. 곧이어 얼이 빠진 듯한 사람들이 하나둘씩 뛰쳐나왔다. 가장 건장한 체격의 왕웨진도 놀라 사색이 된 얼굴로 가슴을 쓸어내리며 말했다.

"아이고, 깜짝이야. 놀라 죽는 줄 알았네."

그러고는 쑨광차이에게 욕설을 퍼부었다.

"내가 네 녀석 십팔 대 조상을 따먹어 버릴 테다. 이 새끼야, 사람을 놀라게 해도 유분수지."

아버지는 무슨 일이 벌어졌는지 알 수가 없어 왕웨진이 말을 이을 때까지 의심 가득든 눈길로 그들을 쳐다보았다.

"니미럴, 아직 살아 있잖아."

쑨광차이는 그제야 잽싸게 쑨유위안이 있는 방으로 뛰어 들어갔다. 할아버지는 아들을 보더니 또다시 방금 전과 같은 미소를 지어 보였다. 쑨광차이는 쑨유위안의 웃음에 불같이 화를 내며 방에서 나오기도 전에 욕을 늘어놓았다.

"죽긴 뭘 죽어. 진짜 죽고 싶으면 목을 매든지 강에 몸을 던지든지 해야. 침대에 누워만 있는다고 되나."

쑨유위안의 가늘고 긴 생명은 끊어질 듯하면서도 계속 이어져 마을 사람들을 놀라게 했다. 당초 거의 모든 사람이 쑨유위안이 곧 죽을 거라고 생각했지만 그는 임종의 시기를 계속 늦추고 있었다. 우리를 가장 놀라게 한 건 그 여름날 저녁 무렵, 찌는 듯한 더위 때문에 식탁을 느릅나무 아래로 옮겨 와 밥을 먹고 있을 때 할아버지가 갑자기 나타난 일이었다.

이십 일 가까이 침대에 누워 있던 쑨유위안은 뜻밖에도 침대에

서 내려와 벽을 짚고는 걸음마 하는 아이처럼 비틀비틀 걸어왔다. 그 광경에 우리는 넋을 놓고 말았다. 할아버지는 그때 불안한 마음에 사로잡혀 있었다. 그때껏 죽지 않았다는 사실이 초조하고 근심스러웠기 때문이다. 쑨유위안은 어렵사리 문간까지 와서 비틀거리며 주저앉았다. 우리의 놀란 표정을 봤는지 못 봤는지 잃어버린 고구마처럼 한쪽에 처박혀 있었다. 우리는 그가 풀 죽은 목소리로 하는 소리를 들었다.

"아직도 안 죽다니 정말 재미없군."

쑨유위안은 그 다음날 새벽에 죽었다. 아버지가 침대 곁으로 갔을 때, 할아버지는 눈을 부릅뜨고 쑨광차이를 바라보았다. 할아버지의 눈길은 틀림없이 엄청 무서웠을 것이다. 그렇지 않았다면 아버지가 그렇게 놀라 나자빠졌을 리가 없다. 나중에 아버지는 우리에게 그때 할아버지의 눈빛이 꼭 내친 김에 자기도 데려가려는 것 같았다고, 그러니까 함께 죽자고 하는 것 같았다고 말했다. 하지만 아버지는 도망치지 않았다. 사실 도망칠 수 없었다고 해야 정확한 말일 것이다. 그때 쑨광차이의 손은 임종 직전의 할아버지에게 붙들려 있었기 때문이다. 할아버지의 눈가에서 가느다란 두 줄기 눈물이 흘러내리더니, 곧바로 두 눈이 영원히 감겼다. 붙들렸던 손이 점차 자유로워지는 걸 느낀 쑨광차이는 그제야 정신없이 밖으로 뛰쳐나와 횡설수설하며 어머니에게 들어가 보라고 했다. 아버지와 비교하면 어머니는 훨씬 침착했다. 방으로 들어갈 때는 조금 주저했지만, 나올 때는 한 걸음 한 걸음 차분히 걸어 나왔다. 어머니가 아버지에게 말했다.

"벌써 몸이 차가워졌어요."

아버지는 무거운 짐을 벗어버린 듯 미소를 지으며 집 밖을 향해 소리쳤다.

"결국 죽었습니다. 어머니, 결국은 죽었습니다."

아버지는 문 앞의 계단에 앉아 실실거리며 근처에서 왔다 갔다 하는 닭들을 바라보았다. 그러나 얼마 지나지도 않았는데, 갑자기 얼굴에 슬픔의 빛이 떠오르더니 입 주위가 일그러지면서 눈물을 흘렸다. 이내 그는 눈을 감싸고 울음을 터뜨렸다. 나는 아버지가 중얼거리는 소리를 들었다.

"아버지, 미안해요. 아버지, 평생 고생만 하셨는데, 난 개 잡종 같은 새끼예요. 불효막심한 자식이구요. 하지만 진짜 어쩔 도리가 없었어요."

할아버지는 바라던 대로 세상을 떠났다. 당시에 나는 쌩쌩하게 살아 있던 사람을 잃었다는 생각은 전혀 들지 않았다. 그때는 정말 묘한 기분이었다. 슬픔이라기보다는 뭔가 불안한 느낌이었다. 하나의 풍경이 내 눈앞에서 영원히 사라졌다는 걸 분명히 인식할 수 있었다. 저녁 무렵 쑨유위안이 비틀거리는 걸음으로 그 좁은 길에 나타나 나와 연못을 향해 다가오는 풍경 말이다. 나는 늘 멀리서도 그가 품에 꼭 안고 있는 방수포 우산과 어깨에 멘 남색 보따리를 알아볼 수 있었다. 꼭 알아야 한다. 그 광경이 한때 나에게 얼마나 여러 차례 햇살과도 같은 따뜻함과 위안을 주었는지를.

할아버지가 아버지를 이기다

쑨유위안은 유약한 사람이 아니었다. 최소한 그의 속마음은 분명히 그렇지 않았다. 그가 보였던 비굴함은 대개 자신에 대한 불만을 표출한 것일 뿐이었다. 내가 남문을 떠난 지 사 년째 되던 해, 그러니까 동생이 식탁 다리를 잘라낸 이후로 집 안에서 할아버지가 겪던 곤란한 처지가 한층 분명해졌다.

쑨유위안이 쑨광밍을 꼬드겨 식탁 다리를 잘라내게 한 일이 그와 쑨광차이라는 두 라이벌의 휴전을 의미하는 것은 아니었다. 사람을 막다른 구석까지 몰아세우는 아버지가 쑨유위안을 오랫동안 편안하게 내버려둘 리가 없었다. 얼마 지나지 않아 그는 밥 먹을 때 할아버지를 식탁에 못 앉게 하더니 작은 그릇에 밥을 담아주며 방구석에서 먹게 했다. 할아버지는 배고픔을 참는 법을 배워야 했다. 이미 말년에 접어든 이 노인은 음식에 대한 갈망만큼은 갓 결혼한 젊은이와 맞먹을 정도였다. 그러나 작은 그릇으로 겨우 한 그릇만 먹을 수 있을 뿐이었다. 손해를 보고 있다는 듯한 쑨광차이의 얼굴에 할아버지는 한 그릇 더 먹겠다는 말을 도저히 입 밖에 낼 수 없었다. 그저 고픈 배를 움켜쥐고 나의 부모와 형제가 게걸스레 먹는 광경을 바라볼 수밖에 없었다. 할아버지가 배고픔을 해결하는 유일한 방법은 설거지를 하기 전에 모든 그릇을 한 번씩 죽 핥는 거였다. 그 당시 마을 사람들은 우리 집 뒤창을 통해 쑨유위안이 혀를 내밀고 그릇에 남은 음식 찌꺼기를 싹싹 핥아 먹는 모습을 수시로 볼 수 있었다.

할아버지가 수모를 감수하는 건 절대로 자기가 좋아서 그러는 게 아니었다. 내가 쑨유위안이 유약한 인간이 아니라고 말했듯이, 그때 그는 쑨광차이와 날카롭게 맞설 수밖에 없었다. 다른 우회적인 방법 따위는 없었다. 한 달쯤 후에 어머니가 작은 밥그릇을 건넬 때 할아버지는 일부러 받지 않아 밥그릇을 박살내 버렸다. 아버지가 불같이 화를 내는 모습은 안 봐도 충분히 상상할 수 있었다. 실제도 내 상상과 다르지 않았다. 쑨광차이는 걸상에서 벌떡 일어나 무서운 목소리로 쑨유위안에게 욕을 퍼부었다.

"이 집안 말아먹을 늙은이 같으니라구. 니미럴, 밥그릇 하나 받지 못하는 주제에 무슨 밥을 먹겠다고!"

할아버지는 그때 이미 땅바닥에 무릎을 꿇고 앉아 옷을 걷어붙이고 바닥의 음식을 쓸어 담고 있었다. 그러고는 죽어 마땅한 죄를 지었다는 표정으로 아버지에게 연거푸 말했다.

"그릇을 깨면 안 되는 거였는데. 그릇을 깨면 안 되는 거였는데. 이 그릇은 대를 물려줘야 하는 거였는데……."

쑨유위안의 마지막 말에 할 말을 잃은 아버지는 한참 후에야 어머니에게 말을 건넸다.

"당신 아직도 이 늙은이가 불쌍하다고 할 거야? 얼마나 음흉한지 보라구."

할아버지는 쑨광차이를 똑바로 쳐다보지도 못하고 엉엉 울기 시작했다. 동시에 여전히 고집스럽게 같은 말을 반복했다.

"이 밥그릇은 대를 물려줘야 하는데."

이 말에 속이 뒤집힌 쑨광차이가 할아버지에게 소리를 질렀다.

"이런 니미럴, 연기하지 마!"

쑨유위안은 목 놓아 울면서 낭랑한 목소리로 울부짖었다.

"이 그릇이 깨졌으니 내 아들은 이제 뭘 먹나?"

그 순간 동생이 갑자기 웃음을 터뜨렸다. 할아버지의 모습이 녀석의 눈에는 상당히 우스웠던 모양인지, 나의 이 눈치 없는 동생은 그런 순간에 그만 큰 소리로 웃음을 터뜨리고 만 것이다. 형 쑨광핑은 그런 때는 웃으면 안 된다는 것을 잘 알고 있었지만 쑨광밍의 웃음에 전염이라도 된 듯 역시나 터져 나오는 웃음을 참지 못했다. 아버지는 그야말로 사면초가에 빠진 셈이었다. 한쪽에서는 쑨유위안이 그의 말년에 대해 불길한 예언을 하고 있었고, 다른 한쪽에서는 자식 놈들이 자신의 불행을 보며 웃고 있었으니 말이다. 쑨광차이는 의심과 불안으로 가득한 눈초리로 귀한 두 아들을 바라보며, 그 두 녀석이 정말 믿을 만하지 못하다고 생각했다.

별 뜻 없이 터져 나온 것이긴 했지만, 우리 형제의 웃음은 할아버지에게 더없이 든든한 힘이 되었다. 확고부동한 신념으로 무장

한 아버지는 그 순간 당황한 기색이 역력했다. 울부짖는 쑨유위안 앞에서 쑨광차이는 화를 내야겠다는 생각도 잊은 채 문 쪽으로 힘없이 물러났다. 그가 손사래를 치며 말했다.

"됐어요, 그만 우세요. 아버지가 이겼다 치자구요. 내가 무서워서 그만두는 걸로 칩시다. 니미럴, 그러니까 그만 울라구."

하지만 집 밖으로 나오자 쑨광차이는 또다시 분통이 터져 집 안에 있는 식구들을 가리키며 욕을 내뱉었다.

"이런 니미럴, 하나같이 개 같은 것들……"

제 4 장

위협

내가 성년이 된 후의 어느 날 오후, 한 아이가 길가에 서서 하는 천진난만하고 흥미로운 행동을 오랫동안 지켜본 적이 있다. 알록달록한 옷을 입고 있던 녀석은 찬란한 햇빛 속에서 자신의 통통한 팔뚝을 뻗어 간단하지만 자기가 상상하는 모든 것을 표현할 수 있는 여러 가지 손동작을 만드는 데 온 정신을 집중하고 있었다. 그러던 중에 녀석은 갑자기 오른손을 바지 속에 넣더니 어쩔 수 없다는 듯 현실 속의 가려움을 해결해나갔다. 그러나 얼굴에서는 여전히 상상에 도취되어 넋이 나간 듯한 웃음이 떠나지 않았다. 녀석은 온갖 소음으로 시끄러운 거리를 마주하고도 전혀 방해받지 않고 자기만의 세계에 완전히 몰입해 있었다.

잠시 후 작은 가방을 멘 초등학교 학생들이 곁을 지나가자, 녀석은 문득 자기가 결코 행복하지 않다는 사실을 깨달았다. 그러고는 자기보다 나이가 많은 아이들이 멀어져가는 모습을 물끄러미 바라보았다. 나는 그 애의 눈빛을 보지는 못했지만 얼마나 울상을 짓고 있을지는 충분히 짐작할 수 있었다. 아무렇게나 멘 책가방들이 제멋대로 흔들거리며 멀어져갔다. 그 광경이 아직 학교에 갈 수 없는 나이의 아이에게 무엇을 의미하는지는 말하지 않아도 알 수 있었다. 더군다나 아이들이 줄지어 걸어가고 있었으니, 녀석의 마음은 질투와 부러움, 동경심으로 가득 찼을 것이다. 그런 느낌은 결국 자신에 대한 불만으로 터져 나올 것이다. 녀석은 잔뜩 찡그린 얼굴로 씩씩거리며 골목 안쪽으로 사라져갔다.

이십여 년 전, 가방을 메고 위풍당당한 모습으로 걸어가는 형에게 아버지가 최후의 충고를 전할 때, 마을 어귀에 서 있던 나는 처음으로 나 자신이 불행하다고 생각했다. 일 년이 조금 넘은 뒤에 나도 똑같이 가방을 메고 학교에 갈 때는 쑨광핑의 경우와 달리 쑨광차이의 충고를 기대할 수 없었다. 내가 얻은 것은 완전히 다른 가르침이었다.

그때는 내가 남문을 떠난 지 반년이 다 되었을 때였다. 나를 데리고 남문을 떠난 키 크고 건장한 남자는 나의 아버지가 되었고, 나의 어머니는 더 이상 남색 수건을 머리에 두른 채 논밭에서 가둥가둥 일하는 왜소한 여자가 아니었다. 그 자리는 창백한 얼굴에 온종일 맥없이 지내는 리슈잉이란 여자가 대신했다. 내 새아버지인 왕리창이라는 남자는 어느 날 그 힘 좋은 팔로 무거운 나무 상자를 옮겨 오더니, 아래쪽에서 초록색 새 군용 배낭을 꺼내주며 그것이 내 책가방이라고 알려주었다.

농촌 아이들에 대한 왕리창의 이해는 울 수도 웃을 수도 없는 구석이 많았다. 자기가 농촌 출신이라 그런지 몰라도 그는 농촌 아이들은 개처럼 아무 데서나 똥이나 오줌을 싼다고 생각했다. 그는 정식으로 나를 키우기 시작한 첫날 변기의 중요성에 대한 얘기를 수도 없이 반복했다. 내 용변 습관에 대한 그의 관심은 내가 책가방을 메는 그 신성한 순간에도 잊지 않고 계속되었다. 그는 내게 학교에 가서는 절대로 아무 때나 변소에 가서는 안 된다고 일렀다. 우선 손을 들어 선생님의 허락을 받아야만 갈 수 있다고 말이다.

그날 나는 깨끗한 옷을 입고, 초록색 책가방을 삐딱하게 멘 채 군복을 입은 왕리창과 함께 걸으며 속으로 얼마나 자랑스러워했는지 모른다. 우리는 그렇게 학교에 도착했다. 스웨터를 짜고 있는 남자가 가느다란 목소리로 왕리창과 얘기하는 것을 보았는데 그가 바로 나의 선생님이었으니 함부로 웃을 수가 없었다. 잠시 후 나와 동갑인 아이가 책가방을 휘두르며 내 쪽으로 뛰어왔다. 그 아이와 내가 서로 이리저리 훑어보고 있으니, 근처에 있던 아이들이 모두 다가와 나를 바라보았다. 왕리창이 내게 말했다.

"이제 가봐라."

낯선 아이들 틈으로 걸어 들어가자 그 애들이 나를 호기심 어린 눈길로 쳐다봤다. 나 역시 그 애들을 호기심 어린 눈으로 바라봤다. 곧이어 내가 그 애들보다 잘난 점을 하나 발견했는데, 그것은 바로 내 책가방이 그 애들 것보다 훨씬 크다는 사실이었다. 하지만 바로 그때, 그러니까 한창 자부심에 들떠 있던 바로 그때 막 자리를 떠나려던 왕리창이 내게로 오더니 쩌렁쩌렁한 목소리로 다시한번 주의를 주었다.

"똥이나 오줌 싸러 갈 때는 반드시 손을 들어라."

내 작디작은 자존심이 치명적인 일격을 당하는 순간이었다.

어렸을 때 도회지에서 보낸 오 년의 시간은 지나치게 건장한 남자와 지나치게 허약한 여자 사이에서 흘러갔다. 나는 결코 누군가의 사랑을 받아 도회지로 뽑혀 간 게 아니었다. 왕리창 부부의 필요가 도회지 생활에 대한 내 동경보다 훨씬 더 컸던 게 사실이다. 그들에게는 아이가 없었는데, 내 새어머니 리슈잉의 말로는 자기한테 젖 먹일 힘이 없어서라고 했다. 그러나 왕리창의 말은 완전히 달랐다. 왕리창이 단호한 어조로 내게 알려준 바로는 온몸에 병을 달고 사는 리슈잉이 아기를 낳는다면 곧장 죽고 말 거라고 했다. 그때 나에게는 그 말이 몹시 무섭게 들렸다. 그들이 갓난아기를 마다하고 여섯 살인 나를 선택한 것은 내가 일을 할 수 있기 때문이었다. 좀더 정확하게 말하자면, 그들은 평생 동안 나를 아들로 대할 마음이 있었던 것이다. 그렇지 않았다면 아마 열네댓 살 정도된 사내아이를 데려왔을 테고, 그런 아이라면 일할 때 훨씬 만족스러웠을 테니 말이다. 문제는 그 정도 나이의 아이는 이미 생활습관을 고치기가 어렵기 때문에 그들이 꽤나 골머리를 앓아야 한다는 거였다. 결국 그들은 나를 선택해 배불리 먹여주고, 따뜻하게 입혀주고, 다른 아이들처럼 학교에도 보내주는 동시에 욕도 하고 때리기도 했다. 다른 사람들의 결혼의 산물이었던 나는 이렇게 그들의 아이가 되어갔다.

내가 거기서 살았던 오 년 동안 리슈잉이 문밖으로 나선 적은 딱

한 번뿐이었다. 그리고 그 이후로는 두 번 다시 그녀를 볼 수 없었다. 난 이제껏 그녀가 도대체 무슨 병에 걸렸는지 알지 못한다. 단지 햇빛에 대한 그녀의 열렬한 사랑을 지금껏 잊지 않고 있을 뿐이다. 내 새어머니는 온몸이 마치 끝없이 내리는 장맛비 같았다.

왕리창이 처음으로 나를 그녀의 방에 데리고 들어갔을 때 방 안 가득 놓여 있는 걸상을 보고 나는 깜짝 놀랐다. 걸상에는 수많은 속옷들이 널려 있었는데, 창유리를 통해 들어온 햇살이 그것들을 비추고 있었다. 그녀는 우리가 들어온 걸 전혀 느끼지 못했는지 가느다란 실을 잡아끌 듯 손을 내밀어 햇살을 더듬었다. 또 햇살을 따라 걸상을 옮기며 화려한 색의 속옷들이 계속 빛 속에 있게 했다. 그녀는 그렇게 차분한 모습으로 단조롭고 결핍된 생활에 빠져 있었다. 얼마나 그렇게 서 있었는지 모르겠다. 그녀가 내 쪽으로 얼굴을 돌렸을 때 나는 커다랗고 텅 빈 두 눈을 보았다. 그래서인지 지금 그때를 회상하면서도 그녀의 눈빛은 떠오르지 않는다. 곧이어 실 한 올이 바늘구멍을 통과하듯 아주 가느다란 목소리가 내 귀를 가로질렀다. 그녀가 말했다. 만약 젖은 속옷을 입으면……

"곧바로 죽어버리거든."

생기라고는 전혀 없는 여자가 죽어버린다는 말을 너무 단호하게 하는 바람에 나는 화들짝 놀랐다. 친숙하고 편하던 남문과 활기 넘치는 부모 형제를 떠나 이곳으로 온 나에게 왠지 모를 불안함을 안기는 여자가 건넨 첫마디는 언제든 죽을 수 있다는 말이었다.

나중에 나는 리슈잉이 그때 한 말이 사람을 놀라게 하려던 게 아니라, 장마철에 젖은 옷을 입으면 열이 올라 침대에서 끙끙 앓게 된다는 뜻이라는 걸 차차 알게 되었다. 그녀의 숨넘어갈 듯한 모습을 보고 있으면 그녀가 자신의 예언을 당장이라도 실현할 것처럼 보였다. 하지만 햇살이 창유리를 통해 그 작은 걸상들을 비출 때면 그녀는 자기가 아직 살아 있다는 사실을 편안하고 만족스러운 기분으로 받아들였다. 그 여자는 습기에 놀라울 정도로 민감해 손으로 공기 중의 습도를 가늠할 수 있을 정도였다. 매일 새벽 마른 걸레를 들고 그녀의 방에 들어가 창유리를 닦고 있으면, 그녀는 푸른색 꽃이 새겨진 모기장 밖으로 손을 내밀어 뭔가를 만지듯 공기를 만지며 방금 시작된 그날 하루의 습도를 알아보곤 했다. 처음에는 어찌나 놀랐는지 온몸에 소름이 쫙 끼쳤다. 몸은 다 모기장 뒤에 숨어 있고 창백한 손 하나만 달랑 나와 손가락 다섯 개가 천천히 움직이는데, 그 모습이 꼭 잘려나간 손이 공중을 떠다니는 것처럼 보였기 때문이다.

병에 시달리는 리슈잉은 당연히 청결한 환경을 요구했다. 그렇다 보니 그녀의 세계는 아주 협소했다. 조금이라도 더러운 곳에서는 그녀의 유약한 생명이 지속될 수 없을 테니 말이다. 집 안의 청결을 유지하는 일은 거의 내가 도맡아 했다. 그 중에서 가장 중요한 것은 창유리를 닦는 일이었다. 하루에 두 번씩 닦아 햇살이 먼지에 가로막히지 않고 속옷까지 무사히 닿을 수 있도록 해야 했다. 매일 아침 창문을 연 다음부터 나는 고민을 시작했다. 창유리 바깥쪽을 깨끗하면서도 신속하게 닦아내야 했는데 어린아이가 속도를 낸다는 건 맘처럼 쉬운 일이 아니었다. 리슈잉은 그야말로 바람에도 쓰러질 만큼 약한 여자였다. 그녀는 내게 바람이야말로 세상에서 제일 나쁜 거라며 바람에 실려 오는 먼지, 세균, 역한 냄새 등이 병을 일으키고 사람을 죽게 한다는 사실을 알려주었다. 그녀가 바람을 그렇게 무섭게 묘사한 탓에 바람은 어린 나에게 깊은 밤 창문에 기어올라 창유리를 소름 끼칠 정도로 긁어대는 험상궂은 존재라는 이미지로 남았다.

리슈잉은 바람에 대한 공격을 마치고는 갑자기 신비로운 목소리로 내게 물었다.

"너 축축함이 어떻게 생기는지 아니?"

그녀가 말했다.

"바람이 불어서 그런 거란다."

그녀가 그 말을 하면서 갑자기 화를 내는 바람에 나는 가슴이 쿵쾅거렸다.

유리는 정말로 신기한 작용을 한다. 그 투명한 자태로 리슈잉과 바깥 세계 사이에 끼어들어 바람과 먼지의 침범을 막아주고, 그녀가 햇빛과 아름다운 관계를 유지할 수 있도록 도우니 말이다.

난 지금도 그 시절에 보냈던 오후에 대한 기억이 생생하다. 햇빛이 맞은편 산등성이에 가로막힐 때면 리슈잉은 창문 앞에 서서 마치 버림받은 사람처럼 우울한 표정으로 산 저편 하늘의 붉은빛을 바라보았다. 그와 동시에 버림받았다는 사실을 받아들이고 싶지 않다는 듯 내게 낮은 목소리로 말했다.

"햇빛은 이곳에 오고 싶어 하는데 산이 중간에서 가로채 갔어."

그녀의 목소리가 무수한 세월을 뛰어넘어 성인이 된 내 귀에 들려올 때면, 나는 그녀와 햇빛의 오랜 신뢰 관계를 보는 듯한 기분이 된다. 그리고 그 산은 그녀의 햇빛을 빼앗아간 악한처럼 생각되곤 한다.

온종일 밖에서 바쁘게 일하던 왕리창은 내가 일만 하기보다는 집 안에서 말을 좀 해서 홀로 지내는 리슈잉의 우울증에 도움을 줬으면 하고 바랐던 것 같다. 사실 리슈잉은 내 존재에 별 관심이 없었다. 그녀는 자기 연민을 표출하는 데 너무 많은 시간을 쓰는 탓에, 나에게 관심을 쏟을 여유가 없었다. 쉬지도 않고 여기가 아프다 저기가 아프다 하소연을 하면서도, 막상 내가 조마조마한 마음으로 나타나 뭔가 도울 일이 있나 기대하고 있으면 나를 못 본 체하기 일쑤였다. 가끔은 내가 놀라는 모습을 보고 그녀가 자기 병에 알 수 없는 자부심을 느끼는 게 아닌가 싶기도 했다.

그녀의 집으로 들어간 지 얼마 안 됐을 무렵, 그녀가 방 안에 누렇게 뜬 신문지를 깔아놓고 그 위에서 흰 벌레들을 말리고 있는 모습을 보았다. 병을 앓고 있던 리슈잉은 닥치는 대로 약을 구했는데, 그 무시무시한 흰 벌레는 그녀가 최근에 알게 된 비방이었다. 그 초췌한 여자가 삶은 벌레를 마치 밥을 먹듯이 아무렇지도 않게 한 입씩 삼킬 때, 곁에 서 있던 나는 얼굴이 하얗게 질렸다. 내가 무서워하는 모습에 우쭐해진 그녀는 거드름을 피우는 듯한 미소를 띠며 말했다.

"치료약이야."

리슈잉은 다른 사람을 견딜 수 없게 하는 면이 있긴 했지만, 본심은 착하고 천진난만한 사람이었다. 의심 많은 성격은 아마 여자라면 누구나 보이는 증상일 것이다. 내가 막 그 집에 살기 시작했을 때, 혹시라도 그 집에 뭔가 손해나는 일을 저지를까 봐 그녀가 나를 시험한 일이 있다. 한번은 다른 방에서 창유리를 닦고 있는데 창가에 오 편(위안의 백분의 일)이 놓여 있는 걸 발견했다. 그 당시 오 편이면 내게는 엄청나게 큰 액수였기 때문에 나는 정말 깜짝 놀랐다. 내가 그 돈을 집어 가져다줬을 때, 그녀는 나의 놀라는 모습과 정직함에 무거운 짐이라도 벗은 듯 안심하는 기색이 역력했다. 그러더니 그것이 나에 대한 시험이었다고 분명히 말해주었다. 곧이어 감동적인 어조로 칭찬을 하는데, 과도한 미사여구로 가득한 그 말에 하마터면 눈물을 쏟을 뻔했다. 덕분에 그녀는 함께 사는 오 년 내내 나를 신뢰했고, 이후에 내가 학교에서 모함을 받을 때에도 단 한 사람 그녀만이 나의 결백을 믿어주었다.

기골이 장대하고 힘도 좋은 왕리창은 집에 들어오기만 하면 의기소침해져 방구석에 앉아 인상을 찌푸렸다. 그 집에서 지낸 첫 여름의 어느 날, 그가 나를 창가에 앉히더니 산 너머에는 강이 있고, 그 강에는 목선이 하나 떠 있다고 설명해주었다. 그런 간단한 설명이 오히려 그 풍경을 가슴속에 깊이 새겨놓았다. 대체적으로 그는 대단히 온화한 남자였지만, 가끔씩 엄청나게 살벌한 말을 하기도 했다. 그가 무척 아끼는 조그마한 술잔이 하나 있었는데, 집 안의 유일한 장식품인 셈이라 라디오 위에 놓아두었다. 그는 내가 그 술잔을 귀하게 여기도록 하기 위해 그 잔을 깨먹었다가는 내 목을 부러뜨려버리겠다고 엄포를 놓았다. 마침 그때 그의 손에는 오이가 들려 있었는데, 그는 오이를 싹둑 두 조각으로 자르며 내게 말했다.

"바로 이렇게 말이다."

어찌나 놀랐던지 목 뒤에서 서늘한 기운이 느껴질 정도였다.

일곱 살이 다 되어갈 무렵, 내 생활에 일어났던 이런 큰 변화로 나는 완전히 다른 사람이 되었다. 그 시절에는 내 처지에 대해 늘 모호한 상태였다고 얘기하는 게 맞을 것이다. 파도에 휩쓸리듯 흘러가던 내 어린 시절은 잠깐 사이에 남문의 시끌벅적한 집에 살던 쑨광린에서 리슈잉의 신음 소리와 왕리창의 탄식에 깜짝깜짝 놀라는 나로 변했다.

나는 그렇게 쑨당이라고 불리는 소도시의 생활에 빠르게 적응해 갔다. 처음에는 하루하루가 호기심 천국이었다. 보도블록을 깐 좁고 긴 거리는 남문을 흘러가는 강처럼 끝을 알 수 없을 정도로 길었다. 저녁 무렵에 가끔 왕리창이 진짜 아버지처럼 내 손을 잡고 그 길을 걸을 때면, 머릿속에는 이렇게 계속 가다 보면 베이징까지도 갈 수 있겠다는 상상이 머릿속을 가득 채웠다. 그런데 바로 그런 생각을 하고 있는 순간에 어느덧 우리 집 대문 앞까지 와 있다는 걸 불현듯 깨닫기 일쑤였다. 이에 대한 의문이 오랫동안 나를 괴롭혔다. 나는 줄곧 앞을 향해 걸었는데 마지막에는 늘 우리 집 대문 앞에 이르렀으니 말이다. 내가 쑨당에서 가장 신기해했던 것은 바로 보탑이었다. 신기하게도 보탑의 창문에는 나무가 자라고 있었다. 그 모습이 계속 이어져 한번은 리슈잉의 입에서도 나무가 자라날 것 같다는 괴상한 생각을 하기도 했다. 나무가 아니라면 풀이라도 말이다.

길거리의 보도블록은 튀어나왔다 들어갔다 하며 소리를 내는 일이 많았다. 특히 비가 오는 날 한쪽 끝을 힘차게 밟으면 반대쪽에서 흙탕물이 뿜어져 나왔다. 한동안 나는 이 장난에 깊이 빠져 거리에 나갈 기회만 생겼다 하면 정신없이 열중하곤 했다. 그럴 때마다 지나가는 사람들의 바지에 흙탕물을 튀겨보고 싶은 마음이 굴뚝같았지만, 겁 많고 소심한 성격이 그 작은 욕망을 억제했다. 일어나지도 않은 일이 내가 벌을 받고 있는 무시무시한 장면을 눈앞에 그려 보였으니 말이다. 나중에 나는 어떤 남자아이 셋이서 집집마다 문 앞에 놓아둔 똥통의 뚜껑을 하늘을 향해 내던지는 걸 보았다. 뚜껑이 하늘에서 회전하는 모습은 비할 데 없이 멋졌다. 뚜껑을 잃어버린 어른들은 집에서 뛰어나와 욕만 퍼부을 뿐이었고, 세 아이는 낄낄대며 잽싸게 도망쳤다. 그 광경에서 나는 별안간 도망치는 일의 재미를 발견했다. 도망치면 맞거나 벌 받을 일도 없을 테고, 즐거움도 더 오래갈 테니 말이다. 그래서 예쁜 옷을 입은 여자아이가 내 쪽으로 걸어왔을 때, 튀어나온 보도블록을 있는 힘껏 밟아 흙탕물을 그 애의 바지에 튀어보았다. 그러고는 계획한 대로 도망을 쳤다. 그러나 날 미치게 한 건 마음속 욕망을 실현한 뒤에도 전혀 즐겁지가 않았다는 사실이다. 그 여자아이는 욕을 하지도 날 쫓아오지도 않고, 그저 길 한복판에서 앙앙 울기만 했다. 그 애의 길고 긴 울음소리는 나를 그만큼 오랫동안 두려움에 떨게 했다.

그 길이 꺾어지는 지점에 빵떡모자를 쓰고 다니는 큰 아이가 살았다. 그 애는 대나무를 피리 삼아 노래를 연주할 수 있었는데, 그 모습은 나에게 보탑의 창문에서 나무가 자라는 것만큼이나 기묘한 느낌을 주었다. 그 애는 양손을 주머니에 꽂은 채 한가로이 걷다가 아는 어른들을 만나면 인사를 했다. 나는 한때 그 커다란 아이가 풍기는 분위기를 남 몰래 흉내 내보기도 했다. 그러나 양손을 바지 주머니에 넣고 애써 대범한 척을 하며 다니다가, 왕리창한테 한 소리 듣고는 그 우쭐대던 태도를 당장 그만두고 말았다. 왕리창은 그러고 다니는 내 모습이 꼭 어설픈 양아치 같다고 했다.

빵떡모자를 쓰고 다니던 키 큰 녀석은 대나무 피리를 잘 부는 것 말고도 사탕 장수 목소리를 기가 막히게 흉내 낼 줄 알았다. 나와 게걸스런 아이들이 죽어라 뛰어가 보면, 사탕 장수는 없고 녀석이 창가에 앉아 낄낄거리는 모습만 보이는 일이 많았다. 속아 넘어간 우리가 우거지상이 되면 녀석은 기침이 터져 나오기 직전까지 끝도 없이 신나게 웃어댔다.

여러 번 속았으면서도 난 그 소리가 들리면 또 뛰어갔다. 소리에 홀린 듯 바보처럼 달려가 녀석의 비웃음을 샀다. 어느 날에는 나 혼자만 속아 넘어가 난처했던 일이 있는데, 녀석이 어찌나 좋아하며 웃던지 내 작디작은 자존심에 상처를 입었다. 그래서 그 애에게 이렇게 말했다.

"네가 내는 소리 사탕 장수랑 하나도 안 비슷해."

나는 똑똑한 척하며 말했다.

"딱 들으면 가짜인지 안다구."

뜻밖에도 녀석은 더 큰 소리로 웃었다.

"그런데 왜 뛰어왔어?"

나는 순간 벙어리가 되었다. 녀석이 그렇게 물을 줄은 생각도 못한 터라 전혀 준비가 안 되어 있었던 것이다.

어느 날 낮에 간장을 사러 나갔다가 그 애와 마주쳤는데, 이번에 녀석은 방법을 바꿔서 나를 속였다. 그날 녀석은 내 곁을 그냥 지나쳐 가는가 싶더니 갑자기 걸음을 멈추고 나를 불렀다. 그러고는 몸을 구부려 엉덩이를 치켜 올리면서 바지의 엉덩이 부분이 터진 건 아닌지 좀 봐달라고 했다. 녀석의 검정색 바지는 엉덩이 부분에 짙은 빨간색 천으로 덧댄 곳이 두 군데 있었다. 녀석의 꾐에 넘어간 줄도 모르고, 난 원숭이처럼 빨간 궁둥이에 얼굴을 가져가 살펴보고는 찢어지지 않았다고 말해줬다.

"다시 자세히 좀 봐."

자세히 봐도 찢어진 곳은 없었다.

"얼굴을 좀더 가까이 대고 보라니까."

내 얼굴이 녀석의 궁둥이에 거의 맞닿을 즈음 녀석이 갑자기 무지하게 큰 소리로 방귀를 뀌었다. 구린 방귀 냄새에 머리가 다 어지러울 지경이었다. 그러나 녀석은 어느새 깔깔거리며 떠나간 뒤였다. 그렇게 매번 놀림을 당하면서도 난 여전히 녀석을 숭배했다.

벌떼처럼 밀려드는 새로운 생활에 파묻혀 난 불과 얼마 전까지만 해도 남문의 논밭을 뛰어다니던 나 자신을 잊어버렸다. 간혹 밤에 비몽사몽 잠에 빠져들 때 어머니의 남색 수건이 펄럭이는 모습이 어렴풋이 보이면 갑자기 슬픔에 휩싸였지만, 잠이 들면 또 모든 걸 잊었다. 한번은 왕리창에게 이렇게 물었다.

"절 언제 돌려보내실 거예요?"

그때 왕리창과 나는 저녁 거리를 함께 걷고 있었는데, 그는 나의 손을 잡고 석양이 서쪽으로 넘어갈 때의 붉은 빛발 속으로 걸어 들어갔다. 그는 내 질문에 바로 대답하지 않고 올리브 다섯 개를 사준 다음에야 이렇게 말했다.

"네가 크면 보내줄게."

부인이 아파서 고생이 많던 왕리창은 내 머리를 쓰다듬으며 울적한 목소리로 말 잘 듣고, 학교에서 공부 열심히 하는 아이가 되라고 했다. 그렇게 하면,

"네가 다 크면 튼튼한 여자를 마누라로 구해줄게."

그 말에 나는 크게 실망했다. 상으로 뭘 줄까 했는데 튼튼한 여자라니.

왕리창이 올리브 다섯 개를 사준 다음부터는 남문으로 빨리 돌아가고픈 생각이 싹 없어졌다. 올리브를 먹을 수 있는 그곳을 서둘러 떠나고 싶지 않았기 때문이다.

딱 한 번 이상하게 가슴이 뛴 적이 있다. 어느 날 오후 가방을 가슴팍에 걸고 뒷짐을 진 아이가 걸어오는데 순간 형이 걸어오는 줄

알았다. 갑자기 내가 쑨탕에 있다는 사실을 잊고, 남문의 연못가로 돌아가 막 학교에 들어간 형이 위풍당당하게 걸어가는 모습을 보고 있는 것 같았다. 나는 쑨광핑의 이름을 부르며 뛰어갔다. 내가 그렇게 흥분한 결과는 고작 웬 낯선 아이가 이상한 애도 다 있다는 표정으로 나를 돌아보는 것이었다. 그제야 나는 내가 이미 오래전에 남문을 떠나왔다는 사실을 깨닫고, 갑작스레 닥쳐온 현실에 한없이 슬퍼했다. 그 순간이 남문으로 가장 돌아가고 싶었을 때였다. 난 휙휙 불어오는 북풍 속을 눈물을 훔치며 걸어갔다.

시월 일일에 태어나 이름이 궈칭(國慶, 시월 일일은 중화인민공화국의 성립을 기념하는 국경절이다)인 아이와 류샤오칭이라는 아이가 그 시절 내 친구들이었다. 지금도 그들을 생각하면 마음속에 기쁨이 가득 차오른다. 우리 셋은 그 보도블록 깔린 길을 걸으며 세 마리 오리 새끼처럼 쉬지 않고 꽥꽥거렸다.

나는 류샤오칭보다 궈칭을 더 좋아했다. 궈칭은 달리기에 푹 빠져 있었는데, 어느 날 이 낯선 아이가 땀을 뻘뻘 흘리며 내 앞으로 뛰어오더니 매우 친근한 투로 물었다.

"너 싸움 잘하냐?"

녀석이 말을 이었다.

"보기에 싸움 잘할 것 같아서."

내가 류샤오칭을 좋아한 건 그 형의 피리 소리 때문이었다. 녀석과 빵떡모자를 쓴 아이가 형제라는 사실 때문에, 녀석을 좋아하는 마음에는 온통 부러움이 꽉 들어차 있었다.

나와 동갑인 궈칭은 어린 나이인데도 리더로서의 자질이 있었다. 내가 그 애를 숭배했던 건 그 애 덕분에 내 어린 시절이 다채로워졌기 때문이다. 나는 그 애가 나와 류샤오칭을 강변으로 데려가 물결이 다가오기를 기다리던 정경을 잊을 수가 없다. 그 전까지는 물결이 그렇게 묘한 즐거움을 준다는 사실을 전혀 알지 못했다. 우리 셋은 그 여름의 강변에 일정한 거리를 두고 한 줄로 서서 기선이 지나가며 일으킨 물결이 우리의 발까지 밀려오기를 기다렸다. 나는 물결이 한 층 한 층 내 발등을 타고 올라오는 걸 지켜보았다. 우리의 발은 강기슭에 정박한 배처럼 물속에서 흔들거렸다. 하지만 나는 집에 가야 했다. 집에 가서 유리를 닦고 바닥을 훔쳐야 했다. 궈칭과 류샤오칭이 멀리서 다가오는 기선을 바라보며 두 번째 물결을 기다리고 있을 때, 나는 어쩔 수 없이 물결을 떠나 내 어린 시절의 속도로 집으로 달려갔다.

또 한 가지 잊을 수 없는 즐거움은 궈칭의 아파트에 올라가 멀리 있는 논밭을 바라보는 일이었다. 그 당시에는 도시에도 아파트에 사는 사람이 많지 않았다. 그래서 궈칭의 집에 갈 때면 나와 류샤오칭은 흥분을 감추지 못하고 두 마리 참새 새끼처럼 재잘거렸다. 그러면 궈칭은 주인의 풍모를 보이며 우리 사이로 걸어가면서 수시로 코를 문지르곤 했다. 어른의 미소로 아이처럼 뽐내는 태도를 감추려 했던 것이다.

얼마 후 집에 도착해 궈칭이 문을 두드렸다. 문이 빠끔히 열리더니 그 사이로 주름 가득한 얼굴 반쪽이 보였다. 그러자 귀칭이 낭랑한 목소리로 외쳤다.

"할머니!"

귀칭이 들어갈 수 있을 정도로 문이 열리자, 집 안 가득한 어둠과 검정색 옷을 입은 할머니의 얼굴 전체가 보였다. 할머니는 나이와 전혀 어울리지 않는 밝은 눈빛으로 우리를 바라봤다.

내 앞에 있던 류샤오칭이 들어가려 하자 할머니는 좁은 틈만 남기고 재빨리 문을 닫더니, 그 틈으로 한쪽 눈만 내보였다. 잠시 후 나는 처음으로 할머니의 벙어리 같은 목소리를 들었다.

"할머니라고 불러봐."

류샤오칭은 할머니라고 부른 뒤 안으로 들어갔고, 그다음은 내 차례였다. 여전히 그 좁은 틈으로 한쪽 눈이 나를 내다보고 있었다. 할머니 때문에 나는 찬 공기를 한 숨 들이마셔야 했다. 하지만 귀칭과 류샤오칭이 벌써 계단을 올라갔기 때문에 떨리는 목소리로 할머니라 부르는 수밖에 없었다. 내가 그 어둠 속으로 들어선 뒤 할머니가 문을 닫자, 계단의 맨 위쪽에만 빛이 남았다. 계단을 오르는 내내 할머니의 발소리는 들리지 않았다. 그러나 나는 할머니가 쪼글쪼글한 눈으로 나를 바라보고 있다는 걸 알고 있었다. 그러니 얼마나 무서웠겠는가.

그 후로 이 년간 나는 매번 행복한 마음으로 귀칭의 집 앞까지 가서 할머니의 어두컴컴한 관문이 주는 공포를 견뎌내야 했다. 종종 악몽에 나타나는 그 얼굴과 목소리는 길에서부터 나를 괴롭히기 시작했다. 그렇다 보니 귀칭과 함께 위층 창가에 기대어 있을 행복한 장면을 떠올리며 나 자신을 격려한 후에야 그 문을 두드릴 용기가 났다.

한번은 평소와 다름없이 문을 두드렸는데, 그 노인네가 뜻밖에도 할머니라고 부르라 하지 않고 신비한 미소를 지으며 나를 안으로 들였다. 들어가 보니 그날은 귀칭이 집에 없었다. 안절부절못하며 다시 계단을 내려오는데, 할머니가 조그만 새를 붙잡듯 나를 콱 붙잡더니 자기 방으로 데리고 들어갔다. 할머니의 축축한 손에 온몸이 부르르 떨렸지만, 감히 저항할 생각은 하지 못하고 놀라 얼이 빠진 채 따라 들어갔다.

방은 의외로 아주 밝았고 먼지 하나 없이 깨끗했다. 벽에는 수많은 액자가 걸려 있었는데, 그 안에는 한 무리의 남녀 노인들이 미소도 없이 엄숙한 표정을 하고 찍은 흑백 사진이 들어 있었다. 할머니가 내게 낮은 목소리로 말했다.

"이 사람들 다 죽었다."

소리를 애써 낮추는 모습이 꼭 그들이 듣지나 않을까 걱정하는 것처럼 보였다. 그래서 나도 감히 크게 숨을 쉴 수가 없었다. 잠시 후 할머니가 수염이 긴 사람이 찍힌 사진을 가리키며 말했다.

"그래도 저 사람은 양심이 있어. 어젯밤에도 날 보러 왔으니까."

죽은 사람이 보러 왔다고? 나는 깜짝 놀라 그만 울음을 터뜨리고 말았다. 할머니는 내 울음이 불만스러운 듯 물었다.

"왜 우는 거니? 왜 우는 거야?"

곧이어 할머니는 어떤 사진을 가리켜야 할지 모르겠다는 표정으로 또다시 말했다.

"저 여자는 못 온다. 내 반지를 훔쳐 갔거든. 내가 돌려달라고 할까 봐 못 와."

내 유년의 기억 속에 음산한 느낌으로 남아 있는 이 할머니는 그 음산한 어조로 내게 소개해준 사진 속 인물을 쫓아낸 다음에야 나를 그 무서운 방에서 내보내주었다. 그 후로는 궈칭의 집에 도저히 갈 엄두가 나지 않았다. 궈칭이 날 데려가 준다고 해도 그 악몽과도 같은 여자에게 감히 다가갈 수가 없었다. 한참 시간이 흐른 뒤에야 나는 할머니가 사실 무서운 사람이 아니란 걸 알게 되었다. 할머니는 단지 당시 내 나이로는 이해할 수 없는 자아와 고독에 깊이 빠져 있었고, 생과 사의 접점에 선 채 양쪽에서 다 버림받았을 뿐이었다.

처음 궈칭의 아파트에 올라갔을 때는 놀라움 속에서 멀리 있는 모든 것을 내려다보았다. 갑자기 거리가 확 줄어든 듯 모든 것이 바로 눈꺼풀 아래 와 있는 것 같았다. 논밭은 산이나 마찬가지로 위를 향해 펼쳐져 있는 것처럼 보였다. 또 우리는 꼼지락거리듯 움직이는 사람들을 보며 얼마나 웃었는지 모른다. 그때 난 처음으로 끝도 없이 넓다는 게 무엇인지 제대로 느낄 수 있었다.

궈칭은 자신의 일거수일투족을 대단히 합리적으로 계획하는 아이였다. 항상 깔끔한 옷을 입고, 주머니에는 늘 사각으로 반듯하게 접은 손수건을 넣고 다녔다. 우리가 한 조가 되어 체육 수업을 들을 때면 귀칭은 항상 약간 삐기듯이 손수건을 꺼내 이마의 땀을 닦았다. 콧물을 가슴팍까지 늘이고 다녔던 나는 그 숙련된 동작 앞에서 그저 멍해질 수밖에 없었다. 게다가 녀석은 무슨 의사라도 되는 듯 자기 약 상자까지 따로 갖고 있었는데, 조그만 종이 상자 안에는 약병 다섯 개가 가지런히 놓여 있었다. 녀석이 약병을 꺼내 병 안의 약이 어떤 병에 효과가 있는지 설명할 때면, 그 여덟 살짜리 꼬마가 얼마나 엄숙하고 빈틈없어 보였는지 모른다. 숭배와 경탄으로 가득한 내 눈에 그 애는 이미 동갑내기 꼬마가 아니라 한 사람의 명의였다. 그 애는 이 약병들을 항상 몸에 지니고 다녔다. 가끔씩은 운동장에서 달리기를 하다가 멈춰 서서는 확신에 찬 손짓으로 지금 자기 몸의 어디가 안 좋으니 무슨 약을 먹어야 한다고 말하는 일도 있었다. 그러면 나는 그 애를 따라 교실로 들어가 녀석이 가방에서 약 상자를 꺼낸 뒤 병에서 약을 꺼내 입에 넣고 고개를 쳐들어 단번에 삼키는 모습을 지켜보았다. 녀석은 물도 없이 약을 그냥 삼켰다.

귀칭의 아버지는 보기만 해도 무서운 사람이었는데, 몸이 안 좋으면 아들을 찾아왔다. 그럴 때면 내 친구는 열에 들뜬 낭랑한 목소리로 어디가 어떻게 아픈지를 꼬치꼬치 캐물었다. 그 끝도 없는 이야기는 아버지가 도저히 참을 수 없다는 듯 확 끊어버릴 때까지 계속되었다. 그런 다음 녀석은 숙련된 동작으로 그 신성한 종이 상자를 열어 약병 다섯 개를 차례로 만져보고는 아버지에게 필요한 약을 정확하게 꺼냈다. 약을 건네줄 때는 타이밍을 놓치지 않고 아버지에게 오 편을 요구했다. 한번은 아버지가 돈을 가지러 가려 하자, 녀석이 잽싸게 물 한 잔을 가져와 아버지가 약 먹는 걸 돕더니 침대에 던져놓은 아버지의 바지 주머니에서 오 편짜리 동전을 꺼내 보이고는 자기 바지 주머니에 집어넣은 일이 있다. 다음날 녀석은 학교에 가던 길에 느닷없이 주머니에서 오 편짜리 동전 두 개를 꺼냈다. 호탕한 아이였던 귀칭은 두 개 중에서 하나는 나를 위해 가져온 거라고 했다. 그러고는 곧바로 자기가 한 약속을 지켰다. 우리는 한 사람에 하나씩 아이스크림을 물고 학교로 향했다.

난 귀칭의 어머니를 한 번도 본 적이 없다. 어느 날 우리 셋은 옛날 성벽에 올라가 신나게 놀았다. 버드나무 가지를 흔들며 누런 진흙 위를 뛰어다니고, 고함을 치며 전쟁놀이를 했다. 그러다 지쳐서 주저앉았는데, 갑자기 류샤오칭이 귀칭의 어머니에 대해 물었다.

"하늘나라로 가셨어."

그러면서 하늘을 가리켰다.

"하느님이 우릴 지켜보고 계셔."

끝없이 깊고 넓게 느껴질 만큼 파란 하늘이 우리를 내려다보고 있었다. 순간 세 아이는 거대한 허무에 휩싸였다. 내 마음속에서는 경건한 전율이 솟아올랐고, 광활한 하늘 아래서는 아무것도 감출 수 없으리란 생각이 들었다. 귓가에 귀칭의 말이 들렸다.

"우리가 무엇을 하든 하느님은 일일이 다 내려다보고 계셔. 아무도 속일 수가 없다구."

귀칭의 어머니에 대한 물음에서 비롯한 하늘에 대한 경외심은 내가 처음으로 느낀 속박이었다. 지금까지도 나는 불현듯 두 개의 눈동자가 나를 쫓아온다고 느낄 때가 있다. 그럴 때면 도망칠 곳도 없고, 사적인 비밀도 전혀 보장되지 않는 상황에서 그 두 개의 눈동자가 언제고 나타나 모든 걸 세상에 까발릴 거란 불안이 엄습해 온다.

초등학교 이 학년 때 궈칭과 심하게 말다툼을 벌인 적이 있다. 주제는 바로 이 세상의 모든 원자탄을 다 같이 밧줄로 묶어 폭파하면 지구가 박살날까 하는 것이었다. 밧줄로 원자탄을 묶는다는 생각을 처음 한 사람은 류사오칭이었다. 지금 그 얘기를 쓰자니 터져 나오는 웃음을 참을 수가 없다. 류사오칭이 이 얘기를 할 때의 표정이 지금도 생생하게 기억난다. 녀석은 이제 막 입으로 떨어지려 하는 콧물을 후룩 들이마셔 다시 콧구멍으로 집어넣더니, 이 기발하기 짝이 없는 이야기를 꺼냈다. 콧물을 들이마시는 소리가 얼마나 청아했던지, 콧물이 콧속으로 날아 들어갈 때의 미끈거리는 느낌이 고스란히 전해질 정도였다.

궈칭은 류샤오칭의 의견을 지지했다. 지구가 박살날 게 분명하다며, 그게 아니라도 최소한 무시무시하게 큰 구멍 정도는 뚫릴 거라고 했다. 그 순간 우리 모두는 광풍이 불어와 하늘에서 어지러이 춤을 추고, 윙윙 소름 끼치는 소리가 들려오는 걸 느꼈다. 마치 코에 구멍이 난 체육 선생님이 말할 때마다 윙윙거리며 북풍이 불어오는 소리를 내는 것과 같았다.

나는 지구가 박살날 거라 생각하지 않았고, 거대한 구멍이 생긴다는 것도 불가능해 보였다. 원자탄은 지구에 있는 것들로 만들었으니 지구보다 작을 텐데, 큰 것이 어떻게 작은 것에 박살날 수 있겠느냐는 게 그 이유였다. 나는 흥분해서 궈칭과 류샤오칭에게 물었다.

"너희들은 아버지를 이길 수 있어? 못 이겨. 너희는 너희 아버지가 낳았잖아. 너희는 작고 너희 아버지는 크단 말이야."

결국 우리는 서로를 설득하지 못하고 공정한 판결을 기대하며 털 스웨터를 짜는 남자 장칭하이 선생님을 찾아갔다. 한겨울 정오 무렵 선생님은 담벼락에 기대앉아 햇볕을 쬐고 있었다. 스웨터를 짜는 손이 이리저리 미끄러지듯 움직이는 게 꼭 여자 손처럼 민첩했다. 선생님은 눈을 가늘게 뜬 채 우리가 하는 말을 듣더니, 부드러운 목소리로 훈계를 시작했다.

"불가능한 일이다. 전 세계 인민들이 모두 평화를 사랑하는데 어떻게 원자탄을 한데 묶어 터뜨릴 수가 있겠니?"

우리가 물은 건 과학적인 문제였는데 그는 정치적인 답변을 들려주었다. 그래서 우리는 싸움을 계속할 수밖에 없었고, 나중에는 서로 공격하기 시작했다. 내가 말했다.

"너희가 뭘 알아?"

그러면 두 녀석은 이렇게 반박했다.

"넌 뭘 아는데?"

화가 머리끝까지 났던 나는 그들에게 대단히 비현실적인 위협을 가했다.

"다시는 너희하고 안 놀아."

그들이 말했다.

"어떤 미친놈이 너랑 논대?"

그 후로 나는 내가 무책임하게 가한 위협의 결과를 감당해야 했다. 궈칭과 류샤오칭은 그들이 선포한 대로 나를 거들떠보지도 않았다. 나도 내 입에서 나온 말을 실천하려 애를 썼지만 사실상 역부족이었다. 그들은 둘이었고, 나는 하나였기 때문이다. 문제는 바로 거기에 있었다. 그들은 아주 단호한 태도로 나와 놀지 않을 수 있었지만, 나는 심란한 마음으로 그들과 놀지 않는 것이었다. 외톨이가 된 나는 교실 문에 혼자 서서, 운동장에서 신나게 뛰어노는 두 친구를 바라보는 처지가 되었다. 그때 내 자존심은 부러움으로 심하게 고통 받았다. 매일같이 그들이 먼저 다가와 예전처럼 잘 지낼 수 있기를 기대했다. 그래야 내 자존심도 지키고, 옛날처럼 다시 즐겁게 지낼 수도 있을 테니 말이다. 그러나 그들은 항상 얼굴을 잔뜩 찌푸리거나 큰 소리로 웃으며 내 옆을 그냥 지나쳐갔다. 그들이 계속 그렇게 나가리라는 건 불 보듯 뻔한 일이었다. 그 애들로서는 손해 볼 일이 전혀 없었기 때문이다. 하지만 나는 상황이 완전히 달랐다. 방과 후에 혼자 쓸쓸하게 집으로 돌아갈 때면 마치 입속에 너무 써서 삼키기조차 어려운 멀구슬나무 열매를 머금고 있는 것 같은 기분이었다.

오랜 기대 때문에 나의 그 아이다운 자존심은 한층 더 고집스러워졌고, 다른 한편으로는 그 애들과 함께 놀고 싶다는 열망도 갈수록 강렬해졌다. 이 이율배반적인 감정 때문에 오랫동안 갈피를 못 잡던 나는 마침내 진짜 위협 거리를 찾아내고야 말았다.

나는 궈칭이 집으로 돌아가는 길에 먼저 가서 그 애가 오기를 기다렸다. 으스대기 좋아했던 궈칭은 나를 보고도 절대 아는 체하지 않겠다는 표정을 지었다. 나 역시 사납게 소리를 질렀다.

"너 아빠 돈 훔쳤지?"

그러자 으스대던 태도가 순식간에 무너지더니 나의 친구는 고개를 돌려 나를 향해 소리쳤다.

"아니야, 헛소리하지 마!"

"아니야, 훔쳤어!"

나는 계속 고함을 쳤다. 그러고는 지난번에 녀석이 아버지에게 오 편을 달라 해놓고는 십 편을 꺼내 왔던 일을 지적했다.

"하지만 그 오 편은 너 때문에 가져온 거란 말이야."

나는 들은 척도 하지 않고, 가장 위력적인 한마디를 던졌다.

"가서 너희 아버지한테 이를 거야."

나의 친구는 얼굴색이 창백해지더니 입술을 꽉 깨물고는 어찌할 바를 모르겠다는 듯이 서 있었다. 그 순간 나는 몸을 홱 돌려 새벽녘의 수탉처럼 고개를 빳빳이 세우고 힘찬 발걸음으로 그 자리를 떠났다. 그때 내 마음은 고약한 환희로 가득 찼다. 물론 궈칭의 절망적인 표정이 그 기쁨의 근원이었다.

나중에는 비슷한 방법으로 왕리창을 위협했다. 그 나이에도 나는 수단을 가리지 않고 목적을 달성하는 방법을 체득하고 있었던 것이다. 위협은 내 자존심에 어떤 상처도 입히지 않고 예전의 우정을 되찾아주었다. 나는 그렇게 악의 방식으로 아름다움을 얻었다.

　다음날 아침, 궈칭은 겁먹은 표정으로 다가와 내 비위를 맞추려는 듯 자기 집에 가서 바깥 풍경을 보지 않겠느냐고 물었다. 당연히 나는 생각할 것도 없이 좋다고 대답했다. 그때 녀석은 류샤오칭을 부르지 않았다. 우리 둘뿐이었다. 집으로 가는 길에 녀석은 조용한 목소리로 제발 아버지에게 이르지 말라고 애원했다. 이미 우정을 얻었는데 비밀을 뭐 하러 까발리나?

버려짐

아홉 살이 되던 해의 어느 날 아침, 잠에서 깨어난 귀칭은 자기 운명을 책임져야 했다. 아직 어른이 되기에는 멀었고, 아버지의 통제에서 벗어나기에도 이른 시기에 녀석은 갑작스레 독립을 하게 되었다. 너무 일찍 찾아온 자유 때문에 녀석은 무거운 짐을 지듯 자기 운명을 짊어진 채 복잡한 거리에서 비틀비틀 어디로 가야 할지 몰라 헤매는 신세가 되었다.

내 불쌍한 친구는 그날 아침 시끄러운 소리에 잠에서 깨어났다. 그때는 초가을 무렵이었다. 졸린 눈을 비비던 아이는 반바지 차림으로 문 쪽으로 걸어가 아버지와 몇몇 어른들이 짐을 나르는 모습을 보았다.

처음에 귀칭은 새로운 곳으로 이사를 가는 줄 알고 무척이나 기뻐했다. 그 기쁨은 내가 남문을 떠날 때 느꼈던 기쁨과 거의 비슷했지만, 곧이어 닥친 현실은 나의 그것보다 훨씬 비참했다.

나의 친구는 내가 떠나오던 그날 아침처럼 청아한 목소리로 아버지에게 날개 달린 백마가 있는 곳으로 이사 가는 거냐고 물었다.

근엄한 표정을 짓고 있던 아버지는 아들의 깜찍한 상상력에 감동하기는커녕 그 따위 황당한 생각에 짜증이 난다는 듯 아들을 밀쳐내며 말했다.

"길 막지 마라."

그래서 귀칭은 자기 방으로 돌아왔다. 귀칭은 우리 중에서는 그래도 가장 철이 든 아이였지만, 그때의 나이로 앞일을 예상하기란 어려운 일이었다. 녀석은 들뜬 마음으로 자기 물건을 정리하기 시작했다. 거의 새것이나 다름없던 옷가지며 수집해둔 암나사, 작은 가위, 플라스틱 총 등 온갖 잡동사니들을 놀랍게도 종이 상자에 차곡차곡 정리해나갔다. 녀석은 그 부산한 소음 속에서 즐거운 마음으로 자기 일을 하면서, 수시로 문 앞으로 달려가 아버지가 놀라운 힘으로 살림살이를 나르는 모습을 자랑스럽게 바라보았다. 그다음은 녀석의 차례였다. 뜻밖에도 내 친구는 자기와 거의 비슷한 크기의 상자도 나를 수 있었다. 녀석은 상자의 한쪽을 벽에 기댄 채 조금씩 옮겨 갔다. 벽이 한쪽 손, 그것도 아주 유용한 손의 역할을 할 수 있다는 걸 알고 있었던 것이다. 지치고 힘도 다 빠졌지만, 녀석은 자신을 대견해하는 눈빛으로 계단을 올라오는 아버지를 바라보았다. 그러나 아버지는 차디찬 목소리로 말했다.

"다시 옮겨놓아라."

나의 친구는 기진맥진한 상태로 자기가 해놓은 일을 허무하게 되돌려놓아야 했다. 녀석의 머리는 땀으로 범벅이 된 데다 정신없이 헝클어져 막 자란 잡초 같았다. 그 순간 녀석은 정말 어찌해야 할지 알 수가 없어 작은 의자에 앉아 그 작은 머리를 굴려보았다. 어떤 아이도 자기 미래를 암담하게 상상하지는 않는다. 그들에게는 현실이 아직 그만큼 가혹하지 않기 때문이다. 귀칭의 생각은 운동장에 돌아다니는 가죽 공처럼 이리저리 튀었다. 녀석의 지나치게 장난스러운 생각은 아버지와 연결되지 못하고 다른 쪽으로 옮겨가 버렸다. 잠시 후 녀석은 즐거운 마음으로 창밖의 하늘을 바라보았다. 혹시 백마 한 마리가 날개를 펴고 날아가는 모습을 상상하고 있던 건 아닐까?

쿵쾅거리는 소리가 한 칸씩 계단을 내려갈 때마다 녀석은 뭔가를 느끼긴 했지만, 그 소리들이 이미 세 대의 수레에 차곡차곡 실렸다고까지는 생각지 못했다. 그렇다 보니 수레바퀴가 구르는 소리도 듣지 못했다. 앞 못 보는 박쥐가 날아다니는 것 같은 공상이 끝나갈 무렵, 아버지는 이미 방 안에 들어와 있었다. 그리고 그 옆에는 준엄한 현실이 서 있었다.

귀칭이 그 당시의 상황을 세세하게 말해주지도 않았고, 그때 나와 류샤오칭은 무지렁이 꼬마들이었기 때문에 귀칭이 아버지에게 버려졌다는 사실은 나중에야 알게 되었다. 내가 귀칭의 아버지를 싫어하는 이유는 그런 일을 저질렀을 뿐 아니라, 여러 번 봤는데도 늘 나를 조마조마하게 하는 엄격한 면이 있었기 때문이다. 지금 그의 이미지를 떠올리다 보니, 문득 그가 상상 속 내 할머니의 아버지와 비슷하다는 느낌이 든다. 처음 만났을 때 그는 무슨 심문이라도 하듯 나의 내력을 끝까지 캐물었고, 귀칭이 대신 대답하려 하자

싸늘한 어조로 그 말을 끊어버렸다.

"직접 말하게 내버려둬라."

그의 살벌한 눈빛에 나는 벌벌 떨었다. 그날 그가 귀칭의 방에 들어왔을 때도 분명히 그런 눈빛이었을 것이다. 그러나 목소리는 차분했을 것이고, 심지어 온화하기까지 했을 것이다. 그는 아들에 게 이렇게 말했다.

"나 결혼한다."

그러고는 귀칭에게 이후의 일에 대해 잘 알아들으라고 했다. 이 후의 일이란 아주 간단했다. 더 이상 귀칭을 돌봐줄 수 없다는 것 이었다. 당시 내 친구의 나이로는 그 말에 담긴 잔인함을 곧바로 알아차릴 수 없었다. 귀칭은 그저 바보 같은 눈길로 아버지를 바라 보았다. 이 비열한 남자는 십 위안짜리 한 장과 이십 근짜리 양식 표를 남겨두고는 광주리 두 개를 들고 계단을 내려갔다. 광주리 안 에는 마지막으로 들고 나갈 물건들이 들어 있었다. 아홉 살짜리 내 친구는 창가에 기댄 채 햇빛에 눈이 부셔 가느다랗게 뜬 눈으로 아 버지가 조금도 서두르지 않고 떠나가는 모습을 바라보았다.

귀칭의 슬픔은 텅 빈 두 개의 방에 들어갈 때부터 시작되었다. 그 때까지도 녀석은 아버지가 자기를 영원히 버렸다고는 생각지 않았 지만, 그 텅 빈 방을 마주하고는 갑자기 울음을 터뜨리고 말았다.

자기 방으로 돌아온 귀칭은 조금도 파괴되지 않은 환경을 보고 점차 안정을 되찾았다. 녀석은 침대에 앉아 이런저런 생각에 잠겼 다. 나는 그 방에 여러 차례 가봤는데, 특히 그 방의 창문을 좋아했다. 녀석이 자신의 황당한 처지를 제대로 깨닫게 된 건 그날 오후 나를 찾아온 다음부터였다. 마침 나는 리슈잉 방의 그 귀하디 귀한 유리창을 닦고 있었는데, 밖에서 부르는 소리가 들렸다. 창을 아직 다 닦지 못한 터라 선뜻 나가지 못하고 있는데, 침대에 앉아 있던 리슈잉이 귀칭의 날카로운 목소리를 더 이상 참지 못하고 고통스러운 얼굴로 말했다.

"가서 입 좀 닥치게 하렴."

하지만 내가 무슨 재주로 불행을 맞닥뜨린 사람의 입을 다물게 한단 말인가? 우리는 집 밖의 보도블록 깔린 길에 서 있었다. 뒤쪽의 목재 전봇대에서는 웽웽거리는 소리가 울렸다. 나는 귀칭의 그 창백한 얼굴빛을 잊을 수가 없다. 녀석은 그날 아침에 있었던 일을 두서없이 털어놓기 시작했는데, 말하는 본인도 그 상황을 제대로 이해하지 못하고 있었다. 그 이야기를 들으며 나는 파리 떼가 웽웽거리며 어지러이 날아다니는 인상을 받았다. 녀석의 아버지가 엄청난 힘으로 살림살이를 옮기고, 바구니를 든 채 문을 나서는 그 모습에서 말이다. 도대체 뭐가 앞이고, 뭐가 뒤인지조차 알 수가 없었다. 귀칭은 나에게 이야기를 하면서 차차 상황을 파악하기 시작했다. 녀석은 갑자기 이야기를 뚝 그치더니 눈물을 펑펑 쏟았다. 그러고는 나도 이해할 수 있는 말을 한마디 내뱉었다.

"아버지가 나를 버린 거야."

그날 오후 우리는 류샤오칭을 찾아갔다. 녀석은 마침 대걸레를 어깨에 메고 땀을 줄줄 흘리며 강변으로 뛰어가고 있었다. 귀칭이 눈물을 펑펑 쏟는 모습에 놀란 류샤오칭에게 나는 궈칭이 아버지에게 버려졌다는 얘기를 해줬다. 류샤오칭은 조금 전의 나처럼 도대체 무슨 말인지 모르겠다는 표정이었다. 내가 자초지종을 설명하고, 옆에 있던 궈칭이 연신 고개를 끄덕거리자 그제야 녀석은 무슨 일이 일어났는지 알게 되었다. 녀석이 말했다.

"우리 형한테 가자."

빵떡모자 쓴 아이를 만나러 가는 길에 류샤오칭이 한껏 으스댄 데는 충분히 그럴 만한 이유가 있었다. 그런 형이 있었으면 하고 바라지 않을 사람이 어디 있겠는가? 창가에 단정한 자세로 앉아 있는 그 애를 찾아갔을 때는 류샤오칭이 이야기할 차례였다. 손에 피리를 든 그 아이는 이야기를 다 듣고는 분을 삭이지 못하며 말했다.

"어떻게 이런 일이 일어날 수가 있어?"

그는 피리를 재빨리 집어넣고는 창을 넘어와 우리에게 손짓을 했다.

"가자. 결판을 내야지."

우리 셋은 물기 흥건한 거리를 걸어갔다. 새벽에 내린 비로 가로수는 잔뜩 물을 머금은 상태였다. 그 앞으로는 허약해 보이는 큰아이가 걸어갔다. 그의 피리 소리는 아름답기 그지없지만, 과연 그가 궈칭의 아버지를 혼내줄 수 있을까? 우리 셋은 바보처럼 그를 따라갔다. 그가 화내는 모습에 우리의 마음은 신뢰로 가득 차올랐다. 그런데 그는 물기를 잔뜩 머금은 나무 아래에 이르러 갑자기 깊은 생각에 잠긴 듯하더니, 우리가 나무 아래로 들어서자 곧바로 나무를 냅다 걷어차고는 도망쳐버렸다. 나무가 머금고 있던 물이 후드득 떨어져 내려 우리는 순식간에 물에 빠진 생쥐 꼴이 되었다. 그는 깔깔거리며 집으로 돌아갔다.

그의 행동은 너무나 실망스러웠다. 그렇지 않았다면 류샤오칭의 얼굴이 귀밑까지 빨개지지는 않았을 것이다. 난처해진 류샤오칭이 궈칭에게 말했다.

"선생님에게 가보자."

흠뻑 젖은 궈칭은 고개를 가로젓더니 울면서 말했다.

"아무한테도 안 갈래."

내 친구는 결국 혼자 걸어갔다. 이 총명한 아이는 자기 외삼촌과 이모들의 이름을 다 외울 수 있었다. 그래서 집에 도착하자마자 죽은 엄마의 형제자매들에게 편지를 쓰기 시작했다. 편지는 공책에서 뜯어낸 종이에 연필로 썼다. 자신의 곤란한 처지를 그 이상으로 힘겹게 써 내려간 것이다. 얼마 후 엄마의 형제자매들이 모두 달려온 걸 보면, 녀석이 편지에 그 모든 상황을 정확하게 써 보냈던 게 틀림없다.

궈칭은 어린 시절에 지녔던 그 주도면밀함으로 모든 외삼촌과 이모들의 근무처를 기억해낸 다음 총 여덟 장의 편지를 썼다. 그러나 편지를 어떻게 부쳐야 하는지를 알지 못했다. 우선 종이 여덟 장을 각각 작은 사각형 모양으로 접었다. 녀석은 무슨 일을 하든 늘 그렇게 깔끔하게 처리했다. 그런 다음 그것들을 가슴에 품고 짙은 녹색을 칠한 우체국으로 향했다.

우체국에 앉아 있던 젊은 여자가 내 친구를 맞았다. 귀칭은 쭈뼛 쭈뼛하며 그녀 앞으로 다가가 안쓰러운 목소리로 물었다.

"이모, 편지를 어떻게 부치는지 선생님같이 가르쳐줄 수 있어요?"

그 여자는 이렇게 대꾸했다.

"돈은 있니?"

귀칭이 꺼낸 십 위안짜리 지폐에 깜짝 놀란 그녀는 도와주기는 했지만, 시종일관 마치 도둑놈을 대하듯 내 친구를 바라보았다.

귀칭 엄마의 여덟 형제자매는 대단한 기세로 찾아왔다. 그들은 살기등등한 모습으로 귀칭을 호위하며 그 애의 아버지를 만나러 갔다. 여덟 명의 어른에게 둘러싸인 귀칭은 지난 며칠 동안 내내 찡그리고 있던 얼굴을 확 펴고 의기양양한 모습으로 그들 사이에서 걸어갔다. 그러면서 연신 고개를 돌려 나와 류샤오칭에게 소리쳤다.

"우릴 따라와."

저녁 무렵에 나는 한 무리의 어른들과 함께 걸었다. 나의 기세는 단지 귀칭에 조금 미치지 못했을 뿐이다. 류샤오칭을 보니 역시나 위풍당당한 모습이었다. 바로 그날 오후, 귀칭은 환한 얼굴로 우리에게 선언하듯이 말했다. 아버지가 당장 다시 돌아올 거라고 말이다.

쑨당에 온 이후 저녁에 외출한 건 그때가 처음이었다. 왕리창에게 이 모든 상황을 얘기하면서 나가게 해달라고 하자 감격스럽게도 그는 황혼이 내려앉은 그 시각에 외출을 허락했다. 내가 귀칭과 함께 서 있는 것에는 동의해줬지만, 대신 아무 말도 하지 말라는 당부를 잊지 않았다. 사실 나와 류샤오칭은 궈칭 아버지의 신혼집에 한 발짝도 들여놓지 못하고 그저 집 밖의 흙바닥에 서 있었다. 우리 눈에 보인 건 아주 조그마한 집 한 채였다. 우리는 궈칭의 아버지가 왜 아파트를 마다하고 이런 곳에 와서 사는지 도저히 이해할 수가 없었다.

"여기서는 아무런 풍경도 보이지 않잖아."

나와 류샤오칭은 둘 다 이렇게 말했다. 우리는 외지에서 온 어른 여덟 명의 목소리를 들었다. 도시 분위기를 풍기는 그들의 말투에서 우리는 고층 건물과 아스팔트 냄새를 떠올렸다. 그때 우리보다 한참 작은 사내아이 둘이 괜한 폼을 잡으며 걸어오더니 예의도 없이 우리에게 꺼지라고 소리를 질렀다. 나중에 알고 보니 녀석들은 궈칭의 아버지와 결혼한 여자의 천금 같은 두 아들이었다. 조그만 녀석들이 꺼지라고 하니 황당하고 가소롭기 그지없었다. 그래서 우리는 녀석들에게 너희나 꺼지라며 으름장을 놓았다. 그 꼬마들이 우리를 향해 침을 뱉기에 나와 류샤오칭은 바로 쫓아가 주먹으로 한 대씩 때려줬다. 겉으로만 센 척하던 꼬마들이 급기야 울음을 터뜨리자 그들의 지원병이 당장 그 작은 집에서 뛰어나왔다. 돼지 발처럼 뚱뚱한 여자였는데, 바로 녀석들의 엄마였다. 궈칭 아버지의 새 신부가 침을 뱉으며 흉악스럽게 달려드는 통에 깜짝 놀란 우리는 '걸음아, 날 살려라' 도망을 쳤다. 그 여자는 찢어질 듯한 목소리로 남자들이나 쓰는 더러운 욕을 마구 퍼부으며 우리를 쫓아왔다. 한동안은 우리를 똥통에 처넣겠다고 고함을 치더니, 또 한동안은 나무에 매달아버리겠다고 악을 썼다. 그렇다 보니 우리는 도망가는 내내 머릿속으로 끔찍한 최후를 떠올려야 했다. 혼신의 힘을 다해 도망치다가 뒤를 흘끗 돌아보니 뚱뚱한 여자의 몸에서 비곗살이 출렁거렸다. 그 광경에 우리는 머리칼이 쭈뼛 서는 느낌이었다. 그렇게 뚱뚱한 여자라면 우리를 살짝 내리누르기만 해도 숨이 막혀 압사할 것 같았다.

아치형 돌다리를 넘은 다음 뒤돌아보니 그제야 여자는 욕을 퍼부으며 되돌아가고 있었다. 아무래도 즉시 돌아가 자기 신랑을 돕는 게 훨씬 중요하다고 생각한 것 같았다. 그 여자가 어딘가에 매복해 있는 건 아닌지 확인한 뒤, 나와 류샤오칭은 조마조마한 마음으로 주변을 살피며 궈칭의 집으로 돌아갔다. 살금살금 가는 모습이 꼭 영화에서 본, 적진 깊숙이 들어간 정찰병 같았다. 날이 저물어 원래의 지점에 돌아와 보니 집에서 새어 나오는 불빛 속에서 여전히 여덟 친척의 격앙된 목소리가 들려왔다. 궈칭 아버지의 목소리는 왜 안 들리는 걸까? 한참 뒤 드디어 다른 목소리가 들려왔다. 바로 우리를 쫓아오던 그 목소리였다.

"당신들 싸우러 온 거예요, 아니면 잘잘못을 가리자고 온 거예요? 싸울 때야 사람이 많아야겠지만, 이치를 따질 때는 한 사람이면 충분한 거 아니에요? 모두 돌아가고 내일 한 사람만 보내도록 하세요."

이 촌스런 여자가 한 번 입을 열자 그 위력은 대단했다. 그 여자가 오만한 기세로 사람들을 쫓아내려는 모습은 그녀의 두 아들 녀석이 우리더러 꺼지라고 하던 모습이나 마찬가지였다. 도시에서 온 여덟 명의 친척은 잠시 할 말을 잊은 듯하더니 갑자기 벌떼처럼 모여 악악대기 시작했다. 나와 류샤오칭은 한마디도 알아들을 수가 없었다. 그렇게 많은 사람들이 한꺼번에 말을 하니 우리 귀에 들어올 때쯤에는 결국 아무 말도 하지 않은 거나 다름없게 되어버렸다. 귀칭의 아버지가 바로 그때 입을 열었다. 안 그랬으면 아마 우리는 그가 그 자리에 없는 줄 알았을 것이다. 내가 몹시도 싫어하는 그 남자는 성난 목소리로 여덟 명의 친척에게 소리쳤다.

"뭐라고 하는 거요? 뭐라고? 당신들도 너무 무책임해. 그렇게 크게 소리치면 나더러 앞으로 사회생활을 어떻게 하란 말이야?"

"누가 무책임하다는 거야?"

곧이어 집이 무너지는 게 아닐까 싶을 정도로 시끄러운 싸움이 계속됐다. 몇몇 남자들이 귀칭의 아버지를 때리자 여자들이 악을 쓰며 그들을 뜯어말리는 것 같았다. 귀칭 엄마의 형제자매들은 분노와 고민에 휩싸였다. 이 신혼부부가 고집이 어찌나 센지 열심히 도리를 따지고 들어도 들은 척도 하지 않았기 때문이다. 그들은 끝내 이들과 진지하게 얘기할 방법을 찾지 못했다. 여덟 명 중 맏이인 듯한 사람이 결국 귀칭을 아버지에게 주지 않기로 결정했다.

"자네가 키우고 싶다고 해도 우리는 절대로 허락해줄 수 없네. 이런 짐승만도 못한 자식아."

여덟 명의 어른이 그 집에서 나올 때 우리는 어지럽게 뒤엉킨 거친 숨소리를 들었다. 겁에 질린 궈칭은 그 사이에 서서 두렵고 불안한 눈빛으로 나와 류샤오칭을 쳐다보았다. 그들 중 한 남자가 말했다.

"누나가 어쩌다가 저런 놈한테 시집을 갔지?"

너무 화가 난 나머지 이미 죽고 없는 궈칭의 엄마를 원망하기 시작한 것이다.

결국 궈칭은 친척들이 보살피기로 하고, 앞으로 매달 각자 궈칭에게 이 위안씩을 보내주기로 했다. 그래서 짙은 녹색을 칠한 우체국은 궈칭의 금고가 되었다. 녀석은 한 달에도 몇 번씩 우리에게 우쭐거리며 말했다.

"나 우체국 간다."

궈칭이 처음으로 십육 위안의 생활비를 받았을 때, 나와 류샤오칭을 포함한 몇몇 친구들은 우리의 어린 시절 가운데 가장 사치스러운 생활을 했다. 우리는 궈칭의 뒤를 졸졸 따라다녔고, 궈칭의 입은 수시로 사탕과 올리브로 향했다. 호방한 성격의 궈칭은 우리에게 자기와 똑같은 즐거움을 누리게 해주었다. 녀석은 별로 많지도 않은 돈을 부잣집 도련님처럼 헤프게 썼고, 우리는 매일 아침 학교에 갈 때부터 녀석이 돈을 쓰기를 바랐다. 그 바람에 녀석은 그 달의 마지막 열흘은 주머니에 동전 하나 없이 우리가 베푸는 시혜로 허기를 달래야 했다. 우리는 녀석이 하듯 과감하게 돈을 쓸 수가 없다 보니, 집에서 이것저것 훔쳐 나오기 시작했다. 밥 한 그릇을 몰래 내오고, 생선 한 마리, 고기 한 점, 채소 몇 포기를 몰래 더러운 종이에 싸서 귀칭에게 가져다줬다. 그러면 귀칭은 그것들을 무릎에 펼쳐놓고 하나씩 음미하듯 맛있게 먹었다. 녀석의 먹는 소리가 얼마나 맛나게 들리던지 옆에 서 있던 우리는 이미 실컷 먹고 나온 뒤였는데도 침을 질질 흘렸다. 하지만 이런 상황은 오래 지속되지 못했다. 우리 선생님, 그러니까 털 스웨터 짜는 남자 장칭하이 선생님이 귀칭의 생활비를 대신 관리하기 시작하면서 매달 딱 오십 마오의 용돈만 주었기 때문이다. 그렇게 되긴 했어도 귀칭은 여전히 우리 중에서 제일 부자였다.

아버지에게 버려진 귀칭은 점차 자기가 알아서 살아가는 데 익숙해졌다. 마음속으로 그러한 사실을 완전히 받아들이지는 않았지만, 아버지의 행위를 본받지도 버리지도 않았다. 오히려 아버지는 여전히 옛날처럼 녀석을 통제하고 있었다. 우리 선생님은 종종 귀칭의 상황을 잊어버리고, 그 애의 아버지에게 이것저것 일러바쳐 귀칭을 조마조마하게 만들었다. 그렇다 보니 나의 친구는 자신이 이미 완전한 자유를 얻었다고 생각지 못하고, 쓸데없는 불안에 떨었다. 녀석은 아버지가 여전히 자신을 지켜보고 있다고 생각하는 것 같았다.

다른 한편으로는 아이다운 천진함 때문에 아버지의 갑작스런 출현에 극도로 불안해하기도 했다. 사실 아버지의 출현이라는 것도 길에서 우연히 마주쳤을 뿐인데 말이다. 그 남자는 전혀 못 알아보겠다는 표정으로 두 번 다시 귀칭의 침대 머리맡에 찾아가는 일은 없을 거라는 뜻을 밝혔다.

어느 날 우리 셋은 길가에서 조그만 돌멩이로 가로등을 깨뜨리기로 했다. 이 일은 순전히 귀칭이 생각해낸 것이었다. 우리는 있는 힘을 다해 가로등을 깨려고 애를 썼다. 얼마 후 어른 한 사람이 와서 우리를 제지했다. 나와 류샤오칭은 잽싸게 도망을 쳤는데, 놀랍게도 귀칭은 혼자 꼼짝 않고 그 자리에 서서 이렇게 대드는 거였다.

"아저씨네 물건이 아니잖아요."

그러나 바로 그때 귀칭의 아버지가 나타났다. 그러자 귀칭은 순식간에 방금 전까지의 용맹을 잃어버리고, 벌벌 떨면서 다가가 아버지를 불렀다.

"아버지."

그러고는 자기는 가로등을 깰 생각이 없었다고 변명하면서 배신자처럼 나와 류샤오칭을 가리켰다.

"쟤들이 등을 깨자고 했어요."

귀칭의 아버지는 갑자기 화를 버럭 내며 말했다.

"누가 네 아버지야?"

이 남자는 자식을 야단칠 권리를 포기한 것이다. 귀칭에게는 자기를 돌볼 의무를 포기한다는 것보다 더 충격적인 말이었다. 가엾기 그지없는 귀칭은 길을 건너며 터져 나오는 울음을 참으려는 듯 입술을 꽉 깨물었다.

귀칭은 여전히 어느 날 아침 잠에서 깨어나면 아버지가 침대 맡에 서서 자신을 내려다보고 있을 거라고 굳게 믿고 있었다. 한번은 확신에 찬 어조로 아버지가 몸이 아프면 자기를 찾아올 거라고 애기한 적이 있다.

"아픈 데가 생기면 날 찾아올 거야."

녀석은 나한테 증명이라도 하려는 듯 아버지가 아프면 자기한테 와서 약을 달라고 할 거란 말을 거듭 반복했다. 몇 번씩이나 이런 말을 했다.

"너도 본 적 있잖아. 그렇지? 너도 본 적 있지?"

녀석은 그때부터 그 종이 상자를 함부로 열지 않았다. 기침이 계속 나와도 약병을 열지 않았다. 순진하게도 약병 안에 약만 있으면 아버지가 언젠가는 돌아올 거라 믿었던 것이다.

그 무렵 귀칭은 엄마에 대해 말할 때면, 더 이상 먼 옛날 얘기라며 냉담한 태도를 보이거나 하지 않았다. 녀석은 '예전에'라는 말을 자주 쓰기 시작했다.

"예전에 엄마가 살아 계셨을 때 얼마나 좋았는데……."

이런 식으로 말이다. 그러나 녀석은 대체 예전에 어떻게 행복했는지 그 예를 구체적으로 들어주지는 않았다. 그저 끊임없이 감탄사만 연발해 우리는 녀석의 모호하기만 한 '예전'을 막연히 부러워할 뿐이었다. 녀석이 엄마를 생각하기 시작한 것은 아무 데도 의지할 곳이 없었기 때문이다. 이 아홉 살짜리 아이는 미래를 상상하기보다는 나이에 비해 너무나 빨리 과거로 돌아갔던 것이다.

어릴 적 우리는 페이마(飛馬) 표 담뱃갑에 그려져 있는 날개 달린 준마에 무척이나 집착한 적이 있다. 우리가 자란 평원에는 그저 소들만 메 하고 울며 지나다녔고 양들은 오랫동안 우리에 갇혀 있었다. 그리고 돼지는 우리 셋 다 싫어했다. 우리가 제일 좋아했던 건 날아다니는 백마였지만 실제로 보지는 못했다.

언젠가 한 무리의 군인들이 쑨당에 온 적이 있다. 마차 한 대가 깊은 밤 시내를 가로질러 어떤 중학교로 들어갔다. 다음날 오전 수업을 마치고 우리 셋은 책가방을 돌리며 그 중학교로 달려갔다. 귀칭은 커다란 새처럼 두 팔을 벌리고 맨 앞에서 뛰어갔다. 녀석이 이렇게 외치는 바람에 나는 커다란 새 같다는 내 생각이 틀렸다는 걸 깨달았다.

"나는 하늘을 나는 말이다."

그 뒤를 따르던 류샤오칭과 나는 녀석을 따라하는 것 외에 우리의 흥분을 드러낼 더 근사한 방법을 찾지 못했다. 우리가 날카롭게 외쳐댄 날개 달린 말은 백화점을 지나고, 극장을 지나 병원으로 날아갔다. 병원을 지난 다음 귀칭은 갑자기 총에라도 맞은 것처럼 두 팔을 내렸다. 그의 비상은 그렇게 중도에서 끝나버렸다. 녀석은 울상이 된 얼굴을 담벼락에 바짝 붙인 채 우리에게로 걸어왔다. 녀석이 아무 말도 하지 않아 대체 무슨 일인지 알 수 없었던 우리는 당장에 쫓아가 왜 날개 달린 말을 보러 가지 않느냐고 물었다. 그러나 녀석은 계속 걷기만 할 뿐 대답이 없었다. 우리가 잡아끌자 신경질적으로 팔을 뿌리치면서 울음을 터뜨렸다.

"신경 쓰지 마."

나와 류샤오칭은 멍청한 표정으로 서로 한참을 쳐다보다가 녀석이 어느새 멀리 가버린 걸 알고는 깜짝 놀랐다. 그러나 우리는 이

내 정신을 차리고 궈칭의 일을 잊어버렸다. 그러고는 다시 두 팔을 벌리고 신나게 달리며 날개 달린 말을 보러 갔다.

중학교의 조그마한 숲 속에 두 마리 갈색 말이 있었다. 한 마리는 물통에 든 물을 마시고 있었고, 다른 한 마리는 엉덩이를 계속 나무에 문질러대고 있었다. 날개는 찾아볼 수도 없었을 뿐더러 온몸이 지저분하기 짝이 없었다. 게다가 지린내가 얼마나 지독하던지 절로 인상을 찡그리게 되었다. 나는 조용히 류샤오칭에게 물었다.

"이게 말이니?"

류샤오칭은 조심조심 걸어가 쭈뼛거리며 젊은 군인에게 물었다.

"쟤들은 왜 날개가 없어요?"

"뭐? 날개?"

군인은 귀찮은 듯 손을 내저으며 소리쳤다.

"저리 가라, 저리 가."

우리가 재빨리 그곳을 벗어나는데 주위 사람들이 모두 낄낄거렸다. 내가 류샤오칭에게 말했다.

"저건 분명 말이 아니야. 말은 분명히 흰색이라구."

옆에 있던 큰 아이가 내게 대답해줬다.

"맞아, 저건 말이 아냐."

"그럼 저건 뭐야?"

류샤오칭이 물었다.

"쥐야."

이렇게 큰 게 쥐라구? 나와 류샤오칭은 놀라 자빠질 뻔했다.

그날 귀칭은 병원 문 앞에서 자기 아버지를 보았다. 녀석이 갑자기 슬픈 표정을 지었던 건 아버지가 병원으로 들어가는 모습을 보았기 때문이다. 그 광경은 녀석의 마지막 기대가 무너졌다는 걸 뜻했다. 그 순간에 날개 달린 말이 무슨 의미가 있었겠는가.

다음날 귀칭은 우리에게 어제 왜 갑자기 돌아갔는지를 우울한 목소리로 말해줬다.

"아버지가 영영 안 올 것 같아."

그러고는 엉엉 울기 시작했다.

"병원에 가는 걸 봤어. 몸이 아파도 나한테 안 올 거야. 다시는 나를 보러 안 올 거라구."

귀칭이 농구대 아래에서 부끄러운 줄도 모르고 대성통곡을 하는 바람에 나와 류샤오칭은 살벌한 기세로 모여드는 애들을 쫓아내야 했다.

살아 있는 사람에게 버려진 귀칭과 죽은 사람에게 버려진 아래층 노파의 친밀한 교류는 그때부터 시작됐다. 검정색 비단옷을 입고 얼굴이 물결처럼 주름진 그 노파가 나는 너무나 무서웠지만, 귀칭은 전혀 두려워하지 않았다. 귀칭은 이제 자신의 모든 시간을 우리와 함께 보내던 유년에 할애하지 않았다. 녀석은 자주 그 외로운 노인과 함께 시간을 보냈다. 가끔 길에서 그 두 사람이 손을 잡고 걸어가는 모습을 보면, 녀석의 생기 있어야 할 얼굴이 할머니의 시커먼 팔 옆에서는 어쩐지 침울하게 보였다. 귀칭의 활기찬 생명력이 할머니의 얼마 남지 않은 숨결에 썩고 있는 것 같았다. 지금 어린 시절의 귀칭을 떠올려보면, 녀석의 얼굴에서 어딘지 모르게 어두컴컴한 쇠락의 기운이 느껴진다.

난 그 두 사람이 문도 창문도 꼭꼭 닫아놓은 집 안에 함께 앉아 있는 광경을 상상조차 할 수 없었다. 그들은 분명히 죽은 사람들이 오가는 길을 걸었을 것이다. 벙어리처럼 말하는 그 노파가 죽은 사람들 이야기를 할 때, 듣는 사람을 전율케 하는 그 친밀함에 나는 기겁을 하곤 했다. 그러나 내 친구는 오히려 그런 것들에 마음을 빼앗긴 것 같았다. 녀석은 종종 나와 류샤오칭에게 자기 엄마가 해 뜨기 전에 소리 없이 나타나 자기와 몇 마디 얘기를 나누고 다시 소리 없이 가버린 이야기를 해줬다. 우리가 도대체 무슨 얘기를 나누었느냐고 물으면 녀석은 엄숙한 표정을 지으며 그건 당연히 비밀이라고 했다. 한번은 녀석의 엄마가 돌아갈 시각을 잊고 있다가 수탉의 울음소리에 놀라 허둥대느라 문으로 나가지 않고 창문을 깨고 새처럼 날아갔다는 이야기를 들었다. 녀석이 이렇게 세세한 부분까지 꾸며내다 보니 이야기는 점점 더 사실 같아졌다. 그러나 며칠 동안 이해가 안 돼서 고민했던 부분이 있는데, 그 집은 아파트인데 어떻게 창문을 깨고 나갈 수 있느냐는 점이었다. 나는 류샤오칭에게 조심스럽게 물었다.

"걔네 엄마 떨어져 죽지는 않았을까?"

류샤오칭이 대답했다.

"벌써 죽었잖아. 그러니까 떨어져 죽었을 리가 없지."

난 그 이야기를 듣고 정말 크게 깨달았다.

귀칭이 자기 엄마와 만난 이야기를 해줄 때면, 그 표정이 너무나 진지하고 심지어 행복해 보이기까지 해서 우리는 믿지 않을 수가 없었다. 하지만 이야기하는 어조는 정말이지 섬뜩했다. 사람을 홀리는 친밀함은 검정색 옷을 입은 노파의 그것과 완전히 똑같았다. 게다가 녀석은 자기가 보살님과 자주 만난다고 당당하게 말했다. 집처럼 커다랗고, 햇빛처럼 찬란한 모습의 보살이 갑자기 눈앞에 나타났다가 곧바로 섬광처럼 사라진다는 거였다.

어느 날 저녁 무렵, 우리 둘이 강변에 앉아 있을 때 내가 녀석의 말을 반박한 적이 있다. 나는 보살 같은 건 절대로 존재하지 않는다고 말했다. 그리고 내가 믿지 않는다는 사실을 증명하기 위해 보살에 대해 욕을 퍼붓기 시작했다. 그러나 귀칭은 전혀 동요하는 기색 없이 가만히 앉아 입을 열었다.

"너 보살 욕하면서 속으로는 겁나 죽겠지?"

녀석이 그 말을 하기 전까지는 괜찮았는데, 그런 말을 듣고 나니 갑자기 무서워졌다. 마침 밤빛이 내리기 시작했다. 드넓은 어둠이 차차 퍼져가면서 가슴이 뛰기 시작하더니 호흡마저 가빠졌다. 귀칭이 말을 이었다.

"보살을 두려워하지 않는 사람은 벌을 받게 돼."

떨리는 목소리로 내가 물었다.

"어떤 벌?"

귀칭은 잠깐 깊은 생각에 잠기더니 입을 열었다.

"할머니는 아실 거야."

그 무서운 노파가 안다고? 귀칭이 작은 목소리로 말했다.

"사람은 두려움 속에서 보살을 볼 수가 있어."

나는 곧장 눈을 크게 뜨고 어두운 하늘을 올려다봤지만 아무것도 보이지 않았다. 얼마나 무서운지 울음이 터져 나올 것 같았다. 나는 귀칭에게 말했다.

"제발 거짓말하지 마."

그 순간 귀칭은 감격스러운 우정을 드러내며 조용한 목소리로 나를 북돋았다.

"다시 자세히 봐봐."

다시 눈을 크게 떴을 때는 하늘이 완전히 까매져 있었다. 두렵고 경건한 마음은 결국 나에게 보살을 보여주었다. 정말로 본 건지, 아니면 상상 속에서 본 건지는 알 수 없지만 말이다. 아무튼 나는 집처럼 커다랗고, 햇빛처럼 찬란한 보살을 보았다. 그러나 그것은 번쩍하더니 순식간에 사라져버렸다.

죽은 사람과 친밀하게, 또 아무런 거리낌 없이 지내는 그 노인은 생명이 고통스럽게도 계속 이어지는 탓에 종종 그런 낯선 현실과 마주해야 했다. 할머니는 무시무시한 방식으로 귀칭의 영혼에 안정을 가져다주었고, 귀칭은 용감한 행동으로 할머니를 현실 속에서 지켜주었다.

할머니가 가장 무서워하는 것은 골목 한가운데 버티고 있는 누렁이였다. 어쩔 수 없이 쌀이나 소금을 사거나 간장을 받으러 집을 나설 때 보면 개를 무서워하는 정도가 내가 할머니를 무서워하는 것 이상이었다. 꼬마들도 싫어하는 그 못생기고 늙은 개는 사실 아무한테나 짖어댔는데, 할머니는 오로지 자기한테만 짖어댄다고 생각했다. 그 개는 할머니만 보면 사납게 으르렁거리며 당장이라도 덤벼들 태세를 보였다. 그러나 계속 두고 보면 그 자리에서만 껑충거릴 뿐이었다. 그럴 때는 집 안의 벽에 붙어 있는 망자들이라도 도울 수가 없었다. 개에 놀란 할머니가 온몸을 덜덜 떨며 뒤돌아 도망칠 때 보면, 그 작은 발이 얼마나 탄력적이었는지 모른다. 나이 많은 여자가 이리저리 몸을 흔들어대는 모습이 꼭 부채가 좌우로 움직이는 것 같았다. 그때는 궈칭의 아버지가 아직 집을 떠나기 전이라 우리 셋은 그 뒤에서 고소해하며 깔깔댔다. 궈칭의 집에 갈 때도 문 뒤에서 할머니의 반쪽 얼굴이 나타날까 봐 무서워할 필요가 없었다. 그런 때는 할머니가 우리를 기다릴 여력 없이 방 안에서 울고 있었기 때문이다. 우리는 문에 바짝 붙어서 문틈으로 할머니가 소매로 눈물을 훔치는 모습을 보며 즐거워했다.

그러던 상황이 할머니가 망자를 통해 궈칭과 기묘한 묵계를 만들면서 뜻밖에도 궈칭의 보호를 받는 상황으로 바뀐 것이다. 그 시절에는 할머니가 집 밖으로 나서면 항상 궈칭이 따라나섰으니, 할머니는 더 이상 마음 졸일 필요가 없었다. 누렁이가 매번 으르렁대며 그들을 막아섰지만 궈칭이 허리를 굽혀 돌을 드는 시늉만 해도 잽싸게 달아나버렸다. 그런 다음 두 사람이 다시 길을 걸어가는 모습을 보면 할머니가 궈칭을 바라보는 눈빛은 거의 숭배에 가까웠다. 나의 친구는 으스대는 태도로 할머니에게 이렇게 말했다.

"더 무서운 개도 나한테는 꼼짝 못해요."

개에 대한 공포 때문에 할머니는 매일 흙으로 만든 관음보살상 앞에 꿇어앉아 그 개의 장수를 빌었다. 귀칭이 학교에서 돌아오면 할머니가 제일 먼저 묻는 게 바로 그 개가 아직 살아 있느냐는 것이었다. 그렇다고 하면 할머니는 그제야 안심한 듯 미소를 지었다.

할머니가 제일 걱정하는 것도 바로 개가 자기보다 먼저 죽는 거였다. 할머니가 귀칭에게 해준 말로는 저승으로 가는 길은 대단히 멀고 어둡고 추워서 두꺼운 솜옷을 입고, 등잔도 들어야 한다고 했다. 그런데 만약 개가 먼저 죽으면 저승 가는 길목에서 자기를 기다리고 있을 게 아니냐는 거였다. 할머니는 여기까지 말하고는 긴장을 했는지 온몸을 부들부들 떨며 울음을 터뜨렸다.

"그때는 네가 도와줄 수가 없잖니."

그 외로운 노파에게는 그 시대 특유의 고집과 진지함이 있었다. 수십 년간 사용한 기름병에는 할머니가 직접 새긴 눈금이 있었는데, 상점에서 기름을 따라줄 때 점원이 늘 다른 곳을 보고 있으니 믿을 수가 없다는 거였다. 기름이 눈금을 조금이라도 넘으면 할머니는 좋아하기는커녕 오히려 불만스러운 표정으로 넘은 만큼 기름을 따라냈다. 또 눈금에 못 미치면 다 채워주기 전까지는 절대 그 자리를 떠나지 않고, 장시간 그 자리에 서서 아무 말 없이 고집스레 기름병을 쳐다보고 있었다.

일찌감치 저 세상으로 간 할머니의 남편은 힘이 장사였는데, 생전에 우렁이라면 사족을 못 썼다. 여름이면 그는 마당에 앉아 부채질을 하며 느긋하게 우렁이를 먹었다. 할머니가 수십 년 동안 과부 생활을 하면서 남편을 기리기 위해 가장 애쓴 일은 정조를 지키는 게 아니라 바로 남편의 기호를 그대로 이어가는 것이었다. 남편이 살아 있을 때는 살은 그가 다 먹고, 할머니는 엉덩이에 붙은 찌꺼기만 기꺼이 받아먹었다. 남편이 죽은 뒤에도 수십 년간 그렇게 엉덩이 부분만 만족스럽게 먹고 나머지 살은 벽에 붙어 있는 남편을 위해 남겨놓았다. 그런 식으로 습관을 그리움과 하나로 만들었던 것이다.

내 친구는 우렁이를 별로 좋아하지 않았다. 그러나 할머니가 미끌미끌한 소리를 내며 우렁이를 쏙 빨아먹고, 한 번 빨아먹을 때마다 혀를 내밀어 입 주위에 남아 있는 즙을 핥아먹는 모습을 자꾸 보다 보니 나중에는 자기도 모르게 군침을 흘렸다. 어느 날 식욕이 당긴 귀칭이 식탁에 놓인 우렁이 살을 먹으려 하자 깜짝 놀란 할머니가 잽싸게 달려들어 귀칭의 손에 있는 우렁이 살을 탁 쳐서 떨어뜨렸다. 그러고는 귀에 대고 조용히 속삭였다.

"저 양반이 보잖아."

정말로 벽에 붙어 있는 죽은 사람이 그들을 보고 있었다.

내가 열두 살이던 해의 봄에 이 노파는 드디어 영원한 휴식을 얻었다. 할머니는 길에서 죽었다. 그날 할머니는 귀칭과 함께 간장을 사 들고 돌아오는 길에 문득 발이 잘 떨어지지 않는다는 느낌이 들었다. 그래서 어디 가서 좀 쉬자 하고는 담장 한 구석으로 걸어가 간장병을 두 손으로 꼭 끌어안은 채 햇빛 아래 주저앉았다. 그 옆에 서 있던 내 친구는 할머니가 눈을 감는 걸 보고 잠이 들었다고 생각했다. 녀석은 지루한 표정으로 그 자리에 서서 주위를 두리번거렸다. 따뜻한 봄날인지라 담벼락에는 벌써 풀이 돋아나는 게 보였다. 녀석은 햇빛에 눈이 부셔 눈을 가늘게 뜨고 있었다. 할머니는 중간에 한 번 눈을 크게 뜨고는 낮은 목소리로 그 개가 아직 살아 있냐고 물었다. 귀칭이 둘러보았더니 마침 개는 골목 한가운데 엎드려 고개를 쳐들고 그들을 바라보고 있었다. 저기 있다고 하자 할머니는 크게 한숨을 내쉬고 다시 눈을 감았다. 귀칭은 여전히 그 옆에 서서 즐거운 기분으로 햇빛이 할머니의 주름살 틈에서 어떻게 움직이는지 지켜보았다.

나중에 귀칭은 우리에게 할머니가 길을 잃고 얼어 죽었다고 말해주었다. 너무 급히 저승으로 가는 바람에 솜옷과 등잔 챙기는 걸 잊었기 때문이란다. 멀고 깜깜하고 추운 저승길에서 눈앞의 손가락도 보이지 않는 칠흑 같은 어둠 속을 걷다가 결국 길을 잃고 말았다는 것이다. 앞에서 불어오는 북풍을 맞으며 추위에 떨다가 도저히 걸을 수가 없어 자리에 앉아 그대로 얼어 죽었다고 했다.

열세 살 되던 해에 녀석은 드디어 진정한 자유인이 되었다. 더 이상 책가방을 메고 학교에 가서 선생님의 끊임없는 잔소리를 듣고 싶지 않았던 귀칭은 류샤오칭과 다른 아이들이 중학교에 올라갔을 때 돈을 벌기 시작했다.

그때 나는 이미 남문으로 돌아와 있었다. 내가 집에서 비참한 생활을 하고 있을 때 나의 친구는 자기 밥벌이를 하고 있었던 것이다. 녀석은 석탄 나르는 일을 했다. 진짜 노동자처럼 멜대에 때가 시커멓게 낀 수건을 걸고 가슴팍을 훤하게 드러낸 채 영차 하며 집집마다 석탄을 배달했다. 손수건은 과거의 습관 중에서 유일하게 남겨둔 것이었다. 무거운 석탄을 내려놓자마자 녀석은 제일 먼저 손수건을 꺼내 입 주위를 쓱 닦았다. 이마에 땀이 가득해도 입만 한 번 닦고 말았다. 옷 주머니에는 작은 수첩과 연필이 들어 있었는데, 상냥한 목소리와 귀여운 용모로 집집마다 찾아다니며 석탄이 필요한지 물었다. 처음에는 나이가 어려 신임을 얻기가 쉽지 않았다. 사람들은 녀석의 왜소한 체구를 보며 이렇게 물었다.

"네가 석탄을 나를 수 있겠니?"

그러면 나의 친구는 총명해 보이는 미소를 지으며 이렇게 답하곤 했다.

"시켜보지도 않고 어떻게 아세요?"

귀칭은 성실함과 깔끔한 계산 덕분에 얼마 지나지 않아 고객들의 폭넓은 신임을 얻었다. 석탄 공장 직원도 녀석에게는 물건을 줄 때 무게를 속여 이득을 취할 도리가 없었다. 녀석의 귀여운 용모와 모두가 다 아는 불행한 처지에 호감과 연민이 솟아나 항상 더 많이 주게 되었기 때문이다. 당연히 최대의 수혜자는 고객들이었으니 귀칭은 장사가 그만큼 잘 될 수밖에 없었다. 그렇게 녀석은 그 분야에서 이십 년 넘게 일한 경쟁 업자를 완전히 밀어내버렸다.

나중에 귀칭의 경쟁 업자가 된 그 사람은 아직도 내 기억 속에 뚜렷한 이미지로 남아 있다. 그 키 작은 남자는 거의 백치에 가까웠다. 아무도 그의 이름을 몰랐는데, 남들이 아무렇게나 불러도 항상 대답했다. 그러나 석탄을 메고 총총히 걸어갈 때는 아무리 불러도 대답하지 않았다. 오로지 빈 멜대를 메고 갈 때만 마음대로 불러도 고개를 숙인 채 열심히 대답했다. 그때 나는 그 사람을 늘 귀칭이나 류샤오칭이라 불렀고, 그 애들은 내 이름으로 그 사람을 불렀다. 그 사람은 "응, 응" 하기만 할 뿐 우리 쪽으로 고개를 돌리는 일은 없었다. 그는 항상 무슨 급한 일이라도 있는 듯 총총거리며 걸어 다녔다. 마치 한평생 기차 시간에 쫓기는 사람 같았다. 한번은 변소라고 불렀는데도 대답을 하는 통에 우리는 웃다가 뒤집어지는 줄 알았다. 자기 이름에 대해서는 전혀 개의치 않는 이 사람도 돈에 대해서만큼은 한 치의 오류도 용납하지 않았다. 계산도 놀라울 정도로 빨라서, 고객이 얼마를 지불해야 하나 계산하고 있는 사이에 어느새 그 액수를 알려주었다. 그렇게 말해주는 액수가 쑨당 사람들이 그에게 들을 수 있는 유일한 말이었다.

귀칭과 우리가 그를 조롱하던 시절에는 귀칭이 나중에 그의 경쟁 업자가 되리라고는 꿈에도 생각지 못했다. 귀칭의 가세로 그의 밥그릇은 눈에 띄게 줄어들어 예전처럼 그렇게 바쁘게 뛰어다닐 필요가 없었다. 이 불쌍한 사람은 이제 빈 멜대를 메고 풀이 죽은 모습으로 거리를 걷는 일이 더 많아졌다. 여전히 그 빠른 걸음으로 말이다. 그 사람은 귀칭을 전혀 시기하지 않았는데, 내 생각에는 아마도 그에게는 그런 능력 자체가 없었던 것 같다. 자신의 직업에 성실하기 그지없는 그의 얼굴에는 좀처럼 웃음이 떠오르지 않았다. 석탄을 고객의 집 창고에 넣어준 다음에는 알아서 문 뒤에서

빗자루와 쓰레받기를 들고 나와 땅바닥의 석탄 가루를 깨끗이 쓸어냈다. 그러고는 이상하리만큼 딱딱한 표정으로 빈 멜대를 메고 밖으로 나왔다. 그러나 어느 날엔가 길에서 똑같은 멜대를 메고 가는 귀칭과 마주쳤을 때는 눈을 가늘게 뜬 채 미소를 지었다.

두 사람이 어쩌다가 친해졌는지는 아무도 모른다. 언제부턴가 온몸에 석탄가루를 뒤집어쓴 그들이 찻집에 마주 앉아 활짝 웃으며 차를 마시는 광경이 사람들의 눈에 자주 띄었다. 수많은 이름이 있지만 정작 진짜 이름 하나가 없는 이 어른은 마치 하인처럼 두 손을 무릎에 단정히 올려놓은 채 차를 마실 때만 한 손을 들어 올렸다. 귀칭은 완전히 달랐다. 녀석은 찻잔 옆에 손수건을 놔두고는 한 모금 마실 때마다 손수건으로 입 주위를 한 번씩 닦았다. 더럽고 남루한 옷을 입은 귀칭은 몰락한 귀족 자제의 모습 그대로였다. 그들은 겉보기에는 아주 친해 보였지만, 둘이 이야기를 나누는 걸 들어본 사람은 아무도 없었다.

귀칭은 직업을 구한 지 얼마 되지 않아 사랑도 얻었다. 녀석이 좋아했던 그 소녀는 다 커서는 아마 미인이 되었겠지만, 그 당시에는 전혀 그렇게 보이지 않았다. 남문으로 돌아가기 전에 나도 후이란이라고 불리는 이 꼬마 아가씨를 본 적이 있는데, 그때만 해도 귀칭은 후이란에게 전혀 관심이 없는 눈치였다. 후이란은 바로 귀칭이 살던 그 골목에 살았다. 두 갈래로 머리를 땋아 올린 이 여자아이는 늘 문 앞에 서서 달콤한 목소리로 귀칭을 불렀다.

"귀칭 오빠."

그 애의 집 마당에는 모든 사람들이 탐내는 포도나무가 있었다. 어느 해 여름 나와 궈칭, 류샤오칭은 야밤에 이 포도나무를 탈탈 털어내자고 주도면밀한 계획을 세웠다. 문제는 그 집 담이 너무 높다는 것이었는데, 사실 실패의 진짜 원인은 담벼락이 아니었다. 우리 중 누구도 밤에 어른 몰래 집 밖을 나설 수가 없었던 것이다. 그때는 아직 궈칭의 아버지가 집을 떠나기 전이었다. 어른들이 내릴 무서운 벌만 생각하면, 계획이 아무리 치밀해도 공상이 되고 말았다.

궈칭이 그 계집애에게 마음을 빼앗긴 후의 어느 날, 이미 중학교에 다니고 있던 류샤오칭은 궈칭이 여전히 그 집 포도 서리에 마음이 있는 줄 알고 분위기 파악도 못한 채 이렇게 물었다.

"몇 사람 더 부를까?"

그러면서 자기 중학교 친구들을 더 부를 수 있지만 사다리는 구할 수가 없다고 말했다. 그러자 궈칭이 버럭 화를 내며 류샤오칭에게 말했다.

"넌 어떻게 내 애인의 포도를 훔치려고 드냐?"

그 둘의 사랑은 사실상 내가 남문으로 돌아가기 전에 이미 그 씨앗이 뿌려졌다. 간섭하는 사람 하나 없는 궈칭은 여름날 오후면 맨발에 반바지 차림으로 돌아다녔다. 녀석보다 두 살 어린 후이란은 바로 그런 날 오후 궈칭과 함께 어른들 몰래 그 소도시를 벗어나 연못에 가서 홀딱 벗고 수영을 배웠다. 후이란은 어린 나이에도 궈칭을 어떻게 보살펴야 하는지 잘 알았다. 그들이 동네로 돌아올 때, 보도블록이 뜨거운 햇볕에 달아오르는 바람에 맨발이었던 궈칭은 청개구리처럼 팔짝팔짝 뛰어다녀야 했다. 괴로워하는 귀칭을 보다 못한 후이란은 자신의 플라스틱 샌들을 벗어 귀칭에게 신겨 주려 했다. 그러나 귀칭은 그럴 때 여자아이한테 부드럽고 상냥하게 대해야 한다는 걸 몰랐던지라 우악스럽게 손사래를 치며 무시하는 투로 소리쳤다.

"누가 이런 여자 신발을 신는대?"

귀칭은 후이란과 연애를 하면서 성숙한 청년 행세를 했다. 매일 후이란이 학교를 파할 때쯤이면 이 열세 살짜리 아이는 깨끗한 옷으로 갈아입고 머리도 단정하게 빗어 넘긴 다음 교문 앞에서 후이란를 기다렸다. 그것은 힘든 하루 일과를 마친 녀석에게 가장 훌륭한 보너스였다. 그다음에 펼쳐지는 정경은 두 손을 주머니에 꽂은 귀칭이 힘차게 앞에서 걷고, 책가방을 멘 후이란은 종종 걸음으로 그 뒤를 바짝 따라가는 모습이었다.

어느 날 후이란이 귀칭에게 장난기 심한 남학생이 자기 책에 진흙을 넣어놨다고 하소연했다.

"진흙이 뭐가 대단하다고."

나의 친구는 어른처럼 손을 내저으며 으스대는 표정으로 자신의 꼬마 애인에게 말했다.

"나는 우리 반 여학생 책가방에 두꺼비를 넣은 적도 있는데 뭘."

그런 유치한 대화 덕분에 그들의 연애는 한층 천진난만하게 보였다. 가끔 귀칭은 헤어질 무렵에 미리 준비한 사탕을 꺼내 후이란의 책가방에 넣어주었다.

귀칭은 진짜 후이란과 결혼해서 아이까지 낳을 작정이었던 것 같다. 그게 아니라면 그렇게 진지하게 연애를 하지는 않았을 테니 말이다. 그는 어린 나이를 감추기 위해 애써 진지하고 엄숙한 척을 했는데 그런 모습이 좀 우스워 보였다. 그렇게 공개적인 연애가 계속되다 보니 어느새 그들은 이 소도시의 저명인사가 되었다. 귀칭은 어른들이 자기들을 바라보는 시선을 잘못 이해했다. 자기가 모든 일이 순조롭게 진행되고 있다고 여길 때, 다른 이들도 그렇게 생각할 줄 알았던 것이다.

후이란의 부모님은 모두 병원의 약제사였다. 그들은 두 아이의 친밀한 관계를 일찌감치 알고 있었지만, 아이들 사이의 일이라 그리 대수롭지 않게 여겼다. 다른 사람들이 두 아이가 연애를 하는 것 같다고 해도 오히려 그런 얘기 자체를 황당하게 생각했다. 그런데 나중에 귀칭이 저지른 행동 때문에 그들은 그런 소문이 사실이라는 걸 깨닫게 되었다.

나의 친구는 어느 일요일 오전 열세 살의 나이에 기가 막히게도 술 한 병과 담배 한 보루를 사서 장인 댁을 정식으로 방문했다. 감탄스럽게도 녀석은 전혀 당황하는 기색 없이 집 안으로 들어가 선물을 탁자에 놓고 공손한 표정을 지었다. 후이란의 부모는 그제야 화들짝 놀라며 이게 무슨 뜻이냐고 물었다. 그러자 귀칭이 대답했다.

"선물입니다."

약제사는 연거푸 손을 내저으며 말했다.

"네가 그리 고생해서 번 돈인데 내가 어떻게 그 선물을 받을 수 있겠니?"

내 친구는 이미 의자에 앉아 있었다. 다리를 꼬려 했으나 두 다리 모두 공중에 떠 있는 상태였다. 녀석은 부부 약제사에게 말했다.

"너무 어려워 마십시오. 사위가 드리는 조그만 성의입니다."

이 말에 깜짝 놀란 후이란의 부모는 한참 후에야 겨우 물었다.

"너 방금 뭐라고 했니?"

"장모님."

귀칭은 다정하게 부르고는 말을 이었다.

"제 말은……."

녀석의 말이 채 끝나기도 전에 그 여자는 찢어지는 목소리로 외쳤다.

"누가 네 장모라는 말이냐?"

귀칭이 미처 설명하기도 전에 남자가 당장 꺼지라고 소리를 질렀다. 귀칭은 다급히 일어서며 변명을 했다.

"저희는 자유연애를 하는 겁니다."

후이란의 부모는 놀라 얼굴이 새하얗게 질렸다. 그들은 귀칭을 밖으로 떠밀어내며 큰 소리로 고함을 쳤다.

"이런 건달 같은 자식."

귀칭은 젖 먹던 힘까지 다해 버티며 항변했다.

"지금은 신 사회라구요. 구시대가 아니라구요."

귀칭을 쫓아낸 뒤 후이란의 부모는 곧바로 선물을 내동댕이쳤다. 아쉽게도 술은 펑 소리와 함께 박살이 났다. 그때 밖에는 적지 않은 사람들이 모여 있었지만, 귀칭은 조금도 난처해하는 기색 없이 손가락으로 후이란의 집을 가리키며 당당하게 말했다.

"이 집 어른들은 사고가 너무 봉건적이야."

그들의 순수한 연애가 후이란 부모의 눈에는 터무니없는 짓으로 보였다. 열세 살 먹은 남자아이와 열한 살짜리 여자아이가 진지한 연애를 하다니 말이다. 그들에게는 딸아이가 하는 짓이 풍기문란으로 보였고, 자기들까지 동네에서 웃음거리가 된 기분이었다. 그러니 당연히 그런 황당한 연애를 용납할 수 없었다. 단단히 혼쭐을 내야겠다는 생각에 무남독녀 외동딸을 호되게 때리며 야단쳤다. 귀칭이 그 집 창가를 지나다가 울음소리를 듣고 얼마나 괴로웠을지는 충분히 짐작할 수 있다. 야단을 맞으면서도 후이란은 여전히 행복했던 시간으로 달려가고 싶은 충동을 억제할 수 없었다. 어쩌면 그 애에게 더욱 간절했던 건 귀칭의 호주머니 속에 있는 사탕이었을지도 모르겠지만. 그 후로도 그들은 계속 만날 기회가 있었지만 예전의 즐거움은 이미 사라진 뒤였다. 고통이 점차 원한으로 바뀌어가던 귀칭은 이를 갈며 후이란에게 그 애의 부모에게 복수할 계획을 들려주었다. 겁에 질린 채 그 이야기를 듣고 있던 후이란은 말이 끝나기도 전에 두려운 마음에 눈물을 펑펑 쏟았다.

그러던 어느 날 오후, 귀칭은 후이란의 집 창가를 지나다가 얼굴이 온통 피로 범벅이 된 채 창문에 기대어 있는 후이란을 보았다. 사실은 코피가 조금 흐른 것뿐이었다. 후이란이 울면서 그를 불렀다.

"귀칭 오빠."

화가 머리끝까지 난 나의 친구는 몸을 부르르 떨면서 후이란의 부모를 죽여버리고 말겠다는 생각을 했다. 이 열세 살짜리 아이는 집으로 달려가 식칼을 들고 다시 후이란의 집으로 향했다. 때마침 이웃이 집 밖으로 나오다가 귀칭이 어딘가 모르게 이상해 보여 지금 뭐 하냐고 물었더니, 귀칭은 분노에 찬 목소리로 이렇게 대답했다.

"사람 죽이러 가요."

이 젖비린내 나는 아이는 바지통과 소매를 바짝 걷어붙이고 식칼을 어깨에 얹은 채 살기등등한 눈빛으로 후이란의 집으로 향했다. 귀칭은 골목으로 들어설 때까지 아무런 제지도 받지 않았다. 어른들은 모두 녀석의 원한을 대수롭지 않게 여겼다. 오히려 녀석이 사람을 죽이러 간다고 말했을 때, 그 치기 어린 목소리와 천진한 표정에 낄낄대며 웃음을 터뜨렸다.

귀칭은 이렇게 아무 어려움 없이 후이란의 집 마당에 들어섰다. 때마침 후이란의 아버지는 알탄을 떼고 있었고, 어머니는 쪼그리고 앉아 닭에게 모이를 주고 있었다. 귀칭이 식칼을 들고 나타나자 그들은 넋이 나간 사람처럼 그 자리에 얼어붙었다. 귀칭은 바로 손을 놀리지 않고, 자기가 왜 그들을 죽이려고 하는지 장광설을 늘어놓았다. 그런 다음 식칼을 들고 달려드는데, 후이란의 아버지가 잽싸게 도망쳐 집 뒤쪽으로 몸을 피한 다음 큰 소리로 외쳤다.

"살인이다!"

불쌍한 후이란의 어머니는 도망갈 생각도 못하고 눈만 껌벅이며 달려드는 식칼을 바라보고 있었다. 그 순간 닭이 그녀를 구했다.

놀란 닭들이 사방으로 뛰어다니는데 그중 두 마리가 날개를 퍼덕이며 귀칭의 가슴팍으로 달려든 것이다. 후이란의 어머니는 그 틈을 이용해 마당에서 도망쳤다.

쫓아가려던 귀칭은 그 순간 후이란을 보았다. 문고리를 꼭 쥔 채 눈을 동그랗게 뜨고 있는 후이란은 그야말로 겁에 잔뜩 질린 모습이었다. 나의 친구는 쫓아가려던 것도 잊고 후이란의 옆으로 갔다. 그러나 후이란이 두려워하며 몸을 뒤로 움츠리는 바람에 귀칭은 기분이 상했다.

"뭐가 무서워? 너를 죽이진 않아."

녀석의 위안은 아무런 소용도 없었다. 후이란은 여전히 겁에 질린 눈빛으로 녀석을 바라보았다. 그 눈빛을 본 귀칭은 후이란의 사랑이 가짜라고 생각했다. 귀칭은 울컥한 마음에 이렇게 말했다.

"네가 이럴 줄 진작 알았으면 내가 목숨 걸고 사람을 죽이려 하진 않았을 텐데……."

어느새 마당의 두 출구에 사람들이 미어터질 정도로 모여들었다. 그리고 얼마 후 경찰이 들이닥쳤다. 한 아이가 살인을 저지르려 한다는 소식이 삽시간에 온 동네에 퍼지면서 오랫동안 무료했던 사람들이 벌떼처럼 모여든 것이다. 제일 먼저 도착한 경찰이 마당으로 들어서며 귀칭에게 명령했다.

"식칼 내려놔."

이번에는 귀칭이 놀랄 차례였다. 바깥의 웅성웅성하는 소리와 경찰의 출현에 놀란 귀칭은 후이란의 목에 식칼을 들이대며 죽을 힘을 다해 고함을 쳤다.

"들어오지 마, 들어오면 이 아일 죽여버릴 거야."

그러자 명령조로 말했던 경찰이 곧장 뒤로 물러났다. 이제껏 아무 소리도 내지 못하던 후이란이 앙 하고 울음을 터뜨렸다. 궈칭은 초조한 듯 후이란을 달랬다.

"안 죽여, 안 죽인다구. 저 사람들 속이려고 그러는 거야."

그래도 후이란이 계속 울어대자 화가 난 궈칭은 버럭 소리를 질렀다.

"울지 말라니까, 다 너 때문에 이러는 거잖아."

궈칭은 땀을 뻘뻘 흘리며 사방을 둘러보더니 울상을 지으며 혼잣말을 했다.

"이젠 도망칠 수도 없잖아."

사람들 틈에서 훌쩍이던 후이란의 어머니는 마누라도 팽개친 채 비겁하게 자기 혼자 도망친 남편을 탓하고 있었다. 남편은 마당에서 들려오는 딸의 울음소리에 눈물을 쏟으며 아내에게 말했다.

"그런 소리 말아. 당신 딸 목숨도 위험한데……."

그때 경찰 하나가 처마를 타고 지붕으로 기어 올라갔다. 몰래 궈칭의 뒤쪽으로 가서 뛰어내리려는 것이었다. 이 경찰은 쑨당에서 꽤 유명한 사람이었다. 깡패 다섯 명을 때려눕히고 자기 신발 끈으로 마치 게를 엮듯 묶어 경찰서로 끌고 간 적이 있었기 때문이다. 그가 능숙한 솜씨로 지붕을 기어오르는 모습에 마을 사람들은 감탄사를 연발했다. 그러나 지붕 위에서 허리를 굽히고 살금살금 발을 옮기다가 그만 기왓장 두 개가 박살나면서 지붕에서 떨어지고 말았다. 처음에는 포도나무 지지대 위로 떨어졌는데 우지끈 대나무가 부러지는 소리가 나더니 곧 시멘트 바닥으로 떨어졌다. 지지대에 걸리지 않았다면 아마 그는 반신불수가 되었을 것이다.

갑자기 하늘에서 사람이 떨어지자 귀칭은 깜짝 놀라 소리를 질렀다.

"빨리 나가, 나가라구. 안 그러면 이 애를 죽여버릴 거야."

뜻밖의 실수로 땅에 떨어진 경찰은 힘없이 그 자리를 떠날 수밖에 없었다.

"나간다구, 나간다니까."

쌍방의 대치는 저녁 무렵까지 이어졌는데, 그때 건장한 체격의 경찰이 괜찮은 방법을 하나 생각해냈다. 그는 평상복으로 갈아입고 뒷문으로 들어갔다. 귀칭이 나가라고 소리치자 그는 오히려 친근한 미소와 다정한 목소리로 귀칭에게 말을 걸었다.

"너 지금 뭐 하는 거냐?"

귀칭은 이마의 땀을 닦으며 말했다.

"사람을 죽일 거야."

"하지만 그 애를 죽이면 안 되잖아."

그는 후이란을 가리키며 조용히 말했다. 그러고는 다시 밖을 가리켰다.

"죽이려면 걔 부모를 죽여야지."

귀칭은 자기도 모르게 고개를 끄덕이며 점점 경찰의 말에 말려

들기 시작했다. 그가 물었다.

"너같이 어린애가 어른 두 사람을 죽일 수 있겠냐?"

"죽일 수 있어요."

경찰은 고개를 끄덕이며 말했다.

"난 믿어. 그런데 밖에 사람들이 많아서 말이야. 그 사람들이 네가 죽이려는 사람들을 보호할 텐데."

경찰은 귀칭이 어찌할 바를 모르겠다는 표정을 짓자 손을 내밀며 말했다.

"내가 도와줄까? 괜찮겠어?"

너무나 친절한 목소리에 귀칭은 드디어 자기를 도와줄 사람이 나타났다고 느꼈다. 그 경찰에게 완전히 홀린 귀칭은 경찰이 내민 손에 자기도 모르게 식칼을 건네고 말았다. 경찰이 곧바로 식칼을 던져버렸는데도 전혀 개의치 않았다. 오랜 시간 억울함과 두려움을 참아온 끝에 드디어 의지할 사람을 만났다는 생각에 귀칭은 그에게 안기며 울음을 터뜨렸다. 그 순간 경찰은 녀석의 뒷덜미를 낚아채 밖으로 끌고 나갔다. 있는 힘을 다해 고개를 들어 올린 나의 친구는 그렇게 건장한 남자에게 붙들려 사람들 사이를 빠져나갔다. 그때까지도 귀칭은 자기가 꼼짝없이 붙들렸다는 사실을 모르고 있었다. 숨 쉬기가 힘들었는지 귀칭의 울음소리는 길어졌다 짧아졌다를 반복하며 멀어져갔다.

모함

우리 선생님은 부드럽긴 하지만 또 그만큼 무서운 사람이었다. 안경을 낀 이 남자는 나중에 알게 된 쑤위의 아버지와 좀 닮은 구석이 있다. 눈을 가늘게 뜬 채 미소를 짓고 있다가 갑자기 매서운 벌을 주곤 했으니 말이다.

그의 부인은 동네에서 두부를 팔았는데, 자잘한 무늬가 박힌 옷을 입은 이 젊은 여자는 매달 초의 며칠간 학교에 왔다. 어떤 때는 남부끄러운 옷을 입힌 두 딸아이와 함께 오기도 했다. 그때 우리는 모두 그녀가 예쁘다고 생각했다. 그녀에게는 습관적인 동작이 하나 있었는데, 바로 손으로 엉덩이를 계속 문지르는 것이었다. 동네 사람들은 다 그녀를 두부 서시라 불렀다고 한다. 그녀가 학교에 나타날 때면 선생님의 얼굴이 어두워졌다. 방금 받은 월급을 고스란히 건네줘야 했기 때문이다. 그녀는 그중에 아주 조금만 꺼내 선생님에게 다시 건넸다. 그러면서 가느다란 목소리로 우리 선생님을 야단치듯 훈계했다.

"왜 인상을 써요? 밤에 내가 필요할 때는 실실 웃으면서, 돈을 달라고 하면 울 것 같은 표정이니⋯⋯."

그때 우리는 선생님이 왜 밤만 되면 실실 웃는다는 건지 알 수가 없었다. 우리는 선생님의 부인에게 황군(皇軍, 황국의 군대라는 뜻으로 일제 강점기에 일본이 자기 군대를 이르던 말)이라는 별명을 붙여줬다. 모든 걸 쓸어버리는 일본군처럼 매달 선생님의 지갑을 쓸어버리니 말이다. 이 별명을 누가 생각해냈는지는 잘 기억나지 않는다. 하지만 그날 귀칭이 교실로 뛰어오면서 짓던 재미난 표정은 잊을 수가 없다. 녀석은 칠판지우개로 교탁을 탁탁 내려치더니 선생님이 조금 늦으신다고 말했다.

"왜냐하면 황군이 왔거든."

그때 귀칭은 간이 거의 배 밖으로 튀어나왔다. 이런 말까지 했으니 말이다.

"한간(漢奸, 만주족에 협력한 한족을 일컫는 데서 비롯한 말로 매국노라는 뜻)이 지금 그녀를 모시고 있지."

초등학교 이 학년짜리 꼬마 아이는 자신의 총명함에 대한 대가를 혹독히 치러야 했다. 이 이야기를 전해들은 황군의 남편, 그러니까 우리 선생님이 굳은 표정으로 교단에 서 있었던 것이다. 그 모습을 본 귀칭은 두려운 마음에 온몸이 땀으로 흠뻑 젖었다. 나 역시 두려웠다. 선생님이 귀칭에게 무슨 벌을 줄지 알 수가 없었기 때문이다. 고자질한 학생들도 불안하기는 마찬가지였다. 그 나이에는 곧 받게 될 벌에 대해 강렬한 공포를 느낄 수밖에 없었다. 다른 사람이 받을 벌이라 해도 말이다.

선생님의 무서운 표정은 거의 일 분 정도 계속되다가 갑자기 가느다란 미소로 바뀌었다. 표정이 변하던 그 순간의 공포는 말로 다할 수 없을 정도였다. 선생님은 부드러운 목소리로 궈칭에게 말했다.

"널 가만두지 않을 거야."

그러더니 우리를 향해 말했다.

"자, 수업 시작."

나의 친구는 수업 시간 내내 얼굴이 하얗게 질린 채 확실한 공포와 기묘한 기대감 속에서 처벌을 기다렸다. 그러나 선생님은 수업이 끝난 뒤 녀석에게 눈길 한 번 주지 않고 교과서를 들고 나가버렸다. 녀석이 그날 하루를 어떤 기분으로 보냈을지 모르겠다. 녀석은 하루 종일 자기 자리에 앉아 갓 전학 온 아이처럼 겁먹은 표정으로 우리를 바라보고 있었다. 그러고 있으니 더 이상 운동장을 신나게 뛰어다니던 궈칭이 아니라 잔뜩 겁먹은 새끼 고양이 같았다. 나와 류샤오칭이 다가가면 녀석은 입을 씰룩거리며 거의 울 것 같은 표정을 지었다. 학교가 파하고 교문을 나선 뒤에야 비로소 우리 안에 오래 갇혀 있던 표범처럼 미친 듯이 날뛰기 시작했다. 그때 우리는 무슨 일이 생기지는 않을 거라 생각했다. 선생님이 잊은 게 분명하다고 단정 지었다. 게다가 황군이 아직 여기 있으니 밤이 되면 선생님은 웃느라 바쁠 거라는 생각까지 했다.

그런데 그 다음날 첫째 시간에 선생님의 첫마디는 궈칭을 일으켜 세운 다음 이렇게 묻는 것이었다.

"어떤 벌을 받아야 할지 네가 좀 말해봐라."

그 일을 완전히 잊고 있던 귀칭은 그 말에 누가 밀기라도 한 듯 심하게 몸을 떨었다. 그러고는 공포에 질린 눈빛으로 선생님을 바라보며 고개를 가로저었다.

"앉아서 잘 생각해봐."

선생님이 녀석에게 잘 생각해보라고 한 것은 사실상 녀석에게 잊지 말고 자기학대를 계속 하라는 뜻이었다. 그 후로 한 달 동안 귀칭은 암흑의 나날을 보냈다. 귀칭이 처벌에 대한 일을 잊고 기분 좋은 빛을 보일 때면 선생님은 어김없이 녀석의 옆으로 다가가 차분한 목소리로 일깨웠다.

"내가 아직 벌주지 않았지?"

실행되지 않는 처벌 때문에 귀칭은 한시도 마음을 놓을 수가 없었다. 이 불쌍한 아이는 그 기간 동안 선생님의 목소리를 듣기만 해도 바람에 흔들리는 나뭇가지처럼 온몸을 떨었다. 학교 수업이 파하고 집에 갈 때가 되어서야 비로소 안심할 수 있었다. 그러나 그 다음날 학교에 갈 때가 되면 불안과 초조의 시간이 다시 시작되었다. 끝나지 않을 것 같던 불안한 생활은 귀칭의 아버지가 귀칭을 버리면서 비로소 끝을 맺었다. 더 깊은 불행이 그 자리를 대신한 셈이었다.

선생님은 연민의 감정 때문에 귀칭을 처벌하지 않았을 뿐 아니라, 오히려 귀칭의 기를 살려줄 방법을 찾느라 고심했다. 귀칭의 과제물에는 틀린 글자가 두 개나 있었는데도 백 점을 주었고, 나는 한 글자밖에 틀리지 않았는데도 고작 구십 점을 받았다. 귀칭 어머니의 형제자매들이 오기 전에 선생님이 귀칭을 데리고 그 녀석의 아버지를 만나러 간 적이 있다. 선생님은 온화한 목소리로 그 개같은 자식에게 귀칭이 얼마나 말 잘 듣고 똑똑한 아이인지를 열심히 설명하면서 학교의 모든 선생님이 귀칭을 좋아한다고 말했다. 선생님의 장황한 칭찬을 다 들은 다음, 귀칭의 아버지는 냉랭한 목소리로 이렇게 쏘아붙였다.

"당신, 이 애가 그렇게 좋으면 데려가서 아들로 삼지 그러슈?"

선생님은 전혀 위축되는 기색 없이 가느다란 미소를 지으며 말했다.

"난 오히려 손자로 삼고 싶은데요."

나 역시 벌을 받기 전까지는 선생님을 무척이나 좋아하고 존경했다. 왕리창이 나를 데리고 학교에 간 첫날, 나는 남자가 뜨개질하는 걸 처음 본 터라 그 모습이 놀랍고 신기했다. 왕리창이 나를 그 사람 곁으로 데려가 장 선생님이라 부르라고 했을 때에야 비로소 그 웃기는 양반이 내 선생님이라는 사실을 알게 되었다. 그때 그는 무척이나 친절하고 상냥해 보였다. 내 어깨를 쓰다듬으며 던진 한마디에 기분이 좋으면서도 너무 과분하다는 생각에 놀라기도 했다.

"제일 좋은 자리에 앉게 해줄게."

그는 정말로 그렇게 해주었다. 나는 제일 앞줄 정중앙에 앉게 되었다. 선생님은 칠판에 필기를 할 때를 제외하고는 항상 내 자리 앞에서 수업을 했다. 강의록을 내 책상에 펼쳐놓고, 두 손도 내 책상에 올려놓은 채 침을 튀어가며 이야기를 했다. 덕분에 수업에 열중하려 꼿꼿이 쳐든 내 얼굴에 그 침이 집중적으로 날아들었다. 마치 가랑비 속에서 수업을 듣는 듯한 기분이었다. 게다가 선생님은 가끔 자기 침이 내 얼굴에 튄 걸 발견하기라도 하면 분필 가루로 범벅이 된 손으로 그 침을 닦아주었다. 그래서 수업 한 시간이 끝나고 나면 내 얼굴은 무슨 화폭이라도 되는 양 알록달록해지는 일이 많았다.

내가 처음으로 선생님에게 벌을 받은 건 삼 학년 일 학기 때였다. 눈이 엄청나게 내린 겨울날, 마냥 좋기만 한 아이들은 운동장에서 눈싸움을 벌였다. 재수 없게도 그날 내가 류샤오칭에게 던진 눈덩이가 잘못 날아가 어떤 여학생의 머리에 맞았다. 지금 그 여학생의 이름은 잊었지만, 그 귀엽고 애교스런 여학생이 낸 울음소리는 마치 무슨 놀림을 받고 우는 소리 같았다. 그 여학생은 선생님께 나를 고자질했다.

나는 자리에 막 앉으려던 차에 선생님의 호출을 받았다. 선생님은 내게 밖에 나가서 눈뭉치를 하나 만들어 오라고 했다. 그때는 선생님이 나를 놀리려고 그러는 줄 알았다. 그래서 자리에 선 채 어찌지 못하고 쭈뼛대는데 선생님은 나를 잊은 듯 계속 수업을 하더니, 잠시 후 이상하다는 듯 말했다.

"왜 아직 안 나갔니?"

그제야 나는 밖으로 나가 눈덩이를 하나 만들어 가지고 들어왔다. 그때 선생님은 마침 교과서에 있는 어우양하이(1963년에 자기 목숨을 희생하여 부대원들의 생명을 구한 군인)에 관한 이야기를 읽고 있었는데, 산길처럼 높았다 낮았다 하는 목소리에 나는 교실 문 옆에 선 채 감히 아무 말도 할 수가 없었다. 드디어 한 단락이 끝나고 선생님은 다시 교탁 뒤로 가서 섰다. 정말 환장할 노릇은 여전히 나를 본 척도 하지 않는다는 거였다. 혹시 나를 잊어버린 게 아닌가 싶어 너무나 당황스러웠다. 선생님이 칠판에 필기를 할 때 나는 쭈뼛대며 겨우 입을 열었다.

"저 선생님, 눈 뭉쳐 왔는데요."

그제야 선생님은 "응" 하며 나를 한 번 쳐다보더니 계속 글씨를 써 내려갔다. 필기가 다 끝나고 분필을 분필함에 넣은 뒤에야 눈덩이에 맞은 여학생을 내 앞으로 불러 아까 맞은 눈덩이가 지금 뭉쳐 온 눈덩이에 비해 크기가 어떠냐고 물었다. 사실 그 여학생은 그 눈덩이를 보지 못했다. 내가 눈덩이를 그 애의 뒤통수에 맞힌 데다가 맞자마자 곧장 부서져버렸기 때문이다. 이미 평정을 되찾은 여학생은 내 앞으로 오더니 억울하다는 듯 울먹이며 말했다.

"이것보다 커요."

재수 없게도 난 또다시 교실 밖으로 나가 더 큰 눈덩이를 뭉쳐 올 수밖에 없었다. 내가 다시 큰 눈뭉치를 들고 들어오자 선생님은 이번엔 여학생을 불러 보여주지 않고, 내 주위를 두 바퀴 돌더니 마침내 진짜 처벌을 내렸다. 그 눈뭉치가 다 녹을 때까지 그 자리에 서 있다가 들어가라는 거였다.

그 겨울날 오전, 깨진 유리창 틈으로 북풍이 불어 들어오는 가운데 선생님은 두 손을 번갈아 소매에 넣어가며 영웅 어우양하이에 관한 이야기를 들려주었고, 나는 문 옆에서 차가운 눈뭉치를 들고 서 있었다. 내 손은 차가움이 극에 달해 오히려 뜨거울 지경이었다. 어찌나 뜨거운지 손목이 잘려나갈 듯이 고통스러웠다. 그러나 눈덩이가 떨어지지 않도록 한순간도 방심할 수 없었다.

그때 선생님이 내 옆으로 오더니 자상한 목소리로 말했다.

"좀더 꽉 쥐면 더 빨리 녹을 게다."

수업이 끝날 때까지 눈덩이는 다 녹지 않았다. 선생님이 강의록을 옆에 끼고 내 곁을 지나 밖으로 나가자, 친구들이 주위로 몰려들었다. 그들은 어떻게 하면 눈덩이가 더 빨리 녹을지 의견이 분분했는데, 그럴수록 나는 더 슬퍼졌다. 억울한 마음에 거의 눈물이 쏟아질 지경이었다. 귀칭과 류샤오칭은 사나운 기세로 그 여학생에게 다가가 역적, 주구라며 욕을 퍼부었다. 불쌍한 그 여학생은 순식간에 울음을 터뜨리더니, 책가방을 싸서 밖으로 나가며 선생님께 일러바치겠다고 말했다. 귀칭과 류샤오칭은 그 여학생이 고자질을 하겠다고 할 줄은 몰랐는지 잽싸게 그 애를 붙잡고는 애걸복걸 용서를 빌었다. 그때 내 손은 꽁꽁 언 아이스 바처럼 완전히 마비되었고, 눈뭉치는 바닥에 떨어져 박살이 나버렸다. 눈뭉치가 박살나자 나의 공포는 극에 달했다. 나는 바닥에 굴러다니는 눈덩이처럼 엉엉 울면서 주위의 친구들에게 내 결백을 증명해달라고 애원했다.

"일부러 그런 게 아니야. 너희들 다 봤잖아. 일부러 그런 게 아니라구."

선생님의 권위는 정확한 판단 위에 세워진 게 아니라, 그런 엄격하고 독특한 처벌에서 나온 것이었다. 판단도 단순하거나 제멋대로였다. 그렇다 보니 선생님이 내리는 벌은 늘 갑작스런 습격과도 같았고, 도저히 예측할 수가 없었다. 게다가 한 번 내렸던 벌을 다시 반복하는 일은 절대로 없었다. 내가 쑨탕에서 보낸 사 년 동안의 생활이 이를 증명한다. 그는 이 방면에 뛰어난 재주가 있었고, 출중한 상상력을 발휘했다. 이것이 바로 우리가 그를 보기만 해도 벌벌 떨었던 이유다.

한번은 여남은 명의 아이들이 운동장에서 공놀이를 하다가 그만 교실 유리창을 박살내고 말았다. 그때 선생님이 내린 벌이 그나마 제일 가벼운 축에 속했다. 그때는 나까지 벌을 받을 거라고는 전혀 예상치 못했기 때문에 나는 아주 미약하고 무기력한 반항을 했다.

지금도 유리창을 깬 친구의 불쌍한 표정이 기억난다. 선생님이 아직 교실에 들어오지도 않았는데 그 친구는 벌써 엉엉 울기 시작했다. 자기가 무서운 벌을 받는 모습이 머릿속에 떠올랐기 때문이다. 얼마 후 교실에 들어온 선생님은 역시나 가느다란 미소를 지으며 교탁에 섰다. 그 모습을 보니 선생님은 벌을 줄 아이가 나타나면 마음속 깊이 즐거워하는 게 아닐까 하는 의심까지 들었다. 이번에도 선생님은 이전과 마찬가지로 우리의 생각을 완전히 뒤엎는 결정을 했다. 직접 그 학생을 벌하지 않고 공놀이를 함께한 사람 모두에게 손을 들어보라 하고는 이렇게 말했던 것이다.

"너희들 모두 반성문을 쓰도록."

그때 난 진짜로 놀랐다. 사실 그건 선생님의 일관된 처벌 방식이었다. 하지만 나는 잘못한 게 없는데 왜 반성문을 써야 하나 하는 생각이 들었다. 마음속에서 '난 안 써' 하는 반항의 목소리가 들려왔다. 그래서 처음으로 어른에게 반항을 했다. 모든 학생들이 벌벌 떠는 선생님에게 말이다.

용감해지려고 애를 썼지만 마음속으로는 여전히 떨고 있었다. 방과 후에 나는 벌을 받는 학생들에게 나처럼 반항을 하자고 부추겼다. 그러나 불만을 말할 때는 나와 똑같이 흥분하더니만, 반성문을 쓰지 말자는 말에는 죄다 꿀 먹은 벙어리 행세를 했다. 궈칭은 자기는 전혀 신경 쓰지 않는다는 듯 내게 이렇게 말했다.

"지금은 반성문을 써도 상관없어. 지금 우리에겐 공문서가 없잖아. 나중에 직장을 갖게 되면, 그때는 쓰면 안 되지. 그땐 반성문도 다 그 서류에 들어가거든."

나는 아마 내 평생 가장 용감했을 시기를 그렇게 고립된 채로 보냈다. 나는 큰 소리로 친구들에게 이렇게 말했다.

"뭐가 어떻게 되든 난 반성문 같은 건 안 쓴다."

나는 교실 구석에 서서 수많은 친구들이 놀란 눈으로 나를 바라보는 것을 지켜보았다. 약간의 허영심이 더해진 흥분으로 목소리가 떨렸다. 그다지 믿을 만하지 않은 그 흥분에 나는, 그 열 살짜리 꼬마는 어떤 진리라도 얻은 듯한 기분이 되었다.

'그래, 내가 옳은 거야. 선생님도 말한 적이 있잖아. 결점 없는

사람은 없다고 말이야.'

난 아이들에게 이렇게 말했다.

"선생님도 틀릴 때가 있다구."

꼬박 하루 동안 나는 나 자신에게 완전히 도취되어 있었다. 아직 어린아이인데도 벌써 어른의 결점을 발견할 수 있었으니 말이다. 나의 상상은 스스로 날개를 펴고 선생님과 내가 교실에서 논쟁을 벌이는 광경을 눈앞에 그려 보았다. 상상 속의 나는 절묘한 말로 물 흐르듯 내 의견을 펼쳐나간다. 진리는 내 편에 있기 때문이다. 선생님 역시 화려한 언변으로 자기 의견을 폈지만 결국은 지고 만다. 왜냐? 진리는 그의 편에 있지 않기 때문이다. 선생님은 격정에 찬 목소리로 자신의 패배를 인정하고 화려한 수사로 나를 칭찬한다. 모든 여학생들이 존경과 흠모의 눈길로 나를 바라본다. 그건 남학생들도 마찬가지다. 달콤한 말로 나를 칭찬하는 건 말할 것도 없고 말이다. 그때 나는 이미 여학생들이 좋아해줄 때 느끼는 행복이 무엇인지 알고 있었던 것이다. 바로 그 순간 나의 상상은 날개를 접어야 했다. 내 눈가에는 이미 뜨거운 눈물이 그렁그렁했다. 난 나의 상상이 그 지점에 오랫동안 머물면서 나에게 그 무엇과도 비교할 수 없는 이 행복을 계속 맛보게 해줬으면 하고 바랐다.

나의 감정이 격정으로 치닫는 순간에도 선생님은 냉정한 모습을 보이며 내게 한마디도 걸지 않았다. 점점 불안해진 나는 혹시 선생님이 옳으면 어쩌나 하는 생각에 마음을 졸였다. 어쨌든 내가 아이들과 공놀이를 한 건 분명한 사실이고, 만약 내가 류샤오칭에게 패

스하지 않았다면 류샤오칭은 그 녀석에게 주지 않았을 테고, 그랬다면 녀석이 어떻게 유리를 깨뜨릴 수 있었겠나. 내 생각은 점점 무서운 쪽으로 뻗어가 온종일 걱정으로 마음이 조마조마했다. 그러니 선생님과의 논쟁은 꿈도 못 꿀 일이었다.

리슈잉의 도움으로 나는 자신감을 회복할 수 있었다. 어느 날 유리를 닦다가 도저히 참지 못하고 리슈잉에게 운동장에서 공놀이를 해도 되느냐고 물었다. 리슈잉은 당연히 된다고 대답했다. 뒤이어 공놀이를 하던 중 한 친구가 유리창을 깨뜨렸다면 나에게 잘못이 있냐고 물었다. 그녀의 답변은 명쾌하기 그지없었다.

"다른 사람이 깨뜨렸는데 너하고 무슨 상관이야?"

진리는 결국 다시 내 편으로 돌아왔고, 나는 두 번 다시 그것을 의심하지 않았다.

그렇지만 그 후로도 오랫동안 선생님이 내게 냉담한 태도를 보인 탓에 나의 흥분은 서서히 사그라졌고, 갈수록 분명해지는 실망으로 대체되었다. 처음에는 교실에서 선생님과 논쟁을 벌이는 순간을 기대하며 밤마다 많은 말을 준비하고, 아침이면 부단히 자신을 북돋았다. 수업종이 울리면 내 심장은 미친 듯이 요동을 쳤다. 가장 걱정스러웠던 건 결전의 순간에 주눅이 들어 한마디도 하지 못하면 어쩌나 하는 거였다. 선생님의 냉담함 때문에 이런 걱정은 점점 커져만 갔다. 실망과 걱정이 날이 갈수록 더해졌고, 자신감은 온데간데없이 사라졌다. 나는 차차 예전의 평정을 되찾았다. 모든 것이 다 지나간 일처럼 느껴졌고, 그 일을 차츰 잊기 시작했다. 선생님도 아마 일찌감치 그 일을 잊고, 황군이 나타나는 날 밤이면 실실 웃는 생활로 돌아갔을 것이다.

이 모든 것은 내 안에서 자아가 부딪쳐 벌어진 일이었다. 내가 선생님과 나의 역할을 동시에 맡아 싸우다가 결국은 진이 빠져 그 장난을 그만둔 것이다. 나는 다시 그 시끄러운 운동장으로 달려가 아무 생각 없이 뛰놀고 소리치는 진짜 어린이다운 생활로 돌아갔다. 그러나 바로 그때 귀칭이 다가와 선생님이 나를 교무실로 부른다는 말을 전했다.

나는 곧바로 긴장하기 시작했다. 아름다운 햇빛이 내리비추는 오후, 선생님에게 가는 동안 내내 몸이 휘청거렸다. 귀칭과 아이들은 신나게 떠들며 내 뒤를 따랐다. 일찍이 내가 열렬히 기대했으나 나중에는 지극히 두려워하던 순간이 다가온 것이다. 한때 열심히 준비했던 웅변조의 말들을 찾아내려 애를 썼지만 단 한마디도 생각나지 않았다. 입술이 떨리는 게 느껴지자 당장이라도 울음이 터질 것만 같았다. 나는 울지 말자고, 용기를 내자고 스스로를 격려했다. 선생님이 나를 무섭게 야단칠 것이고, 이번에도 아주 희한한 방법으로 나를 처벌할 거란 사실도 알았지만, 절대로 울 수 없다. 난 잘못이 없었기 때문이다.

'맞아, 난 잘못이 없어. 잘못한 건 선생님이야. 나는 선생님께 이렇게 말해야 한다. 말할 때는 좀 천천히 해야 하고, 절대로 선생님이 갑자기 질러대는 소리에 놀라면 안 된다. 절대로 그 눈웃음을 무서워해서도 안 된다.'

이렇게 마음을 단단히 먹고 교무실로 들어가며 그 순간 내가 대단히 용기 있는 아이라고 느꼈다.

선생님은 다정한 표정으로 고개를 끄덕였다. 마침 미소 띤 얼굴로 다른 선생님과 얘기를 나누던 중이었다. 나는 그 옆에 서서 선생님이 손으로 넘기고 있는 종이를 보았다. 첫 장은 류샤오칭이 쓴 반성문이었다. 선생님은 다른 선생님과 얘기하면서 종이를 한 장씩 천천히 넘겼다. 덕분에 나는 반성문을 한 장 한 장 분명히 볼 수 있었다. 마지막으로 본 것은 귀칭의 반성문이었는데 글씨가 무척이나 컸다. 그 순간 선생님이 몸을 돌리더니 내게 아주 상냥한 목소리로 물었다.

"네 반성문은?"

그때 나는 완전히 무너졌다. 모든 아이들의 반성문을 보고 나니 전의를 완전히 상실해 더듬거리며 겨우 입을 열었다.

"아직 다 못 썼거든요."

"언제 다 쓸 수 있니?"

선생님의 목소리는 매우 온화했다. 나는 선생님의 말이 채 끝나기도 전에 대답했다.

"금방 다 써요."

쑨당에서의 마지막 일 년, 그러니까 사 학년으로 올라간 후의 어느 토요일 오후 내가 아래층에서 난로에 알탄을 넣고 있을 때 귀칭과 류샤오칭이 뛰어와 놀랄 만한 소식을 전해주었다. 우리 교실 벽에 누군가 분필로 구호를 써놓았는데, 우리 선생님 장칭하이를 타도하자는 내용이라고 했다.

그때 아이들은 이상할 정도로 흥분하면서 거의 숭배하는 듯한 어조로 나에게 배짱 한번 대단하다고 말했다. 죽일 놈의 장칭하이는 진작 타도했어야 했어. 우리 모두 그 인간한테 벌 받다가 죽을 뻔했잖아. 친구들의 흥분한 모습에 나까지 감염되는 기분이었다. 그 애들은 모두 그 구호를 내가 쓴 줄 알고 나를 숭배하는 거였다. 그 순간만큼은 정말로 내가 그 구호를 쓴 사람이었으면 했다. 그러나 솔직할 수밖에 없었던 난 부끄러운 표정까지 지으며 그들에게 말했다.

"내가 쓴 거 아니야."

그 순간 귀칭과 류샤오칭이 보인 실망 때문에 얼마나 불안했는지 모른다. 나는 그 애들이 실망한 건 내가 그 용감한 사람이 아니라서 그런 줄 알았다. 류샤오칭의 말처럼 말이다.

"너 정도는 돼야 그런 배짱이 있지."

내 생각엔 귀칭이 나보다 훨씬 배짱 있는 아이였다. 내가 그렇게 말한 건 절대 겸손해 보이기 위해서가 아니었다. 귀칭은 내 칭찬을 받아들이는 듯 고개를 끄덕이며 말했다.

"나라면 썼을 거야."

류샤오칭이 옆에서 거드는 바람에 결국 나까지 그 말을 따라하고 말았다. 난 정말 더 이상 그 애들을 실망시키고 싶지 않았다.

이렇게 난 올가미에 걸려들었다. 귀칭과 류샤오칭이 선생님의 지시를 받고 나를 시험하는 거라고는 전혀 생각지 못했다. 월요일이 되어 학교에 갈 때까지만 해도 바보처럼 즐거운 기분으로 길을 걸었다. 그러나 얼마 후 나는 작은 방으로 끌려 들어가 장칭하이와 성이 린씨인 여선생님에게 심문을 받았다.

먼저 린 선생님이 그 구호에 대해 알고 있느냐고 물었다. 문이 굳게 잠긴 조그만 방에서 어른 둘이 나를 살기등등한 눈으로 바라보았다. 나는 고개를 끄덕이며 알고 있다고 대답했다. 곧이어 그 선생님이 어떻게 알게 되었느냐고 물었을 때는 약간 머뭇거렸다. 내가 어떻게 궈칭과 류샤오칭이 통쾌해 마지않았다는 이야기를 할 수 있겠나? 만약 그 애들이 이 방에 끌려온다면 나를 어떻게 보겠느냔 말이다. 그 애들은 분명히 나를 역적이라고 욕할 것이다.

난 긴장한 표정으로 그들을 바라보았다. 그때까지도 그들이 나를 의심하고 있을 줄은 꿈에도 몰랐다. 그 여선생님이 달콤한 목소리로 토요일 오후에서 일요일 사이에 학교에 온 일이 있느냐고 물었다. 나는 고개를 가로저었다. 그녀는 장칭하이에게 살짝 미소를 지어 보이더니 재빨리 고개를 거둬들이며 내게 물었다.

"그런데 그 구호를 어떻게 알지?"

그녀가 갑작스레 날카로운 목소리로 외치는 바람에 나는 깜짝 놀랐다. 그때까지 한마디 말도 없던 장칭하이가 그 순간 부드러운 목소리로 내게 물었다.

"왜 그런 구호를 적었지?"

난 다급하게 부인했다.

"내가 쓰지 않았어요."

"헛소리하지 마."

린 선생님이 탁자를 내리치며 말했다.

"하지만 넌 그 구호를 알고 있잖아. 학교에 오지도 않았으면서 어떻게 안단 말이야?"

방법이 없었다. 귀칭과 류샤오칭이 알려줬다고 하는 수밖에. 그렇게 하지 않으면 누명을 벗을 도리가 없었다. 그렇게 말했는데도 그들은 내 말에 전혀 관심을 기울이지 않았다. 장칭하이가 단도직입적으로 물어왔다.

"네 필체를 조사해봤다. 네가 쓴 게 확실해."

그 단정적인 말투에 나는 눈물을 쏟으며 제발 믿어달라는 뜻으로 고개를 세차게 가로저었다. 그들은 의자에 앉아 서로를 쳐다보았다. 내 얘기는 귓등으로도 듣지 않는 것 같았다. 내 울음소리에 많은 학생들이 창가로 모여들었다. 수많은 아이들이 내가 우는 모습을 지켜보고 있었지만 나는 그런 것들에 신경 쓸 겨를이 없었다. 린 선생님이 아이들을 쫓아 보내고 창문을 닫았다. 조금 전에는 문이 닫혔고, 지금은 창문이 닫혔다. 그 순간 장칭하이가 물었다.

"만약 나라면 쓰겠다는 얘기는 한 적 있지?"

난 두려움이 가득한 눈길로 그를 바라보았다. 그걸 어떻게 알지? 토요일 오후에 우리가 한 얘기를 엿들었나?

수업종이 나를 잠시 구원해주었다. 그들은 나더러 꼼짝 말고 그 자리에 서 있으라 하고는 수업을 하러 교실로 갔다. 그들이 떠난 후 나 혼자 그 작은 방에 서 있었다. 바로 옆에 의자가 있었지만,

감히 앉을 엄두가 나지 않았다. 탁자 위에 있는 붉은 잉크를 구경하고 싶었지만, 꼼짝 말라고 했으니 그저 눈을 들어 창밖을 바라볼 수밖에 없었다. 밖으로는 운동장이 보였다. 운동장에서는 고학년 학생들이 대열을 지었다가 잠시 후 다시 흩어져 공놀이를 하거나 줄넘기를 했다. 체육은 내가 제일 좋아하는 과목이었다. 저쪽 교실에서 흘러나오는 책 읽는 소리가 유리창에 가로막혀 아주 작게 들렸다. 밖에서 아이들이 책 읽는 소리를 듣는 건 처음이었다. 그때는 얼마나 그 속에 섞이고 싶었는지 모른다. 그러나 나는 그 자리에서 벌을 서야 했다. 고학년 남학생 둘이 밖에서 창문을 두드리며 소리쳤다.

"야, 너 방금 왜 울었나?"

눈물이 또다시 흘러내렸다. 그들은 상심한 마음에 흐느끼는 나를 보며 밖에서 낄낄댔다.

휴식 시간을 알리는 종이 울리고, 장칭하이가 궈칭과 류샤오칭을 데려왔다. 내가 그 애들을 끌어들였으니 언제고 올 거라 생각하고 있었다. 창밖에서 나를 본 그 애들은 한 번 힐끗 쳐다보더니 곧장 거만한 표정으로 지나쳐갔다.

곧이어 벌어진 광경에 나는 깜짝 놀라고 말았다. 궈칭과 류샤오칭이 내가 토요일 오후에 "나라면 썼을 거야"라고 말했다며 고자질을 한 것이다. 린 선생님은 손가락으로 나를 가리키며 장칭하이에게 말했다.

"그런 생각이 있으니까 그런 구호를 쓰지요."

"쟤네들도 그렇게 말했어요."

바로 그때 궈칭과 류샤오칭이 황급히 선생님들에게 말했다.

"우리는 쟤를 꼬드기려고 그렇게 말한 거예요."

나는 절망의 눈빛으로 나의 친구들을 바라보았고, 그들은 씩씩대며 나를 노려보았다. 잠시 후 선생님은 그들을 밖으로 내보냈다.

그날 오전에는 정말 얼마나 무서웠는지 모른다. 두 어른이 번갈아가며 나를 공격하고, 나는 하염없이 눈물을 흘리며 부인했다. 그들이 갑작스레 소리를 치거나 탁자를 내리치는 바람에 눈물을 흘리는 와중에도 깜짝깜짝 놀랐다. 그렇게 몇 번이나 놀라 나자빠질 뻔했지만 감히 끽 소리도 낼 수 없었다. 린 선생님은 총살해버리겠다는 말만 빼고는 온갖 무서운 말을 다 내뱉었다. 그러다 갑자기 온화한 표정을 짓더니 차분한 목소리로 말했다. 경찰서에 어떤 기계가 있는데, 그 기계로 벽에 쓴 글씨와 내 공책의 글씨체를 비교해보면 금방 알 수 있다는 거였다. 이것이 내가 그날 오전에 얻은 유일한 희망이었다. 그러나 난 여전히 그 기계가 틀릴 수도 있지 않을까 걱정이 되었다.

"그 기계가 틀릴 수도 있나요?"

"그런 일은 절대로 없어."

그녀는 단호하게 고개를 가로저었다. 그제야 안심한 나는 희망찬 목소리로 소리쳤다.

"그럼 그 기계 좀 빨리 가져와서 실험해주세요."

그런데 그들은 꼼짝도 않고 의자에 앉아 서로를 바라보기만 했다. 결국 장칭하이가 내게 말했다.

"우선 집으로 돌아가거라."

그렇게 나는 오전 수업이 끝나는 종이 울린 뒤에야 마침내 그 작은 방에서 벗어났다. 오전에 갑자기 들이닥친 일들 때문에 자유의 몸이 된 후에도 여전히 얼떨떨했다. 학교 교문까지 어떻게 걸어갔는지도 모를 정도였다. 거기서 궈칭, 류샤오칭과 마주치자 또 괜히 억울한 생각에 눈물이 흘러내렸다. 나는 그들에게 다가가 볼멘 목소리로 말했다.

"너희들 왜 그랬어?"

궈칭은 다소 불편한 듯 얼굴을 붉히며 대꾸했다.

"넌 잘못을 저지른 아이라 너랑 얘기하면 안 되는데."

류샤오칭은 오히려 득의양양한 표정으로 말했다.

"솔직히 말하면 선생님이 우리더러 널 감시하라고 했어."

어른들의 권력이 아이들 사이의 아름다운 우정을 순식간에 박살내버린 것이다. 그 후로 오랫동안 나는 그 애들과 어울리지 않았다. 내가 남문으로 다시 돌아갈 무렵, 궈칭에게 도움을 청하러 갔을 때에야 겨우 예전의 친밀함을 회복했다. 그러나 그때는 또 헤어져야 할 순간이기도 했다. 그 후로 다시는 그들을 보지 못했다.

오후가 되어 교실에 멍청하게 앉아 수업 준비를 하고 있는데, 강의록을 겨드랑이에 끼고 들어오던 장칭하이가 나를 흘끗 보더니 괴상한 표정을 지으며 물었다.

"너 여기서 뭐 하는 거냐?"

내가 여기서 뭘 하냐고? 나는 당연히 수업을 들으러 왔지만, 갑작스런 질문에 그만 말이 막혀버렸다.

"일어나."

내가 황급히 자리에서 일어나자 그는 나를 교실 밖으로 내보냈다. 그 길로 나는 운동장 한가운데까지 걸어갔다. 그곳에서 사방을 돌아보는데 어디로 가야 할지 알 수가 없었다. 잠시 머뭇거리다 결국 용기를 내어 교실로 돌아갔다. 그러고는 조마조마한 마음으로 장칭하이에게 물었다.

"선생님, 어디로 가란 말씀이세요?"

그는 고개를 돌려 나를 보더니 여느 때와 같은 부드러운 목소리로 내게 물었다.

"너 오전에 어디 있었지?"

고개를 돌려보니 운동장 맞은편으로 그 작은 방이 보였다. 그제야 그게 무슨 뜻인지 깨달았다.

"그 방에 가 있으라구요?"

그는 흡족한 표정으로 고개를 끄덕였다.

그날 오후 내내 나는 그 작은 방에 갇혀 있었다. 내가 끝내 잘못을 인정하지 않자 그들은 크게 화를 냈다. 결국 왕리창이 학교에 왔다. 군복을 입은 왕리창은 그들의 얘기를 듣는 동안 몇 차례나 나를 책망하듯 돌아보았다. 그 당시 나는 왕리창이 내 얘기도 열심히 들어줬으면 하고 바랐지만, 선생님들의 말만 듣고 내 얘기에는 전혀 관심을 보이지 않았다. 그는 선생님들에게 유감의 뜻을 전하면서, 나는 입양한 아이이고 그때 이미 여섯 살이었다고 말했다. 그러면서 한마디 덧붙였다.

"여러분도 잘 아시겠지만, 여섯 살짜리 아이의 습관을 바꾸는 건 대단히 어려운 일입니다."

그것은 내가 가장 듣기 싫어하는 말이었다. 그러나 그는 선생님들처럼 내게 잘못을 인정하라고 강요하지는 않았다. 그런 이야기는 단 한 마디도 꺼내지 않았다. 그는 일이 있어서 가봐야 한다며 금방 자리에서 일어났다. 그렇게 한 건 아마도 내게 상처를 주지 않기 위해서였던 것 같다. 만약 계속 그 자리에 앉아 있었다면 아무래도 선생님들의 의견 쪽으로 기울었을 테니 그런 곤혹스런 상황을 피하고 싶었던 것이다. 하지만 나로서는 선생님들 얘기만 열심히 듣고, 내가 진짜 그랬는지 안 그랬는지는 한마디도 묻지 않은 게 억울하기만 했다.

만약 리슈잉이 나를 믿어주지 않았다면 정말이지 나는 어찌할 바를 몰랐을 것이다. 그때 나는 오해로 인한 깊은 절망에 빠져 거의 호흡 곤란을 느낄 정도였다. 아무도 나를 믿어주지 않았다. 학교의 모든 사람이 그 구호를 내가 썼다고 생각했다. 나는 사실을 인정하지 않는다는 이유로 거짓말쟁이가 되어버렸다.

그날 오후 학교를 파하고 집으로 돌아가는 길에 나는 이중으로 괴로움을 겪었다. 오해 때문에 생긴 중압감에 시달리는 와중에도 집에 돌아간 이후의 현실과 마주해야 했으니 말이다. 나는 왕리창이 이미 그 일을 리슈잉에게 말했을 거라 생각했다. 그들이 무슨 벌을 줄지는 알 수 없는 일이었다. 그런 생각을 하며 절망적인 기분으로 집에 들어갔다. 내 발소리가 들리자 침대에 누워 있던 리슈잉이 곧바로 나를 불러 진지한 목소리로 물었다.

"그 구호 네가 썼니? 솔직히 말해."

꼬박 하루 동안 심문을 받았지만 이런 질문은 처음이었다. 나는 눈물을 줄줄 흘리며 대답했다.

"제가 쓰지 않았어요."

리슈잉은 침대에서 일어나 날카로운 소리로 왕리창에게 말했다.

"이 아이가 쓰지 않은 게 분명해. 내가 보증한다니까. 얘가 우리 집에 막 왔을 때 내가 몰래 오 편을 창가에 놔뒀는데 정직하게 나한테 가져왔다니까."

그러고는 내게 말했다.

"난 너를 믿는다."

왕리창은 다른 방에서 선생님들에 대한 불만을 털어놓았다.

"애들이 뭘 안다고 말이야. 구호 하나 쓴 게 뭐 그리 대단한 일이라고."

리슈잉은 그 말에 단단히 화가 난 듯 왕리창을 질책했다.

"어떻게 그렇게 말할 수가 있어요? 그 말은 당신이 이 아이가 썼다는 걸 믿는다는 뜻 아녜요?"

창백한 얼굴에 성격까지 괴상한 이 여자의 말에 난 감동의 눈물을 줄줄 흘렸다. 리슈잉은 말하는 데 너무 많은 힘을 쏟은 탓인지 바로 침대에 쓰러지면서 힘없는 목소리로 말했다.

"울지 마, 울지 말라니까. 빨리 가서 유리창이나 닦아라."

집에서 든든한 신뢰를 얻은 이후에도 학교에서의 처지는 전혀 달라지지 않았다. 나는 햇빛도 잘 들지 않는 그 작은 방에서 또 꼬박 하루를 보냈다. 그런 격리된 생활은 내게 이상한 공포를 불러일으켰다. 다른 친구들과 똑같이 학교에 갔다가 똑같이 집에 돌아왔지만, 나만 그 작은 방에서 나보다 전적으로 우월한 두 어른에게 끝없이 심문을 당했으니 그런 공격을 어떻게 견뎌낼 수 있었겠는가.

나중에 그들은 내가 혹할 법한 이야기를 들려주었다. 거의 칭찬에 가까운 어조로 한 아이에 대한 이야기를 했다. 나와 같은 나이의, 나만큼이나 똑똑한 아이(정말 의외의 칭찬이었다)가 잘못을 저지른 이야기였다.

두 선생님은 사나운 기세를 거두고 이야기를 시작했고, 나는 온 정신을 집중해 귀를 기울였다. 나와 같은 나이의 그 아이가 어느 날 이웃의 물건을 훔쳤다고 한다. 그 애는 마음속으로 자책을 했고 자기가 잘못했다는 것도 알고 있었는데, 나중에 사상 투쟁을 거쳐 물건을 주인에게 돌려주고 자기 잘못을 인정했다는 이야기였다.

린 선생님이 아주 친근한 목소리로 물었다.

"그 아이가 비판을 받았을까?"

나는 고개를 끄덕였다.

"아니."

그녀가 말을 이었다.

"그 아이는 오히려 표창장을 받았단다. 자기 잘못을 깨달았기 때문이지."

그들은 이런 방식으로 나를 유혹했다. 잘못을 깨닫는 것이 잘못을 저지르지 않는 것보다 더 칭찬받을 만한 가치가 있다고 말이다. 수없이 야단을 맞으면서 칭찬에 목이 말라 있던 나는 어떤 흥분과 기대를 품고 하지도 않은 일을 했다고 인정해버리고 말았다.

목적을 달성한 두 어른은 한숨을 내쉬며 지친 듯 의자에 몸을 기대더니 묘한 표정으로 나를 바라봤다. 그들은 나를 칭찬하지도 야단치지도 않았다.

"가서 수업 들어라."

장칭하이가 말했다. 나는 그 작은 방을 나와 떨리는 가슴을 안고 햇볕이 환하게 내리쬐는 운동장을 가로질러 교실로 향했다. 수많은 아이들이 고개를 돌려 나를 바라보았다. 순간 얼굴이 화끈 달아올랐다.

아마도 사흘 후의 일이었을 것이다. 그날은 아침 일찍 책가방을 메고 학교로 향했다. 교실에 들어서는 순간 나는 깜짝 놀라고 말았다. 장칭하이 혼자 교탁 뒤에 앉아 있었기 때문이다. 교탁에는 강의록이 놓여 있었다. 그는 나를 보자마자 가까이 오라고 손짓을 하더니 내가 다가가자 들릴까 말까 한 목소리로 물었다.

"너, 린 선생님 알지?"

내가 어떻게 그 사람을 모를 수가 있겠는가? 그 작은 방에서 부드러운 목소리로 나를 으르고 놀라게 하더니, 느닷없이 똑똑하다고 하던 그 사람을. 나는 고개를 끄덕였다.

장칭하이는 살짝 미소를 짓더니 신비스러운 목소리로 말했다.

"잡혀갔다. 원래 지주 집안이었거든. 이제까지 숨겨왔는데, 이번에 발각됐다는구나."

깜짝 놀랐다. 린 선생님이 잡혀갔다고? 며칠 전까지 장칭하이와 함께 조리 있고 근엄한 말투로 끝도 없이 나를 밀어붙이던 그녀가 잡혀갔다는 거였다.

장칭하이는 고개를 숙인 채 자신의 강의록을 들여다봤고, 나는 교실 밖으로 나와 맞은편의 그 작은 방을 바라보았다. 머릿속에서는 린 선생님이 잡혀갔다는 놀라운 사실이 끊임없이 맴돌았다. 몇몇 친구들이 교실에 들어가자 장칭하이는 또다시 낮은 목소리로 아이들에게 그 사실을 알려주었다. 나는 선생님의 미소가 무서웠다. 그 작은 방에서는 린 선생님과 일심동체인 듯하더니 지금은 또 이렇게 전혀 딴판인 태도를 보이다니⋯⋯.

남문으로 돌아오다

왕리창과 리슈잉에 대해 지금까지도 잊을 수 없는 기억이 하나 있다. 나는 열두 살 때 남문으로 돌아와 열여덟 살 때 다시 남문을 떠났다. 그 사이에 몇 번씩이나 오 년 동안 살았던 쑨당에 가볼 계획을 세웠다. 왕리창이 죽은 후에도 리슈잉이 잘 살고 있는지 확인해보고 싶어서 말이다.

그 집에서 힘든 육체노동을 하긴 했지만, 그들은 늘 나를 친밀하게 대해주었다. 일곱 살 때 왕리창이 나더러 혼자 찻집에 가서 따뜻한 물을 받아 오라고 한 적이 있다.

"내가 찻집이 어딘지 알려주지 않아도 찾아갈 수 있겠니?"

나는 땀을 뻘뻘 흘리며 머리를 굴리다가 마침내 답을 찾아내고는 활기찬 목소리로 대답했다.

"다른 사람에게 물어보면 돼요."

왕리창은 유쾌한 웃음을 터뜨렸다. 내가 보온병 두 개를 들고 집을 나서려 하자 그는 자리에 앉아 나와 눈높이를 맞추려 애쓰면서 신신당부를 했다. 보온병이 너무 무거워서 들기 어려우면 그냥 버리고 오라는 거였다. 그 보온병은 대단히 비싼 물건 같았는데 버리고 오라니 화들짝 놀라고 말았다.

"왜 버려요?"

그는 만약 들고 오다가 땅바닥에 떨어뜨리기라도 하면 병 안의 뜨거운 물에 화상을 입을 수도 있기 때문이라고 알려주었다. 그제야 그의 말을 이해할 수 있었다.

나는 주머니에 이 편을 넣고, 보온병 두 개를 들고 의기양양하게 거리로 나섰다. 보도블록이 깔린 길을 걸으며 사람들에게 낭랑한 목소리로 찻집이 어디에 있느냐고 물어보았다. 얼마나 많이 물어보았는지는 신경 쓰지 않고 카랑카랑한 목소리로 계속 소리를 질렀다. 내 잔머리는 단번에 효과를 거두었다. 길가의 어른들이 죄다 놀란 얼굴로 나를 쳐다보았던 것이다. 찻집에 들어간 다음에는 한층 더 낭랑한 목소리로 돈을 건넸다. 그러자 돈을 받는 노파가 깜짝 놀라 가슴을 쓸어내리며 말했다.

"놀라 죽는 줄 알았네."

그 모습에 내가 깔깔 웃음을 터뜨리자 노파는 신기하다는 표정으로 나를 바라보았다. 잠시 후 보온병 두 개를 들고 찻집을 나서려는데 노파가 불안한 듯 말했다.

"못 들고 갈 것 같은데……."

내가 어떻게 보온병을 버리겠는가? 그런 의심은 내 자부심을 키울 뿐이었다. 집을 나설 때 왕리창이 했던 당부의 말은 길을 걸으며 희망으로 변했다. 그 희망은 상상 속에서 이런 광경을 그려 보였다. 내가 보온병 두 개를 들고 집에 들어서자 왕리창이 미친 듯이 기뻐하며 리슈잉을 부르고, 그 소리에 침대에 누워 있던 그녀도 걸어 나와 둘이 함께 나를 칭찬하는 광경 말이다. 바로 이 장면을 위해 나는 이를 악문 채 보온병 두 개를 들고 집으로 향했다.

'버리면 안 돼. 버리면 안 돼.'

이렇게 수도 없이 나를 격려하며, 중간에 딱 한 번만 쉬고 집에 도착했다.

실망스럽게도 왕리창은 전혀 놀라는 기색이 아니었다. 당연히 들고 올 줄 알았다는 듯 보온병을 받아 들더니 그냥 가버렸다. 바닥에 앉는 그의 뒷모습을 보며 나는 마지막 희망을 걸고 그를 일깨웠다.

"중간에 딱 한 번밖에 안 쉬었어요."

그는 몸을 일으키며 별로 대단치 않다는 듯한 미소를 지었다. 완전히 낙담한 나는 혼자 한쪽 구석으로 걸어가며 생각했다. 칭찬할 줄 알았는데.

한번은 바보같이 왕리창과 리슈잉의 밤 생활에 끼어들었다가 얻어맞은 적이 있다. 건장한 체구의 왕리창과 허약한 리슈잉의 밤 생활은 척 보기에도 불안했다. 내가 막 그들 집에 왔을 무렵, 며칠에 한 번씩 밤에 잠이 들려고 하면 리슈잉의 애원하는 소리와 신음 소리가 들려왔다. 그때마다 나는 무서움에 떨었지만, 다음날이 되면 그들은 따뜻한 대화를 나누었다. 한 사람은 묻고, 한 사람은 대답하는 소리가 그렇게 친밀할 수가 없었다.

어느 날 밤 옷을 벗고 침대에 올라 잠을 자고 있는데, 맥없이 온종일 침대에만 누워 있던 리슈잉이 날카로운 목소리로 나를 불렀다. 나는 그 한겨울 밤에 반바지만 입은 채 덜덜 떨면서 그들의 방문을 열어젖혔다. 그러자 마침 옷을 벗고 있던 왕리창이 얼굴이 시뻘게지더니 발로 문을 걷어차며 꺼지라고 소리를 질렀다. 무슨 일이 벌어지고 있는지는 알 수 없었지만, 그 자리를 그냥 떠날 수는 없었다. 리슈잉이 안에서 애타게 나를 부르고 있었기 때문이다. 춥고 무서웠지만 벌벌 떨며 그대로 문가에 서 있었다. 얼마 후에 리슈잉이 이불 속에서 튀어나왔던 것 같다. 속옷이 조금만 젖어도 열이 오르던 여자가 그때는 아무것도 신경 쓰지 않았다. 안에서 왕리창의 고함 소리가 들려왔다.

　"죽으려고 환장했어?"

　그때 문이 스르르 열리더니 무슨 일이 벌어진 건지 전혀 알지 못하는 나를 리슈잉이 이불 속으로 데리고 들어갔다. 그녀는 더 이상 소리치지 않고, 가쁜 숨을 몰아쉬며 왕리창에게 말했다.

　"오늘은 우리 셋이 같이 자요."

　리슈잉은 나를 꼭 안더니 내 얼굴을 자기 얼굴에 갖다 댔다. 그녀의 머리카락이 내 한쪽 눈을 덮었다. 허약하고 앙상했지만 몸은 따뜻했다. 나는 한쪽 눈으로 왕리창이 화난 얼굴로 내게 소리치는 모습을 보았다.

　"어서 나가."

　리슈잉이 내 귀에 대고 말했다.

"안 나간다고 말해."

그 순간 나는 리슈잉에게 완전히 마음을 빼앗겼다. 당연히 그녀의 따뜻한 몸을 떠나고 싶지 않았기에 왕리창에게 대들었다.

"안 나가요."

왕리창은 내 팔을 붙잡더니 리슈잉의 품에서 나를 떼어내 땅바닥에 내동댕이쳤다. 그러고는 시뻘게진 눈으로 바닥에 앉아 꿈쩍도 않는 나를 무섭게 노려보며 소리쳤다.

"아직 안 나가고 뭐 해?"

그 순간 나는 격한 감정이 치밀어 올라 왕리창에게 소리쳤다.

"안 나간다니까요!"

왕리창이 한 발 더 다가와 나를 끌어내려 하기에 나는 침대 다리를 붙들고 늘어졌다. 완전히 돌아버린 그는 내 머리끄덩이를 잡더니 침대에 내 머리를 박아버렸다. 그 순간 리슈잉의 날카로운 비명소리를 들은 것 같다. 내가 극심한 통증에 못 이겨 손을 놓자, 왕리창은 나를 들어 문 밖에 내팽개치고는 문을 쾅 닫아버렸다. 그때는 나 역시 완전히 돌아버린 상태라 바닥에서 기어올라 있는 힘껏 방문을 두들기며 울며불며 욕을 퍼부었다.

"나를 쑨광차이네 집으로 돌려보내줘. 왕리창, 이 개자식아."

나는 울분에 가득 차 소리치며 리슈잉이 일어나 나를 도와주길 간절히 바랐다. 처음에는 두 사람이 싸우는 소리가 들리더니 이내 아무 소리도 들리지 않았다. 내가 계속 울부짖으며 욕을 퍼붓자 리슈잉이 내 이름을 부르며 힘없는 목소리로 말했다.

"빨리 돌아가 자라. 얼어 죽겠다."

나는 문득 더 이상 기댈 곳이 없다는 걸 느끼고 목 놓아 울며 내 방으로 돌아갔다. 그리고 그 칠흑 같은 어둠 속에서 왕리창에 대한 원한을 품은 채 서서히 잠이 들었다. 다음날 잠에서 깨었을 때 얼굴이 참을 수 없이 아팠지만 시퍼렇게 멍이 든 줄은 몰랐다. 때마침 이를 닦던 왕리창이 나를 보더니 깜짝 놀라는 기색이었다. 그러나 나는 그를 본체만체하며 그 옆에 있는 대걸레를 들었다. 그가 갑자기 나를 막아서더니 거품 가득한 입으로 알아들을 수 없는 말을 지껄였다. 나는 있는 힘을 다해 그에게서 벗어나 걸레를 들고 리슈잉의 방으로 들어갔다. 그런데 리슈잉도 나를 보고는 깜짝 놀라며 왕리창에게 욕을 퍼부었다.

"이렇게 세게 때리다니……."

이날 아침, 왕리창은 나에게 꽈배기 두 개를 사다 주었다. 꽈배기는 식탁 위에 놓였다. 갑작스레 나타난 먹음직스런 아침 식사를 보며 나는 단식을 결심했다. 아무리 권해도 한 입도 먹지 않았다. 그저 훌쩍이며 이렇게 말할 뿐이었다.

"쑨광차이에게 보내줘."

애원보다는 위협 쪽이 더 효과가 있었다. 양심의 가책을 느낀 왕리창이 계속해서 미안한 기색을 보이자 오히려 그와 대립하겠다는 결심이 더 굳어졌다. 책가방을 메고 집을 나서려 하자 그가 재빨리 따라와 내 어깨에 팔을 두르려 했다. 그러나 나는 잽싸게 몸을 피했다. 그러자 이번에는 이 편짜리 동전을 주려고 하기에 나는 단호하게 고개를 가로저었다.

"됐어요."

나는 진정한 배고픔을 맛봐야 했다. 왕리창이 내 단식을 보며 불안해하자 나의 결심은 더욱 확고해졌다. 자신을 학대하는 방식으로 왕리창에게 복수하려 했던 것이다. 처음에는 나 자신이 자랑스럽기까지 했다. 왕리창의 것을 다시는 안 먹겠다고 맹세하면서 내가 굶어 죽을 수도 있겠다는 생각을 했다. 생각이 거기에 미치자 나 자신이 얼마나 자랑스럽던지 눈물이 주르륵 흘러내렸다. 내가 굶어 죽는 것이 왕리창에게 가장 큰 타격을 줄 수 있는 방법이었다.

하지만 아무래도 나이가 너무 어렸던 까닭에 나의 의지는 배가 부를 때만 흔들리지 않을 수 있었다. 일단 배고픔으로 눈앞이 노래지고 머리가 어지러워지면, 먹을 것에 대한 유혹을 떨쳐버릴 수가 없었다. 사실 예나 지금이나 나는 신념을 위해 목숨을 바칠 위인이 못 된다. 그저 내 몸속을 유유히 흐르는 생명의 소리를 숭배하는 그런 인간에 불과하다. 생명 그 자체를 제외하고는 살아갈 다른 이유를 찾지 못하니 말이다.

그날 아침, 친구들은 모두 시퍼렇게 멍든 내 얼굴을 보았다. 그러나 곧이어 다가올 배고픔이 훨씬 더 무섭다는 걸 아는 녀석은 하나도 없었다. 빈속으로 집을 나선 뒤 삼 교시가 되자 더 이상 견딜 수가 없었다. 처음에는 마치 깊은 밤 골목에서 느껴지는 적막과도 같은 느낌이 바람처럼 허무감을 실어 왔다. 그런 느낌이 온몸으로 퍼지더니 사지에서 힘이 쫙 빠지면서 머리가 어질어질했다. 그다음에는 위통이 시작됐는데, 찌릿찌릿 전해오는 미약한 통증이 얼굴에 든 피멍보다 훨씬 괴로웠다. 간신히 버티다가 수업이 끝나자마자 수돗가로 달려가 수도꼭지에 입을 대고 배가 터지기 직전까지 물을 마셨다. 그런 다음에야 잠깐 동안이라도 안정을 찾았고, 배고픔도 잠시 떠나보낼 수 있었다. 힘없이 수돗가에 몸을 기대고 있으니, 햇빛이 나의 온몸을 따뜻하게 내리비췄다. 물은 몸속에서 순식간에 소화흡수 되어버렸다. 별수 없이 수업종이 울릴 때까지 쉬지 않고 한겨울의 차디찬 수돗물을 마셨다.

수돗가를 떠나온 뒤에 배고픔이 다시 찾아오면 정말 속수무책이었다. 그때 난 그 이전의 무엇보다 더 혹독한 시련을 견뎌야 했다. 내 몸은 땅바닥에 내동댕이쳐진 쌀자루처럼 자리에 풀썩 주저앉았다. 환각이 시작되고, 칠판이 동굴처럼 보였다. 선생님이 동굴에서 걸어 나와 메아리처럼 웽웽 소리를 내는 것 같았다.

위가 텅 비어 고통을 겪고 있는 동안, 내 방광은 지나치게 팽창하는 바람에 괴로워하고 있었다. 너무 많은 물을 마셨더니 나에게 복수를 시작한 것이다. 나는 결국 손을 들어 장칭하이에게 오줌을 누고 오겠다고 말했다. 수업이 시작된 지 몇 분 되지 않았을 때라 선생님은 영 마음에 들지 않는다는 듯 싫은 소리를 했다.

"왜 쉬는 시간에 안 누고!"

조심조심 변소로 걸어갔다. 조금이라도 뛰었다 하면 방광 속의 물이 출렁거리니 감히 뛸 수가 없었다. 오줌을 다 눈 다음에는 그 기회를 이용해 또다시 배가 가득 차도록 찬물을 마셨다.

그날 오전의 네 시간 수업은 내 평생 가장 견디기 어려운 시간이었다. 화장실에 다녀온 지 얼마 되지도 않았는데 방광이 다시 팽팽해지면서 얼굴이 잿빛으로 변했다. 도저히 견딜 수가 없어 다시 손을 들었다.

장칭하이가 의심 가득한 눈길로 나를 한참 쳐다보더니 물었다.

"또 오줌 싸러 가니?"

나는 부끄러워하며 고개를 끄덕였다. 장칭하이는 궈칭에게 나와 함께 변소에 가서 진짜로 쌀 오줌이 남아 있는지 확인하라고 했다. 이번에는 오줌을 다 싼 후에도 겁이 나서 물을 마실 수가 없었다. 궈칭은 교실로 돌아와 선생님에게 낭랑한 목소리로 보고했다.

"소보다 훨씬 오래 싸던데요."

친구들이 깔깔대며 웃어대는 통에 나는 귀밑까지 빨갛게 달아오른 채 자리에 앉았다. 이번에는 물을 마시지 않았는데도 방광이 또 땡땡해졌다. 배고픔은 더 이상 문제가 되지 않았다. 방광이 걷잡을 수 없이 커져갔다. 이번에는 손을 들 수도 없었다. 격렬한 통증을 참으며 쉬는 시간을 알리는 종소리가 빨리 울리기를 기다렸다. 조금만 움직여도 방광이 터질 것만 같아서 꼼짝도 할 수가 없었다. 도저히 참을 수가 없었다. 시간이 어찌나 느리게 흐르는지 아무리 기다려도 종소리가 들리지 않았다.

장칭하이는 짜증나는 얼굴로 입을 열었다.

"너 우리를 익사시키고 싶은 모양이구나."

학생들은 교실이 떠나가도록 웃어젖혔다. 장칭하이는 더 이상 나를 변소에 보내주지 않았다. 그 대신 자기가 직접 확인할 수 있도록 창밖으로 나가 교실 벽에 대고 오줌을 싸라고 했다. 쏴쏴 내 오줌이 벽에 부딪히는 소리가 들리자, 그는 의심을 풀고 자리로 돌아가 수업을 계속했다. 그러나 오줌 싸는 시간이 너무 길었던지 수업을 하다 말고 놀란 표정으로 물었다.

"아직도 다 안 쌌니?"

난 새빨개진 얼굴로 그에게 미소를 지어 보였다.

오전 수업이 끝난 후에 나는 다른 친구들처럼 집에 가지 않고 단식 투쟁을 계속했다. 점심 내내 수돗가 아래 누워 있다가 배가 심하게 고파지면 기어올라 배가 가득 차도록 물을 마셨다. 그러고는 다시 그 아래 혼자 쓸쓸하게 누워 있었다. 그때 내 자존심은 그저 장식품에 불과했다. 속으로는 왕리창이 찾아와 주기를 간절히 바랐다. 햇빛을 받으며 누워 있는 내 주위로 풀들이 즐거운 듯 자라나고 있었다.

왕리창이 나를 찾으러 온 건 오후가 다 되어 친구들이 하나둘씩 오후 수업을 들으러 도착할 무렵이었다. 그는 수돗가에서 나를 발견했다. 그가 점심을 먹은 뒤부터 줄곧 초조한 마음으로 나를 기다렸다는 건 나중에 리슈잉이 말해줘서 알았다. 그가 나를 부축해 일으킨 다음 손으로 조심스럽게 멍든 얼굴을 어루만져주자 나는 그만 울음이 터져버렸다.

그는 나를 등에 업고, 두 손으로 내 넓적다리를 힘껏 받쳐 올리며 교문을 향해 걸어갔다. 내 몸은 그의 등에서 가볍게 흔들렸다.

아침만 해도 그렇게 굳건했던 자존심이 어느새 아쉽고 그리운 마음에 자리를 내줬다. 그때 난 왕리창을 조금도 증오하지 않았다. 그의 어깨에 얼굴을 묻었을 때 내가 느낀 건 오히려 보호받고 있다는 흥분이었다.

우리는 한 식당으로 들어갔다. 그는 나를 계산대에 앉히더니 각종 국수의 이름이 빼곡히 적혀 있는 칠판을 가리키며 어떤 걸 먹겠느냐고 물었다. 나는 입을 꼭 다문 채 칠판을 바라보며 아무 말도 하지 않았다. 일말의 자존심이 내 속에서 꿈틀대고 있었던 것이다. 왕리창은 그중에서 가장 비싼 삼선탕면을 주문하고는 탁자 옆에 앉았다.

그때 왕리창이 나를 바라보던 눈길을 잊을 수가 없다. 아마 죽을 때까지 잊지 못할 것이다. 그가 죽고도 이미 여러 해가 지났지만, 그때의 눈길을 생각하면 아직도 가슴 한 구석이 저려온다. 그는 부끄러운 듯, 또 내가 너무 사랑스러워 죽겠다는 듯 가만히 나를 바라보았다. 한때 나에게는 이런 아버지가 있었던 것이다. 하지만 그때는 미처 그런 감정을 느끼지 못했다. 그가 죽고 내가 남문으로 돌아온 뒤부터 차츰 그런 생각이 들기 시작했다. 쑨광차이와 비교하면 왕리창은 여러모로 훨씬 아버지다운 면이 있었다. 모든 것이 멀어져간 지금에야 왕리창의 죽음이 내게 오래도록 지워지지 않는 슬픔으로 남았다는 걸 깨달았다.

국수가 나왔지만 나는 곧바로 먹지 않았다. 김이 모락모락 피어오르는 국수를 그저 탐욕스럽고 불안한 눈길로 바라보고만 있었다. 내 속마음을 알아차린 왕리창은 근무하러 가야 한다며 자리에서 일어났다. 그가 나가자마자 나는 냉큼 달려들어 게걸스럽게 국수를 먹기 시작했다. 위가 작아 금세 배가 불러지는 바람에 남은 닭고기와 튀긴 생선을 젓가락으로 들어 올려 한참을 바라보다 내려놓고, 또다시 들었다가 내려놓기를 반복했다. 더 먹을 수 없다는 사실이 너무나 안타까웠다.

　나는 순식간에 어린 시절의 생기발랄한 나로 돌아갔다. 불쾌한 일들은 금방 연기처럼 사라졌다. 그러다 맞은편에 남루한 옷을 입고 앉아 있는 노인에게 눈이 갔다. 그는 제일 싼 국수를 먹고 있었는데, 내가 닭고기와 튀긴 생선을 들었다 놓았다 하는 모습을 주의 깊게 바라보고 있었다. 내가 얼른 나가서 그 남은 음식들을 먹었으면 하는 것 같았다. 어린 시절의 잔인한 장난기가 발동한 나는 일부러 나가지 않고 남은 음식을 만지작거렸다. 그만큼 그도 천천히 먹는 듯했다. 우리 두 사람은 말없이 싸움을 벌였다. 얼마 지나지 않아 이런 장난에 싫증을 느낀 나는 새로운 장난거리를 떠올렸다. 그래서 젓가락을 큰 소리가 나게 탁자에 내려놓고는 자리에서 일어나 거들먹거리며 걸어 나왔다. 식당 밖으로 나오자마자 창가에 몸을 숨기고 몰래 그를 감시했다. 그는 문가에 서서 밖을 한번 둘러보더니 놀랍도록 민첩한 동작으로 자기 그릇에 담긴 국수를 내 그릇에 쏟아 붓고는 두 그릇의 위치를 바꿨다. 그러고는 아무 일도 없었다는 듯 국수를 먹기 시작했다. 그 모습을 보자마자 나는 창가를 떠나 으스대며 식당으로 다시 들어갔다. 곧장 노인 앞으로 다가가 놀란 척을 하며 빈 그릇을 바라봤다. 나의 갑작스런 등장에 노인은 불안해하는 기색이 역력했다. 나는 그걸로 충분하다는 생각에 기분 좋게 식당을 빠져 나왔다.

초등학교 삼 학년에 올라간 뒤부터는 갈수록 노는 것에 빠져들었다. 왕리창, 리슈잉과도 서로 익숙해지면서 점차 친해졌고, 처음의 낯선 느낌도 사라져갔다. 밖에서 시간 가는 줄도 모르고 놀다가 나중에야 집에 갈 시간이란 걸 깨닫고 뛰어 들어가는 날이 많았다. 당연히 욕을 먹었지만, 그런 건 더 이상 겁나지 않았다. 땀을 뻘뻘 흘리며 열심히 일하면 어느새 그들은 욕을 그쳤다.

한동안은 연못에서 민물새우를 잡는 일에 미쳐 나와 귀칭, 류샤오칭은 거의 매일 수업이 끝나자마자 교외로 달려갔다. 그러던 어느 날, 막 들판에 들어서는데 왕리창이 어느 젊은 여자와 몇 걸음 떨어져 밭두렁을 따라 걸어오는 모습을 보았다. 깜짝 놀란 나는 재빨리 뒤로 돌아 달리기 시작했지만, 왕리창도 이미 나를 발견한 뒤였다. 나를 부르는 소리에 걸음을 멈추고, 불안한 마음으로 왕리창이 성큼성큼 걸어오는 모습을 바라보았다. 집에 돌아갔어야 할 시간에 아직도 밖에 있었기 때문이다. 귀칭과 류샤오칭은 우리가 교외에 나온 건 새우를 잡기 위해서지 과일 서리를 하기 위해서가 아니라며 변명을 늘어놓았다. 왕리창은 그들에게 씽긋 웃어 보였다. 또한 뜻밖에도 나를 야단치지 않고, 큰 손으로 내 머리를 쓰다듬으며 같이 가자고 했다. 그가 오는 길 내내 친근한 말투로 학교 일을 물어보는 등 전혀 야단칠 낌새를 보이지 않기에 나는 점점 기분이 좋아졌다.

나중에 우리는 백화점의 선풍기 아래서 아이스크림을 먹었다. 이때가 내 어린 시절 가운데 가장 행복한 순간이었다. 그때 왕리창의 집에는 선풍기가 없었기 때문에, 그 돌아가는 물건이 물이 흘러내리는 것처럼 환하게 빛나며 동그라미를 만들어내는 모습이 그저 놀라울 뿐이었다. 나는 바람이 부는 곳 안으로 들어갔다가 나오기를 반복하며 바람이 있을 때와 없을 때를 번갈아가며 느꼈다.

그날 난 한 번에 아이스크림을 세 개나 먹어치웠다. 왕리창이 그렇게 뭔가를 흔쾌히 사주는 일은 거의 없었는데, 그 날은 세 개나 먹은 뒤에도 더 먹고 싶으냐고 물었다. 나는 또 고개를 끄덕였다. 그러나 그는 잠시 머뭇거리더니 실망스러운 말을 뱉었다.

"너무 많이 먹으면 탈 난다."

그 대신 그는 과일 사탕을 사줬다. 백화점을 떠나 집으로 가는데 그가 갑자기 이런 질문을 했다.

"너 그 아줌마 아니?"

"어떤 아줌마요?"

나는 무슨 말인지 이해하지 못했다.

"아까 내 뒤에서 걸어오던 아줌마 말이야."

그제야 논두렁에서 봤던 그 젊은 여자가 생각났다. 그 여자가 언제 사라졌는지 나는 전혀 눈치 채지 못했다. 그때는 왕리창에게서 도망치느라 잔뜩 긴장한 상태였기 때문이다. 내가 고개를 절레절레 흔들자 왕리창이 말했다.

"나도 모르는 여자거든."

그러고는 말을 이었다.

"너를 불러 세우고 보니까 내 뒤에 사람이 있더라구."

그의 놀란 표정이 너무나 웃겨서 나는 한참을 깔깔거렸다. 집에 거의 도착했을 무렵, 왕리창은 허리를 굽혀 내게 속삭이듯 말했다.

"우리, 교외에 갔다는 거 말하지 말자. 골목에서 만난 거로 하자구. 안 그러면 그 사람이 화낼 테니까 말이야."

나는 그때 너무나 기뻤다. 나 역시 방과 후에 또 놀러갔던 걸 리슈잉이 알아채지 못했으면 했으니 말이다.

반년 후에 나는 왕리창과 그 젊은 여자가 함께 있는 모습을 또다시 보게 되었다. 이번에는 두 사람이 서로 모르는 사이라고 하기가 어려운 상황이었다. 나는 왕리창이 나를 발견하기도 전에 꽁무니를 뺐다. 그러고는 나중에 홀로 바위에 앉아 골똘히 생각해보았다. 열한 살 먹은 나는 그것이 뭘 의미하는지 알기 위해 애써 머리를 굴렸다. 왕리창과 그 여자 사이의 그렇고 그런 관계에 대한 확신이 생기자, 그가 그렇게 저질이었나 싶어 화들짝 놀랐다. 하지만 나는 집으로 돌아간 뒤에도 침묵을 지켰다. 그때 내가 왜 침묵을 지켰는지 그 이유를 전부 기억하지는 못하지만, 이거 하나 정도는 기억이 난다. 그 일을 리슈잉에게 이야기한다면 어떻게 될지 상상만 해도 몸이 부르르 떨렸던 것이다. 어른이 된 후에 가끔씩 이런 유치한 생각을 한다. 만약 그때 내가 그 일을 리슈잉에게 말했다면, 창백하고 무기력한 리슈잉이 보였을 광기가 왕리창의 죽음을 막을 수 있지 않았을까.

침묵을 지킨 덕분에 나는 우월한 지위를 이용할 수 있게 되었다. 벌을 받아야 할 때 그 이야기를 꺼내 왕리창을 위협하면 손쉽게 벗어날 수 있었기 때문이다.

라디오에 올려놓았던 작은 술잔은 결국 내가 박살내고 말았다. 대걸레로 바닥을 닦다가 몸을 돌릴 때 나무 막대가 술잔을 건드리는 바람에 땅에 떨어져 깨져버린 것이다. 그 가난한 집의 유일한 장식품이 박살나는 소리는 나를 오랜 시간 전율케 했다. 왕리창이 오이를 부러뜨리듯 내 목을 딸깍 부러뜨릴 것만 같았다.

물론 그건 이곳에 막 왔을 때 느끼던 공포이고 진짜로 내 목을 부러뜨릴 리는 없다고 생각했지만, 왕리창이 불같이 화를 내며 엄한 벌을 내리리란 건 불 보듯 뻔한 일이었다. 나는 위기를 모면할 방법을 고민하다 결국 먼저 왕리창을 위협하기로 했다. 다른 방에 있던 리슈잉은 아직 눈치 채지 못한 터라 우선 깨진 조각들을 쓰레받기에 담아놓았다. 왕리창이 퇴근해 집에 돌아오자 가슴이 뛰면서 긴장되기 시작하더니 나도 모르게 울음을 터뜨렸다. 깜짝 놀란 왕리창이 내 앞에 앉으며 물었다.

"왜 그러니?"

나는 부들부들 떨며 위협을 시작했다.

"만약 날 때리면 그 아줌마하고 있었던 일을 다 말할 거예요."

왕리창은 순간 얼굴이 하얗게 질리더니 내 몸을 마구 흔들었다.

"안 때려. 내가 너를 왜 때리겠니?"

그제야 나는 사실을 고백했다.

"술잔을 깨뜨렸거든요."

왕리창은 순간 멍한 표정을 짓더니, 내가 왜 그런 소리를 하는지 알겠다는 듯 미소를 지으며 말했다.

"그 술잔은 진작부터 필요 없던 거였다."

나는 반신반의하며 물었다.

"그럼 나 안 때릴 거예요?"

그가 고개를 끄덕인 뒤에야 나는 마음을 놓았다. 나는 그의 용서에 보답이라도 하듯 그에게 귓속말로 속삭였다.

"그 아줌마 얘기 안 할게요."

그날 저녁, 식사를 마친 뒤 왕리창은 내 손을 잡고 한참 동안 거리를 걸었다. 그는 아는 사람과 마주칠 때마다 인사를 했다. 그때는 그게 왕리창과의 마지막 산책이라는 사실을 알지 못했다. 그저 길 양편의 처마에 걸린 석양이 아름답다고 느꼈을 뿐이다. 나의 흥분이 전해졌는지 왕리창은 자신의 어릴 적 이야기를 해줬다. 그중 가장 인상 깊었던 건 그가 열다섯 살 때 너무 가난해서 바지도 못 입고 엉덩이를 드러내놓고 다녔다는 이야기였다. 그는 한숨을 쉬며 이렇게 말했다.

"가난은 두려운 게 아니란다. 진짜 두려운 건 고통이지."

우리는 다리 옆에 앉았다. 그는 나를 한참 동안 바라보다 걱정스러운 낯빛으로 말했다.

"귀여운 녀석."

그러더니 말투를 바꿔 한마디 덧붙였다.

"확실히 똑똑한 녀석이야."

내가 열두 살이던 그해 가을 류샤오칭의 형, 그러니까 내가 그렇게나 숭배하던 피리 부는 소년이 황달 간염으로 죽었다. 그때 그는 이미 한가롭게 놀기 좋아하는 소년이 아니라 농촌으로 내려간 지식 청년이었다. 빵떡모자를 쓰고 주머니에 피리를 넣고 다니는 건 여전했지만 말이다. 그는 선상 생활을 하는 집의 두 딸과 함께 농촌 생산대로 갔는데, 튼실한 두 아가씨 모두 그를 좋아했다. 적막한 시골의 한밤중에 그렇게 아름다운 피리 소리를 듣고도 넘어가지 않을 여자가 어디 있겠는가. 하지만 그곳에서의 생활을 힘겨워했던 그는 자주 집으로 돌아와 창가에서 피리를 불었다. 우리가 수업을 마치고 집으로 돌아갈 때면 피리로 사탕 장수 흉내를 내며, 우리가 바보처럼 달려가는 모습에 마냥 즐거워했다. 그는 질식할 것만 같은 시골 생활이 싫었던 것이다. 두 아가씨가 사랑의 그물을 짜고 그를 기다리고 있긴 했지만.

마지막으로 왔을 때 그는 꽤 오랫동안 머물렀다. 화가 난 아버지가 하루 종일 그를 야단치며 빨리 시골로 돌아가라고 했다. 나는 그 집 앞을 지나던 길에 여러 번 그의 울음소리를 들었다. 그는 아버지에게 온몸에 힘이 하나도 없고, 식욕도 없고, 도저히 일을 할 수가 없다며 애원했다.

그때 그는 자기가 간염에 걸렸다는 사실을 알지 못했다. 물론 그의 아버지도 마찬가지였다. 어머니도 계란을 두 개 삶아주면서 빨리 시골로 내려가라고 재촉했다. 결국 그는 시골로 내려간 지 이틀 만에 쓰러져 그 튼실한 두 아가씨의 등에 번갈아 업혀가며 집으로 돌아왔다. 그날 오후, 학교에서 집으로 돌아오는 길에 햇볕에 그을린 아가씨 둘이 다리에 흙먼지를 가득 묻힌 채 어두운 얼굴로 류샤오칭의 집에서 나오는 것을 봤다. 결국 그는 그날 밤 죽고 말았다.

이불을 어깨에 멘 채 오른손에 계란을 들고 선착장으로 천천히 걸어가던 그의 어두운 표정이 아직도 기억이 난다. 사실 그때도 이미 그의 얼굴에서 생기라고는 전혀 찾아볼 수가 없었다. 비틀비틀한 걸음걸이는 꼭 말년의 노인 같았다. 웃옷 주머니에 꽂혀 있는 피리가 걸을 때마다 흔들리는 게 그에게서 볼 수 있는 유일한 생기였다.

그는 죽음을 눈앞에 두고도 나를 또 한 번 놀려주고 싶은 생각이 들었던 모양이다. 나를 보더니 바지의 엉덩이 부분이 찢어지지 않았는지 좀 봐달라고 했다. 난 이미 한 차례 당했던 터라 손사래를 치며 소리를 질렀다.

"싫어, 똥 방귀 냄새 맡기 싫단 말이야."

그는 히죽 웃으며 피식 힘없이 방귀를 뀌고는 천천히 영원한 죽음을 향해 걸어갔다.

그 당시에는 황달 간염이 얼마나 무서운지에 대해 지나치게 과장된 이야기가 돌았다. 류샤오칭이 가슴에 상장을 단 채 학교에 오자 아이들은 모두 그를 피했다. 형을 잃은 지 얼마 안 되는 이 아이는 농구를 하고 있는 아이들에게로 미소를 띤 채 다가갔지만, 아이들은 벌떼처럼 다른 쪽 농구대로 옮겨가며 욕설을 퍼부었다. 그러나 녀석은 여전히 웃음을 지어 보였다. 나는 그때 교실 밖 계단에 앉아 양손을 힘없이 늘어뜨린 채 녀석이 아무도 없는 농구대 아래 혼자 쓸쓸히 서 있는 모습을 지켜보았다.

얼마 후 녀석은 천천히 내 쪽으로 걸어와 내 앞에 멈춰서더니 다른 곳을 쳐다보는 시늉을 했다. 그러다 내가 도망치지 않는 걸 보고서야 내 옆에 앉았다. 구호 사건 이후 우리는 서로 말을 하지 않았기에 이렇게 가까이에 함께 있어본 적은 더욱이나 없었다. 갑작스레 고독을 맛보게 된 녀석은 결국 나에게 와서 먼저 말을 걸었다.

"너는 왜 도망 안 가나?"

"난 안 무서워."

나는 이렇게 대답했다.

잠시 후 우리는 둘 다 겸연쩍고 부끄러워 얼굴을 무릎에 묻고는 낄낄거리기 시작했다. 한동안 서로 본체만체하다가 이렇게 돼버렸으니 서로 웃을 수밖에.

나는 그 이틀 동안 내 어린 시절에 갑작스레 닥쳐온 두 죽음을 차례로 경험했다. 처음은 류샤오칭의 형이었고, 그 다음에는 왕리창이었다. 두 죽음 모두 나를 몸서리치게 했다. 이 일이 그 후 내게 얼마나 큰 영향을 미쳤는지는 판단할 길이 없지만, 왕리창의 죽음이 나의 운명을 바꾸어놓은 건 사실이다. 류샤오칭과는 예전의 우정을 회복했지만 궈칭과는 아직 화해하기 전이었던 그날 밤, 왕리창은 다시는 돌아오지 못할 길을 떠났다.

그와 그 젊은 여자의 관계는 시작부터 이런 결과가 예정되어 있었다. 이 년 동안 조심스럽게 유지해오던 그 관계가 그날 밤 발각된 것이다.

왕리창의 직장 동료의 부인 가운데 그 시대의 도덕에 지극히 충실한 사람이 있었다. 그녀는 두 사람의 관계를 진작부터 의심했다. 두 아이의 엄마였던 이 여자는 흠집 없는 자신의 정조를 무기 삼아 다른 사람들이 몰래 정을 통하는 걸 감시해왔던 것이다. 왕리창은 이 여자의 남편이 외지로 출장을 간 날 밤이면 그 젊은 여자를 사무실에 데려와 책상 위의 물건을 바닥에 치워놓고 책상을 침대 삼아 쓸쓸한 행복을 나눴다. 바로 그런 순간에 그 여자가 남편의 열쇠로 사무실 문을 열고 들어와 잽싸게 전등을 밝힌 것이다. 책상 위의 연인은 놀란 마음에 입만 헤벌린 채 꼼짝도 하지 못했다. 그들은 기습을 감행한 여자의 혹독한 야유와 질책 속에서 옷을 걸칠 생각도 못하고 그 앞에 무릎을 꿇고 애걸했다. 내게는 감히 침범할 수 없는 위엄 그 자체였던 왕리창이 그 순간 구슬픈 눈물을 쏟아냈다.

오랫동안 감시한 끝에 마침내 성과를 얻어낸 여자가 그렇게 쉽게 이들을 놓아줄 리가 있겠는가? 그녀는 애걸복걸해봐야 소용없다며 자기 입장을 명확히 밝혔다.

"당신들을 얼마나 어렵게 잡았는지 알아?"

그러고는 창가로 가서 창문을 열고 막 알을 낳은 암탉처럼 소리를 질러댔다.

왕리창은 더 이상 어찌 해볼 도리가 없다는 걸 깨닫고, 자기 연인이 옷을 입도록 도와준 뒤 의자에 앉혔다. 무기 관리부의 정치위원이 올라왔다. 왕리창은 그를 보고는 부끄러운 표정을 지으며 말했다.

"정치위원님, 제가 생활상의 잘못을 저질렀습니다."

정치위원은 군인 몇 사람에게 왕리창을 지키도록 조치하고 아가씨를 집으로 돌려보냈다. 아까부터 소리 없이 흐느끼던 왕리창의 연인은 손으로 얼굴을 감싼 채 밖으로 나갔다. 그러자 눈에 쌍심지를 켜고 있던 기습자가 악랄한 목소리로 빈정거렸다.

"손 내려. 남자하고 잘 때는 얼굴도 안 빨개지면서 왜 이래."

왕리창은 천천히 그녀에게 다가가 귀싸대기를 날려버렸다.

더 자세한 상황을 알 수는 없지만, 지나치게 자만에 빠져 있던 이 여자가 왕리창에게 뺨을 얻어맞은 뒤 더 미쳐 날뛰었으리라는 건 불 보듯 뻔한 일이다. 그녀는 손톱을 세워 왕리창에게 덤벼들다가 의자에 걸려 땅바닥에 나자빠지고 말았다. 순간 분노가 억울함으로 바뀌어 대성통곡을 하기 시작했다. 정치위원은 왕리창을 데려가도록 지시하고, 남은 몇 사람에게 도대체 일어날 생각을 안 하는 여자를 일으켜 세우라 한 다음 잠을 자러 갔다.

왕리창은 칠흑같이 어두운 방에서 밤을 지새운 뒤, 자리에서 일어나 자기를 지키던 군인에게 사무실에서 가져올 게 좀 있다고 말했다. 졸린 눈을 비비던 군인은 상사가 험한 꼴을 당하고 있는 게 안쓰러웠던지 곧 돌아오겠다는 말을 믿고 보내줬다. 그는 왕리창을 따라가지 않고 문가에 서서 왕리창이 달빛을 받으며 사무동으로 향하는 모습을 지켜보았다. 그의 커다란 그림자는 사무동의 거대한 그림자 안으로 사라져갔다.

사실 왕리창은 사무실로 가지 않았다. 그는 자기가 책임지고 있는 무기고로 들어가 수류탄 두 개를 챙겨 계단을 내려왔다. 그런 다음 건물에 몸을 바짝 붙인 채 사택 쪽으로 향했다. 계단을 따라 이 층으로 올라가 서쪽에 있는 창문 앞에 멈춰 섰다. 그는 이곳에 이미 여러 번 와본 적이 있던 터라 그 여자가 어느 방에서 자는지 소상히 알고 있었다. 그는 새끼손가락으로 안전핀을 뽑고 유리창을 깬 다음 수류탄을 안으로 던져 넣었다. 그리고 자신은 잽싸게 계단 입구로 뛰어갔다. 곧이어 수류탄이 터지고 거대한 폭음이 낡은 건물 전체를 뒤흔들었다. 희뿌연 먼지가 하늘 위로 솟아올라 뛰어가던 왕리창의 몸에 내려앉았다. 그는 담벼락까지 뛰어가 그 어두운 그림자 속에 몸을 숨겼다.

그때 무기 관리부의 상황은 거의 전쟁을 방불케 했다. 왕리창은 시끄러운 소리에 벌써 두 번이나 잠이 깬 정치위원이 임무를 방기한 병사에게 욕을 퍼붓는 소리를 들었다. 또 들것을 가져오라는 고함 소리도 들려왔다. 왕리창의 뿌연 눈에는 이 난리가 마치 한 무리의 벌레가 데굴데굴 굴러가는 것처럼 보였다. 잠시 후 건물 안에서 들것 세 개가 들려 나왔고, 이어서 주변 사람들의 소리가 들렸다.

"아직 살아 있어, 살아 있다구."

순간 맥이 탁 풀린 그는 들것이 차에 실려 나가자마자 담을 넘어 병원으로 향했다. 그날 새벽 병원에는 수류탄을 손에 든 남자가 살기등등한 기세로 나타났다. 왕리창이 입원실에 들어서자 그날 당직을 서고 있던 북방 출신의 털보 외과의사는 단번에 그가 방금 들어온 세 사람과 관계있다는 걸 눈치 챘다. 그래서 곧장 복도를 따라 정신없이 도망치며 소리를 질렀다.

"무장한 군인이 사람 잡는다!"

털보 외과의사는 말도 제대로 하지 못했다. 대략 반시간 정도가 지나서야 진정을 하고, 온몸을 부들부들 떠는 간호사와 함께 서서 왕리창이 수류탄을 들고 방마다 돌아다니며 누군가를 찾는 광경을 지켜보았다. 외과의사는 갑자기 어디서 용기가 났는지, 간호사에게 둘이 함께 뒤에서 그를 덮치자고 제안했다. 그 말에 간호사는 뭔가 깨달은 듯 점점 다가오는 왕리창을 보며 겁에 질린 얼굴로 외과의사에게 애원했다.

"빨리 가서 붙잡아요."

외과의사는 잠시 생각하더니 입을 열었다.

"먼저 상부에 보고하는 게 낫겠어."

그러고는 창문을 넘어 줄행랑을 놓았다.

입원실을 하나씩 수색하던 왕리창은 주위에서 들려오는 공포에 질린 비명 소리에 혼란스러워졌다. 간호사 당직실에 이르러 문을 여는데, 문이 열리자마자 안에서 확 미는 힘이 느껴졌다. 그 힘에 왼손 손목이 가격을 당하며 문틈에 끼어버렸다. 통증에 인상을 찌푸리던 그는 온몸을 힘껏 부딪쳐 문을 열었다. 안에서는 간호사 넷이 울부짖고 있을 뿐 그가 찾는 여자는 보이지 않았다. 죽이지 않

겠다고 안심시켰지만, 그들은 울며불며 소리만 지를 뿐 그의 말에
는 전혀 귀를 기울이지 않았다. 왕리창은 어쩔 수 없이 고개를 가
로저으며 방을 나가 수술실로 향했다. 수술실의 의사와 간호사는
일찌감치 도망을 친 뒤였다. 수술대 위에는 남자아이 둘이 누워 있
었는데, 그 여자의 두 아들이었다. 아이들은 만신창이가 된 채 죽
어 있었다. 그는 불안한 눈길로 아이들을 바라보았다. 이 아이들이
죽으리라고는 생각지 못했기 때문이다. 그는 수술실에서 나왔다.
두 아이의 죽음을 보고 나니 그 여자를 찾겠다는 생각이 싹 사라졌
다. 그래서 천천히 병원에서 나와 문 앞에 잠깐 서 있다가 집에 가
야겠다는 생각을 했다. 그러고는 혼잣말을 했다.

"관두자."

그 순간 그는 자신이 이미 포위되어 있다는 걸 알아차렸다. 나무
로 된 전봇대에 등을 기댄 채 정치위원이 하는 말을 들었다.

"왕리창, 무기를 버려라. 그러지 않으면 죽음뿐이다."

왕리창이 입을 열었다.

"정치위원님, 린 선배가 돌아오면 미안하다고 전해주세요. 아들
들을 죽일 생각은 없었다고 말입니다."

정치위원은 그의 말은 들은 척도 하지 않고 계속 소리만 질렀다.

"빨리 무기를 내려놔. 안 그러면 죽음뿐이야."

왕리창은 쓸쓸한 표정으로 대답했다.

"정치위원님, 난 이미 죽은 몸입니다."

나와 오 년을 함께 살았고, 진짜 아버지처럼 나를 귀여워해주고

야단도 치던 왕리창은 죽음을 눈앞에 둔 순간 방금 다친 팔에 통증이 느껴졌는지 주머니에서 손수건을 꺼내 세심하게 팔을 묶었다. 다 묶은 다음 갑자기 의미 없는 짓이었다는 생각이 들어 혼자 중얼거렸다.

"이걸 뭐 하러 묶었나."

그는 자신의 팔을 보며 쓴웃음을 지었다. 그 순간 수류탄이 터졌다. 그의 등 뒤에 있던 나무 전봇대도 두 동강이 나버렸고, 밝게 빛나던 병원 전체가 순간 암흑으로 변해버렸다.

왕리창이 죽이려던 그 여자는 약간의 찰과상만 입었다. 왕리창이 자살한 그날 오후, 놀란 가슴을 진정시키지 못한 이 여자는 퇴원하는 길에 꺼이꺼이 울음을 터뜨렸다. 하지만 얼마 지나지 않아 예전의 그 거만한 모습을 되찾았고, 반년 후 다시 병원에서 나올 때는 완전히 기고만장한 표정이었다. 산부인과의 검사 결과 임신을, 그것도 쌍둥이를 임신했기 때문이었다. 그 며칠 동안 그녀는 만나는 사람들에게 이렇게 말했다.

"둘이 폭탄 맞아 죽더니 한꺼번에 둘을 낳게 되네."

왕리창이 죽고 나자 그가 일으킨 재앙이 리슈잉을 덮쳤다. 허약하기 이를 데 없는 이 여자는 참담한 현실을 아무렇지도 않다는 듯 받아들였다. 왕리창의 동료가 무기 관리부를 대표해 이 사실을 알렸을 때, 그녀는 그 첫 번째 충격을 성공적으로 견뎌냈다. 조금도 당황하지 않고 아무 말도 없이 한참 동안 그를 바라보는 바람에 오히려 상대방이 당황하기 시작했다. 그러자 리슈잉이 날카로운 목소리로 쏘아붙였다.

"왕리창은 당신들이 죽인 거야."

당황한 왕리창의 동료가 왕리창은 자살한 거라고 얘기하려 하는데, 리슈잉이 가느다란 팔을 휘저으며 더 놀라운 말을 했다.

"당신들 모두가 왕리창을 죽인 거야. 실은 날 죽이기 위해서지."

왔던 사람은 그녀의 희한한 생각을 대하며 더 이상 정상적인 대화가 불가능하다는 가슴 아픈 판단을 내렸다. 하지만 반드시 그녀의 의견을 물어야 할 실질적인 문제가 남아 있었다. 그는 리슈잉에게 왕리창의 시신을 언제 찾아갈 거냐고 물었다. 리슈잉은 한참 말이 없다가 드디어 입을 열었다.

"됐어요. 다른 잘못이라면 몰라도 남녀 간의 일로 잘못을 저질렀다면 나는 싫어요."

이것은 그녀가 했던 말 중에 유일하게 정상적인 말이었다. 그 사람이 돌아간 뒤 그녀는 멍청히 서 있는 내게 분노를 터뜨렸다.

"산 사람을 뺏어가더니 죽은 사람을 데려와 떠넘기겠다고?"

그러고는 천천히 고개를 들어 자랑스럽게 말했다.

"거절했어."

힘겨운 일요일이었다. 나는 집 안에 틀어박혀 놀라움과 두려움, 슬픔으로 뒤죽박죽인 채 하루를 보냈다. 왕리창의 갑작스런 죽음은 내 어린 시절에서 확고부동한 사실이 되지 못하고, 전해오는 소문의 형태로 눈앞에서 무섭게 휘날렸다.

꼬박 하루 동안 리슈잉은 자기 방에서 나오지 않고, 햇빛이 움직이는 대로 걸상을 옮기며 속옷들을 정성스럽게 말렸다. 하지만 간간이 터져 나오는 신음 섞인 외침에 나는 온몸을 부르르 떨었다. 내가 기억하기로 그것은 리슈잉이 자신의 슬픔과 절망을 표현한 유일한 순간이었다. 그 갑작스런 외침은 공중을 가르는 유리 파편처럼 날카로웠다.

나에게 그날 낮은 한마디로 공포 그 자체였다. 수시로 터져 나오는 외침에 조마조마하던 나는 도저히 참을 수가 없어 리슈잉의 방문을 살짝 열어보았다. 속옷이 있는 쪽으로 몸을 구부리고 있는 그녀의 차분한 뒷모습이 보였다. 잠시 후 그 몸이 곧게 펴지더니, 그녀가 고개를 쳐들고 소리를 질렀다.

"아!"

리슈잉은 그 다음날 친정으로 가버렸다. 아직 날이 밝지도 않았는데 누군가 몸을 흔들기에 눈을 떠보니 눈이 부실 정도로 환한 불빛 속에서 마스크와 옷으로 온몸을 휘감은 사람이 나를 내려다보고 있었다. 깜짝 놀란 나는 악 소리를 지르며 울음을 터뜨렸다. 곧이어 리슈잉의 목소리가 들려왔다.

"울지 마, 울지 말라니까. 나야."

리슈잉은 자신의 분장에 만족했는지 들뜬 목소리로 물었다.

"못 알아보겠지?"

내가 쑨탕에 온 지 오 년 만에 리슈잉이 처음으로 하는 외출이었다. 아직 겨울이 오기 전의 어느 새벽, 리슈잉은 겨울옷을 입은 채 선착장으로 향했고 나는 걸상을 하나 들고 낑낑대며 그 뒤를 따랐다.

날이 밝기 전의 거리는 텅 비어 있었다. 몇몇 노인들이 아침 차를 마시기 위해 콜록거리며 길을 걸어갈 뿐이었다. 몸이 약한 리슈잉은 한 번에 겨우 백 미터쯤씩밖에 걷지 못했다. 그녀가 걸음을 멈추고 숨을 고를 때면 나는 재빨리 걸상을 그녀의 엉덩이 아래에 대령했다. 습기 찬 새벽바람 속에서 우리는 그렇게 계속 가다 서다를 반복했다. 몇 차례 입을 열어 말을 하려고 했지만, 그녀는 "쉿!" 하며 말을 막고는 조용히 속삭였다.

"말을 하면 사람들이 나를 알아보잖니."

그녀의 신비스러운 태도에 나는 잔뜩 긴장을 했다.

리슈잉은 그렇게 비밀리에 쑨당을 떠났다. 그때의 나에겐 기나긴 과정이었지만, 지금 생각해보면 그저 기억 속에서 잠깐씩 빛나는 섬광과도 같은 순간일 뿐이다. 그 괴상한 여자는 옷을 잔뜩 껴입은 채 검표대를 통과하면서 뒤로 돌아 나에게 손을 흔들었다. 나는 대기실의 허름한 창가에 기대어 그녀가 강변에 선 채 어쩔 줄 몰라 하는 모습을 보았다. 긴 발판을 따라 건너가야 배에 오를 수 있었다. 그녀는 이제 신분이 탄로 나든 말든 연거푸 소리를 질렀다.

"누가 나 좀 붙잡아줘!"

그녀가 배에 오르자 평생 갈 우리의 이별이 시작되었다. 그날 이후 지금까지 단 한 번도 그녀를 보지 못했다. 나는 배가 멀리 사라질 때까지 줄곧 창가에 기대어 있었다. 그리고 배가 완전히 사라지고 나서야 냉혹한 현실을 깨닫게 되었다. 이제 난 어떡하지? 리슈잉은 나를 완전히 잊어버렸다. 과도한 슬픔에 자기 말고는 아무것도 신경 쓸 여력이 없었던 것이다. 열두 살의 나는 여명이 밝아올 무렵 갑자기 고아가 돼버렸다.

그때 난 수중에 땡전 한 푼 없었고, 옷과 책가방도 문을 꼭꼭 걸어 잠근 그 집, 더 이상 존재하지 않는 그 집에 있었다. 그리고 나에겐 열쇠가 없었다. 나의 유일한 재산이라고는 리슈잉이 남기고 간 걸상뿐이었다. 나는 그 걸상을 다시 어깨에 메고 선착장을 나왔다. 습관처럼 발걸음이 가는 대로 집 대문 앞에 이르러 굳게 닫힌 문을 한 번 밀어보고는 더 깊은 슬픔의 나락으로 떨어졌다. 그대로 문 앞에 앉아 구슬프게 울었다. 울다 지쳐 머릿속이 텅 빈 채 멍하니 앉아 있는데, 마침 책가방을 메고 학교에 가던 류샤오칭을 보자 또다시 울음이 터져 나왔다. 나는 그저께 겨우 예전의 우정을 회복한 류샤오칭에게 하소연했다.

"왕리창은 죽었고, 리슈잉은 떠났어. 아무도 없어."

가슴에 상장을 단 류샤오칭이 다정한 목소리로 말했다.

"우리 집에서 살면 되지. 우리 형 침대에서 자면 돼."

그러고는 잽싸게 집으로 뛰어가더니 잠시 후 고개를 숙인 채 풀이 죽은 얼굴로 되돌아왔다. 제멋대로 내린 결정은 당연히 부모님의 반대에 부딪혔을 뿐만 아니라 야단까지 실컷 맞고 돌아온 것이다. 녀석은 겸연쩍은 웃음을 지어 보였다. 그때 나는 남문으로 돌아가기로 결심했다. 부모 형제가 있는 곳으로 가기로 한 것이다.

류샤오칭에게 그렇게 말하기는 했지만, 배표를 살 돈이 없었다. 류샤오칭의 눈이 갑자기 반짝거렸다.

"궈칭한테 빌리자."

학교 운동장에서 궈칭을 찾아냈지만 류샤오칭이 부르자 녀석은
이렇게 말했다.

"난 너한테 안 가, 너 간염 있잖아."

류샤오칭이 불쌍한 얼굴로 물었다.

"우리가 갈게, 됐지?"

궈칭이 더 이상 반대하지 않기에 나와 류샤오칭은 이 꼬마 부자
에게 다가갔다. 만약 궈칭이 흔쾌히 돕지 않았다면 남문으로 돌아
가는 길이 얼마나 험난했을지 모를 일이다. 나의 어린 시절 두 친
구는 쑨당을 떠나는 배까지 나를 배웅했다. 선착장으로 향하는 길
에 궈칭은 내게 의젓하게 말했다.

"만약 돈이 모자라면 바로 편지 한 통 보내."

류샤오칭은 무던하게도 나를 대신해 걸상을 들고 우리 뒤를 따
라왔다. 그러나 나는 결국 그 걸상을 잊고 말았다. 리슈잉이 나를
잊은 것처럼 말이다. 기선에 올라타고 나서야 궈칭이 걸상에 다리
를 꼬고 앉아 나를 향해 손을 흔들고, 류샤오칭이 그 옆에서 궈칭
에게 무슨 말인가를 건네는 모습이 보였다. 그들이 앉아 있던 제방
은 순식간에 시야에서 사라져갔다.

나는 늦가을 저녁 무렵에야 고향 땅에 발을 들여놓을 수 있었다.
집을 떠난 지 오 년 만에 돌아왔으니 외지인의 억양으로 남문이 어
디인지 물어야 했다. 그 길고 좁은 길을 따라 걷고 있는데 나보다
한참 작은 꼬마가 창가에 몸을 기댄 채 나를 불렀다.

"꼬마야, 꼬마야."

완전히 낯선 사투리였다. 다행히도 나는 남문과 내 부모 형제의 이름을 기억하고 있었고, 할아버지의 이름도 기억하고 있었다. 또한 여섯 살 때의 기억이 남아 있어 계속 길을 물으며 갈 수 있었다. 바로 그때 할아버지 쑨유위안을 만났다. 보따리를 들고, 방수포 우산을 가슴에 품은 이 노인은 삼촌 댁에서 한 달을 꽉 채우고 남문으로 돌아가는 길이었다. 삶이 얼마 남지 않은 할아버지는 당연히 가장 익숙해야 할 길에서 길을 잃은 모양이었다. 우리는 서로의 모습을 완전히 잊어버린 후 길에서 그렇게 마주쳤다.

그때 나는 이미 현성을 벗어나 시골길에 접어들었는데, 세 갈래 길을 앞에 두고 어찌할 바를 모르고 있었다. 그러나 해가 지는 풍경에 넋이 나간 터라 서두르지는 않았다. 그것은 내 어린 시절 전체를 뒤흔드는 풍경이었다. 몰려오는 먹장구름과 붉은 저녁노을이 점차 하나가 되고, 붉은 태양은 저 멀리 지평선에 붙어 사방으로 빛을 뿜으며 천천히 가라앉고 있었다. 나는 석양빛 속에 서서 태양을 향해 소리쳤다.

"빨리 가라앉아라, 빨리 가라앉아."

그러자 거대한 먹장구름이 태양을 향해 몰려갔다. 나는 태양이 먹장구름에 먹히는 모습을 보고 싶지는 않았다.

바라던 대로 해가 가라앉은 뒤에 나는 할아버지 쑨유위안을 보았다. 할아버지는 내 바로 뒤에, 거의 붙어 있는 거나 다름없이 아주 가까운 거리에 서 있었다. 이 연로한 노인은 애원하는 눈빛으로 나를 바라보았다. 내가 물었다.

"남문까지 어떻게 가요?"

그는 고개를 가로저으며 웅얼거렸다.

"잊어버렸다."

잊어버렸다고? 쑨유위안의 대답에 나는 흥미를 느꼈다.

"모르면 모르는 거지, 왜 잊어버렸다고 말씀하세요?"

그는 쑥스러운 듯 내게 웃어 보였다. 하늘이 이미 어두워지기 시작했으니 빨리 길을 택해서 가야 했다. 한참을 가다 뒤를 돌아보니 노인이 나를 따라오고 있었다. 그러나 신경 쓰지 않고 계속 걸어갔다. 가던 길에 논에서 머리에 수건을 동여맨 채 일하는 아주머니에게 길을 물었다.

"저 앞이 남문이에요?"

"잘못 왔다."

아주머니가 허리를 펴면서 말했다.

"저쪽 길로 가야 되는데."

곧 어둠이 내릴 듯해 바로 방향을 바꿨다. 그러자 노인도 몸을 돌려 되돌아가기 시작했다. 그가 나를 바짝 따라오자 또 슬슬 장난기가 발동해 달리기 시작했다. 한참을 달리다 뒤를 돌아보니 할아버지가 비틀거리며 열심히 쫓아오고 있었다. 나는 갑자기 화가 나서 할아버지가 내 앞으로 다가오기를 기다렸다가 말을 걸었다.

"이것 보세요, 절 따라오지 말고 저쪽으로 가세요."

말을 마치고는 다시 뒤돌아 걷기 시작했다. 세 갈래 길에 이르자 날이 완전히 어두워졌다. 천둥소리가 들려왔고, 달빛이라고는 한 줄기도 없었다. 직감에 따라 다른 길을 택해 급히 걸었는데 조금 걷다보니 노인이 또 나를 따라오고 있었다. 그래서 몸을 돌려 소리 쳤다.

"따라오지 마세요. 우리 집은 아주 가난하다고요. 밥을 먹여드릴 수가 없어요."

마침 비가 내리기 시작해 걸음을 빨리 했다. 그런데 저 멀리서 갑자기 불길이 솟아오르더니 점점 거세지는 빗줄기와 뒤엉키기 시작했다. 불길은 사그라지기는커녕 점점 커졌고, 마치 막을 수 없는 외침처럼 빗속에서 빠져나와 세차게 타올랐다.

불빛을 통해 보니 남문으로 향하는 나무다리가 눈에 들어왔다. 남아 있던 과거의 기억이 내가 이미 남문에 돌아왔다는 기분 좋은 느낌을 전해주었다. 빗속을 달리는 내 가슴속에서 뜨거운 파도가 밀려왔다. 시끄러운 말소리도 들렸다. 마을에 거의 도착했을 무렵 불길은 이미 땅바닥에 깔려 마지막 빛을 내고 있었고, 어느새 비도 잦아들었다. 나는 왁자지껄한 소리 사이로 남문에 들어섰다.

내 형제는 이불을 뒤집어쓴 채 겁에 질린 표정으로 서 있었다. 나는 그들이 쑨광핑과 쑨광밍이라는 걸 알아보지 못했다. 그리고 땅바닥에 엎드린 채 대성통곡하는 여자가 내 어머니라는 것도 몰랐다. 그들 옆에는 불길 속에서 끄집어낸 물건들이 어지럽게 쌓여 있었다. 곧이어 웃통을 벗어젖힌 남자가 앙상한 가슴으로 가을밤의 찬바람을 맞으며 주위 사람들에게 불길에 타버린 물건이 얼마나 되느냐고 물어보는 모습이 눈에 들어왔다. 그는 눈물을 흘리며 처량한 웃음을 지어 보였다.

"모두 불이 얼마나 큰지 다 봤지? 장관은 진짜 장관이야. 대가가 너무 크다는 게 문제지."

그때 나는 그가 내 아버지란 사실을 몰랐지만, 왠지 끌리는 데가 있어 그에게 다가가 낭랑한 목소리로 말했다.

"쑨광차이를 찾으러 왔는데요."

파편적인 기억을 따라서

파편적인 기억이 전시하는 과거, 《인생》의 푸구이나 《허삼관 매혈기》의 허삼관보다 별반 나은 데 없는 이 가족의 역사는 우리를 곤혹스럽게 한다. 비교적 멀쩡했던 아버지가 완벽한 후레자식으로 변해가는 과정을 통해 이 소설이 전하려는 바는 무엇일까? 무엇인가를 정확하게 전하고, 그 의의를 찾으려 애썼다면 파편적 기억이라는 형식보다는 힘들더라도 시간의 흐름에 따라 재구성하는 것이 의미를 드러내는 데 한결 적합했을 것이다. 그럼에도 불구하고 파편적인 기억을 기획적인 의도로 구성하지 않은 것은 그 상처가 아직 아물지 않았고, 아마도 영원히 치유되지 않을 거라는 예감 때문인지도 모른다.

이 소설을 읽고 번역하기로 한 것이 1998년의 일이니 벌써 오 년이 지났다. 그간 일어났던 많은 일들 역시 내 기억 속에서는 파편적으로 존재한다. 지금 언뜻 기억나는 것은 베이징의 한 술집에서 위화와 나눴던 이야기들이다. 《허삼관 매혈기》는 그가 〈마태 수난곡〉을 반복적으로 들으며 써 내려갔다는 말, 《가랑비 속의 외침》은 음악이 오히려 뒤에 존재한다는 말……. 그러니까 《허삼관 매혈기》는 이야기가 마치 음악처럼 흘러가지만, 이 소설은 뒤죽박죽인 듯한 이야기가 끝나고 난 뒤 음악이 남는다는 얘기다. 음악의 불분명한 선율과 일정치 않은 리듬으로 인해 그 음악의 형상을 가늠하는 것이 그리 쉽지는 않지만, 불편한 클라이맥스와 그 잔향을 통해 우리는 그 내용을 느낄 수 있다.

독자의 입장에서 만약 위화의 소설들을 《가랑비 속의 외침》, 《인생》, 《허삼관 매혈기》 순으로 읽어 내려갔다면 아마도 훨씬 수월했을 것이다. 제일 늦게 소개된 위화의 첫 장편소설은 여러모로 불편함을 안길 것이다. 그럼에도 이 이야기는 《허삼관 매혈기》 못지않다. 다만 주인공의 심경이 허삼관만큼 여유롭지 않다는 점이 다르다. 그것은 아무래도 이 소설이 쓰인 십여 년 전과 최근에 작가가 느끼는 세월의 무게가 다르기 때문일 것이다.

이제껏 기다려준 푸른숲 출판사 식구들에 대한 송구스런 맘이야 어찌 할 바를 모를 정도이고, 중국 소설로는 드물게 많은 호응을 받은 작가의 작품임에도 역자의 게으름으로 인해 이제야 독자 여러분들께 소개하는 점 사죄한다. 그 밖에 이 작품을 기다려준 다른 모든 분들께도 사죄의 말씀을 올린다. 베이징에 있는 위화에게도 이제는 다음과 같은 대화로 전화 통화를 시작하지 않아서 불편한 마음이 많이 가셨다.

"새 작품은 쓰기 시작했어?"

"넌 번역 다 했어?"

2003년 11월
최용만

옮긴이 최용만

1967년생. 1990년 한림대학교 중국학과를 졸업하고, 2000년 베이징대학교 중문과 대학원에서 중국
당대문학(當代文學) 전공으로 석사학위를 취득했다. 옮긴 책으로《허삼관 매혈기》,《가랑비 속의 외침》
《형제》등이 있다.
mano2bkong@naver.com

가랑비 속의 외침

첫판 1쇄 펴낸날 2004년 1월 5일
2판 9쇄 펴낸날 2022년 1월 25일

지은이 위화   옮긴이 최용만
발행인 김혜경
편집인 김수진
편집기획 김교석 조한나 이지은 김단희 유승연 임지원 곽세라 전하연
디자인 한승연 성윤정
경영지원국 안정숙
마케팅 문창운 백윤진 박희원
회계 임옥희 양여진 김주연

펴낸곳 (주)도서출판 푸른숲
출판등록 2003년 12월 17일 제2003-000032호
주소 경기도 파주시 심학산로 10(서패동), 3층 우편번호 10881
전화 031)955-9005(마케팅부), 031)955-9010(편집부)
팩스 031)955-9015(마케팅부), 031)955-9017(편집부)
홈페이지 www.prunsoop.co.kr
페이스북 www.facebook.com/prunsoop   인스타그램 @prunsoop

ⓒ푸른숲, 2007
ISBN 978-89-7184-727-5(03820)